Annika Dick
Julia Drube
Bianca Iosivoni
Nadine Kühnemann
Laura Nefzger

5 JAHRE
5 GESCHICHTEN

DIE BESTEN STORYS AUS DEM
LYX-SCHREIBWETTBEWERB

LYX
EGMONT

Deutschsprachige Originalausgabe November 2012 bei LYX
verlegt durch EGMONT Verlagsgesellschaften mbH,
Gertrudenstraße 30–36, 50667 Köln

1. Auflage
Redaktion: Julia Abrahams, Natalja Schmidt, Jutta Schneider, Stefanie Zeller
Satz: Greiner & Reichel, Köln
Printed in Germany (671575)
ISBN 978-3-8025-8882-2

www.egmont-lyx.de

Die Entführung der Persephone

Annika Dick

»Komm mit mir, und du wirst nie wieder Rechenschaft über deine Wünsche ablegen müssen.«

Sie sah auf die Hand, die er ihr erwartungsvoll entgegenhielt. Als sie den Blick zu seinen steingrauen Augen hob, erkannte sie einen Hauch von Zweifel, den seine Stimme erfolgreich versteckt hatte.

Konnte sie das wirklich tun? Mit ihm gehen und ihr bisheriges Leben einfach so hinter sich lassen? Ihre Mutter würde ihr nie wieder auch nur das kleinste bisschen Freiheit gönnen. Sie würde … nicht in der Lage sein, sie zur Verantwortung zu ziehen, schoss es ihr durch den Kopf. Sie würde frei sein, wirklich frei. War es nicht das, was er ihr versprach? Dass sie tun und lassen können würde, was sie wollte, ohne jemanden um Erlaubnis zu bitten wie ein kleines Kind?

Jegliches Zögern wich aus ihrer Haltung, und sie ergriff seine Hand mit einer Entschlossenheit, die sie selbst überraschte.

»Nimm mich mit.«

Corrie öffnete benommen die Augen. Da war er schon wieder. Dieser Traum, aus dem sie nicht schlau wurde. Während sie träumte, war sie sicher, jedes Detail ihres Gegenübers wahrzunehmen, doch sobald sie erwachte, war sein Gesicht verschwunden, verloren im Land der Träume. Nur seine Augen blieben ihr. Seine Augen und sein Versprechen.

Mit einem Stöhnen rollte Corrie sich auf die Seite und strich sich das lange, dunkle Haar aus dem Gesicht. Sie brauchte keinen Mann, um frei zu sein, schalt sie sich und starrte in die Dunkelheit ihres Zimmers. Sie könnte ihre Mutter und deren Überfürsorglichkeit jederzeit verlassen. Warum tat sie es aber nicht? Diese Frage hatte sie sich oft gestellt.

Wie lange schon? Das konnte sie nicht mit Sicherheit sagen. Nur die letzten Monate waren ihr noch im Bewusstsein geblieben. Alles, was davor war, bevor sie von einem Auto angefahren und wochenlang im Krankenhaus gelegen hatte, war verschwommen und die Erinnerungen daran schwer zu greifen.

Vielleicht war es gerade dieser Umstand, der sie davon abhielt, den Schritt in Richtung Selbstständigkeit zu tun.

Angst war ein mächtiger Gegner, das wusste Corrie. Als sie das erste Mal im Krankenhaus erwacht war, hatte sie sich an nichts mehr erinnern können. Nicht einmal an ihren Namen. Erst langsam kamen einige Erinnerungen zurück. Daran, wie sie hieß, wer ihre Mutter war, wie alt sie war. Einfache Dinge, banale Kleinigkeiten, aber für Corrie waren sie unendlich wertvoll geworden. Noch erinnerte sie sich nicht an alles, aber der Arzt war zuversichtlich, dass ihre Erinnerungen alle zurückkehren würden, und Corrie glaubte ihm. Wenn es so weit war, war es auch an der Zeit, ihrer Mutter begreiflich zu machen, dass sie alleine zurechtkam. Vielleicht würde diese das dann aber auch selbst erkennen.

Ihr Nacken schmerzte, und Corrie griff nach dem Anhänger, den sie an einer Kette um den Hals trug. Eine runde, goldene Scheibe, so groß wie ihre Handfläche, mit Schnörkeln und Steinen verziert. Es war ein Geschenk ihrer Mutter gewesen, zur Genesung, als Glücksbringer. Corrie hatte sie auf Wunsch ihrer Mutter nicht mehr abgenommen, seit sie das Krankenhaus verlassen hatten. Wenn sie glaubte, dass die Kette ihre Tochter beschützen würde, wollte Corrie ihr den Gefallen tun.

Nach ein paar Minuten, als ihre Augen drohten, wieder zuzufallen, drehte Corrie sich auf den Rücken und starrte in die Schwärze über ihr, als könne sie ihre Zimmerdecke sehen. Sie wollte nicht wieder einschlafen und träumen. Der Traum mit dem mysteriösen Mann, der ihr Freiheit versprach, ließ sie ungeduldig werden. Er erinnerte sie an Wünsche, die sie hegte, ihrer Mutter aber nicht nannte, aus Furcht, ihre Überfürsorglichkeit noch zu verschlimmern.

Doch es gab noch einen anderen Traum, und dieser machte Corrie einfach nur Angst. Darin wandelte sie in einem dichten Nebel, ähnlich dem, der ihre Erinnerungen zu beherbergen schien. In diesem Traum wusste sie nichts mehr: Sie kannte sich selbst nicht mehr, wusste nicht, wo sie herkam oder hinging. Nichts hatte mehr einen Namen, für nichts gab es ein Wort, um es zu benennen. In den letzten Wochen war der Traum häufiger gekommen. Manchmal glaubte Corrie, sie würde nicht mehr aus ihm erwachen und der Traum würde ihre Wirklichkeit übernehmen.

In den hellen Stunden des Tages versuchte sie, sich begreiflich zu machen, wie unbegründet ihre Angst war, doch selbst dann gelang ihr das nicht wirklich. Die Angst saß tief in ihr. Es war, als wäre dieser Nebel ein eigenständiges Wesen, das langsam von ihr Besitz ergriff. Um dem Nebel in dieser Nacht keine Chance zu geben, suchte Corrie mit der rechten Hand nach ihrer Nachttischlampe und knipste sie an. Wenn es hell war, würde sie sicher besser wach bleiben. Ein Blick auf ihre Armbanduhr verriet ihr, dass es kurz nach vier war. In zwei Stunden könnte sie aufstehen, ohne ihre Mutter zu beunruhigen. So lange würde sie einfach in ihrem Bett sitzen und auf den nächsten Tag warten.

○ ○ ○

»Ich bin die Warterei endgültig leid!« Hades ignorierte Ares, der sich ihm in den Weg stellte, als er den Olymp betrat. Er ließ den Kriegsgott stehen und ging geradewegs auf Zeus zu.

»Wo ist sie?«

Zeus holte tief Luft und fuhr sich mit der Zunge über die Lippen. Doch ehe er etwas sagen konnte, schüttelte Hades den Kopf.

»Ich will keine Ausreden hören. Mich interessiert nur die Wahrheit. Wo ist meine Frau?« Das Schweigen, das ihn getroffen hatte, hatte ihn fast zum Aufschreien gebracht. Seit fünf Monaten kam er täglich auf den Olymp und verlangte von seinem Bruder zu wissen, wo Persephone war. Die Antwort, die er erhielt, war stets die gleiche: Demeter und Persephone waren seit dem Tag, an dem die junge Göttin in die Unterwelt hätte zurückkehren sollen, verschwunden. Keiner wusste, wo sie sich aufhielten.

Als Zeus ihm dies zum ersten Mal gesagt hatte, hatte Hades nicht gewusst, was mit ihm geschah. Ein nie gekanntes Gefühl hatte von ihm Besitz ergriffen und sein Herz kraftvoll zugeschnürt. Nur langsam war ihm klar geworden, dass es Angst war, die er spürte. Angst um Persephones Wohlergehen.

Er wusste um das Geflüster der anderen Götter, dass Persephone geflohen sei, um nicht zu ihm zurückzukehren. Er kannte die Gedanken seiner Familie, doch er wusste auch, dass sie sich irrten. Sollten sie glauben, was sie wollten. Er wusste, dass Persephone ihn nicht freiwillig verlassen hatte.

»Hol sie endlich zurück!«, verlangte er nun zum wiederholten Male von Zeus, doch dieser schüttelte nur den Kopf.

»Du weißt, dass ich das nicht kann. Mein Versprechen an Demeter bindet mich, genauso wie das deine dich bindet.«

»Demeter.« Hades schaffte es nicht einmal mehr, ihren Namen ohne ein Grollen über die Lippen zu bringen. Einst hatte er gehofft, sie würde akzeptieren, dass Persephone nicht länger ein Teil ihrer Welt war, doch er hatte sich geirrt. Er hätte es besser wissen und nicht versprechen sollen, seine Frau nicht noch einmal zu *entführen*. Doch er hatte auch nie geglaubt, dass dies nötig sein würde. Zeus' Wort band Persephone, ein halbes Jahr bei ihrer Mutter zu verbringen, ehe sie zu ihm zurückkehren konnte. Keiner von ihnen hatte je geglaubt, dass Demeter sich über diese Entscheidung hinwegsetzen würde. Hades schalt sich selbst einen Narren. Doch daran ließ sich nun nichts mehr ändern. Woran sich jedoch sehr wohl etwas ändern ließ, war die Tatsache, dass seine Frau nicht dort war, wo sie sein sollte: an seiner Seite. Wenn sein jüngerer Bruder, der selbst ernannte *Göttervater*, nicht dazu in der Lage war, sie zu finden, musste er es eben selbst tun.

»Demeter hält sich nicht an die Abmachung. Wieso tust du es dann?«

»Es tut mir leid, Bruder, aber meine Hände sind gebunden.«

»Du bist jämmerlich!«, warf Hades ihm vor, ehe er sich umdrehte und ohne ein weiteres Wort des Abschieds den Olymp verließ.

❊ ❊ ❊

Hades zog sich auf dem kürzesten Weg in die Unterwelt zurück. Auch wenn sein Reich in Persephones Abwesenheit noch einsamer auf ihn wirkte, so war seine Vertrautheit doch angenehmer als der Olymp oder die Welt der Menschen. Zumindest konnte er hier seiner schlechten Laune freien Lauf lassen.

»Verzeiht, wenn ich störe ...«

Hades drehte sich mit einem Knurren um und sah sich Hypnos, dem Gott des Schlafes, gegenüber. Stirnrunzelnd sah er ihn an.

»Was gibt es?«

»Es ist mir zu Ohren gekommen, dass die Herrin der Unterwelt nicht dort ist, wo sie sich derzeit aufhalten sollte. Daher wollte ich Euch meine Hilfe anbieten.«

Hilfe. Kein Wort, das Götter leichtfertig in den Mund nahmen. Hades' Augen verengten sich zu kleinen Schlitzen, und er sah, wie der Gott des Schlafes dagegen ankämpfte, einen ängstlichen Schritt zurückzutreten.

»Welchen Preis, denkst du, würde ich für deine Hilfe zahlen?«

Hypnos sah den Gott des Totenreichs mit weit aufgerissenen Augen an und schüttelte den Kopf.

»Nichts, Hades, absolut gar nichts.«

Ein Rumoren erschütterte die Erde dort, wo die beiden Götter standen. Mit einem Seufzen ließ Hypnos seine Unschuldsmiene fallen.

»Ich habe eine Schuld zu begleichen. Nicht Euch gegenüber, aber meinem Bruder. Er erwähnte, dass der Gott der Unterwelt in einer … recht unangenehmen Stimmung sei. Es erscheint mir vom Tod persönlich recht jämmerlich, dass er Angst vor Euren Stimmungsschwankungen hat, aber seine Geschwister und die Schuld, in der man ihnen gegenüber steht, kann man sich nun einmal nicht aussuchen, nicht wahr?«

Hades schnaubte verächtlich, als er sich durch Hypnos' Worte an seinen eigenen Bruder erinnert fühlte. Doch dies war nicht der Moment, um an Zeus zu denken. Nicht, wenn Hypnos ihm wirklich helfen konnte, Persephone zu finden.

»Wie kannst du mir helfen?«

Hypnos verbeugte sich und deutete mit seiner Rechten vorbei am Asphodeliengrund, den die Schatten bewohnten, vorbei an den Toren der Sonne und den weißen Felsen, selbst an Okeanos vorbei. Er deutete dorthin, wo in der Unterwelt das Land der Träume lag.

»Folgt mir in mein Reich, Hades, und ich kann Euch Eure Frau zeigen.«

Ein letztes Mal zögerte Hades, ehe er seine Bedenken zur Seite schob und Hypnos' Aufforderung folgte. Um seine Persephone wieder bei sich zu wissen, war er bereit, jedes Risiko einzugehen.

Hypnos betrat das Land der Träume zuerst, doch als Hades ihm folgte, hielten die Oneiroi in ihrer ständigen Bewegung inne. Die Traumdämonen, die Hypnos seine »Kinder« nannte, blickten neugierig auf den Gott des Totenreiches, ehe Hypnos sie ermahnte und zurück zur Arbeit rief.

Er führte Hades vorbei an unzähligen Gängen, an deren Wänden, Böden und Decken sich die Träume der Menschen spiegelten. Im hintersten Teil seines Reiches, bewacht von drei der stärksten Oneiroi, lag der Gang der Götterträume.

»Akakios«, rief Hypnos den Namen eines seiner Kinder.

Hades beobachtete, wie einer der Traumdämonen zu ihnen kam. Er verbeugte sich vor den beiden Göttern und sah Hypnos erwartungsvoll an.

»Zeig Hades die Träume seiner Frau.«

Akakios zögerte und sah von einem Gott zum anderen.

»Nun, was ist, worauf wartest du?«

»Vater, vergebt mir, es hätte mir früher auffallen müssen. Es ist nur so: In dieser Zeit des Jahres bedürfen die Träume der Persephone keiner Überwachung.« Akakios' Blick hastete für einen kurzen Augenblick zu Hades, ehe er fortfuhr. »Ich habe sie daher nicht kontrolliert. Erst heute ist mir aufgefallen, dass etwas nicht stimmt. Sie … sie schwindet.«

Hades konnte sich nicht zurückhalten. Seine Hand schloss sich um den Hals des Dämons.

»Was soll das heißen, *sie schwindet*?« Seine Stimme hallte von den Wänden des Ganges wider, und Akakios wimmerte in seinem Griff. Doch mit Persephone war auch Hades' Mitgefühl verschwunden.

»Ihre … ihre Göttlichkeit … sie wird schwächer. Ich weiß nicht, wieso. Ich kenne nichts, das einem Gott die Kraft rauben kann«, beeilte sich der Traumdämon zu erklären. Hades ließ ihn los, und Akakios fiel auf seine Knie.

»Titanen«, sprach Hypnos das aus, was Hades dachte. Die Stimme des Schlafgottes klang ebenso entsetzt, wie Hades sich fühlte.

»Wer würde Titanenmacht nutzen, um eine Göttin wie Persephone zu vernichten?«

»Nicht vernichten«, dachte Hades laut und begann, unruhig auf und ab zu gehen. »Schwächen, unterdrücken, vereinnahmen. Demeter würde es tun, um ihre Tochter an sich zu binden.«

Mit wenigen Schritten stand er vor Akakios und beugte sich zu ihm herab. Der Dämon wich jammernd vor ihm zurück, doch Hades ergriff ihn mit einem Knurren erneut am Hals und zog ihn auf die Füße.

»Wie lange hat sie noch?«

»Einen Mondzyklus, eher weniger. Ihr Geist … alles an ihr wird schwächer. Ihr Traum besteht fast nur noch aus Nebelschwaden.«

Hades fühlte erneut diese entsetzliche Angst Besitz von ihm ergreifen. Wusste Demeter denn nicht, was sie ihrer Tochter antat? Dass sie sie tötete? Nur, um sie bei sich zu behalten. Konnte ihr das wirklich so egal sein?

∗ ∗ ∗

Selbst nach der dritten Tasse Kaffee fühlte Corrie sich wie gerädert. Eine leise Stimme flüsterte ihr zu, dass sie doch hätte schlafen sollen, anstatt sich ihrer Angst vor den Albträumen hinzugeben. Sie schüttelte die Stimme ab und trank einen weiteren Schluck. Extra stark, ohne Milch und Zucker. Corrie verzog das Gesicht. Sie hasste Kaffee, doch sie fürchtete, ohne den nötigen Schwung Koffein würde sie den Tag nicht überstehen. Wenn sie Schwäche zeigte, würde ihre Mutter sich unnötige Sorgen machen und sie die nächsten Wochen wieder keine Minute aus den Augen lassen.

Als es an der Tür klingelte, raffte Corrie sich auf und öffnete.

»Guten Morgen, Sonnenschein.«

Corrie blinzelte ihrer Freundin Enid erst ein paar Mal entgegen, ehe sie zu einer Erwiderung in der Lage war. »Erkläre mir doch bitte endlich, wie man zu solch unmöglichen Zeiten so guter Laune sein kann.«

Enid lachte und umarmte Corrie zur Begrüßung, während sie mit dem linken Fuß die Tür hinter sich zuzog und ins Schloss fallen ließ.

»Das macht die Liebe«, lachte Enid und zog Corrie an der Hand hinter sich her in die Küche.

»Rieche ich da Kaffee? Ich bin mal so unverschämt und nehm mir eine Tasse, ja?« Noch bevor Corrie überhaupt die Chance gehabt hätte, ihr zu antworten, wirbelte Enid bereits in der Küche umher.

»Na komm, setz dich. Es ist Zeit für ein wenig Kaffeeklatsch unter Freundinnen. Oder ist Demi zu Hause?« Enid verzog das Gesicht, und erst, als Corrie ihr mit einem Kopfschütteln zu verstehen gab, dass ihre Mutter nicht da war, hellten sich ihre blauen Augen wieder auf und das Lächeln kehrte zurück.

»Sehr gut.«

Corrie ließ sich langsam auf ihren Stuhl sinken und beobachtete fasziniert, mit welchem Genuss Enid ihren Kaffee trinken konnte. Ihre eigene noch fast volle Tasse schob sie zur Seite, als der Geruch ihr Magenschmerzen bereitete. Die Bewegung mit dem Arm ließ einen unangenehmen Stich geradewegs bis zu ihrem Nacken hinauflaufen, und Corrie verzog vor Schmerzen das Gesicht.

»Ist alles in Ordnung?« Enid stellte ihre Tasse auf den Tisch und sah Corrie eindringlich an, als diese bereits anfing, den Kopf zu schütteln.

»Ja, nein, es ist nichts. Ich habe nur diese lästigen Kopfschmerzen, und mein Nacken ist seit ein paar Tagen verspannt.«

»Mhm.« Enid beobachtete Corries Gesicht noch eine Weile, ehe sie sich scheinbar geschlagen gab. Als ihr Blick aber auf die Kette um Corries Hals fiel, zog sie die Brauen zusammen.

»Seit wann hast du die denn?« Sie griff nach dem Anhänger und fuhr mit dem Daumen vorsichtig darüber. Corrie konnte sich nicht helfen, es wirkte, als habe ihre Freundin Angst vor der Kette. Aber das war einfach nur Unsinn. Sie hatte wohl wirklich zu wenig geschlafen.

»Meine Mutter hat sie mir als Talisman gegeben«, erklärte sie schulterzuckend. Enid wog den Anhänger nachdenklich in ihrer Hand, ehe sie ihren Blick wieder zu Corries Gesicht erhob.

»Der ist ganz schön schwer. Vielleicht kommen deine Beschwerden ja daher. Trägst du ihn immer?«

Als Corrie die Frage bestätigte, schüttelte Enid langsam den Kopf.

»Nimm sie wenigstens nachts ab. Am besten, du ziehst sie überhaupt nur dann an, wenn Demi dich damit sieht. Du wirst sehen, deine Schmerzen werden weggehen.«

Corrie sah zweifelnd auf den Anhänger herab und nahm ihn Enid aus der Hand. Gut, der Anhänger war nicht gerade leicht, aber wenn sie ihn auszog, war die Gefahr groß, dass sie vergaß, ihn wieder anzuziehen, und auf das Drama, das ihre Mutter dann machen würde, hatte sie eigentlich keine Lust. Enids Hand schloss sich um die ihre, und Corrie sah ihrer Freundin in die Augen.

»Du hast mir mal einen guten Rat gegeben, den ich nicht angenommen habe. Damals hätte ich beinahe sehr teuer für meinen Dickschädel bezahlt. Bitte, Corrie, versprich mir, nicht den gleichen Fehler zu begehen. Versprich mir, dass du die Kette abnimmst.«

Corrie runzelte die Stirn. Sie konnte sich nicht an den Rat erinnern, von dem Enid sprach, doch das war nichts Neues. Sie war schon froh darüber gewesen, Enid als ihre Freundin erkannt zu haben, als die sie das erste Mal im Krankenhaus besucht hatte. Corrie wusste zwar nicht mehr, woher sie Enid kannte oder wie ihr Name lautete, aber dieses Gefühl, jemanden zu sehen und zu wissen, *ja, diese Person kenne ich*, war damals unbeschreiblich gewesen.

»Okay, ich verspreche es«, seufzte sie schließlich. »Heute Abend vor dem Schlafengehen ziehe ich sie aus.«

Auch Enid seufzte, doch bei ihr klang es sehr erleichtert, was Corrie nicht ganz verstand. Während sie noch über das Verhalten ihrer Freundin grübelte, erhob Enid sich, nahm die beiden Kaffeetassen vom Tisch und brachte sie zur Spüle.

»Weswegen ich aber eigentlich hier bin …« Enid wartete, bis sie Corries ungeteilte Aufmerksamkeit hatte, ehe sie grinsend fortfuhr. »Am Samstag gibt es bei mir eine kleine Party. Nichts Wildes, nur so zwanzig Leute, höchstens. Na ja, und da ist auch dieser eine Mann, den ich dir gerne vorstellen würde. Ich glaube, er wird dir gefallen.«

Corrie unterdrückte ein Kopfschütteln, als sie Enid ansah, die von einem Bein aufs andere hüpfte, während sie auf Corries Antwort wartete.

Es wäre die erste Party, auf die sie seit ihrem Unfall gehen würde. Die erste Party, an die sie sich danach erinnern könnte. Wieso eigentlich nicht? Schaden konnte es nicht, und vielleicht war der Kerl, den Enid ihr vorstellen wollte, ja sogar ganz nett.

»Okay, okay, ich komme.« Corrie lachte, als Enid jubelnd in die Luft sprang und klatschte.

»Prima. Das hab ich gehofft. Aber lass die Kette aus. Ich will nicht, dass du wegen Kopfschmerzen zu früh nach Hause gehst, okay?«

❊ ❊ ❊

Eine Stunde nachdem Enid gegangen war, hörte Corrie, wie die Haustür geöffnet wurde.

»Corrie, ich bin wieder da«, hallte die Stimme ihrer Mutter durch das Haus, und Corrie kam aus der Küche in den Flur, um sie zu begrüßen. Demi strich ihr wie einem kleinen Kind über den Kopf und lächelte sie an.

»Wie war dein Morgen?«

»Gut. Enid war kurz hier.« Corrie musste gar nicht lange warten, bis ihre Mutter wie erwartet das Gesicht verzog.

»Mir wäre es wirklich lieber, du würdest nicht so viel Zeit mit ihr verbringen.«

Den Satz hörte Corrie jedes Mal, wenn sie Enids Namen erwähnte. Und jedes Mal rollte sie als Reaktion mit den Augen.

»Ich gehe am Samstagabend zu ihr rüber«, erklärte sie und schlenderte in Richtung Wohnzimmer. Das Seufzen ihrer Mutter, als diese ihre Schuhe auszog und Corrie folgte, konnte sie trotzdem noch hören.

»Bist du müde?«, fragte Demi besorgt, als Corrie sich auf den Sessel setzte und den Fernseher anschaltete.

»Nein, mir geht es gut.« Sie spürte den Blick ihrer Mutter auf ihrem Hinterkopf. Doch sie hatte gelernt, dass eine Bestärkung ihrer Aussage Demi nur zu der Überzeugung gelangen ließ, dass es ihr eben nicht gut ging. Also blieb sie ruhig und wartete darauf, dass Demi sich mit ihrer Antwort zufriedengab.

»Nun gut. Ich wollte vor dem Mittagessen noch ein wenig in den Garten. Kommst du mit?«

Corrie hätte liebend gern verneint, doch es war keine wirkliche Frage gewesen. Demi liebte den Garten und die Arbeit darin, und sie erwartete von Corrie die gleiche Hingabe. Ein »keine Lust« hätte sie nie akzeptiert. Also fügte Corrie sich in ihr Schicksal, schaltete den Fernseher aus und folgte ihrer Mutter aus dem Haus.

✳ ✳ ✳

»Riechst du das? Diesen Duft von blühenden Blumen und Bäumen? Herrlich. Gib mir doch bitte den Fliederstrauch.«

Corrie konnte sich nicht daran erinnern, wie oft sie den Garten in den vergangenen Monaten neu gestaltet hatten. Kaum blühte eine Blume ein paar Tage in voller Pracht, schien sie für ihre Mutter langweilig zu werden, und etwas Neues musste her. Corrie konnte nur hoffen, dass die Apfel- und Kirschbäume, die sie gepflanzt hatten, nicht so schnell wachsen würden. Doch es schien, als würde sich ihr Wunsch nicht erfüllen. Wenn sie es nicht besser wüsste, würde sie glauben, ihre Mutter hüte ein bislang unbekanntes Geheimmittel, das die Pflanzen in ihrem Garten schneller wachsen und gedeihen ließ, als es andere Blumen taten.

Missmutig blickte sie auf die Veilchen herab, die sie gerade eingepflanzt hatte. Die kleinen Knospen sahen ihr hoffnungsvoll entgegen, doch Corrie wusste aus Erfahrung, dass sie nicht viel mehr von ihnen zu erwarten hatte. Sie hatte zwar keinen braunen Daumen, aber so richtig wachsen wollten die Pflanzen unter ihrer eigenen Fürsorge leider auch nicht.

»Corrie? Der Fliederstrauch?« Demis Stimme riss sie aus ihren trüben Gedanken, und Corrie griff zur Seite, um den Fliederstrauch an ihre Mutter weiterzureichen. Schweigend sah sie ihr zu, wie sie ihn einpflanzte. *Ich geb dir zwei Wochen, ehe sie das Interesse verliert*, dachte Corrie, als sie die lila Blüten betrachtete.

✿ ✿ ✿

Der entgangene Schlaf der letzten Nacht und die Gartenarbeit sorgten dafür, dass Corrie sich an diesem Abend bereits vor zehn Uhr in ihr Zimmer zurückzog. Der Versuch, noch etwas zu lesen, scheiterte an ihren Nackenschmerzen. Sie erinnerte sich an das Versprechen, das sie Enid gegeben hatte, und nahm den Anhänger ihrer Kette in die Hand.

»Bereitest du mir wirklich die ganzen Scherereien?«, flüsterte sie, ehe sie die Kette kurz entschlossen abnahm und in die Schublade ihres Nachttisches legte. Sie wollte keinen Streit mit ihrer Mutter riskieren, falls diese den Anhänger auf dem Nachttisch liegen sah.

Sie war sich nicht sicher, ob es nur an Enids Worten lag, doch als sie die Schublade schloss und die Kette darin einsperrte, fühlte Corrie sich plötzlich leichter. Mit einem letzten Stirnrunzeln gab sie den Kampf gegen ihre Müdigkeit auf und legte sich schlafen.

✿ ✿ ✿

»Wieso dauert das so lange?« Hades schlug mit der Faust gegen die Felswand, was den Traumdämon erneut zusammenzucken ließ.

»Es ist nicht seine Schuld, Hades. Keiner von uns kann etwas anderes tun, als darauf warten, dass Persephones Geist stark genug ist, noch einmal gegen die Titanenmagie anzukämpfen und uns bei der Suche nach ihr zu helfen.«

Hades wandte sich mit einem verächtlichen Gesichtsausdruck an Hypnos, der scheinbar gelangweilt an einer Wand lehnte.

»Du sprachst von Hilfe, doch bisher sehe ich davon nichts. Wie genau hattest du dir noch gleich diese Hilfe …?«

»Da! Sie träumt.« Akakios hatte leise gesprochen, doch Hades fuhr bei seinen Worten sofort herum und starrte auf das Traumbild, das sich vor seinen Augen an der Felswand bildete.

Persephone schloss die Augen, während sie ihr Gesicht an seiner Brust verbarg. Sie wollte ihn nicht loslassen. Jetzt nicht, und auch sonst nie wieder. Nicht selten schlich sich der egoistische Gedanke in ihr Unterbewusstsein, dass sie einfach bleiben könnte. Sollte Demeter doch toben und rasen und die Welt verdorren lassen.

Doch diese Gedanken hielten nie lange an. Sosehr Persephone sich auch wünschte, egoistisch sein zu können, sie wusste, dass sie die Menschheit nicht für ihr eigenes Glück leiden lassen würde. Noch einmal drückte sie sich fest an Hades, bis ihre Arme schmerzten.

»Ich will nicht gehen«, flüsterte sie und wusste, dass er lächelte, auch wenn sie es nicht sehen konnte.

»Dann bleib«, erwiderte Hades ebenso leise. Wie gerne hätte sie genau dies getan, wäre bei ihm in der Unterwelt geblieben, mit ihm in ihren Palast zurückgekehrt und hätte die Welt dort oben ignoriert.

»Nur sechs Monde«, versuchte sie, ihn und sich zu trösten, und löste sich langsam und widerwillig von ihrem Ehemann. Ihre rechte Hand fuhr durch sein dunkles Haar und hielt an seiner Wange inne.

»Ich vermisse dich jetzt schon. Ich werde an dich denken. Jede Sekunde an jedem Tag und in jeder Nacht, bis wir uns wiedersehen.«

Hades hielt ihre Hand an seiner Wange fest und neigte seinen

Kopf zur Seite, bis er ihr Handgelenk mit seinen Lippen strei-
fen konnte. Seine Augen waren geschlossen, als er den letzten
gemeinsamen Augenblick, an den er sich in den kommenden
Monden klammern würde, in vollen Zügen genoss.

Als Persephone ihm ihre Hand entziehen wollte, zog Hades
diese zurück an seine Lippen und küsste ihre Handfläche, ehe er
sie zu seiner Brust führte.

»Sobald du gehst, nimmst du mein Herz mit dir.«

Persephone stellte sich auf die Zehenspitzen und küsste Ha-
des ein letztes Mal, ehe sie sich umdrehte und den Weg zur
Oberwelt einschlug. Sie drehte sich nicht um, wagte nicht, auch
nur ein einziges Mal über ihre Schulter zu sehen, ehe sie die
Unterwelt weit hinter sich gelassen hatte. Nicht etwa weil sie
fürchtete, dort gefangen zu bleiben, wie es die wenigen Menschen
taten, denen es erlaubt war, die Unterwelt zu verlassen. Nein,
sie fürchtete, dass ihr eigenes Herz brechen würde, wenn sie
sich noch einmal zu ihrem Zuhause und ihrem Mann umdrehen
würde.

Hades spürte, wie ihm das Herz schwer wurde, als er Persephone
erneut von ihm Abschied nehmen sah. Es schmerzte ihn umso
mehr, als ihm bei ihrem Anblick dieses Mal selbst das Wissen
um ihre baldige Rückkehr fehlte. Bevor er merkte, was er tat,
streckte er seine Hand aus und fuhr über die raue Felswand in
einem Versuch, sie zu berühren.

Als sich ihr Traum in Nebel auflöste, wandte Hades sich
schließlich von ihrem Bild ab. Er runzelte die Stirn, während er
sich zu Hypnos und Akakios umdrehte, doch keiner von beiden
blickte ihn an. Nach einem letzten Blick auf die nun wieder leere
Felswand schritt Hades an Hypnos und dessen Sohn vorbei.

»Ich will sofort informiert werden, wenn sie wieder träumt!«,
rief er noch über seine Schulter, während er, ohne eine Antwort

abzuwarten, schnellen Schrittes den Gang und das Land der Träume hinter sich ließ.

Seine Gefühle spielten verrückt, und das war kein Zustand, der dem Gott der Unterwelt behagte. Wütend auf sich selbst, auf Demeter und auf Zeus machte er sich auf den Weg zu seinem Palast. Zu allem Überfluss schwirrte auch noch ein kleines Insekt um seinen Kopf und verblieb hartnäckig in seiner Nähe. Selbst in den Palast folgte es ihm, und Hades war bereits versucht, das Tier seinem endgültigen Ende zuzuführen, als es vor ihm auf der Armlehne seines Thrones landete.

Hades sah verwirrt auf das kleine Tier herab. Der Schmetterling war keines der Tiere, die sonst in Elysion herumschwirrten. Hades wusste nur von einer Göttin, die sich um die kleinen Wesen kümmerte, doch was Psyche von ihm wollte, war ihm ein Rätsel.

Er streckte die Hand nach dem Schmetterling aus, der bereitwillig auf Hades' Handfläche landete und ihm einen Brief überreichte. Mit einem weiteren Flug um den Kopf des Gottes verabschiedete sich das Tier.

Samstag, 28. Mai, 20.00 Uhr
570, Prince Ave.
Athens, Georgia, USA
Dort wirst du Persephone finden.
Psyche

Hades hielt das kleine Stück Papier in seiner Hand, als wäre es das Kostbarste, was er je gesehen hatte. Zu wissen, wo Persephone war, dass er sie in wenigen Menschentagen wiedersehen würde … Für einen Moment schloss er die Augen und atmete tief durch.

Es kostete ihn alle Mühe, sich nicht sofort zu der von Psyche genannten Adresse aufzumachen. Er wusste, dass Persephone ihrer Freundin Psyche vertraute. Um seiner Geliebten willen war er bereit, dies auch zu tun.

❊ ❊ ❊

Corrie rieb sich die schweißnassen Hände zum wiederholten Male an ihrer Jeans ab. Sie wusste selbst nicht, wieso sie so nervös war. Es war schließlich nicht so, als wäre sie zum ersten Mal auf einer Party. Sie wünschte, sie könnte sich an die anderen Male erinnern. Automatisch fuhr ihre Hand zur Kette, um mit dem Anhänger zu spielen, doch diese lag zu Hause unter ihrem Kopfkissen.

Enids Tipp hatte tatsächlich geholfen und ihre Kopfschmerzen und die Verspannungen im Nacken gemildert. Doch so nervös, wie Corrie in diesem Moment war, hätte sie die Kette gerne dabeigehabt, und sei es auch nur, um sich an ihr festzuhalten.

Sie spürte, wie sich ihre Nackenhärchen aufstellten und ihr Herz plötzlich schneller schlug. In diesem Moment rief Enid ihren Namen. Corrie drehte sich langsam zu ihrer Freundin um und erstarrte, als sie den Mann erblickte, den Enid am Arm in das Wohnzimmer führte. Enid hatte ganz vergessen zu erwähnen, wie gut ihr Bekannter aussah. Er war groß und breitschultrig, trug das schwarze Haar etwas länger als das, was man *anständig* nennen würde. Seine Gesichtszüge wirkten, als sei eine Marmorstatue zum Leben erwacht. Graue Augen und schmale Lippen gaben ihm einen kalten, ja arroganten Touch. Doch Corrie konnte das Gefühl nicht abschütteln, dass dieser Eindruck trog.

»Corrie?«

Erst als Enid und der Fremde direkt vor ihr standen, fand Corrie ihre Stimme wieder.

»Entschuldige, ich war ganz in Gedanken«, sagte sie und lächelte verlegen. Sie konnte spüren, wie das Blut ihr in die Wangen schoss. *Ein wunderbarer erster Eindruck*, dachte sie und hätte sich am liebsten einen Tritt verpasst. Das Grinsen, das Enid zu unterdrücken versuchte, entging ihr keineswegs.

»Corrie, darf ich dir einen Bekannten von mir vorstellen? Das ist …«

»Aides«, unterbrach der Fremde Enid und streckte Corrie die Hand entgegen, die sie automatisch ergriff. Sie zuckte leicht zusammen, als habe sie einen leichten elektrischen Schlag durch die Berührung bekommen. Überrascht sah sie Enids Bekannten an, doch dieser schien nichts dergleichen gespürt zu haben. Er hielt noch immer ihre Hand und ließ sie erst los, als Corrie sie langsam zurückzog.

»Ich lasse euch beide dann mal kurz allein. Ich muss Sammy davon abhalten, die ganzen Chips allein zu essen.« Enid verabschiedete sich mit einem Augenzwinkern in Corries Richtung, und ehe sie ihre Freundin zurückrufen konnte, war diese auch schon auf dem Weg zur anderen Seite des Wohnzimmers.

Corrie biss sich nervös auf die Unterlippe, während sie nach einem Gesprächsthema suchte. Worüber redete man mit einem Mann, den man gerade erst kennengelernt hatte? Und worüber sprach man besser nicht? Vielleicht hätte sie darüber vorher noch einmal mit Enid sprechen sollen.

»Mache ich Sie nervös?«

Corrie schreckte aus ihren Gedanken auf und starrte Aides mit großen Augen an.

»Nein … nein«, stotterte sie, während sie in seine Augen sah. Diese Augen … diese steingrauen Augen … Sie hätte den ganzen Abend damit verbringen können, ihm in die Augen zu sehen, und konnte sich selbst nicht erklären, wieso. Irgendetwas an ihm war ihr seltsam vertraut.

»Ich weiß, das klingt jetzt verrückt … aber … kennen wir uns von irgendwoher?« Corrie spürte, wie ihr Herz schneller schlug, als sie die Frage stellte. Würde er sie jetzt auslachen? Aides setzte zu einem Lächeln an, und Corrie konnte sich nicht helfen, als noch ein wenig tiefer in seinen Augen zu versinken.

»Vielleicht aus einem früheren Leben?«

Er hätte einen Eimer kalten Wassers über ihr ausgießen können, Corrie hätte die gleiche Reaktion darauf gezeigt wie auf seine Antwort. Sie reckte ihr Kinn und funkelte ihn wütend an.

»Sehr lustig«, zischte sie, ehe sie ihm den Rücken zudrehte und ihn stehen ließ. Oder dies zumindest versuchte. Seine Hand schloss sich um ihren Unterarm, ehe sie einen Schritt von ihm weggehen konnte.

»Bitte, wenn ich Sie irgendwie gekränkt haben sollte, verzeihen Sie mir. Das war nicht meine Absicht.«

Corrie sah auf die Hand auf ihrem Arm, während erneut ein seltsames Gefühl der Vertrautheit sie ergriff.

Ich nehme dich sehr wohl ernst, das weißt du. Genauso wie du weißt, dass ich dich nie belügen würde.

Langsam wandte sie sich wieder zu ihm um, während sie darauf wartete, dass das Déjà-vu vorüberging. Hatte sie diese Worte wirklich einmal gehört? Oder stammten sie aus einem Traum?

»Wenn Sie mir sagen, was Sie so verärgert hat, verspreche ich Ihnen, es nie wieder zu tun.« *Du weißt, dass ich dich nie belügen würde.*

Corrie sah Aides noch einen Moment lang schweigend an, dann schüttelte sie den Kopf.

»Entschuldigen Sie. Es ist nur … Ich weiß nicht, wie viel Enid Ihnen von mir erzählt hat …« Sie wartete darauf, dass er ihr eine Antwort gab, doch als er sie einfach schweigend anblickte, seufzte sie und fuhr sich mit der freien Hand durchs Haar. Erst jetzt fiel ihr auf, dass er ihren Arm noch immer festhielt. Langsam ließ Aides seine Hand fallen, und Corries Blick fiel auf die Stelle, die er eben noch berührt hatte. Wieso wünschte sie sich seine Hand wieder zurück?

»Ich hatte einen Unfall. Mein Gedächtnis ist bis auf die letzten Monate völlig ausgelöscht.« Ihre Worte erschraken sie selbst. Dieser Umstand war ein dunkles Geheimnis, das sie üblicherweise für sich behielt, solange sie konnte, wenn sie jemanden traf. Doch diesem Mann, den sie gerade erst kennengelernt hatte, erzählte sie es so bereitwillig, als gehörte er schon ewig und ganz selbstverständlich zu ihrem Leben.

»Das tut mir leid.«

»Das muss es nicht«, beeilte Corrie sich zu sagen und spürte schon wieder, wie sie rot wurde.

»Es … war ja nicht Ihre Schuld. Es ist auch nur so, wenn ich jemanden kennenlerne, kann ich mir nicht sicher sein, ob ich der Person schon einmal begegnet bin, und ich weiß, wie es klingt, danach zu fragen, aber ich hatte dieses Gefühl, dass Sie mich an jemanden erinnern und … ich plappere wie ein Wasserfall, entschuldigen Sie.« Corrie schlug sich die Hände vor den Mund und kam sich in diesem Moment unglaublich kindisch vor. Am liebsten wäre sie tief im Erdboden versunken. Doch Aides schüttelte nur lächelnd den Kopf.

»Bitte, entschuldigen Sie sich nicht. Ich höre Ihnen sehr gerne zu.«

Abermals schoss ihr das Blut in die Wangen, doch dieses Mal aus einem ganz anderen Grund als zuvor, das wusste Corrie. Wie war es nur möglich, dass sie ein Fremder so aus der Fassung brachte? Sie wusste es nicht, und so sehr sie auch darüber nachdachte, sie fand keine Antwort darauf. Ehe sie sich versah, war Mitternacht vorbei, die Partygäste begannen, Enids Wohnung zu verlassen, bis schließlich nur noch Corrie und Aides übrig blieben. Hatte sie wirklich Stunden nur mit ihm verbracht? Tatsächlich, ein Blick auf die Uhr ließ die Wahrheit nicht verleugnen.

»Ich denke, es wird auch für mich Zeit, zu gehen. Ich hoffe, ich sehe Sie wieder?« Aides griff zum Abschied nach Corries Hand. Während seine Augen sie ebenso gefangen zu halten schienen, wie es seine Hand tat, nickte Corrie nur stumm und zwang sich zu einem kleinen Lächeln. Ihn wiedersehen? Sie konnte es kaum erwarten, sie verstand sich selbst kaum mehr. Als er ihre Hand zu seinen Lippen führte und ihr einen kleinen Kuss auf ihre Fingerknöchel gab, suchte sie verzweifelt ihre Stimme.

»Es … es würde mich freuen, Sie wiederzusehen.«

Aides lächelte sie an und verabschiedete sich mit einem Nicken von Enid, ehe er die Haustür hinter sich schloss.

Corrie spürte benommen, wie Enid die Arme um sie legte und sie drückte.

»Na, habe ich zu viel versprochen? Ihr beide habt euch offensichtlich gut unterhalten. Worüber habt ihr denn geredet?«

Corrie zuckte mit den Schultern. Es war nicht so, dass sie sich nicht daran erinnerte, doch sie wagte nicht, Enid zu gestehen, dass sie einem Fremden ihr Herz ausgeschüttet hatte. Es war verrückt, das wusste sie selbst, doch es hatte sich richtig angefühlt. Sie hatte ihm von ihrer Angst erzählen können, sich nie wieder an ihre Kindheit und Jugend zu erinnern, daran, wer sie wirklich war. Die Angst war nicht mehr so stark gewesen, als sie ihn dabei angesehen und er ihr versichert hatte, dass er glaubte, es werde alles gut werden.

»Dann sollten wir dafür sorgen, dass ihr euch bald wiederseht, oder?« Enid lachte und gab Corrie einen Kuss auf die Wange. »Du wirst rot, und deine Augen leuchten. Das ist die einzige Antwort, die ich brauche.«

»Unsinn!«, beharrte Corrie und wand sich nun aus der Umarmung ihrer Freundin. »Du tust ja gerade so, als sei ich verliebt. Ich habe ihn gerade eben erst kennengelernt.«

»Corrie, du bist verliebt, ob du es glauben willst oder nicht. Vertrau mir, ich erkenne das.«

Corrie sah ihre Freundin mit hochgezogenen Brauen an, während sie sich daran machte, ihr beim Aufräumen zu helfen.

»Ach, wirklich? Wer bitte schön hat dich denn zur Expertin in Liebesangelegenheiten ernannt?«

Enid grinste sie verschmitzt an und legte den Zeigefinger auf die Lippen. Sie sah sich einmal im Wohnzimmer um, als wolle sie verhindern, dass sie belauscht würden.

»Die Götter selbst«, flüsterte sie schließlich und zwinkerte Corrie zu, die daraufhin nur mit den Augen rollte.

∘∘∘

»Da ist doch nichts dabei, wieso machst du es dir denn so schwer?«

Das Mädchen beobachtete seine Mutter, wie diese die Samenkörner in die Erde steckte. Im Nu reckten die ersten Pflänzchen ihre Knospen durch die Erde und öffneten ihre Blätter. Doch damit hörten sie noch lange nicht auf. Sie wuchsen und wuchsen, streckten sich der Sonne entgegen, um noch größer und schöner zu werden.

»Nun mach es mir nach, Kore«, forderte die Mutter, und das kleine Mädchen griff mit seiner Hand in den Beutel voller Samenkörner und steckte jedes für sich in die Erde.

Es hielt den Atem an, während es darauf wartete, was passierte. Langsam bröckelte die Erde, die es über den Samenkörnern aufgehäuft hatte, und die ersten Blumenknospen riskierten ihren Weg ans Sonnenlicht. Das Mädchen wagte jedoch noch nicht, *wieder auszuatmen. Nicht ehe die Blumen weiterwuchsen, wie die seiner Mutter es taten.*

Diese seufzte und schüttelte den Kopf. »Ich verstehe einfach nicht, was du falsch machst.«

Das Mädchen ließ seine Schultern hängen und blickte durch einen Tränenschleier auf die Erde herab. Wenn seine Mutter es nicht wusste, wie sollte es selbst es dann tun?

»Du musst einfach mehr üben, hörst du?«

Schweigend nickte es und wartete, bis sich die Schritte der Mutter entfernt hatten, ehe es es wagte, den Blick wieder zu heben. Es wischte sich mit den Armen übers Gesicht, um keine Erde in die Augen zu bekommen.

»Wieso seid ihr so gemein zu mir?«, fragte es die Blumen. Doch diese gaben keine Antwort. Das Mädchen schwor sich, jeden Tag zu üben. Eines Tages würde es seiner Mutter beweisen, dass es es auch konnte. Genauso gut wie sie.

Corrie erwachte spät an diesem Tag. Für einen Moment lag sie im Bett und dachte über ihren Traum nach. War es so einmal gewesen? Nein, sicher nicht. Kein Mensch konnte Pflanzen so schnell zum Wachsen bringen, selbst ihre Mutter nicht. Aber die Botschaft dahinter, ja … Allein wenn sie sich an die letzten Monate erinnerte, dann konnte sie gut glauben, dass dies eine Erinnerung aus ihrer Kindheit gewesen war. Auch heute noch versuchte ihre Mutter ständig, sie zur Gartenarbeit zu animieren. Demi hatte nicht nur einen grünen Daumen, nein, Corries Mutter schien ganze grüne Hände zu haben.

Mit einem Stöhnen warf sie schließlich die Decke von sich und stand auf. Bevor sie sich ins Bad begab, griff sie noch in die Nachttischschublade, um die Kette herauszuholen und umzulegen.

Mit müden Schritten ging sie über den Flur. Der Traum hatte ihre Hochstimmung vom Abend vorher gedrückt. Vielleicht war es aber auch besser so, überlegte sie, als ihre Gedanken zu Aides wanderten.

»Mein Leben ist wohl noch nicht kompliziert genug, was?«, fragte sie ihr Spiegelbild, doch dieses hatte darauf auch keine Antwort.

Eine halbe Stunde später saß sie in der Küche und knabberte an einer trockenen Scheibe Toast. Die Tür zum Garten öffnete sich, und ihre Mutter trat mit einem Blumenstrauß in den Armen ins Haus. Sie warf Corrie einen kritischen Blick zu, ehe sie die Blumen ins Spülbecken legte, um eine Vase zu holen.

»Guten Morgen, oder eher, guten Tag. Du hast ganz schön lange geschlafen. Ich nehme an, die Party war schön?«

Corrie biss erneut von ihrem Toast ab, um ihre Antwort möglichst unverständlich und unverfänglich zu gestalten. Sie kannte ihre Mutter gut genug, um zu wissen, dass diese ohnehin kein rechtes Interesse an einer Zusammenfassung des gestrigen Abends hatte. Ansonsten hätte sie sich längst zu ihr an den Tisch gesetzt, um sie bei der Unterhaltung genau zu beobachten.

»Schön, schön«, antwortete Demi nur und arrangierte den Blumenstrauß in der Vase, ehe sie ihn auf den Tisch stellte. Erst jetzt blieb sie stehen, um Corrie anzusehen. Ihre Brauen waren hochgezogen, und Corrie blinzelte sie verwirrt an.

»Na, worauf wartest du? Willst du mir nicht im Garten helfen?« Es war wieder einmal keine Frage. Das wussten sie beide. Demi machte sich bereits auf den Weg zur Tür.

Irgendwann musst du doch lernen, wie das geht.

»Was?« Corrie sah ihre Mutter mit einem Stirnrunzeln an.

»Ich habe gefragt, ob du mir nicht helfen willst«, wiederholte Demi mit hochgezogenen Brauen, ehe sie ebenfalls die Stirn runzelte und mit zwei Schritten vor Corrie stand und ihr die Hand auf die Stirn legte.

»Geht es dir nicht gut? Fühlst du dich unwohl? Das war gestern zu anstrengend für dich, ich hab's ja gewusst.«

Corrie machte einen langsamen Schritt zurück und nahm die Hand ihrer Mutter in die eigene, als diese ihr wieder die Stirn fühlen wollte.

»Ma, mir geht es gut. Wirklich. Ich bin nur noch etwas müde, das ist alles.«

Demi sah sie zweifelnd an. Corrie bemühte sich um ein Lächeln und ging an ihrer Mutter vorbei in den Garten.

»Was willst du heute pflanzen?«

⁕⁕⁕

Als die Mittagssonne auf sie herabschien, kniff Corrie die Augen zusammen und wandte ihren Kopf zur Seite.

»Ich glaub, ich leg mich besser ein wenig hin.«

Ihre Mutter sah zu ihr herüber. Ehe diese wieder ihre Temperatur fühlen konnte, stand Corrie hastig auf. Ohne auf eine Antwort zu warten, ging sie zurück ins Haus. Auf dem Weg in ihr Schlafzimmer streifte sie sich noch rasch die Schuhe von den Füßen und ließ sie achtlos im Flur liegen. Sie würde sie später wegräumen, dachte sie sich und zog die Vorhänge in ihrem Zimmer zu.

Corrie schlug gar nicht erst die Bettdecke zurück, sie ließ sich einfach mit einem Seufzen auf ihre Decke und in ihr Kissen fallen. Dank der Müdigkeit der vergangenen Nacht und der beginnenden Kopfschmerzen dauerte es nicht lange, bis sie eingeschlafen war.

Nebel. Um sie herum war eine dichte, graue Masse. Kalt und nass auf ihrer Haut. Sie konnte nicht weiter sehen, als sie ihre Hand ausstrecken konnte. Wo war sie?

»Hallo? Ist da jemand?« Ihre Stimme klang seltsam. Als spräche sie durch einen dicken Schal, der um ihren Mund gewickelt worden war.

»Hallo?« Keiner antwortete ihr. Sie war allein in diesem Nebel. Sie ging geradeaus, die Arme vor sich ausgestreckt, damit sie nirgendwo anstieß. Doch da schien nichts zu sein.

Wie lange sie schon lief, konnte sie nicht mehr sagen. Minuten, Stunden, vielleicht Tage. Sie wusste es nicht. Ihr Kleid hatte sich mit Feuchtigkeit vollgesogen und klebte schwer und kalt an ihrem Körper.

Sie ging weiter, ohne darüber nachzudenken. Was sonst sollte sie tun? Wohin sie ging, wusste sie genauso wenig, wie wonach sie überhaupt suchte. Suchte sie überhaupt etwas? Vielleicht ihren Namen? Ihre Identität?

Wer bin ich? Der Versuch, die Frage zu beantworten, brachte einen stechenden Schmerz in ihrem Kopf mit sich. Wieso konnte sie sich an nichts erinnern? War sie vollkommen verloren?

Als Corrie erwachte, war ihr Gesicht nass. Mit der rechten Hand wischte sie sich die Tränen von den Wangen. Angst schnürte ihr Herz und Kehle zu. Sie rollte sich unter die Decke und zog sie bis über die Schultern. Es war ihr, als könne sie den Nebel noch immer spüren, der sich um sie herum ausbreitete. Als sie sich zusammenrollte, um sich unter der Decke zu wärmen, griff sie nach dem vertrauten Gewicht des Anhängers an ihrem Hals. Ohne darüber nachzudenken, nahm sie die Kette ab und legte sie in die Nachttischschublade.

»Ohne dich habe ich wirklich besser geschlafen«, murmelte sie und blickte auf den Vorhang vor ihrem Fenster. Die Sonne stand bereits tief am Himmel und ließ die letzten Strahlen durch den roten Stoff in ihr Zimmer fallen und Muster auf den Boden malen.

Erst das unablässige Klingeln des Telefons brachte sie dazu, die Wärme und Geborgenheit ihres Bettes zu verlassen. Als sie in den Flur kam, sah sie durch die offene Küchentür, dass ihre Mutter noch immer im Garten arbeitete. Sie hob ab und konnte noch nicht einmal ihren Namen nennen, ehe Enid sie schon überfiel.

»Du und ich. Shoppen. Morgen. Was hältst du davon?«

Corrie nahm das Telefon mit ins Wohnzimmer und ließ sich aufs Sofa fallen.

»Was hättest du getan, wenn meine Mutter ans Telefon gegangen wäre? Sie zum Shopping eingeladen?«

»Deine Mutter ist bei so einem Wetter garantiert in der Nähe von Erde und Pflanzen anzutreffen«, entgegnete Enid gelassen, und Corrie hörte sie mit den Fingernägeln auf irgendetwas herumklimpern, während sie auf ihre Antwort wartete. »Also? Was ist jetzt? Kommst du mit?«

Corrie lachte und schüttelte den Kopf. Sie konnte sich geradezu vorstellen, wie Enid von einem Bein aufs andere hüpfte.

»Gut, ich komme mit«, erlöste sie ihre Freundin schließlich.

»Prima, ich hol dich um kurz nach elf ab.«

❋❋❋

Persephone lehnte sich an Hades, als sie gemeinsam durch Elysion spazierten. Seine Hand ruhte auf ihrer Hüfte, als fürchte er, dass sie ihm entgleiten könnte.

Sie warf ihm einen kurzen Blick zu und unterdrückte ein Lächeln. Nein, Hades würde nie zugeben, vor irgendetwas Angst zu haben. Wahrscheinlich wusste er nicht einmal, was dieses Gefühl überhaupt war.

»Was amüsiert dich so?«

Persephone schüttelte leicht den Kopf und schmiegte ihn erneut an Hades' Brust.

»Nichts.«

Auch wenn er darauf nichts erwiderte, so spürte sie doch seinen Blick auf ihrem Kopf und sah ihn schließlich an.

»Ich habe mich nur gerade gefragt, ob du überhaupt weißt, wie sich Angst anfühlt.« Sie rechnete damit, ihn lachen zu hören oder sein Grinsen zu sehen, bei dem er nur einen Mundwinkel nach oben zog.

Stattdessen blieb Hades stehen. Seine Stirn legte sich in Falten, und er führte seine Hand von ihrer Hüfte zu ihrem Gesicht. Persephone lehnte sich in die Berührung. Sie beobachtete, wie sein Ausdruck sich verdüsterte.

»Wenn du mir diese Frage früher gestellt hättest, hätte ich sie verneint.«

»Und jetzt?«, fragte sie leise.

»Jetzt habe ich dich.«

Persephone runzelte die Stirn und lehnte ihren Kopf zur Seite. »Was habe ich damit zu tun, ob du Angst kennst oder nicht?«

»Ich fürchte jeden Tag, dich zu verlieren«, gestand er und strich ihr noch einmal mit den Knöcheln seiner Hand über die Wange, ehe er weiterging.

Persephone stand einen Moment schweigend da und starrte ihm mit offenem Mund hinterher. Ihr Herz schlug schneller, als sie versuchte, ihre Gefühle zu ordnen. Schließlich lief sie ihm nach und schlang die Arme um seine Mitte.

»Ich werde dich nie verlassen«, versprach sie an seinem Rücken und drückte ihn so fest an sich, wie es ihr möglich war.

Vorsichtig griff Hades nach ihren Händen und löste sich aus ihrer Umklammerung. Er zog sie vor sich und sah sie eindringlich an.

»Wie lange wird es dauern, ehe du die Oberwelt vermisst? Die Sonne, die Blumen? Kannst du wirklich auf all das verzichten?«

Persephone zog seine Hände zu ihrem Gesicht und küsste sie.

»Mein Herz ist hier. Wie sollte ich in der Oberwelt ohne es leben können?«, entgegnete sie und sah sich um.

»Es ist so hell hier, als kämen Helios' Strahlen durch die Felsen und Erde hindurch. Elysion ist von Blumen übersät, und selbst der Asphodeliengrund wird durch die Blume der Toten jeden Tag belebt. Nein, ich vermisse nichts.«

Hades schloss für einen Moment seine Augen und zog Persephone an sich, als wagte er kaum zu hoffen, dass ihre Worte der Wahrheit entsprachen. Schweigend hielt er sie für einen Moment an sich gedrückt, ehe er sie wieder losließ und ihre Hand ergriff, um ihren Spaziergang fortzusetzen.

Die Schatten, die Elysion bewohnten, ignorierten sie, als sie sie passierten, geradeso, als könnten sie die beiden Götter nicht sehen. Nur ein kleines Mädchen sah zu ihnen auf, als sie an ihm vorbeigingen. Seine Augen waren voller Tränen.

Persephone kniete vor dem Mädchen nieder und strich ihm durchs helle Haar.

»Warum weinst du denn?«

Das Mädchen zog die Nase hoch und schluckte, während es den Kopf nach rechts wandte.

»Siehst du den Granatapfelbaum? Er blüht nicht mehr. Er ist tot. Genauso tot wie ich. Dabei konnte ich mir dort jeden Tag einen Granatapfel pflücken.«

Persephones Blick folgte ebenso wie Hades' dem des Kindes, und sie sahen einen verdorrten Baum am Rande einer Wiese stehen.

»Granatäpfel sind die liebsten Früchte meiner Mutter. Ich hatte gehofft, dass, wenn sie hierherkommt, ich sie mit einem begrüßen könnte. Damit es nicht so schwer für sie ist, dass sie tot ist. Aber das geht jetzt nicht mehr.« Das Mädchen fing erneut an zu weinen, und Persephone blickte Hilfe suchend zu Hades, doch dieser schüttelte den Kopf.

»Die Pflanzen wachsen in meinem Reich, aber ich gebiete nicht über sie«, erklärte er und blickte dabei so traurig, als würde es ihm das Herz brechen, Persephone enttäuschen zu müssen.

»Vielleicht ist der Baum gar nicht tot«, versuchte sie nun das Mädchen zu trösten und streckte die Hand nach dem Kind aus. »Komm, lass uns einmal genauer nachsehen.«

Zögernd ergriff das Kind Persephones Hand und ging mit ihr gemeinsam zu dem Baum.

»Siehst du, er ist tot. Er blüht nicht, trägt keine Blätter mehr, und Früchte schon gar nicht«, sagte es.

Persephone berührte die Zweige des kahlen Baums und seufzte. Das Mädchen hatte Recht. Der Baum war tot. Kein Gott, nicht einmal Demeter, war in der Lage, etwas Totem wieder Leben einzuhauchen.

»Es tut mir leid. Aber wir werden einen neuen Baum pflanzen, und er wird sicher wachsen und gedeihen und genauso groß und schön werden, wie dieser es war. Und dann kannst du deiner Mutter einen Granatapfel geben, wenn ihre Zeit auf der Erde vorüber ist.«

Das Mädchen schluckte schwer, nickte jedoch langsam und sah Persephone mit großen Augen an.

»Danke schön. Das ist sehr nett von dir.«

Persephone lächelte und strich dem Kind ein letztes Mal über den Kopf, ehe sie zu Hades zurückkehrte.

»Du willst also Bäume pflanzen?«, fragte dieser sie, als sie vor ihm zum Stehen kam.

»Wieso nicht?«, fragte sie ihn und legte den Kopf zur Seite, als sie auf seine Antwort wartete.

»Nun, zum einen ging ich davon aus, dass die Gartenarbeit dir kein großes Vergnügen bereitet …«

Persephone unterbrach ihn kopfschüttelnd. »Die Gartenarbeit

selbst macht mir Spaß. Es ist die Erwartung meiner Mutter, die mir kein Vergnügen bereitet«, korrigierte sie ihn. Hades unterdrückte ein Schmunzeln, was Persephone keineswegs entging.

»Was noch? Welchen Einwand gibt es gegen das Pflanzen eines neuen Baumes?«

»Es gibt keinen Einwand. Nur …«

»Nur was?«, fragte Persephone ungeduldig und verschränkte die Arme vor der Brust, als sie sah, wie schwer es Hades mittlerweile fiel, sein Grinsen zu unterdrücken.

»Mich interessiert, wieso du einen zweiten Baum pflanzen willst. Fürchtest du, der erste könnte sich einsam fühlen?«

Persephone sah ihn an, als habe er den Verstand verloren.

»Aber du hast doch gesehen, der Baum ist tot. Wir müssen einen neuen …« Sie drehte sich um und deutete auf den Baum, an dem sie eben noch mit dem Mädchen gestanden hatte. Der Anblick, der sich ihr bot, verschlug ihr die Sprache.

Zarte grüne Blätter sprossen an seinen Zweigen, und hier und da konnte sie tiefrote Blütenknospen erkennen, die sich langsam öffneten.

»Aber wie … Das ist unmöglich! Der Baum war doch tot!«

Hades ergriff ihre rechte Hand und drehte die Handfläche nach oben. Als er sie an seine Lippen führte und einen Kuss in die Innenfläche setzte, ruhte sein Blick auf ihr.

»Du bist stärker, als du glaubst. Stärker als deine Mutter, die die Pflanzen bis zu ihrer Reife wachsen und sie dann nach Belieben verdorren lässt. Selbst stärker als ich.«

Persephone sah ihn mit offenem Mund an. Ihr Blick fiel zurück auf den Baum, dann auf ihre Hände. Als sie wieder in Hades' Gesicht blickte, breitete sich langsam ein Lächeln auf ihrem Gesicht aus. Ihr Herz schlug schneller, als sie daran dachte, dass das Wiedererwachen des Baumes aus der Totenstarre allein ihr Werk gewesen war. Zu gerne hätte sie in diesem Augenblick ihrer

Mutter gegenübergestanden, um ihr zu sagen, dass diese sich in ihr geirrt hatte.

✿ ✿ ✿ ✿

»Ist alles in Ordnung? Du bist heute so still.«

Corrie sah mit einem Lächeln zu Enid und griff nach ihrem Wasserglas. »Ja, alles in Ordnung. Ich hab nur so merkwürdige Sachen geträumt, das geht mir etwas nach.«

»Oh, verstehe. Albträume?«

»Nein!« Corrie schüttelte hastig den Kopf. Enid sah sie mit hochgezogenen Brauen an und ließ ihre Kaffeetasse sinken, die sie gerade in die Hand genommen hatte. Corrie räusperte sich und spürte, wie ihr heiß wurde. Sie wusste selbst nicht, wieso sie Enid so vehement widersprochen hatte. Es war nur so, dass die Vorstellung, jemand könnte den Traum der letzten Nacht für etwas Schlimmes halten, ihr widerstrebte. Sie hatte sich so glücklich, so befreit gefühlt. Den ganzen Morgen war sie mit einem Lächeln durchs Haus geschwebt. Auch wenn sie wusste, dass es nur ein Traum gewesen war, dass es verrückt war, ihm so eine große Bedeutung beizumessen, sie konnte nicht anders.

»Aha.« Enids Brauen senkten sich langsam wieder, als ein Grinsen auf ihrem Gesicht ausbrach. Sie schob ihre Kaffeetasse beiseite und lehnte sich langsam über den Tisch.

»Also *so* ein Traum. Jetzt bin ich neugierig. Ging es um Aides?« Enid lachte, als Corrie einen großen Schluck Wasser trank, und schüttelte den Kopf. »Oh, ich wusste es. Ihr beide müsst euch unbedingt treffen.«

Corrie widersprach nicht. Das konnte sie auch nicht wirklich. Tatsächlich hatte der Mann in ihrem Traum genau wie Enids Bekannter ausgesehen. Sie hatte ihm gegenüber die gleiche Vertrautheit gespürt, wie sie es auf der Party getan hatte. Mehr noch sogar. Als er davon gesprochen hatte, dass er Angst davor hatte, sie könne ihn verlassen, war ihr das Herz unendlich schwer geworden.

Ihn wiedersehen? Das würde sie nur zu gern, auch wenn sie nicht wagte, dies laut auszusprechen. Sie wollte wissen, wieso sie diese Gefühle für ihn verspürte. Es konnte doch nicht normal sein, sich einem Fremden so verbunden zu fühlen.

»Sollen wir?«, fragte Enid, als sie ihre Tasse geleert hatte. Corrie trank ihr Glas aus und griff nach ihren beiden Einkaufstüten.

»Wo willst du als Nächstes hin?«, fragte sie Enid. Diese kniff die Augen zusammen und sah sich in der Mall um.

»Oh, gehen wir in das süße Schmuckgeschäft im ersten Stock? Da hatte ich letztens eine so schöne Kette entdeckt, aber dummerweise kein Geld dabei.«

Sie fuhren mit dem Aufzug nach unten und gingen zielstrebig in den Laden, in dem Enid Corrie eine silberne Kette mit einem kleinen Schmetterlingsanhänger zeigte, der in allen Farben des Regenbogens schillerte.

»Ist er nicht hübsch?«

Corrie nickte zustimmend, als Enid die Kette abnahm und zur Kasse ging. Eins der wenigen Dinge, an die sie sich im Zusammenhang mit Enid erinnerte, waren Schmetterlinge. Ihre Freundin hatte eine Passion für die Tiere und konnte an keinem, nicht mal einem künstlichen, einfach so vorbeigehen.

Neben dem Schmuckgeschäft gab es einen Blumenstand, und der Duft der Pflanzen zog bis in den kleinen Laden. Gemächlich schlenderten Corrie und Enid an den Blumen vorbei und sahen sie sich an.

»Schau nur«, meinte Enid und zeigte auf eine Calla, die bereits viel von ihrer Schönheit eingebüßt hatte. Die einst weiße Blüte besaß einen Gelbstich, und die Blätter hatten ihre grüne Farbe gegen ein vertrocknetes Braun eingetauscht.

»Schade. Wieso werfen sie sie nicht weg? Wer soll die denn noch kaufen?«, fragte Enid, während Corrie vorsichtig mit den Fingern über die Blüte strich.

Ich wünschte, ich könnte dir helfen. Aber das war leider nur ein Traum.

»Hallo.«

Erschrocken drückte Corrie die Blüte aus Versehen zusammen und hörte ein unschönes Knirschen, als sie die ihr so vertraute Stimme hinter sich hörte. Glücklicherweise war Enid nicht so erstaunt darüber, Aides zu sehen, wie Corrie es war, und ersparte ihrer Freundin so einen peinlichen Auftritt.

»Aides, schön, dich zu sehen. Du erinnerst dich doch an Corrie, nicht wahr?«

Corrie sah, wie Aides ihre Freundin einen Moment lang mit gerunzelter Stirn ansah, ehe er sich mit einem Lächeln an Corrie wandte. »Wie könnte ich sie vergessen?«

Wie schaffte er es, dass ihr Herz schon wieder schneller schlug, wenn er sie nur ansah? Corrie spürte noch nicht einmal, ob ihr bei seinem Kompliment das Blut in die Wangen schoss. Nur mit halbem Ohr hörte sie zu, wie Enid sich mit einer offensichtlichen Ausrede auf die andere Seite des Blumenstandes zurückzog.

»Ich habe sehr gehofft, dass wir uns noch einmal sehen«, gestand Aides, und Corrie fühlte sich, als habe man einen Schwarm Schmetterlinge in ihrem Bauch losgelassen. Die Erinnerungen an ihren Traum kehrten zurück, und sie versuchte, sie zu verbannen. Es half ihr nicht, sich vorzustellen, wie es wäre, von ihm im Arm gehalten zu werden.

»Es freut mich auch, Sie wiederzusehen«, gab Corrie bereitwillig zu und suchte nach etwas, worüber sie reden konnten. Hatten sie sich auf der Party noch stundenlang ungezwungen unterhalten, so fühlte sie sich nun sehr nervös und wusste nicht so recht, wo sie hinsehen sollte. Seine Augen waren gefährlich. Sie schaffte es nie, nicht an ihnen haften zu bleiben und in ihnen zu ertrinken. Ihn nicht anzusehen war allerdings sowohl unhöflich als auch kindisch.

Corrie versuchte, ihren Blick auf eine harmlosere Stelle zu richten, doch sie konnte keine finden. Seine Lippen ließen nur noch unhöflichere Gedanken in ihr aufkommen, als es seine Augen bereits taten.

»Ich hatte allerdings gehofft, dass wir uns einmal allein treffen könnten.«

Nun blickte Corrie doch auf und sah Aides an, als hätte er auf einmal in einer fremden Sprache geredet. Hatte er sie wirklich um ein Date gebeten?

»Ich …« Sie zögerte und leckte sich mit der Zunge über die plötzlich sehr trockenen Lippen.

»Wenn Sie nicht wollen …« Aides schien unsicher, und für einen Moment glaubte Corrie, in ihm tatsächlich den Mann aus ihrem Traum zu sehen. Den Mann, der sich davor fürchtete, dass sie ihn verlassen könnte.

»Das würde mir gefallen«, gestand sie, ohne noch länger zu überlegen. Für einen winzigen Moment sah sie Erleichterung in seinen Augen, und die Schmetterlinge in ihrem Bauch schwirrten noch aufgeregter umher.

»Wann …?«

»Am Freitag. Wir können uns hier treffen«, beeilte Corrie sich. Freitags war ihre Mutter den ganzen Tag außer Haus, und sie müsste ihr nicht erklären, wo sie hinging – und mit wem.

»Sehr gern.«

Corries Anspannung ließ auf einmal von ihr ab, und sie lächelte ihn erleichtert an.

»Ich freue mich«, sagte sie leise, als Enid wieder zu ihnen trat und die beiden ansah. »Darf ich wieder stören, oder soll ich noch einmal verschwinden?« Sie sah grinsend von Corrie zu Aides und wieder zurück.

Aides senkte kurz seinen Blick und überließ es Corrie, Enid zu antworten.

»Ich denke, wir müssen ohnehin gehen.« Wenn sie nicht in einer Stunde zu Hause war, würde ihre Mutter sich nur unnötige Sorgen machen.

»Bis Freitag also«, verabschiedete sie sich von Aides, und Enid winkte ihm noch einmal zu, ehe sie sich bei Corrie einhakte. Auf dem Weg zu Enids Wagen fragte ihre Freundin sie ganz genau nach der Unterhaltung mit ihrem Bekannten aus.

✿ ✿ ✿

Während die beiden Frauen gingen, sah Hades auf die Calla, die vor seinen Augen anfing, sich zu erholen. Stolz streckte sie den weißen Kopf nach oben. Ohne darüber nachzudenken, was er tat, nahm er die Blume und kaufte sie, ehe er die Oberwelt für diesen Tag verließ.

✿ ✿ ✿

Corrie zog tief die Luft ein und schloss für einen Moment die Augen. Die Sonne strahlte auf sie herab, und die Vögel zwitscherten über ihren Köpfen.

»Wenn du lieber irgendwo anders hingehen würdest …«

Corrie öffnete die Augen und schüttelte den Kopf. »Nein. Bitte nicht, es ist wunderschön hier.« Sie strich sich eine Strähne hinters Ohr und ließ ihren Blick über die Wiesen gleiten.

Nach ihrem Treffen in der Mall vor einer halben Stunde hatte Aides Corrie in einen nahe gelegenen Park geführt, über dessen Wege sie nun spazierten.

»Es freut mich, dass es dir hier gefällt.«

Corrie sah Aides von der Seite an und lächelte zaghaft, ehe sie den Blick senkte. Da waren schon wieder diese Schmetterlinge in ihrem Bauch, die wild durcheinanderflatterten.

Sie gingen schweigend nebeneinander her, und zu ihrer Überraschung empfand Corrie noch nicht einmal das Bedürfnis, die Stille zwischen ihnen zu unterbrechen. Es wirkte natürlich, mit Aides zu schweigen. Als sie sich noch über diesen Gedanken wunderte, fiel ihr Blick auf ein zartrosafarbenes Blumenmeer, das sich nach einer Kurve vor ihnen auftat. Ohne es selbst zu bemerken, beschleunigte Corrie ihre Schritte und ging auf die Wiese zu. Die Blumen wuchsen recht hoch, und sie streckte neugierig ihre Hände nach ihren zarten Blüten aus.

»Sind sie nicht wunderschön?«, fragte sie leise. Sie erwartete keine Antwort von Aides. Mit einem verlegenen Lächeln schüttelte sie den Kopf und ließ ihre Hand fallen. »Entschuldige. Ich weiß, Blumen sind nicht unbedingt etwas für Männer.«

Bevor Corrie sich abwenden und weitergehen konnte, ergriff Aides ihre Hand und hielt sie zurück. Corrie sah fragend zu ihm auf, als er ihre Hand wortlos festhielt.

»Entschuldige dich bitte nie für etwas, was dir Freude bringt«, bat er, und Corrie spürte, wie ihr Herz einen kleinen Sprung in ihrer Brust vollführte. Ohne den Blick von ihr abzuwenden, beugte Aides sich zu den Blumen herab und pflückte eine. Als er sich wieder aufrichtete, übergab er ihr die Blüte, die Corrie an ihre Nase hielt, um ihren Duft einzuatmen.

»Sie kommen mir bekannt vor«, sagte Corrie mit einem Stirnrunzeln, als sie versuchte, sich daran zu erinnern, woher sie die Blumen kannte. Sie wuchsen nicht in ihrem Garten, dessen war sie sich sicher.

»Ästiger Affodill.«

Mit hochgezogenen Brauen sah sie Aides an.

»Du weißt, wie sie heißen?«

»Das überrascht dich? Oh, ich vergaß: Blumen sind nichts für Männer«, neckte er sie, und Corrie spürte, wie sie unter seinem Blick errötete. Erneut hielt sie die Blume vor ihr Gesicht, dieses Mal jedoch, um ihre Verlegenheit zu verstecken.

»Tu das nicht«, bat Aides und berührte leicht ihren Arm, um ihre Hand von ihrem Gesicht herabzuziehen.

»Tu was nicht?«

»Dich verstecken.«

Corrie sah ihn schweigend an. Wie kam es, dass er sie so leicht lesen konnte? Als sie in seine Augen blickte, war da wieder dieses Gefühl der Vertrautheit, das sie schon beim ersten Mal gespürt hatte. Sollte sie ihn wirklich nicht vor ihrem Unfall gekannt haben?

»Wusstest du, dass die Griechen glaubten, die Toten würden sich von dieser Blume ernähren? Sie nannten sie Asphodelen und weihten sie der Göttin des Totenreiches: Persephone.«

Corrie kam es so vor, als warte Aides darauf, dass ihr diese Information etwas sagte. Doch sie konnte sich nicht daran erinnern, je davon gehört zu haben. Sie legte den Kopf zur Seite und zwang sich, ihren Blick von Aides zu lösen und die Blumenwiese zu betrachten.

»Die Toten ernähren sich von Blumen? Das klingt so gar nicht nach Tod und Verderben. Ist die Welt der Toten bei den Griechen denn nicht ein trauriger und düster Ort?«

»Überhaupt nicht«, erklärte Aides bereitwillig. »Natürlich gab es einen Platz für diejenigen, die die Hölle, wie man sie heute nennt, verdienten. Aber ebenso gab es Elysion, ein Paradies, schöner als alles, was man sich vorstellen kann.«

»Schöner als diese Wiese?« Corrie unterdrückte ein Schmunzeln. Sie hätte nicht gedacht, dass das Thema Aides so interessieren könnte, doch seine Stimme hatte geradezu einen verträumten Ausdruck, als er von der Totenwelt sprach. Es gefiel ihr, ihm bei seiner Beschreibung zuzuhören.

»Eine Wiese wie diese hier gibt es im Asphodeliengrund, dem Teil der Unterwelt, in der diejenigen die Ewigkeit verbringen, die weder besonders gut noch besonders schlecht waren.«

Corrie seufzte und ging langsam weiter den Weg entlang. »Das hört sich so an, als wäre der Tod nichts, wovor man sich fürchten müsste. Solange man nichts angestellt hat, natürlich.«

»Hast du Angst? Vor dem Tod?«

Corrie wollte schon erwidern, dass sie natürlich Angst davor hatte, zu sterben. Doch dann schloss sie ihren Mund wieder und dachte einen Moment lang nach. Hatte sie wirklich Angst vor dem Tod?

»Nein«, entschied sie schließlich und schüttelte leicht den Kopf. Als sie zu Aides sah, bemerkte sie sein Lächeln.

»Was? Ist daran etwas lustig?«

Aides schüttelte schnell den Kopf und lachte leise. »Nein, nein, es ist nicht lustig. Nur faszinierend. Das heißt, du bist faszinierend.«

Um eine Antwort verlegen, wandte Corrie sich hastig wieder um, und die beiden gingen weiter schweigend über die Wege.

≗ ≗ ≗

Hades musste seinen ganzen Willen aufbringen, um Persephone nicht die Wahrheit zu sagen. Mit jeder Sekunde, die er in ihrer Gegenwart verbrachte, kam es ihm nur noch unerträglicher vor, sie nicht in die Arme zu nehmen und mit ihr nach Hause zurückzukehren.

Nur eines tröstete ihn über die Zeit hinweg, die er zu warten hatte: Was auch immer Demeter sich durch die Entführung ihrer Tochter und das Auslöschen ihrer Gedanken versprochen hatte, sie hatte Persephones Wesen nicht zerstört. Ob sie seine Liebste nun wieder Kore – oder Corrie – nannte und ihr ihre Göttlichkeit verschwieg oder nicht, seine Persephone war noch immer dieselbe.

Psyches Ratschlag folgend, hatte er sich eine Wohnung in der Menschenstadt genommen, in die er Persephone – oder Corrie – nach dem gemeinsamen Spaziergang im Park eingeladen hatte. Und sie hatte zugestimmt. Diese Art zu werben, die Eros' Frau ihm nahegelegt hatte, kam ihm mehr als merkwürdig vor. Wieso er Persephone nicht einfach sagen sollte, was er für sie empfand, war ihm ein Rätsel. Aber Psyche war in diesem Punkt unnachgiebig gewesen und schien überzeugt, dass ein solches Vorgehen Persephone verschrecken würde. Nun, da Corrie jedoch zugestimmt hatte, ihn nach Hause zu begleiten, musste Hades zugeben, dass Psyche wohl Recht hatte.

Hades schloss die Tür zu der Penthousewohnung auf und ließ Corrie vor sich eintreten. Noch am Morgen war er nicht sicher gewesen, wie die Einrichtung auf sie wirken würde. Holz, Stein, Glas, alles war in dunklen Grau- und Brauntönen und Schwarz, die Stoffe in tiefem Rot gehalten. Es erinnerte an ihren Palast in der Unterwelt. Nachdem er nun mit Sicherheit wusste, dass Persephone noch immer dieselbe war, war er zuversichtlich, dass ihr auch diese Wohnung gefallen würde.

Als er die Tür hinter sich schloss, bemerkte er aus den Augenwinkeln, wie sie mit den Fingerspitzen über den roten Bezug des Sofas fuhr. Plötzlich hielt sie in der Bewegung inne und neigte den Kopf leicht zur Seite. Auch wenn er nur ihren Hinterkopf sah, so wusste Hades, dass sie gerade ihre Stirn in Falten legte.

Schweigend sah er zu, wie sie um das Sofa herumging und die Calla berührte, die auf dem kleinen Tisch davor stand.

»Sie sieht genauso aus wie die Blume, die ich diese Woche

49

in der Mall gesehen habe«, bemerkte Corrie und schüttelte lächelnd den Kopf. »Nur dass die Calla in der Mall nicht annähernd so lebendig aussah.«

»Es ist dieselbe«, gab Hades zu und wartete geduldig darauf, dass Corrie erneut die Stirn in Falten legte, ehe sie den Blick zu ihm erhob und ihn fragend ansah.

»Wie ist das möglich? Die Blume war fast verdorrt.«

Hades zuckte mit den Schultern und ging zu Corrie hinüber. Wie gern hätte er ihr gesagt, dass ihre Berührung allein dafür verantwortlich war, dass die Blume sich erholt hatte. Aber nein, sein Wort band ihn daran, dies nicht zu tun. Sie selbst musste sich an ihre wahre Identität, ihre Bestimmung erinnern.

Corrie schüttelte noch einmal den Kopf, ehe sie sich von der Blume abwandte und sich zu Hades umdrehte.

»Ich wollte mich noch bedanken. Der Tag war wirklich schön. Ich … weiß nicht, ob ich …«

Hades beobachtete, wie Corrie die Schultern hochzog und sich mit der Zunge über die Lippen fuhr, ehe sie ein leises Seufzen von sich gab.

»Ich erinnere mich nicht daran, wie es vor meinem Unfall mit Verabredungen war. Wenn ich also irgendetwas gesagt oder getan habe, das komisch oder …«

»Nichts«, unterbrach er sie, ehe sie den Satz beenden konnte. Hades konnte sich nicht länger zurückhalten. Vorsichtig berührte er ihr Kinn und brachte sie dazu, ihm in die Augen zu sehen. »Nichts, was du tust oder sagst, ist in irgendeiner Art und Weise komisch.«

Bei allen Seelen der Unterwelt, es war die reinste Folter. Sie stand vor ihm und sah ihn mit großen Augen an. Wieso konnte sie sich nicht an ihn erinnern? An sie beide? Langsam, um sie nicht zu verschrecken, schloss er die Lücke zwischen ihnen. Ein Kuss. War es nicht das, wovon die Menschen glaubten, dass es jeden

Zauber überwinden konnte? Im letzten Moment zog Corrie sich jedoch zurück.

Hades unterdrückte ein Seufzen, als er sah, dass sie wieder die Stirn runzelte. Sie versuchte, ein Rätsel zu lösen. Er konnte nur hoffen, dass sie die Lösung bald erkannte.

»Ich … muss jetzt gehen.«

Ehe er sich versah, war sie schon an der Tür und hatte sie geöffnet.

»Sehe ich dich wieder?«, hörte Hades sich fragen, ohne dass er darüber hatte nachdenken können. Corrie zögerte in der Tür und biss sich auf die Lippen, ehe sie noch einmal nickte und die Tür hinter sich schloss.

Hades ließ sich mit einem schweren Seufzen auf das Sofa fallen. Was war nur geschehen? Er hatte sich zurückgehalten, hatte sich davon abgehalten, sie beim ersten Anblick in die Arme zu nehmen und zu küssen. Vielleicht hätte er es tun sollen, dachte er bitter. Vielleicht hätte sie sich dann endlich erinnert.

◦ ◦ ◦

Corrie hielt vor dem Haus ein Taxi an, um sich nach Hause fahren zu lassen. Während der Fahrt konnte sie nicht anders, als sich zu fragen, ob sie gerade einen Fehler begangen hatte. Aides hatte sie küssen wollen, wieso hatte sie sich zurückgezogen? Doch sie wusste die Antwort darauf. Es gab einfach zu viele Fragen, die ihr im Kopf herumschwirrten. Ihre Träume, die Vertrautheit, die sie mit Aides fühlte, die Calla, die vor Tagen noch fast verdorrt war.

Irgendetwas stimmte hier doch nicht. Nur was? Die Blumen im Park hatten sie an etwas erinnert, doch sie wusste nicht so recht, an was. Selbst die Geschichte über das Totenreich der Griechen war ihr bekannt vorgekommen.

Das Taxi lieferte sie etwa eine halbe Stunde vor der Rückkehr ihrer Mutter zu Hause ab. Corrie überlegte gar nicht, ob sie auf Demi warten sollte. Sie war zu durcheinander, ihre Gefühle waren ein reines Chaos. In diesem Zustand wollte sie ihrer Mutter nicht gegenübertreten. Nicht, wenn die Fragen nach ihrer Vergangenheit ihr auf der Zunge lagen. Sie hatte so oft nach Details gefragt, gehofft, damit kämen ihre eigenen Erinnerungen zurück, doch ihre Mutter bestand darauf, dass sie sich selbst erinnern musste, und hatte ihr nur sehr wenig von früher erzählt.

Mit schwerem Herzen legte Corrie sich schlafen.

❖ ❖ ❖

Persephone saß am Fenster des Zimmers, das sie im Palast in der Unterwelt bewohnte, und blickte hinaus auf Elysion, während sie ihr Haar kämmte. Sie beobachtete ein paar Kinder, die dort unten miteinander spielten.

»Was betrübt dich so?«

Sie blickte über ihre Schulter zu Hades, der in der Tür stand und sie mit gerunzelter Stirn ansah.

»Wie kommst du darauf, dass ich betrübt bin?«

»Willst du mir sagen, du bist es nicht?« Hades kam durch den Raum auf sie zu und stellte sich hinter sie ans Fenster. »Also, sagst du mir, woran du denkst?«

Persephone seufzte und legte die Bürste zur Seite.

»Die Kinder, die dort unten spielen, haben mich nur an etwas erinnert. Ich weiß, es ist egoistisch und schrecklich, so etwas zu sagen, aber selbst im Tod scheinen sie glücklicher, als ich es in meiner Kindheit je war.« Sie warf einen schnellen Blick auf Hades, doch dieser sah sie einfach nur an und wartete darauf, dass sie ihm erklärte, was sie meinte.

»Meine Mutter hat mich vor allem und jedem abgeschottet.

Erst als ich schon halb erwachsen war, erlaubte sie mir, mit den Nymphen zu spielen, davor gab es nur sie und mich und ihre Pflanzen. Spielzeug empfand sie als überflüssig. Es gab nichts, das ich mein Eigen nennen konnte, wie das Mädchen dort unten seine Puppe.« Persephone lachte humorlos auf und schüttelte den Kopf. »Nicht einmal einen Namen hat sie mir gegeben. Kore, ihr Mädchen. Mehr bin ich nicht. Mehr hab ich nicht.«

Persephone ließ ihren Kopf sinken und wandte sich von Hades ab. Sie wünschte, er hätte sie nicht in diesem Augenblick gesehen. Als sie seine Hand auf ihrer Wange spürte, schloss sie die Augen. Doch Hades drehte sanft ihren Kopf, sodass er sie ansehen konnte, und nahm ihr Gesicht in beide Hände.

»Aber du hast einen Namen, meine Persephone. Mein Herz, mein Leben. Und du hast mich. Ich bin einzig und allein dein.«

Langsam öffnete sie die Augen und sah ihn an. Sein Gesicht war so nah vor ihrem, sie konnte ihn fast nicht mehr erkennen. Aber seine Augen, diese grauen, ehrlichen Augen, die konnte sie sehen.

»Mein?«, fragte sie fast lautlos, als sie seinen Atem auf ihrer Wange fühlte.

»Dein«, antwortete Hades. Seine Lippen strichen federleicht über ihre, lockten, neckten sie, und es war an Persephone, die letzten Zentimeter zwischen ihnen zu schließen. Sie spürte, wie er lächelte, als sie die Hände in seinen Nacken legte und ihn zu sich zog, um ihn zu küssen. Ihre Augen schlossen sich erneut, als sie das Gefühl genoss, endlich dort zu sein, wo sie hingehörte.

* * *

Am nächsten Morgen stocherte Corrie lustlos in ihrem Müsli herum. Wenn sie sich am Abend zuvor verunsichert gefühlt hatte, so hatten die letzte Nacht und der Traum, den sie gehabt hatte, nur noch für mehr Verwirrung gesorgt. Dass ihr Kopf bereits seit dem Aufwachen schmerzte, half nicht gerade dabei, ihre Stimmung zu heben.

Ihre Mutter war längst bei der Gartenarbeit und hatte Corrie auch schon aufgefordert, ihr zu helfen. Heute jedoch blieb Corrie einfach sitzen. Als ihr Müsli in der Milch aufgeweicht war, goss sie es schließlich in den Abfluss und zog sich an. Sie hatte die Kette bereits umgelegt, konnte sich aber nicht dazu überwinden, mit ihr aus dem Haus zu gehen, und zog sie im letzten Moment wieder aus, um sie abermals im Nachttisch zu verstecken. Ohne noch einmal nach ihrer Mutter zu sehen, machte sie sich auf den Weg zu Enid.

»Hey.« Enids Lächeln verblasste, als sie Corrie genauer ansah. »Du siehst aus wie der wandelnde Tod. Ist alles in Ordnung?«

»Ich weiß nicht«, gestand Corrie und ließ sich von Enid in ihr Wohnzimmer und aufs Sofa führen.

»War etwas bei dem Date mit Aides?«

Corrie schüttelte den Kopf, nickte dann und zuckte schließlich mit den Schultern. Enid sah ihre Freundin verwirrt an. Corrie seufzte und schloss für einen Moment die Augen.

»Hast du eine Kopfschmerztablette für mich? Es ist heute unerträglich.«

»Ja, natürlich, ich hol dir gleich eine. Aber dann erzähl mir bitte, was los ist.«

Corrie nickte nur und lehnte ihren Kopf gegen die Rückenlehne des Sofas. Sie hörte Enid in der Küche herumwirbeln, ein Glas holen, den Wasserhahn aufdrehen. Kurz darauf kam ihre Freundin zurück und drückte ihr das Wasserglas in die eine, eine Kopfschmerztablette in die andere Hand.

»Nun erzähl mir, was passiert ist. Bitte.«

Corrie schluckte die Kopfschmerztablette und ließ ihre Augen noch einen Moment länger geschlossen.

»Ist bei dem Date etwas passiert?«

Corrie wollte bereits den Kopf schütteln, stoppte sich dann aber. »Ich weiß es nicht«, gestand sie und öffnete die Augen. »Jedes Mal, wenn ich in Aides' Nähe bin, denke ich, dass ich ihn kenne, aber ich weiß einfach nicht, woher. Und gestern … da war so viel, was mir bekannt vorkam, aber ich komme einfach nicht drauf und … ah, mein Kopf bringt mich heute wirklich um. Es ist einfach alles so merkwürdig. Und diese Träume …«

»Soll ich dir ein kaltes Tuch holen?«

Corrie nickte und presste ihre Zeigefinger gegen ihre Schläfen. »Ja, bitte.«

Als Enid aufstand, strich sie Corrie über den Kopf.

»Was war das mit den Träumen?«

»Ich weiß nicht«, begann Corrie, als Enid sich auf den Weg ins Bad machte. »Es sind merkwürdige Träume. Sie wirken so real, aber der Inhalt ist einfach nicht wirklich. Und Aides kommt immer in ihnen vor.«

Als Enid ihr das in kaltem Wasser getränkte Handtuch gegen die Stirn drückte, seufzte Corrie erleichtert auf. »Danke.«

»Das gefällt mir nicht, Corrie. Das ist doch nicht normal mit deinen Schmerzen. Hast du schon einmal an Hypnose gedacht? Vielleicht hilft es dir, dich zu erinnern. Ich weiß, deine Mutter wird das nicht gerne hören, aber manchmal muss man Mütter einfach ignorieren. Sie meinen es vielleicht gut, aber sie haben nicht immer Recht.«

»Sie meinte es nicht gut mit dir.«

»Was?« Enid sah Corrie entsetzt an.

»Aphrodite. Sie hat es nie gut mit dir gemeint. Sie wollte, dass du die Kiste öffnest und in Schlaf verfällst. Ich hab dich davor gewarnt. Aber nicht, um dich davon abzuhalten. Ich wusste, du würdest die Kiste erst recht öffnen, wenn ich dir rate, es nicht zu tun. Nein, du solltest die Kiste öffnen, denn Eros musste erkennen, wie leicht er dich verlieren kann, um für dich kämpfen zu können.«

Langsam breitete sich ein Lächeln auf Enids Gesicht aus, und sie drückte ihre Freundin fest an sich. »Persephone. Du bist wieder da. Ich wusste, du würdest dich erinnern! Ich bin ja so froh. Und Hades erst, oh, was wird er sich freuen, dich wieder-zuhaben.«

Corrie stöhnte, und Enid ließ sie langsam los. Noch immer strahlte sie über das ganze Gesicht, als Corrie langsam das Hand-tuch von ihrem Gesicht wegzog.

»Oh, entschuldige, bin ich eingeschlafen?«

Das Lächeln auf Enids Gesicht fror ein und erstarb.

»Corrie?«, fragte sie und erntete einen verdutzten Gesichts-ausdruck.

»Enid, ist alles in Ordnung? Ist was passiert? Hab ich irgend-etwas gemacht?«

Enid schüttelte langsam den Kopf und schloss für einen Mo-ment die Augen. »Nein, nein, nichts. Ich wollte nur wissen, ob du dich jetzt etwas besser fühlst?«

Corrie überlegte kurz und nickte schließlich. »Ja, danke. Ich glaube, jetzt geht es. Ich weiß nicht mehr … Hatte ich dich nach Aides gefragt? Bist du dir sicher, dass ich ihn nicht schon vor dem Unfall kannte?«

»Aides kommt nicht von hier. Wenn du ihn vorher kennenge-lernt hast, muss das woanders gewesen sein. Aber du hast doch immer hier gelebt, oder?«

»Ja«, meinte Corrie wenig überzeugt. Das zumindest hatte ihre Mutter ihr erzählt. Doch im Moment war sie sich bei gar nichts mehr sicher.

»Enid, du würdest mir doch sagen, wenn irgendetwas nicht so ist, wie es den Anschein hat, oder?«

Corrie drehte sich zu ihrer Freundin um und sah sie erwartungsvoll an. Enid seufzte und neigte den Kopf leicht zur Seite. »Ich verspreche dir, ich würde nie etwas tun, was dir schadet, und ich werde dir bei allem helfen, so gut ich kann.«

° ° °

Demi war mehr als sauer, als Corrie am späten Nachmittag von Enid nach Hause zurückkehrte. Ihren Zorn zeigte sie ihrer Tochter, indem sie tagelang kein Wort mit ihr sprach. Unwissentlich kam sie Corrie damit sehr entgegen.

Sie verbrachte die nächsten Tage damit, ihren Gedanken nachzuhängen. Vielleicht sollte sie Enids Rat beherzigen und sich tatsächlich über Hypnose informieren. Gleich in der nächsten Woche würde sie sich mit ihrem Arzt in Verbindung setzen, versprach sie sich. Doch vorher wollte sie sehen, ob sie bei ihrer nächsten Verabredung mit Aides nicht vielleicht von alleine etwas mehr über ihre Vergangenheit erfahren konnte. Ihre Mutter hatte sich auch geweigert, ans Telefon zu gehen, um nicht das Risiko einzugehen, Corrie rufen zu müssen. Auch in diesem Punkt hatte sie ihr unwissentlich einen Gefallen getan. Aides hatte Corrie für Samstag um ein weiteres Date gebeten, und die Schmetterlinge in ihrem Bauch hatten sie sofort zusagen lassen.

Inzwischen war es Freitagabend, und Corrie lag im Bett und versuchte, wegen der zweiten Verabredung nicht nervös zu sein. Ihre Gedanken kehrten immer wieder zu Aides zurück. Zu seinen Augen, seinen Lippen, zu der Art, wie er sie ansah. Vor allem jedoch fragte sie sich immer wieder, ob er noch einmal versuchen würde, sie zu küssen. Dieses Mal, so schwor Corrie sich, würde sie nicht davor weglaufen. Mit diesem Gedanken schlief sie schließlich ein.

° ° °

Persephone wandelte allein durch Elysion, als sie hinter sich eilige Schritte hörte. Sie blieb stehen und drehte sich um und sah das kleine Mädchen, das über den drohenden Verlust des Granatapfelbaums so traurig gewesen war.

»Du hast den Baum wieder gesund gemacht, nicht wahr? Das haben die anderen gesagt. Und dafür wollte ich dir danken. Die anderen meinten, dass das dumm von mir ist, weil du eine Göttin bist und ohnehin alles hast, aber das ist der erste Granatapfel, der wieder an dem Baum gewachsen ist, und den wollte ich dir schenken.« Das Mädchen sprach, ohne auch nur einmal Luft zu holen, und Persephone musste sich ein Lächeln verkneifen.

»Das ist sehr nett von dir. Vielen Dank.« Sie nahm den Granatapfel entgegen und sah zu, wie das Mädchen lachend davonlief. Als sie die Frucht in ihrer Hand betrachtete, fing ein Gedanke an, in ihr zu wachsen, und als sie den Palast erreichte, war aus einer winzigen Idee bereits ein festes Vorhaben geworden. Sie würde Hades beweisen, dass sie es ernst damit meinte, bei ihm bleiben zu wollen. Für immer. Und der Granatapfel sollte ihr dabei helfen.

Sie hielt die Frucht in beiden Händen, als sie die Stufen zu Hades' Zimmer hinauflief und die Tür öffnete. Auf Zehenspitzen schlich sie zu seinem Bett, wo sie ihn schlafend vorfand. Das dünne Laken, das er über sich geworfen hatte, ließ seinen Oberkörper frei, und Persephone konnte nicht anders, als den Anblick einen Moment lang schweigend zu genießen. Es gab keinen Gott, der ihrem Mann das Wasser reichen konnte, davon war sie überzeugt.

Vorsichtig, um ihn nicht zu wecken, setzte sie sich auf die Kante des Bettes und strich ihm mit den Fingerspitzen über den nackten Oberkörper. Sie spürte, wie seine Muskeln sich unter ihrer Berührung anspannten, und ein Lächeln legte sich auf ihre Lippen.

Sie öffnete die ledrige Haut des Granatapfels mit ihren Fingernägeln und löste eine Handvoll der tiefroten Kerne aus dem

Inneren der Frucht. Ihr Blick wanderte zu Hades' Gesicht und blieb dort einen Moment lang haften. Dann legte sie fünf der Granatapfelkörner von seinem Bauchnabel hinauf bis zu seinem Hals auf seinen Oberkörper. Das letzte Korn platzierte sie auf seine Lippen.

Noch einmal lehnte Persephone sich zurück, um ihren Mann einfach nur zu betrachten. Mit den Fingerspitzen ihrer linken Hand begann sie, kleine kreisende Bewegungen auf seinem Bauch zu machen. Das Zittern, das sie als Reaktion von Hades fühlte, ließ sie sich auf die Unterlippe beißen. Nie hatte sie geglaubt, ihren Mann in einem anderen Zustand als dem absoluter Stärke zu erleben.

Persephone strich sich die Haare hinter ihre Schultern und senkte ihren Kopf über Hades' Körper, um den ersten Kern zwischen ihre Lippen zu nehmen. Sie spürte, wie ein weiteres Zittern ihn durchfuhr. Nach einem kurzen Blick auf sein Gesicht, um sicherzustellen, dass er noch nicht erwacht war, ließ sie ihre Lippen über seinen Oberkörper gleiten. Während sie ihre rechte Hand auf dem Bett abstützte, fuhr sie mit den Fingern ihrer linken Hand damit fort, zärtlich über seine Haut zu streichen. Sie küsste ihren Weg zum nächsten Kern des Granatapfels. Vorsichtig ließ sie ihre Zähne über seine Haut gleiten und biss in das Samenkorn auf Hades' Bauch. Der rote Saft der Frucht hinterließ kleine Tropfen auf seiner Haut, und Persephone schloss ihre Lippen um die Tropfen und leckte sie vorsichtig auf.

Langsam suchten sich ihr Mund und ihre Hand den Weg über die Granatapfelsamen zu Hades' Hals. Persephone legte ihre linke Hand auf seine Brust und fühlte, wie stark sein Herz schlug, als sie ihre Lippen auf seine legte.

Hades erwiderte den Kuss sofort, und Persephone spürte seine Zähne an ihrer Unterlippe, als er das letzte Granatapfelkorn aufbiss und der süße Saft auf ihre Lippen floss.

Ihre Zunge bewegte sich langsam über Hades' Lippen, ehe sie sich mit seiner traf. Ein sanftes Seufzen entrang sich ihrer Kehle, als Hades' Kuss fordernder wurde. Er legte seine Hände auf ihre Taille und zog sie zu sich aufs Bett. Persephone kniete über ihrem Mann und zog sich langsam aus dem Kuss zurück.

»Wie lange warst du schon wach?«, fragte sie und sah ihn aus halb geschlossenen Augen an. Hades lächelte zu ihr herauf und ließ seine Hände zu ihren Hüften gleiten.

»Seit deine Finger meine Haut berührten.«

Persephones Augen weiteten sich, und sie brachte etwas mehr Abstand zwischen ihre Gesichter.

»Und du hast dich einfach schlafend gestellt?«

Hades grinste und ließ seine linke Hand von ihrer Hüfte langsam über ihre Taille gleiten. Dieses Mal war es Persephone, deren Körper zu zittern begann. Ihr Herz schlug schneller, und instinktiv folgte ihr Körper der Bewegung von Hades' Händen und reckte sich ihm entgegen.

»Mein Herz, kein Mann oder Gott, tot oder lebendig, könnte deiner Verführung widerstehen.« Seine Hand strich über ihren Rücken zu ihrer Schulter. Er zog sie sacht zu sich herab, um sie erneut zu küssen.

Während sie sich seinen Lippen hingab, strich Hades den Träger ihres Kleides über ihren Arm. Seine rechte Hand lag noch immer auf ihrer Hüfte, und er lächelte an ihren Lippen, als er spürte, wie ein weiteres Zittern ihren Körper durchfuhr.

»Ist dir kalt?«, murmelte er an ihren Lippen, erhielt jedoch nur ein Seufzen als Antwort. Lachend hielt er sie fest, während er sie beide umdrehte. Persephone erschrak leicht, als sie sich plötzlich auf dem Rücken wiederfand, ihr Ehemann breit grinsend über ihr kniend. Ihre Augen schlossen sich leicht, und sie sah ihm zu, wie er ihr das Kleid über ihren Oberkörper herabzog.

Ihr Herz schlug immer schneller, als sie seine Augen sah und den Hunger darin. Eine nie gekannte Hitze breitete sich in ihr aus und drohte, alles zu verzehren.

Hades blickte zu ihr auf und lächelte, während er ihre Schulter streichelte.

»Es scheint mir wirklich, als wäre dir kalt«, neckte er sie und ließ die Fingerknöchel seiner rechten Hand über ihre entblößte Brust gleiten.

»Nein«, seufzte sie und schloss die Augen. Kälte war das Letzte, was sie in diesem Moment fühlte. Ganz im Gegenteil, die Hitze wurde immer stärker. Hades' Blicke, seine Berührungen, er spielte mit ihrem Körper wie mit einem Instrument, das nur er kannte.

Seine Hand glitt über ihren Bauch, und er fing an, ihre Seite zu streicheln, als sich seine Lippen um ihre Brustwarze schlossen. Persephone hob ihren Rücken vom Bett, um ihn auf halbem Weg zu treffen.

»Bitte«, wimmerte sie und vergrub ihre Hände in seinem Haar. Das Feuer, das sie in sich spürte, wurde heißer und schien sich in ihrer Mitte zu einem einzigen Feuerball zu bündeln. Schauer rannen ihren Rücken hinab, als Hades' Finger von ihrer Taille über ihren Rücken glitten und schließlich auf ihren Schulterblättern zur Ruhe kamen.

»Bitte was?«, flüsterte Hades und küsste sich seinen Weg von ihrer Brust über ihren Nacken hinauf zu ihrer Wange. Er hielt ihren Körper an seinen gepresst und Persephone schlang die Arme um seinen Rücken. So nah, so eng aneinandergepresst, und doch wusste sie, dass es noch nicht die Erfüllung war, die ihr Körper ersehnte. Sie drehte den Kopf zur Seite und fing seinen nächsten Kuss mit ihren Lippen auf.

»Hör auf zu spielen«, bat sie und umschlang seine Hüften mit ihren Beinen. Hades lachte in den Kuss, während er sich mit einer Hand neben ihrem Kopf abstützte. Langsam legte er ihren Körper zurück auf das Bett. Als Persephone versuchte, sich ihm erneut entgegenzustrecken, drückte er sie sanft an der Schulter zurück. Seine freie Hand fuhr über ihre Seite hinab zu ihrer noch immer bekleideten Hüfte.

Seine Augen waren auf ihr Gesicht gerichtet, er schien jede Emotion in ihren Augen lesen zu wollen. Seine Hand streichelte über ihr Bein und blieb schließlich auf ihrem Knie liegen. Persephones Atem stockte, was ihn zu amüsieren schien. Für einen Moment verharrte er in dieser Position und sah sie einfach nur an.

Persephone streckte die Arme nach ihm aus, und Hades folgte ihrer Einladung. Er senkte den Kopf über ihren und suchte ihren Mund in einem erneuten Kuss. Persephone stöhnte, als er den Rock ihres Kleides bis zu ihrer Taille schob. Mit kleinen, federleichten Berührungen zeichnete er imaginäre Muster auf ihre Haut.

»Hades«, wimmerte Persephone und versuchte, ihre Hüften gegen seine zu drücken, doch der Griff des Gottes war wie aus Stahl.

»Noch nicht«, murmelte er an ihren Lippen und küsste sie erneut. Persephone fühlte sich, als verbrenne sie von innen heraus, während Hades das Feuer weiter schürte. Ihr Körper verlangte nach Befriedigung, und sie wusste nicht, wie viel von dieser Erregung sie noch ertragen konnte.

»Sag, du bist mein.«

Persephone wimmerte leise, ihr Körper presste sich erneut vom Bett hoch. Sie konnte kaum noch denken, und Hades wollte, dass sie redete? Ihr Körper war nur noch in der Lage zu fühlen. Seine Hände auf ihrer Haut, seine Lippen auf ihren, die Hitze in ihrem Inneren, die sie verzehrte.

»Dein. Ich bin dein«, presste sie hervor und zog an seinem Haar, bis er sie ansah. Hades legte seine Stirn gegen ihre und sah ihr in die Augen.

»Dein«, wiederholte sie atemlos und flehte ihn mit ihrem Blick an, sie zu erlösen. Hades senkte seine Lippen noch einmal zu *einem leidenschaftlichen Kuss auf ihre, während er ihren Körper aufs Bett zurückdrängte.*

»Mein«, stöhnte er an ihren Lippen, als er die letzte Barriere aus Stoff zwischen den Körpern aus dem Weg schaffte. Als er begann, in sie einzudringen, löste er sich von ihren Lippen und hob seinen Kopf etwas an, um Persephone anzusehen.

»Für immer dein«, versprach er, als er endlich in sie eindrang und sie endgültig zu seiner Frau machte.

❁ ❁ ❁

Hades stand im Felsgang im Land der Träume und lehnte sich gegen das Bild, das sich vor seinen Augen gebildet hatte. Sie erinnerte sich. Ihr Unterbewusstsein erinnerte sich an alles. Wieso konnte sie sich also im wachen Zustand nicht daran erinnern, wer sie war? Er schlug gegen den Felsen, als das Bild verschwamm und schließlich schwarz wurde.

Akakios räusperte sich hinter ihm, und Hades fuhr zu dem Traumdämon herum.

»Was?«, fragte er ungehalten. Seine Gedanken waren bei Persephone, wieso musste der Dämon ihn jetzt stören?

»Es … es tut mir leid, es ist nur … Sie muss sich bald erinnern, oder …« Akakios brauchte nicht weiterzusprechen. Hades verstand auch so. Wenn sie ihre Erinnerungen nicht bald wiedererlangte, würde sie ihre Göttlichkeit verlieren und sterben. Er konnte nicht zulassen, dass sie noch lange allein nach ihren Erinnerungen suchte.

❁ ❁ ❁

»Ich bin froh, dass du gekommen bist. Nach letztem Freitag fürchtete ich …«

Corrie schüttelte den Kopf, und Aides ließ seine unausgesprochene Sorge in der Luft hängen.

»Ich muss mich entschuldigen. Ich war einfach … ich weiß auch nicht. Auf jeden Fall bin ich auch froh darüber, dich wiederzusehen«, versicherte Corrie und folgte Aides auf den Balkon, von dem aus sie einen wunderbaren Blick über die Stadt hatten.

»Hast du Hunger? Ich dachte, für ein ausgiebiges Essen ist es noch etwas früh, aber ich habe Obst gekauft. Enid meinte, dies wäre deine Lieblingsfrucht?«

Corrie sah auf den Granatapfel, den er ihr entgegenhielt. Sie konnte ein leichtes Zittern in den Händen nicht verhindern, als sie danach griff und sich die Frucht von allen Seiten ansah.

»Stimmt etwas nicht?«, fragte Aides, und Corrie sah zu ihm auf. Sie blinzelte ein paar Mal. Es war, als versuche sie, sich an etwas zu erinnern, was ihr gerade eben erst entfallen war. Sie sah wieder auf den Granatapfel in ihrer Hand. Bilder aus einem sehr lebhaften Traum kamen ihr in den Kopf, und sie spürte, wie sie bei dem Gedanken daran rot wurde.

»Nein, nein, alles in Ordnung.« Gedankenverloren begann Corrie, den Granatapfel aufzubrechen. Da war eine Erinnerung, zum Greifen nah, aber sie konnte sie einfach nicht erreichen. Als die ersten Körner auf ihre Hand fielen, war es fast zum Verrücktwerden. Sie wusste, dass da etwas war. Etwas Wichtiges, an das sie sich erinnern sollte. Etwas mit Granatäpfeln und ihrer Vergangenheit. Etwas mit Aides?

Persephone. Meine Persephone. War es etwas, an das sie sich erinnerte, oder nur Teil eines Traumes?

»Persephone«, flüsterte sie. Der Name sagte ihr etwas. Nicht nur aus ihren Träumen. Sie runzelte die Stirn und schloss die Augen, als sich der Schmerz erneut in ihrem Kopf ausbreitete. Hätte sie es nicht besser gewusst, hätte sie geglaubt, dass es ihr eigener Name war. Doch das war Unsinn. Wieso sollte ihre Mutter ihr etwas wie ihren eigenen Namen vorenthalten?

»Persephone?«

Corrie öffnete die Augen und sah Aides vor sich knien. Er strahlte sie an und nahm ihr Gesicht in seine Hände.

»Ich wusste, du erinnerst dich. Niemand wird dich mir je wieder wegnehmen. Keine Titanenmagie, keine Furie, die sich Göttin der Natur nennt. Wir werden für immer zusammen sein.«

Corrie stockte der Atem, als sie die Angst ergriff.

»Wovon redest du?« Sie versuchte, sich aus seinem Griff zu lösen. Aides runzelte die Stirn und ließ die Hände langsam fallen.

»Du erinnerst dich immer noch nicht? Nein, sag mir, dass das nicht wahr ist. Persephone, du musst dich erinnern!« Corrie schob ihren Stuhl zurück und trat einen Schritt von ihm weg.

»Ich weiß nicht, wovon du redest«, versuchte sie, ihn zu beruhigen, während sie den Weg zurück ins Innere der Wohnung suchte. Aides ballte die Fäuste und schlug mit einem schmerzerfüllten Schrei gegen die Wand des Balkons. Corrie schrak zusammen und starrte ihn einen Moment lang sprachlos an.

Als sie wieder zu Sinnen kam, rannte sie zurück ins Wohnzimmer und aus der Wohnung nach draußen. Sie rannte aus dem Haus und durch die Straßen. Anzuhalten, um ein Taxi zu rufen, wagte sie nicht. Corrie hielt erst an, als ihre Lunge anfing zu schmerzen. Die Straßen waren um diese Zeit noch recht belebt, und als sie sich umdrehte, um sicherzustellen, dass Aides ihr nicht gefolgt war, konnte sie nicht ausschließen, ihn irgendwo übersehen zu haben.

Sie wollte weitergehen, doch ihr Kopf begann wieder zu schmerzen, und sie stützte sich an einer Hauswand ab. Bilder kamen ihr in den Sinn. Eine paradiesische Landschaft, eine Wiese voller Blumen. Lachende Mädchengesichter, die sie umringten.

Ein Mann, schöner als jede Statue, jedes Gemälde. Schwarzes Haar, steingraue Augen.

Corrie schüttelte den Kopf und öffnete ihre Augen. Sie musste nach Hause. Wenn sie sich nicht beeilte, würde sie womöglich noch hier auf der Straße zusammenbrechen.

Granatäpfel und Asphodelen schwirrten durch ihre Gedanken. Das Wissen, zu Hause zu sein. Corrie drückte mit den Fingern gegen ihre Schläfen und rief sich schließlich doch noch ein Taxi.

∗ ∗ ∗

Erschöpft stieg Corrie zu Hause aus dem Wagen. Bereits bevor sie die Haustür geöffnet hatte, hörte sie laute Stimmen aus dem Inneren an ihr Ohr dringen. Besorgt schloss sie die Tür auf und trat ein. »Ma?«

Die Stimmen verstummten für einen Moment. Demi kam aus dem Wohnzimmer in den Flur.

»Ist alles in Ordnung? Du siehst so gehetzt aus.«

Ehe ihre Mutter antworten konnte, trat ein Mann hinter ihr aus dem Wohnzimmer. Er überragte ihre Mutter um mehr als einen Kopf. Breitschultrig stand er im Flur und sah mit zusammengezogenen Brauen auf ihre Mutter herab.

»Sag es ihr«, forderte er.

»Ich kenne Sie.« Corrie war davon überzeugt. Sie wusste nicht woher, konnte ihn nicht zuordnen, ihm keinen Namen geben, aber sie wusste plötzlich mit absoluter Sicherheit, dass sie diesen Mann schon einmal gesehen hatte.

»Corrie, bitte, das ist doch Unsinn. Ihr habt euch noch nie gesehen.« Demi machte einige Schritte auf ihre Tochter zu, doch ohne es zu bemerken, wich Corrie vor ihr zurück. Langsam wanderte ihr Blick von dem Fremden zu ihrer Mutter und blieb an ihrem Gesicht haften. Sie sah angespannt aus – und wütend.

»Corrie?«

Nicht einmal einen Namen hat sie mir gegeben. Kore, ihr Mädchen. Mehr bin ich nicht.

»Corrie? Rede mit mir, starr mich nicht einfach so an.«

»Persephone«, flüsterte Corrie, und erneut brach dieser elende Schmerz in ihrem Kopf über sie herein.

»Corrie!«

Als sie zu Boden sank, die Handballen gegen ihre Schläfen gepresst, war Demi sofort an ihrer Seite.

»Corrie?«

›*Ich verstehe einfach nicht, was du falsch machst.*‹

›*Da ist doch nichts dabei, wieso machst du es dir denn so schwer?*‹

›*Kore, wo bleibst du? Die Blumen wachsen nicht von allein.*‹

›*Heiraten? Ich denke nicht. Wozu solltest du heiraten wollen? Dein Platz ist hier, an meiner Seite. Nun hilf mir mit den Blumen.*‹

›*Wie froh ich bin, dich wiederzuhaben, meine Kore, mein liebes Kind. Wie schrecklich es dir dort unten ergangen sein muss. Oh, du musst mir nichts sagen, ich weiß, was für ein Scheusal Hades ist. Aber jetzt bist du in Sicherheit. Bei mir.*‹

»Corrie?«

Sie stieß die Hand ihrer Mutter zur Seite und richtete sich langsam auf.

»Da siehst du, was du getan hast!«, fauchte ihre Mutter dem Fremden entgegen. *Nein*, korrigierte Corrie ihre Gedanken. Er war kein Fremder.

»Zeus«, sie neigte leicht den Kopf, und der oberste der Götter erwiderte die Geste seiner Tochter.

Demeter wurde blass, als sie sie ansah. »Corrie …«

»Persephone«, unterbrach diese ihre Mutter und wandte sich nun an sie.

»Aber Corrie, Kore, sei doch vernünftig. Lass uns reden.«

»Reden?« Persephone lachte bitter auf und schüttelte den Kopf. »Nein, ich weiß, wie dein *Reden* aussieht. *Du* redest. Doch du hörst nie zu. Du hörst mir nie zu. Nicht einmal hat es dich interessiert, was ich wollte, wie ich mich fühlte. Es ging und geht immer nur um dich. Du musst mir nicht erklären, was das hier alles sollte. Das weiß ich. Du erträgst es nicht, allein zu sein. Du kannst nicht begreifen, dass ich mit Hades glücklich bin. Glücklicher, als ich es bei dir je war. Du hast mich nie gefragt, wie es mir geht. Du hast immer über meinen Kopf hinweg Entscheidungen für mich getroffen, die ich zu befolgen hatte.«

»Kore …« Demeter streckte die Hand nach ihrer Tochter aus, doch Persephone trat einen weiteren Schritt zurück und hob ihren Kopf ein wenig höher.

»Nein. Persephone. Kore ist kein Name. Nicht einmal das wolltest du mir gönnen. Mein Name ist Persephone. Ich bin kein Kind mehr. Ich bin eine erwachsene Frau, und ich werde jetzt zu meinem Mann zurückkehren, zu dem ich schon vor Monaten hätte zurückkehren sollen.«

»Aber …« Demeters Augen funkelten mit neu gewonnenem Ärger, und sie sah zu Zeus, der den Austausch schweigend beobachtet hatte.

»Es ist Frühling. Ihre Zeit ist nun ohnehin bei mir.«

»Sie hat mir sechs Monate mit meinem Mann gestohlen. Sie hat die Erde und die Pflanzen um ihre wohlverdiente Ruhe gebracht. Es ist nicht mehr als mein Recht, jetzt zu Hades zurückzukehren. Die uns gestohlenen Monate fordere ich hiermit ein.«

Persephone sah, wie Zeus ein Schmunzeln unterdrückte. Sie vermied es, ihre Mutter anzusehen, doch deren beginnenden Wutausbruch konnte sie bereits erahnen.

Zeus nickte langsam und hob seine Hand, um Demeter davon abzuhalten, ihn zu unterbrechen. »Du hast wohl gesprochen, Persephone. Und du hast vollkommen Recht. Geh zu deinem

Mann. In einem Jahr wirst du für den nächsten Frühling wieder zu deiner Mutter zurückkehren.«

»Das kannst du nicht tun!« Demeter stampfte wütend mit dem Fuß auf. Zeus zog die Brauen hoch und sah sie gelangweilt an. »Kann ich nicht?«

»Ich warne dich, wenn Persephone nicht bei mir bleibt, werde ich …«

»Wenn du dich noch einmal in mein Leben einmischst und mir deinen Willen aufzwingst, werde ich nie wieder ein Wort mit dir reden.«

Demeter sah Persephone entgeistert an, fand jedoch keine Worte, um ihrem Entsetzen Ausdruck zu verleihen.

»Ich halte mich an den Kompromiss, so wie ich es immer getan habe. Ich kehre zur Oberwelt zurück, wenn die Zeit gekommen ist. Bis dahin kannst du toben und fluchen, so viel du willst. Mein Herz wirst du nicht erweichen. Das hast du vor vielen Jahren erfolgreich für deine Worte unempfänglich gemacht.«

Demeters schweigende Maske der Wut war das Letzte, was Persephone sah, ehe sie das Haus verließ. Nachdem die Tür ins Schloss gefallen war, hörte sie, wie ihre Mutter wieder anfing, mit Zeus zu streiten. Der Himmel zog sich zusammen und ein Donnergrollen erhob sich über ihr. Doch es war ihr egal. Sie lief bis zur nächsten Straßenecke und winkte sich ein Taxi herbei.

❊ ❊ ❊

Hades' Hände umklammerten das Geländer des Balkons. So düster, wie der Himmel gerade wurde, war auch seine Stimmung. Er hatte alles ruiniert. Ein Donnergrollen durchfuhr die Luft, und Hades sah, wie es am anderen Ende der Stadt blitzte.

»Jetzt veranstaltest du so ein Theater?«, rief er in den aufkommenden Sturm. »Du hättest von Anfang an handeln sollen. Du hättest sie suchen und zu mir zurückbringen sollen. Hör auf, so ein Spektakel zu betreiben, und bring mir meine Persephone zurück.«

Doch sein Bruder reagierte nicht. Hades konnte nur raten, was es mit dem Sturm auf sich hatte. Dazu war er jedoch zu müde. Wie sollte er seinen Fehler nur wiedergutmachen? Wie konnte er Persephone dazu bekommen, ihm noch einmal zu vertrauen?

Das Läuten der Klingel schreckte ihn aus seinen Gedanken. Wahrscheinlich wieder irgendein Botenjunge, der sich im Stockwerk geirrt hatte. Mit großen Schritten ging er zur Wohnungstür und riss sie auf. Er hatte kaum die Zeit, wahrzunehmen, dass Persephone vor ihm stand, da schlang sie auch schon die Arme um seinen Hals und küsste ihn. Ohne zu überlegen, fing er sie in einer Umarmung und drückte sie an sich, während er ihren Kuss mit dem gleichen Hunger erwiderte. Als sie atemlos voneinander abließen, lehnte Hades seine Stirn an Persephones und sah ihr in die dunklen Augen.

»Mein?«, flüsterte er und hielt, ohne es zu merken, den Atem an. Persephone lachte leise und nahm sein Gesicht in beide Hände.

»Dein«, bestätigte sie und küsste ihn erneut. Langsam und zärtlich liebkosten ihre Lippen die seinen. Hades ließ seine Hände zu ihrer Taille gleiten und hob sie hoch, bis sie auf Augenhöhe waren. Persephone lächelte und schlang die Beine um seine Taille. Als Hades einen Schritt zurück in die Wohnung getan hatte, löste Persephone eine Hand von seiner Wange und warf die Tür hinter ihnen ins Schloss. Für den Moment war diese Wohnung genauso gut wie jeder andere Ort auf der Welt. Aber er wusste, wenn sie beide am nächsten Morgen erwachen würden, wären sie wieder vereint im Palast in der Unterwelt. Dort, wo sie hingehörten. Zu Hause. Mit Persephone an seiner Seite. Für immer.

SEELENFÄNGER

Julia Drube

L.ife is hard.
O.ften there is
N.o hope for me.
E.verybody seems to bee lucky.
L.ove is missing.
Y.ou are missing.

Prolog

Auf feindlichem Terrain
London, Börsenviertel

Die Dunkelheit und der Nebel hüllten ihn fast ein. In dieser Nacht war er kaum mehr als ein Schatten, der sich einen Weg durch das Schneegestöber bahnte.

Alles, was ihn hätte verraten können, waren die dumpfen Laute seiner Stiefel auf dem zugefrorenen Boden und die Kondenswolken, die sein Atem in die Luft malte. Seine Hände hatte er tief in den Taschen seines Mantels vergraben und den Blick hielt er gesenkt. Totenstill war es auf den Straßen Londons, doch sein Kopf war bis zum Rand gefüllt mit Fragen, auf die er keine Antworten hatte. Es waren immer dieselben Fragen, doch die Antworten kamen nie. Das war früher einmal anders gewesen, da hatte er immer sofort gewusst, was zu tun war. Aber das war schon lange her.

Viel zu lange für seinen Geschmack. Geduld war niemals Matthew Delawares Stärke gewesen. Gedankenverloren, doch niemals ohne seine Umgebung aus den Augen zu verlieren, beschleunigte er seinen Schritt; nicht etwa, weil ihm kalt war. Nein, deshalb nicht. Die Zeit lief nicht gegen ihn, aber auch ganz bestimmt nicht für ihn.

Lange Zeit hatte er keine Angst mehr verspürt. Vielleicht zu lange Zeit, denn jetzt war sie etwas völlig Fremdes für ihn. Alles kam ihm fremd vor, als hätte die komplette Welt sich gewandelt und er würde nicht länger dazugehören. Was suchte er hier?

Er kannte jede der altertümlichen Laternen, deren Lichter seine Umrisse nun schemenhaft auf die Straße zeichneten.

Jedes Hochhaus, jede Ampel, jede Kreuzung, bis hin zu dem riesigen Gebäude mit der Hausnummer sechsundsiebzig, waren Teil seines Lebens gewesen. Doch nun?

Hätten die vielen ungeklärten Fragen nicht am Rande seines Bewusstseins genagt, hätte er fast begonnen, hysterisch zu lachen. Wahrscheinlich hätte er dabei denselben Spott an den Tag gelegt, den seine Feinde hassten und dem die Frauen so leicht verfielen.

Du bist ein Narr, Matthew Delaware. Sein Gewissen klagte ihn an, immer lauter und lauter.

Niemand wird dir helfen können, auch sie nicht. Du hast dein Schicksal selbst besiegelt. Besiegelt. Besiegelt. Das Wort hallte von dem matschigen Boden wider. Mit jedem seiner Schritte schienen die Sorgen in seinem Kopf die Oberhand zu gewinnen.

Wovor hatte er noch Angst? Schneller, immer schneller eilte er voran.

Eigentlich hatte er sich schon mit seinem Schicksal abgefunden und nichts, nicht einmal sein eigenes Leben, erschien ihm kostbar genug, um sich gegen das Schicksal aufzulehnen. Doch warum rannte er dann? Immer schneller und rastloser. Er musste sich endlich beruhigen. Doch wie? Wie nur? Sterne am Himmel zählen? Da waren viele, heute Nacht. Eine kühle Nacht, die kühlste Nacht des Jahres. Schnee im November, und das in London. *Beruhig dich, Matt!*

Es war, als würden sich selbst die Schneeflocken aneinanderschmiegen und Nähe suchen. Sie ballten sich zusammen und wurden zu Geschossen, welche auf die Erde niederprasselten.

Seit Jahren erwischte er sich zum ersten Mal dabei, einen nervösen Blick über die Schulter zu werfen. *Wie lange rennst du schon, Matt?* Und war er sich sicher, dass er sein Ziel wirklich erreichen *wollte?* Das Institut war kein sicherer Hafen, nein.

Ein wunderschönes Gebäude, das war es. Ein wunderschönes Gebäude, welches er über viele Jahre seine Heimat genannt hatte. Es waren glückliche Jahre gewesen, das musste er zugeben. Doch das Glück war niemals echt gewesen. Er hatte viel gelacht, doch einen Grund dafür hatte es im Institut nur sehr selten gegeben. Er hatte sein Leben als normal erachtet. Es war das einzige Leben gewesen, das er kannte. Frei war er niemals gewesen, aber das hatte ihn damals nicht interessiert. Er war der Beste gewesen, und der Stolz, der Ruhm, die Anerkennung, die mit dem Status des besten Fängers aller Zeiten einhergingen, hatten gereicht. Er war jung gewesen. Damals. Das war der ganze Zauber gewesen.

Im Institut wurde niemand je älter, niemand wuchs aus seiner Aufgabe hinaus, niemand entwickelte ein Gewissen. Alle führten die Befehle aus, niemand hinterfragte sie. Jeder hatte ein Herz, doch sein Schlagen war der Klang der Schwäche, den man leugnete. Leugnen musste. Man arbeitete. Man erfüllte seinen Zweck und man liebte es.

Es war die Gesamtheit dessen gewesen, wofür er lebte und wofür er sterben wollte. Niemand wurde jemals älter im Institut. Matthew Delaware schon.

Aus diesem Grund hatte er es verlassen, hatte sein Leben über die Aufgabe gestellt. Sein Leben war ihm wichtiger gewesen als seine Ideale, für die er Jahr um Jahr gekämpft hatte. Nun war sein Leben verwirkt. Er atmete schneller und unruhig, nicht durch den schnellen Lauf oder die kalte Luft, sondern einzig und alleine durch den Albtraum, welcher sich allmählich vor ihm materialisierte. Die Umrisse des Instituts, die sich dunkel vom Schneetreiben abhoben und bedrohlich in den Himmel ragten.

Ohne dass er es gewollt hätte, legte sich ein spöttisches Grinsen auf seine schmalen Lippen.

»Willkommen zu Hause, Matt.« Er lachte innerlich auf, und selbst seine Gedanken troffen nur so vor Ironie. Langsamen Schrittes überbrückte er die letzten Meter zwischen sich und dem riesigen Gebäude, gefüllt mit Hunderten von Seelen, die nur allzu erpicht darauf sein würden, ihn zu zerreißen.

Matt legte den Kopf in den Nacken. Er blickte nicht am Gebäude hinauf, wie er es als Kind so oft getan hatte. Seine Aufmerksamkeit galt ganz den Schneeflocken, die nun wieder Flocken waren, keine Geschosse mehr. Sie prasselten nicht länger nieder, sondern tanzten zur Melodie seines sich beruhigenden Herzschlages.

Schnee im November, und das in London. Selbst wenn es jemanden auf dieser Welt gäbe, der ihn als vermisst melden würde, oder selbst wenn in diesem Moment jemand hinter den Rollläden der benachbarten Häuser hervorlugen würde, wäre sein Augenmerk einzig und alleine auf das ungewöhnliche Wetter gerichtet. Kein Mensch würde auf ihn achten, doch Menschen waren es auch nicht, die Matthew Delaware fürchtete.

Es schneite und schneite, und die Kinder würden bald hinausstürmen und die Stadt mit Schneeballschlachten und Iglus überziehen. Und Schneeengeln. Was passend war. So passend, dass ihm vor Furcht die Tränen in die grauen Augen stiegen und er vor der schweren Holzpforte auf die Knie sank.

Was waren schon ein paar Fußabdrücke im Schnee, ein paar Kondenswolken oder Blicke über die Schulter, wenn das Blut eines Engels an deinen Händen klebte?

1

Um genau zu sein: zwölfter Stock, sechste Tür rechts, in einem Büro, das größer ist als die meisten Wohnungen. Klingt das nicht furchtbar wichtig?

Wenn ich jetzt noch beginne, von meinem großen, polierten Schreibtisch mit Blick über ganz London bei Nacht zu berichten, habe ich wahrscheinlich sämtliche Sympathien verloren. Allerdings, das muss ich zugeben: Wäre ich sympathisch, hätte ich es wahrscheinlich nie so weit geschafft.

Schicke Einrichtung, teure Autos, exquisites Essen, perfekte Kleidung (auch wenn Letztere während meiner Arbeitszeit den gebügelten hellblauen Blusen und schwarzen Röcken des Instituts weichen muss), das alles ist toll, aber sympathisch bin ich deshalb wirklich nicht. Früher war ich immer diese schüchterne, verbissene Art von Person, die ihr komplettes Leben auf ein Ziel ausrichtete. Das hat sich im Wesentlichen auch nicht verändert.

Mein Traum war einfach.

Ich wollte möglichst der gesamten Welt meinen Stempel aufdrücken.

Meine Welt war das Institut und der Mittelpunkt meiner Welt mein Büro, die Schaltzentrale des ganzen kleinen Universums, das ich um mich herum erschaffen hatte. Gekrönt wurde diese Perfektion eines Lebens letztendlich mit meiner Beförderung, sodass ich nun die erste Leiterin eines Seelenfängerinstituts auf der ganzen Welt war. Mit anderen Worten: Ich hatte mein Privatleben gegen ein hübsches Büro eingetauscht, also blieb mir nur zu hoffen, dass der Sensenmann sich noch lange Zeit ließ, denn ein Büro mit dem Schildchen *Grace Darcy* war etwas, auf das ich nur ungern verzichten wollte.

Wahrscheinlich würde ich das allerdings auch nie müssen. Genau genommen war ich der Sensenmann, obwohl diese Bezeichnung eine absolute Frechheit ist. Zugegeben, es gibt in jeder Kultur Sagen und Mythen; einige haben wir Seelenfänger über die Zeit sogar selbst verbreitet, doch die vom Sensenmann ist bei aller Liebe die absolut lächerlichste. Sensenmänner, Dämonen, Hexen, Zauberer, Geister …

Ich bevorzuge die Bezeichnung *Seelenfänger*, auch wenn *Dämonen* wahrscheinlich treffender wäre. Doch bitte, jeder schummelt bei seiner Berufsbezeichnung, oder gibt es wirklich einen Unterschied zwischen *Facility Managern* und *Hausmeistern*? Um es kurz zu fassen: Ich war nach weltlicher Ansicht eine von der ganz bösen Sorte. So richtig böse. Diese Art von *Nein-mein-Kind-mit-diesem-Mädchen-spielst-du-nicht*-böse. Gut, ich muss gestehen: Früher war es einfacher, eine von den Bösen zu sein. Ich musste nur Befehle ausführen, was leicht war. Altersschwäche, Pubertät. All diese Phänomene, für die es in den Naturwissenschaften keine einheitliche Erklärung gibt, fallen in unseren Zuständigkeitsbereich. Wir stehlen Träume und Fantasien von Jugendlichen und bringen sie dann zu den Neugeborenen, genau wie wir es sind, die den Kindern zum Austausch die Reife überlassen, welche wir von den Verstorbenen erhalten. Und die Pubertät setzt nur zu unterschiedlichen Zeitpunkten ein, weil wir nun mal nicht UPS sind. Wir können nicht überall gleichzeitig sein.

Der weitaus unangenehmere Teil der Aufgabe, die Gott uns anvertraut hat, ist die Sache mit der Altersschwäche. Eigentlich ist das unsere Erfindung, weshalb wir bei *Ihm* auch nicht mehr das beste Ansehen genießen. Ursprünglich haben wir von oben immer Listen mit Menschen bekommen, die sterben müssen. Jung oder alt, krank oder gesund. Wir haben es nie infrage gestellt. Es klingt vielleicht ein wenig, als ob wir himmlische Auftragskiller gewesen wären oder dergleichen. Doch wir erfüllten nur die Aufgaben unseres Herrn, was einfach richtig sein musste. Eines Tages unterlief uns jedoch ein furchtbarer Fehler.

Der damalige Leiter des Instituts in Deutschland, ein rückblickend betrachtet vollkommen unfähiger und inkonsequenter Taugenichts, brachte es nicht über sich, die Seele eines jungen Soldaten bei einem Bombardement im Ersten Weltkrieg einzuziehen, wie es ihm eigentlich aufgetragen worden war. Schon alleine die Tatsache, dass er als Leiter eines Instituts mit einer solch alltäglichen Aufgabe – eines niederen Seelenfängers würdig – beauftragt wurde, hätte ihn von der Wichtigkeit dieser Angelegenheit überzeugen müssen. Doch als er den Soldaten sah, schaffte er es nicht, seine Seele ins Jenseits zu leiten, und ließ ihn am Leben, was eine direkte Verweigerung des Befehls von ganz oben war.

Das ganze Ausmaß der Sache wurde erst Jahre später deutlich, als besagter Soldat einen zweiten, viel größeren Krieg nie dagewesenen Ausmaßes entfesselte und die gesamte Welt brannte. Diese Sache mit dem freien Willen erweist sich immer wieder als suboptimal, wenn Sie mich fragen.

Gänzlich hat der Boss uns Seelenfängern diesen epochalen Fehler niemals verziehen, was ich nur allzu verständlich finde. Anstatt uns jedoch sämtliche Aufgaben abzuerkennen und uns in schattenähnliche Kreaturen zu verwandeln, sind wir seit jenem Tag dafür verantwortlich, den gesamten Papierkram selbst zu erledigen. Wir erhalten nur noch Zahlen, mehr nicht. Zahlen, die der Anzahl von Menschen entsprechen. Menschen, die sterben müssen. Das Auswählen bleibt uns überlassen, genau wie die Konsequenzen.

Natürlich töten wir nicht wahllos irgendwelche Menschen, so weit kommt es noch! Eine Seele einzufangen und ins Jenseits zu leiten, ist weitaus komplexer. Es gibt immer Menschen, die ihres Daseins überdrüssig sind und deren Seelen geradezu nach uns schreien. Diese Seelen sind leicht einzufangen. Es ist sogar gut, wenn es uns gelingt, sie einzufangen, ehe diese Menschen sich von Brücken stürzen oder dergleichen. Schwerer wird es dann, wenn der besagte Mensch fest am Leben hängt und alles tun würde, um seine Existenz zu verlängern. Nur wenige lebende Seelenfänger sind in der Lage, alle Seelen, unabhängig von der geistigen Verfassung des Menschen, einzufangen.

Womit wir auch schon beim nächsten Punkt wären: Nur, weil ich eine Seelenfängerin bin, bedeutet das nicht, dass ich Hörner, einen Schwanz oder Flügel habe. Mich umgibt weder Höllenfeuer noch kann ich es blitzen lassen. Ich bin genauso feminin und normal wie jede andere Frau. Ich liebe Schokolade und Schuhe und Bettwäsche mit Rosenduft, auch wenn ich in letzter Zeit so gut wie nie Zeit in meinem Bett verbracht habe. Nicht nur, dass der Arbeitsalltag der Seelenfänger erst in tiefster Nacht zu Hochform aufläuft, ich bin auch als Chefin des Instituts London für jeden der dreihundertdreiunddreißig Fänger zuständig. Inklusive langfristiger Planung. Inklusive Bezahlung. Inklusive internationaler Zusammenarbeit der Fänger. Und inklusive der Zusammenarbeit mit den Gefallenen.

Die Gefallenen sind neben uns Fängern, den Menschen und den Engeln die vierte Partei, mit der man immer rechnen muss. Zugegeben, wir sind die schwarzen Schafe der Familie, doch wer von Engeln die lieblich leuchtenden Bilder vor Augen hat, die man aus Kirchen kennt, irrt sich gewaltig. Die Engel sind genauso kompromisslos in ihren Entscheidungen wie wir. Sie genießen lediglich ein positiveres Ansehen, weil sie die netten Aufgaben zu erledigen haben. Wenn die Menschen wüssten, was ihnen blühen würde, wenn wir unserem Job nicht nachkämen, wären wir es, die sie anhimmeln würden. Doch so wird es niemals sein, und die Engel wissen das.

Für mich sind sie nur ein versnobter Haufen perfekter Cousinen und Cousins, mit denen man verglichen wird. Glücklicherweise sind auch die Engel nicht fehlerfrei, an welcher Stelle die Gefallenen ins Spiel kommen. Wieso Engel im Laufe der Geschichte immer wieder buchstäblich vom Himmel fielen, verraten sie nie. Fakt ist jedoch, dass es über die Jahre verdammt viele wurden. Und dass sie alles tun, um Gott von ihrem geläuterten Willen und ihrem grenzenlosen Gehorsam zu überzeugen. Ständig tauchen die Engel bei uns auf. Mit Listen. Listen voller böser Menschen, die sie ihrer Meinung nach auslöschen sollen.

Listen!

Herrgott, ich fühlte mich langsam, als würde ich nicht für Gott arbeiten, sondern für den Weihnachtsmann. Du warst böse? Dann kommst du auf die Liste. Du bist alt und gebrechlich? Auf die Liste mit dir.

Einerseits war es wirklich hilfreich, nicht ständig selbst auf die Suche nach Verbrechern und geistig Kranken gehen zu müssen. Die meisten Seelenfänger geraten jedoch auf jene Art mit den Engeln aneinander, die Hunde dazu veranlasst, Katzen durch ganze Stadtteile hindurchzujagen. Ich hatte nichts gegen die Gefallenen. Was mir allerdings tierisch auf die Nerven ging, war jede Art von Einmischung.

Die Gefallenen sind notorische Einmischer, weshalb es im Institut niemals langweilig wird.

Ich würde jedoch ohnehin nicht an Langeweile sterben, sondern an Übermüdung. An diesem Abend fühlte sich mein Kopf an, als hätte ich nächtelang durchgemacht, und wahrscheinlich hätte ich einen Kalender gebraucht, um herauszufinden, wann ich das letzte Mal mehr als sechs Stunden geschlafen hatte. Was ich jedoch mit Sicherheit wusste, war, dass ich mich nicht ewig in meinem Büro verschanzen konnte, denn es war schon fast halb drei, was bedeutete, dass die erste Schicht nun wiederkommen würde und die zweite sich gerade zum Aufbruch bereit machte. Es waren sicher mindestens sechs Gefallene im Gebäude, und Liza erledigte gerade die Inventur.

Wäre ich eine schlechte Chefin, würde ich schon alleine wegen des Themas *Inventur* auf eine schreckliche Krankheit verweisen und mich in meinem Büro verschanzen. Unglücklicherweise war ich keine schlechte Chefin. Außerdem hatte Liza eigentlich immer Schokolade in ihrer putzigen roten Handtasche, und Schokolade war eine riesige Antriebskraft. Zudem war es ja auch genau das, was ich wollte. Ich wollte nach ganz oben und da war ich. Im zwölften Stock, über mir nur noch das begehbare Dach, auf dem die Gefallenen zur Landung ansetzten. Jedes Zimmer stand mir offen, jeder Angestellte hörte auf mich. Erhaben und privilegiert. Aber zufrieden? Manchmal auch zufrieden, aber niemals heimisch.

Schwachsinn! Ich war überarbeitet und übermüdet. Sonst nichts.

Wie zur Bestätigung gähnte ich, was sehr nach einem sterbenden Tier klang, und begann, mir die Schläfen zu massieren.

Im verglasten Fahrstuhl war ich versucht, mich in das rote Sofa fallen zu lassen, welches so altertümlich und antik aussah, dass es so gar nicht zum gläsernen Fahrstuhl passen wollte. So war das gesamte Institut. Voller Gegensätze.

Die modernsten Anlagen und Sicherheitssysteme Londons, versteckt in einem der ältesten Gebäude. Die Fänger hatten es bewusst gewählt, nachdem das ursprüngliche Hauptquartier den

Bombardements der deutschen Luftwaffe im Zweiten Weltkrieg zum Opfer gefallen war. Das neue Hauptquartier war riesig und zentral und die umliegenden Gebäude standen nachts meist leer, sodass unser Treiben nicht auffiel. Tagsüber unterhielten wir eine Scheinfirma, zu welcher nur ausgewählte Menschen Zutritt hatten, die Vorgaben, Angestellte zu sein, schließlich musste ja auch irgendjemand in besagter Scheinfirma arbeiten. Fast hätte ich mich meiner Müdigkeit ergeben, als Liza nach nur zwei Stockwerken zu mir stieß. Einmal mehr bewunderte ich ihr Grinsen, das sie bei jeder Miss-Sunshine-Wahl auf das Treppchen katapultiert hätte. Als meine rechte Hand hatte Liza wohl am meisten zu erledigen. Selbst dem leidigen Papierkram gewann sie immer etwas Positives ab. Ich musste zugeben, dass Liza, war unser Verhältnis auch noch so professionell, die einzige Person war, die ich als Freundin ansah.

Während ich stillschweigend dastand und meine Müdigkeit niederkämpfte, lächelte sie mich an und reichte mir wie jeden Tag die üblichen zwölf getackerten Seiten des Tagesberichts. Ohne ein Wort der Begrüßung streckte ich meine Hand danach aus und fuhr gedankenverloren durch meine Haare, während ich die Seiten schnell durchblätterte.

»Zweiundsechzig sind für heute Nacht veranschlagt, der erste Durchgang kommt gerade wieder rein, der zweite rückt in zehn Minuten aus«, erklärte sie, als hätte sie erraten, dass ich heute nicht geneigt war, die Berichte komplett zu lesen.

»Besondere Vorkommnisse?«, fragte ich und arbeitete innerlich die tägliche To-do-Liste an Fragen ab, die ich Liza Abend für Abend stellte.

»Kelly wurde verletzt«, antwortete sie und musste lächeln, als ich eine Augenbraue hochzog.

Der Bericht von Kellys Verletzung verwunderte mich. Die Fängerin mit den lilafarbenen Haaren und der großen Klappe hatte ungefähr zur selben Zeit im Institut angefangen wie ich und sie hatte gute Aufstiegschancen gehabt, doch ihr Dickkopf hinderte sie daran, Anweisungen anzunehmen, Konflikte friedlich zu lösen oder eine gewisse Höflichkeit an den Tag zu legen.

»Sie hält sich eher bedeckt, was den Unfall betrifft. Eigentlich sollte sie lediglich eine Seele im Park einsammeln, ein alter Obdachloser, kurz vorm Erfrieren. Ein Dieb ist wohl irgendwie dazwischengeraten. Jedenfalls hatte er ein Messer dabei und hat sie am Arm getroffen.«

»Ich werde mit ihr reden. Wie viele sind mit Paul in der Nervenheilanstalt?«

»Zwei weitere Fänger«, antwortete Liza, doch ehe ich zum nächsten Punkt der Tagesordnung übergehen konnte, blickte sie fragend zu mir hoch (ich bin für eine Frau mit meinen fast ein Meter achtzig ziemlich groß, aber Liza ist wirklich winzig. Selbst mit ihren High Heels misst sie höchstens einen Meter sechzig).

»Du glaubst ihr die Geschichte nicht, was?«

»Wie bitte?«, wiederholte ich scheinheilig und etwas schneidend, doch Liza ließ sich nicht beirren.

»Kelly. Du glaubst ihr die Geschichte mit dem Dieb nicht.«

»Natürlich nicht«, antwortete ich seufzend. Manchmal glaubte ich, dass sie mit ihren treuen, hellblauen Augen tief in meine Seele hineinschauen konnte. Mein Herz hatte sie jedenfalls erweicht, als mir die kleine polnische Fängerin mit ihren hellblonden Haaren und dem Berg an Empfehlungen im Gang aufgelauert hatte und mir, mit meinem Lieblingskaffee bewaffnet, in wenigen Worten deutlich machte, wieso ich sie einstellen *musste* und wie unersetzlich sie für mich sein würde. Natürlich hatte ich sie trotzdem, weniger freundlich, hinausgeworfen und ihr zu verstehen gegeben, dass wir nur ausgewählte Fänger zu Vorstellungsgesprächen einluden und sie sich im Falle einer Einladung nicht direkt an die Leiterin des Instituts zu wenden hatte. Sie blieb jedoch auf eine unaufdringliche Art hartnäckig, sodass ich keine andere Wahl hatte, als ihr die schwerstmögliche Aufgabe aufzubrummen, um ihr zu zeigen, dass sie meinen hohen Anforderungen nie gerecht werden würde. Als sie drei Stunden später wieder vor meiner Bürotür stand und die Aufgabe bereits mit einer anmaßenden Perfektion erledigt hatte, blieb mir keine andere Wahl, als sie einzustellen. »Kelly lässt sich nicht von einem menschlichen Dieb verletzen, oder gar überraschen. Außerdem hätte sie ihre Deckung vollkommen vernachlässigen müssen, um am Arm verwundet zu werden.«

Liza nickte eifrig. »Genau dasselbe hat Cassriel auch gesagt.«

»Cassriels Meinung interessiert mich nicht«, knurrte ich.

Das Treiben im dritten Stock war nicht vergleichbar mit der Totenstille auf meiner Etage. Der Fahrstuhl hielt im Zentrum einer riesigen Halle. Zwar versprühte die Wandverkleidung und der schicke Holzboden ein antikes Flair und die Kronleuchter sorgten für eine Beleuchtung wie in alten Jane-Austen-Verfilmungen, doch musste man nur wissen, wo sie waren, und man sah plötzlich überall Überwachungskameras und Hightech-Anlagen.

Auf den Sofas und um die Holztische herum tummelten sich etliche Fänger in den typischen schwarzen Arbeitsuniformen, die mit den Heldentaten dieser Nacht prahlten. Viele rauchten und genehmigten sich das eine oder andere Glas Rotwein. Einige verstauten ihre Waffen in den Glasvitrinen, die im ganzen Saal verteilt standen, andere überreichten sie ihren Kollegen von der zweiten Schicht, welche sich zum Ausrücken bereit machten, oder gestikulierten wild damit herum. Zwar waren die Fänger mit Waffen behangen, allerdings trieben wir die Seelen keinesfalls ein, indem wir unsere Fälle einfach töteten. Wir waren schließlich keine Mörder. Die Seelen, wie auch die Fantasie und die Träume, fingen wir in Amuletten, den *Fänger-*

rosen, ein. Die Amulette, welche Seelen enthielten, wurden an die gefallenen Engel übergeben (die endgültige Übergabe der Seelen an »Oben« oder »Unten« übernahmen sie, da wir diesen unschönen Posten an sie abgetreten hatten, als sie kamen und uns anbettelten, etwas tun zu dürfen, um sich mit Gott gut zu stellen). Wohingegen die anderen Amulette, gefüllt mit den Fantasien und Träumen der Jugendlichen, in die Wasserbecken auf der anderen Seite der Halle gegeben wurden, von wo aus wir sie wieder abfüllten und den Babys zukommen ließen.

Wenn ich die Fänger beobachtete, wie sie mit ihren Erzählungen prahlten oder ihre Amulette in die Wassertanks gleiten ließen, begann ich fast, meine Zeit als aktive Fängerin zu vermissen. Fast.

Es dauerte eine Weile, bis ich Kelly im Blick hatte. Sie saß abseits in einer kleinen Nische und trank Whisky, während eine Angestellte vom Krankenflügel ihren Arm verband. Neben ihr saßen zwei weitere Fänger, die nichtssagenden Zwillinge Martin und Josh. Gegenüber ging Cassriel auf und ab. Der Gefallene schien sich angeregt mit den Fängern, vor allem mit Kelly, zu unterhalten. Ich hörte bedauerlicherweise aufgrund der hohen Dezibelzahl im Saal nicht, was er sagte, und er verstummte sofort, als ich in Hörweite kam, und drehte sich langsam um. Verflucht sei dieses perfekte Engelsgehör.

»Miss Darcy«, raunte er mit spanischem Akzent, den er sich zweifellos antrainiert hatte. Abgesehen von dem fremdartigen, himmlischen Glockenton, der die Stimme jedes Engels untermalte und unwiderstehlich machte, hatten sie keine Akzente. Sofort hörte er auf, um den Tisch zu tigern, und wartete auf meinen Wink, sich rühren zu dürfen, was ich ihm nach gebührender Zeit auch erlaubte. Von allen Gefallenen, welche mit uns paktierten, war er mir am unsympathischsten, auch wenn er mir niemals Grund zur Aufregung lieferte.

Wie alle seiner Art sah Cass absolut perfekt aus und war eine Verführung auf zwei Beinen. Er hatte wachsame dunkle Augen, hohe Wangenknochen und einen dunklen Teint. Zudem machten seine schwarzen Flügel ihn zu einem perfekten Spion, und er hatte diese Tätigkeit für uns diverse Male mit zufriedenstellendem Ergebnis ausgeführt. Vielleicht traute ich ihm deshalb nicht.

Kein gefallener Engel paktierte häufiger als nötig mit uns. Sich freiwillig in unsere Dienste zu stellen, war undenkbar für sie. Wir waren ein Mittel zum Zweck, um wieder im Himmel aufgenommen zu werden, nicht mehr. Cass schien das mit seiner schmeichlerischen Art anders zu sehen. Er hatte verstanden, dass er nie zurückkommen würde, und versuchte nun das Beste für sich selbst herauszuschlagen.

»Cassriel«, antwortete ich schlicht und ging an ihm vorbei auf Kelly und die Zwillinge zu. »Wenn ihr uns entschuldigen würdet«, sagte ich mit meiner geschäftsmäßigsten Stimme, die keine Widerworte duldete. Sofort erhoben sich die Zwillinge, senkten leicht den Kopf und machten sich in Richtung der Unterkünfte auf. Die Krankenschwester verknotete Kellys Verband und legte einen Verwundetenschein neben das Whiskyglas, den Kelly ohnehin dort liegen lassen würde. Niemals würde sie zugeben, dass es ihr zum Arbeiten zu schlecht ging.

»Cassriel, das galt auch für Sie.«

»Ich wusste nicht, dass diese Aussage uns alle einschließt«, raunte er, wieder mit dieser verführrerischen Stimme. In solchen Momenten war ich froh, dass wir Fänger gegen den Charme der Engel insoweit immun waren, als unsere Gedanken sich nicht nur darum drehten, uns ihnen möglichst bald hinzugeben. Vielleicht auch. Aber nicht nur.

Seine Geste schloss ganz bewusst Liza mit ein, die noch immer zwei Schritte hinter mir stand.

»Liza wird bleiben.« In diesem Moment war meine Autorität unbestreitbar.

»Bei aller Höflichkeit, Miss Darcy – ich kann nicht glauben, was Kelly uns hier weiszumachen versucht, und Sie tun es auch nicht!«

»Auf Ihren Glauben verlasse ich mich auch nicht, Cassriel«, erwiderte ich so spitz, dass er zusammenzuckte und Kelly mir ein schiefes Grinsen zuwarf. Da fiel mir etwas anderes ein. Natürlich wusste Cassriel, dass ich dieser schwammigen Geschichte nicht glaubte, doch Kelly war zu schlau, um sich etwas vollkommen Unfundiertes auszudenken. »Ach, und Cass? Da der Überfall in Ihrem Stadtteil passiert ist, gehe ich stark davon aus, dass der Obdachlose, um den Kelly sich gekümmert hat, auf Ihrer Liste stand, richtig?«

»Was hat das damit zu tun?«, gurrte er scheinheilig und ich beschloss, das Wort »scheinheilig« auf die Liste mit Worten zu setzen, aus denen ich gute Wortspiele basteln konnte, um die Gefallenen zu beleidigen.

»Ich wünsche keine Obdachlosen mehr auf der Liste zu sehen, ehe Sie nicht die Diebe erfasst und gelistet haben, welche in Ihrem Gebiet ihr Unwesen treiben. Lieber ein paar Fälle mehr für die Heilsarmee als dieses kriminelle Pack.«

Finster begegnete sein Blick dem meinen, ehe er sich grazil entfernte und in der Menge verschwand.

»Sehr wohl, Miss Darcy.«

»Ich habe mich schon gefragt, wann er seinen hübschen Hintern endlich von hier wegbewegt«, versuchte Kelly zu witzeln, doch ich sah ihr die Schmerzen deutlich an. Ihre lilafarbenen Haare waren verschwitzt und zu einem unordentlichen Zopf zusammengebunden.

Ihre schwarze Arbeitsuniform hatte mal wieder einen viel zu weiten, unstandesgemäßen Ausschnitt. Normalerweise hätte ich sie wegen ihrer eigenwilligen Auslegung der Bekleidungsvorschriften gemaßregelt, doch im Augenblick beunruhigte mich ihr Oberarm viel zu sehr. Die Schnittwunde musste tief sein, denn selbst der kürzlich angelegte Verband war schon wieder durchgeblutet.

»Und Sie erzählen mir jetzt gefälligst, was passiert ist, Jackson.«

Kelly zuckte zusammen. An meinem Ton und meiner Wortwahl schien ihr deutlich zu werden, dass ich nun nicht mehr als frühere Freundin mit ihr sprach, sondern als Vorgesetzte und Leiterin des Instituts.

»Ich habe nicht mit Absicht gelogen.«

»Weiter«, ermahnte ich sie. Falls sie gehofft hatte, dass ich so etwas wie: *Keine Angst, dich erwartet keine Bestrafung,* sagte, hatte sie sich geirrt.

»Zunächst war alles wie immer. Ich habe meine Aufträge ausgeführt und bin in den Park zu dem Obdachlosen gegangen, dessen Seele ich einkassieren sollte. Alles war ganz normal. Und dann …«

Plötzlich begann sie zu zittern und wirkte wirklich verängstigt. Zuerst hatte ich vermutet, dass sie einfach nicht zugeben wollte, einen Anfängerfehler begangen zu haben. Ihre Reaktion deutete jedoch nicht darauf hin.

»Schon gut«, seufzte ich und ließ mich neben sie sinken. Liza deutete auf ihr Ohr, genauer gesagt, auf das kaum sichtbare Headset, und entfernte sich. Ich vermutete, dass sie nicht wirklich etwas empfing, sondern mir lediglich die Chance geben wollte, ungestört mit Kelly zu reden.

»Ich würde es mir selbst nicht glauben, aber ich schwöre, dass es wahr ist. Was geschehen ist, war vollkommen absurd, vollkommen surreal. Ich hatte gerade die Seele des Mannes gefangen und verstaut, als er wie aus dem Nichts angeschossen kam.«

Kellys Stimme überschlug sich, und sie zuckte vor Schmerzen zusammen, als ihr verletzter Arm mit dem Drang, ihre Worte durch Gesten zu untermauern, kollidierte.

»Als *wer* angeschossen kam?«

Aus ihrem rot geschminkten Mund kam ein wimmernder Laut und zwei Fängerinnen drehten sich zu uns um.

»Sch, ganz ruhig«, flüsterte ich, nicht mehr ganz so geschäftsmäßig. Irgendwo vom Eingang her hörte ich laute Stimmen. Vielleicht kamen die letzten Fänger von ihrem nächtlichen Streifzug zurück, oder es war wieder ein Fänger mit einem Gefallenen aneinandergeraten.

»Er war auf einmal da, schneller, als ich es realisieren konnte. So etwas habe ich noch nie erlebt. Das konnte ich doch Cass nicht erzählen, der hätte mich für verrückt gehalten. Ich glaube mir ja selbst kaum.«

»*Wen* glaubst du gesehen zu haben?«, fragte ich erneut.

»Ich glaube es nicht nur. Ich weiß es.« Fast schon verzweifelt schaute sie mich an.

Der Tumult im Hintergrund wurde lauter, und ich spürte, dass sich fiese Kopfschmerzen bei mir anbahnten. Weiter hinten glaubte ich Lizas hellblonden Haarschopf ausmachen zu können.

»Grace. Das war ein Engelsangriff.«

»Und es wird nicht der letzte sein«, keuchte eine Stimme hinter mir, die ich unter tausend anderen erkannt hätte. Immer.

2

London, das Institut

»Matt?«, stieß ich ungläubig hervor und mir blieb kurzzeitig die Luft weg. Unter allen Wesen auf dieser Erde war Matthew Delaware das Allerletzte, das ich zu sehen erwartet hatte. Langsam legte er den Kopf schief und schenkte mir dieses vollkommen unangebrachte Grinsen.

»Sie kennen sich?«, keuchte Liza, die hinter Matt stehen blieb. Sie war vermutlich hinter ihm hergerannt, so schnell ihre kurzen Beine sie trugen. Ich nickte geistesabwesend. Ja, wir *kannten* uns.

»Wie ich bereits sagte«, lächelte er und schenkte ihr dabei eine ungehörige Portion seines Charmes, ehe er sich wieder ganz mir zuwandte.

»Die Sicherheitsvorkehrungen haben sich verbessert.« Sein Grinsen wurde breiter, und ihm schien bewusst zu werden, dass alle im Raum ihn anstarrten.

»Was man vom Personal nicht sagen kann.« Er zeigte auffällig unauffällig in Lizas Richtung.

»Was suchst du hier?«, schnaubte ich. Ich hatte viel Zeit darauf verwendet, mir darüber Gedanken zu machen, was ich Matthew Delaware so alles an den Kopf werfen würde, sollte ich ihn jemals wiedersehen. Allerdings waren das in meinen Tagträumen immer zufällige Begegnungen gewesen, die darin endeten, dass es anfing zu regnen und er wie ein begossener Pudel stehen blieb, während ich wie eine Rachegöttin verschwinden würde. Oder wir sahen uns auf einer Party, auf der mein Cocktail nach einer melodramatischen Rede auf seinem Hemd landen würde. Natürlich hatte ich, passend zum Anlass, ein wundervolles Cocktailkleid an und würde generell umwerfend aussehen. Niemals hätte ich aber mit einem echten Wiedersehen gerechnet. Und um nichts in der Welt hätte ich mit einem Wiedersehen im Institut gerechnet. Also bekam ich nichts Besseres raus als: »*Was suchst du hier*?«

»Das Glück, aber es versteckt sich. Und jetzt geh mal bitte aus dem Weg, Gracy, ich muss mit dem Chef reden. Vielleicht finden wir nachher noch ein wenig Zeit zum Plaudern.«

Ein kollektives Luftholen erfüllte den Raum. Schon alleine die Tatsache, dass er mich *Gracy* nannte, war natürlich vollkommen unangebracht.

»Du suchst den Chef? Er steht vor dir.« Nun war es um meine Beherrschung endgültig geschehen. Wie konnte er sich erdreisten, hier überhaupt aufzukreuzen? Und mich vor dem ganzen Institut mit diesem lächerlichen Spitznamen anzureden! Vor meinen Angestellten. Wie konnte er mir, nach allem, was passiert war, überhaupt noch unter die Augen treten?

»Du bist der Chef?«, flüsterte er ungläubig.

»Sie werden diese Person umgehend entfernen«, herrschte Liza die Security-Leute an. »Wie Sie deutlich sehen, ist dieses Subjekt hier unerwünscht. Wie kommen Sie überhaupt dazu, diese Person hier hereinzulassen?« Zweifellos war Liza fast so entnervt wie ich.

»Er hat sie alle in Ohnmacht fallen lassen. Einfach so«, knurrte der größere der Fänger, die wir als Security eingeteilt hatten. Es passte ihm offensichtlich gar nicht, von Liza zurechtgewiesen zu werden. Wieder ging ein Raunen durch die Menge, und als die Security-Leute mich anblickten, hob ich gebieterisch die Hand in die Höhe.

»Ja, Matthew Delaware, ich bin der Chef.« Mit Nennung seines Namens waren alle Zweifel in der Menge bezüglich seiner Identität beseitigt, und es machte sich eine noch viel größere Unruhe breit. Nicht wenige, mich eingeschlossen, wollten ihm an die Kehle springen.

»Während DU abgehauen bist, wurde ICH befördert«, fuhr ich heftig fort. *Abgehauen* war noch viel zu nett formuliert. *Uns verlassen und verraten hast.*

»Ich habe niemals daran gezweifelt, dass du das Zeug dazu hast. Ich habe bloß angenommen, es sei unter deiner Würde.« Da war er wieder, dieser verschwörerische Ton seiner dunklen Stimme. All die Jahre über hatte ich sie mir immer wieder ins Gedächtnis gerufen, nur um sie nicht zu vergessen. Jetzt wünschte ich mir nichts sehnlicher, als sie niemals gehört zu haben. Sie niemals meinen Namen flüstern gehört zu haben oder dieses Lachen zu kennen. Da war nur noch Hass.

»Es spielt aber keine Rolle. Grace, es ist wichtig. Wichtiger, als du es dir vorstellen kannst. Du musst mir zuhören. Du musst.«

»Ach, muss ich das?«, rief ich aus, wieder viel zu laut. Ich musste dieses ganze Institut am Laufen halten, musste zusehen, dass die Fänger und die Gefallenen keinen Krieg anzettelten, musste die Steuerabrechnungen machen und noch dringend ein Weihnachtsgeschenk für meine Tante Henriette besorgen. Was ich *nicht* musste, war, mir von irgendjemandem etwas sagen zu lassen. Und was ich *ganz sicher* nicht musste, war, Matthew Delaware zuzuhören. Da konnte er seine Hände noch so sehr verkrampfen und noch so kläglich aus der Wäsche blicken.

»Ich hatte dich anders in Erinnerung«, fuhr ich fort und taxierte ihn mit allem Zorn, den ich über die Jahre angestaut hatte.

»Als selbstgefälligen Arsch.« *Verräter.* Er war ein Verräter, ein Deserteur. Wieso benutzte ich das Wort dann nicht? Ein Wort:

Veränderung. Trotz seiner Art wirkte er nicht mehr wie der Visionär unter den Fängern. Matthew Delaware, der das Potenzial hatte, der Beste zu werden. Matthew Delaware, dem alles zuflog, während ich hart arbeiten und trainieren musste. Matthew Delaware, mit dem ich jahrelang Seite an Seite gekämpft hatte. Nein. Ich wollte mich nicht an die schönen Zeiten erinnern. Er sollte nicht aussehen wie der Mann, mit dem ich gekämpft und gelacht hatte. Aber er sah genauso aus, mit seinen breiten Schultern und den dunkelbraunen Haaren.

Er sah genauso aus wie damals. Vielleicht ein wenig ungepflegter. Dreitagebart. Schmutz. Ach verdammt, er sah genauso aus wie damals. Nein, so wollte ich nicht an ihn denken. Ich wollte an den Verräter denken, der er war.

Plötzlich lag da ein tiefer Schmerz in seinem Blick.

»Ich hatte dich genauso in Erinnerung«, flüsterte er und verkrampfte seine Hände noch stärker in seinem schwarzen, dreckigen Mantel. »Nur wärmer.«

Er hatte mich *wärmer* in Erinnerung? Das sagte der Mann, der mich zu einer Frau aus Eis gemacht hatte? Ich begann zu zittern, und das nicht vor Kälte, sondern vor unbändiger Wut.

»Ich würde vorschlagen, du verschwindest von hier, bevor noch andere Leute auf die Idee kommen, sich mit dir darüber auszutauschen, wie sie dich in Erinnerung haben. Ich nehme an, das würde dir nicht gefallen.« Das Raunen der Menge gab mir recht. Hilflos senkte Matt den Kopf, doch es war Kelly, die sprach.

»Warte! Bitte, Grace!« Verzweifelt sprang sie auf und stellte sich zwischen uns.

»Wenn er eine Ahnung von dem hat, worüber wir gerade geredet haben, dann kann er uns helfen.«

Erst jetzt erinnerte ich mich an Kellys Worte über den vermeintlichen Engelsangriff. Und an Matts Einmischung.

»Was auch immer du glaubst, gesehen zu haben, Kelly …« Ich holte langsam Luft und blickte wieder Matt an. »Es ist es nicht wert, mit dieser Person zu reden.«

Damit war die Sache erledigt. Liza fasste Kelly an der Schulter, und Matt wandte sich mir noch einmal zu, bevor er sich den abfälligen Blicken der Fänger aussetzte und endlich Anstalten machte, den Security-Leuten zu folgen.

»Gott, Grace!«, schrie Kelly auf und machte sich von Liza los.

»Was auch immer ich gesehen habe, ist zu wichtig, um es zu ignorieren! Ich habe dein Vertrauen nie missbraucht. Ich weiß, was er dem Institut, was er *uns* angetan hat. Aber Grace, er weiß das auch! Er wäre das Risiko nicht eingegangen, wenn er nicht müsste. Hierher zurückzukehren wäre doch viel zu gefährlich!«

»Kelly«, raunte ich, und sie zuckte zusammen, entschuldigte sich jedoch nicht. »Bedenke, dass wir nicht objektiv sind!«, flüsterte sie.

»Kelly, danke«, seufzte ich, denn sie hatte recht. Obwohl mir die Gesamtsituation nicht passte und dieses Gespräch eine Richtung einschlug, die mir überhaupt nicht gefiel.

»Liza, was meinst du?«

Alle Augen im Raum richteten sich auf Liza. Einen Moment lang schien sie zu überlegen, dann nickte sie.

»Lasst ihn sprechen.« Ihre Stimme klang sicher, nicht bittend. Einen Moment lang schaute ich mich im Saal um. Ich wusste, dass nicht alle meine Entscheidung gutheißen würden, aber alle würden sie respektieren.

»Sprich.« Matt ließ sich auf ein Knie sinken und neigte den Kopf. »Ich, Matthew Delaware, spreche vor Ihnen, Grace Darcy, Leiterin des Instituts London, und vor dem gesamten Institut in einer Angelegenheit höchster Wichtigkeit. Was die Fängerin Kelly behauptet, ist die Wahrheit! Die Engel greifen die Fänger vermehrt an. Sie missbilligen unser Paktieren mit den Gefallenen und sehen es als Vertragsbruch an.«

»*Unser* Paktieren?« Seit wann gehörte *er* wieder zu den Fängern?

»*Euer* Paktieren mit den Gefallenen. Und dagegen wollen sie nun vorgehen, in einer nie da gewesenen Weise.«

»Woher beziehst du deine Informationen?«, rief ich über die steigende Unruhe im Saal hinweg.

»Bist nicht du es, Matthew Delaware, der uns Fänger verraten hat und uns verließ, um ein Bote dieser Engel zu werden? Und jetzt verrätst du uns ihre Pläne?«

»So lass mich doch ausreden!«, schrie er verzweifelt über die immer lauter werdende Menge hinweg. Die Fänger begannen, ihn in den unterschiedlichsten Sprachen zu beschimpfen, während die Gefallenen schockiert dastanden.

»Dann sprich«, forderte ich ihn erneut auf.

»Ich wollte das Institut verlassen, ja. Aber die Entscheidung, zu den Engeln zu gehen, traf nicht ich alleine. Oscar Abrahms ordnete es an. Ja, ich wollte das alles hinter mir lassen, aber nicht so; denkt darüber, was ihr wollt, aber ich bin nicht freiwillig auf die andere Seite übergewechselt! Als Oscar mich dazu anhielt, konnte ich ihm diese Bitte nicht abschlagen. Jahrelang habe ich den Boten gespielt und sie bespitzelt, um Informationen zu erhalten, und nun überbringe ich euch diese Information: Die Engel werden etwas gegen die Institute unternehmen, und wir sollten bereit sein!«

Als Matt Oscars Namen erwähnte, kehrte Totenstille im Saal ein. Für uns alle war Matthew ein Verräter gewesen. Dass er uns freiwillig hatte verlassen wollen, machte ihn auch zu einem Verräter, aber die Tatsache, dass der ehemalige Boss des Instituts, Oscar Abrahms, Matt zu den Engeln beordert hatte, war vollkommen unerhört und noch nie da gewesen. Die Engel, die

Gefallenen und die Fänger lebten nebeneinanderher. Wir hatten das verzerrt, indem wir anfingen, mit den Gefallenen zu arbeiten. Aber dass wir anfingen, uns untereinander zu bespitzeln, war uns fern gewesen. Wenn Matt die Wahrheit sagte, hatten wir ein Riesenproblem. Da ich nicht antwortete, erhob sich Matt langsam.

»Grace. Unabhängig von dem, was du über mich denkst. Was alle hier über mich denken … Grace, bitte, im Namen des Instituts musst du etwas unternehmen.«

Die Stimmen in der Menge wurden zu einem sonoren Rauschen, und ich spürte Kellys und Lizas Blick auf mir ruhen. Liza betrachtete mich kritisch, und Kelly untermalte jedes von Matts Worten mit zustimmendem Nicken.

»Eine Sache noch, Matt. Wenn du dich so in die Struktur der Engel eingearbeitet hast, dass sie dir diese Information anvertrauten, wieso ließen sie dich dann gehen? Dass sie dich aufgenommen haben, verstehe ich noch, schließlich bist … schließlich *warst* du der beste Fänger. Doch wieso lassen sie zu, dass du uns solche Informationen zuspielst?« Mir stockte der Atem, als ich die Wahrheit erkannte.

»Sie haben es dir gar nicht anvertraut.« Keine Frage.

»Ich habe ihre Konferenzen belauscht. Obwohl mir nichts mehr am Institut lag, musste ich *ihm* diesen letzten Dienst erweisen.« Seine Stimme brach, und ich wusste nicht, ob er mit *ihm* das Institut meinte, das seine Heimat und sein Leben gewesen war, oder Oscar, der uns wie seine Kinder behandelt, uns großgezogen und trainiert und irgendwie auch geliebt hatte, soweit wir Fänger überhaupt lieben konnten.

»Und doch haben sie dich gehen lassen?«

Ich kannte ihn gut genug, um zu wissen, dass mir die Antwort bereits klar war.

»Nicht direkt.« Sein Blick suchte Vergebung, und er zitterte am ganzen Leib.

»*Was hast du angerichtet?*« Das war es, was ich seit seinem Verschwinden hatte tun wollen. Ich wollte ihn anschreien, so lange und so laut, bis ich keine Stimme mehr hatte. Ich wollte schreien, obwohl das so gar nicht meine Art war. Nicht die Art der beherrschten, perfekten Grace Darcy. Ich verfluchte mich innerlich, dass er noch so viel Macht über mich hatte. Genug Macht, mich zu einer völlig Fremden zu machen. Er richtete sich zu seiner ganzen Größe auf und hob die Hände, aber nicht zur Verteidigung. Ich sollte seine Handinnenflächen sehen, und sie offenbarten mir, was ich gefürchtet und doch nicht geglaubt hatte: schwarze Lebenslinien. Das Zeichen der Verdammten.

»Ich habe sie belauscht, und als ich geflohen bin, hat einer von ihnen mich erwischt. Grace, es tut mir leid. Ich … Ich musste euch doch die Information bringen, dass sie euch angreifen werden. Ich hätte euch doch nicht schutzlos … schutzlos hierlassen können …«

Dann kam er, der Satz, den ich ihm in meiner Fantasie immer wieder an den Kopf geworfen hatte: »WEISST DU EIGENTLICH, WAS DU ANGERICHTET HAST?«

Nun hob er den Kopf gen Himmel und schloss die Augen. Seine Stimme war kaum mehr als ein Flüstern.

»Ja. Ja, Gracy, das weiß ich. Ich habe einen Engel getötet.«

3

Mit diesem einen Satz erreichte Matt nicht weniger als den Ausbruch der Hölle im Institut. Die Seelenfänger brüllten wild durcheinander, denn allen war bewusst, was es für Konsequenzen haben würde, wenn wir einem Engelsmörder Zuflucht gewährten. Die Engel würden Matt früher oder später ausfindig machen und das Institut und ganz London dem Erdboden gleichmachen, wenn es ihnen gefiel.

Die gefallenen Engel hingegen starrten sich nur gegenseitig an und selbst Cassriel hielt den Mund. Ihnen behagte es gar nicht, dass die Engel gegen uns vorgehen wollten, nur weil wir mit ihnen paktierten. Natürlich hatten die Gefallenen wegen uns kein schlechtes Gewissen, aber ihnen war nur allzu bewusst, dass ein Eklat zwischen Engeln und Fängern sich auf der *Wir-haben-uns-gebessert*-Liste nicht sonderlich gut machen würde. *Ruhe bewahren!* Leider ging ich selbst – sonst so strukturiert und voller Kalkül – keineswegs mit gutem Beispiel voran, sondern musste erst einmal ein paar Mal tief durchatmen, um Matt nicht eigenhändig am Fahnenmast aufzuhängen, damit die Engel auch ja sahen, wie wir zu ihm standen.

»Legt ihm Handschellen an«, blaffte ich die Security an und deutete dann in Richtung Fahrstuhl. Ich folgte ihnen und rief nach Liza, Kelly und, weil der Zweck nun mal die Mittel heiligt, nach Cassriel. Kelly und Cass hielten kaum Schritt mit uns, während Liza wie immer einen halben Meter hinter mir ging.

»Liza, sorg dafür, dass hier nicht das totale Chaos ausbricht. Beruhig sie und sag ihnen, sie sollen in ihre Quartiere gehen, während ich den Gefangenen befrage. Es folgt eine offizielle Ankündigung, was wir als Nächstes tun.«

Liza nickte und begann sofort, meinem Befehl Folge zu leisten.

»Cassriel, dasselbe gilt auch für dich und deine Gefallenen. Und ich wünsche heute keine weiteren deiner Art mehr im Institut zu Gesicht zu bekommen. Das würde nur in Streit ausarten.«

»Zu Befehl«, raunte er und verneigte sich, ehe er ein Stück vom Boden abhob.

»Kelly, wenn die zweite Schicht heimkommt, schickst du sie bitte umgehend in ihre Quartiere, nachdem sie die Beute abgeliefert haben. Je weniger sie wissen, desto besser. Sie sollen ebenfalls auf weitere Instruktionen warten.«

»Wird gemacht.«

Ich atmete noch einmal tief durch und folgte der Security, die Matt flankierte, in den Fahrstuhl. Wäre der Aufzug nicht aus Glas gewesen, hätte ich mich wohl auf dem roten Sofa zusammengerollt und einfach nur gehofft, dass die Welt wieder in Ordnung wäre, wenn ich die Augen das nächste Mal öffnete. Aber so blieb ich würdevoll und mit möglichst großem Abstand zu Matt stehen und wartete, bis wir im zwölften Stock angekommen waren, wo ich die Security anwies, Matt in mein Büro zu bringen und dann die Lage unten zu klären.

Stress konnte ich schon immer besser bewältigen, wenn ich ihn nicht sah.

Nein, jetzt war nicht die Zeit für Selbstmitleid, und so gerne ich auch alles auf Matt geschoben hätte, konnte er doch nichts dafür, dass die Engel gegen uns vorgehen wollten. ABER ER HATTE EINEN ENGEL GETÖTET!

»Setz dich«, murmelte ich, inzwischen heiser.

»Wieso warnst du uns?«, fragte ich, als er Platz genommen hatte (und es sah sehr ergötzlich aus, wie ein gefesselter Mann, der kaum über seine breiten Schultern schauen konnte, versuchte, sich auf einen Drehstuhl zu setzen).

Obwohl mir Alkohol bei der Arbeit sonst zuwider war, holte ich eine Flasche Wein aus der Vitrine und goss mir ein Glas ein.

»Du glaubst mir«, sagte er und wirkte in diesem Moment sehr müde und sehr, sehr alt.

»Stimmt. Wieso glaube ich dir eigentlich?«, stieß ich hervor und massierte meine Schläfen. Es konnte doch auch sein, dass diese gescheiterte Existenz von einem Fänger einfach in einer vollkommen bescheuerten Aktion einen Engel getötet hatte und nun Schutz bei uns suchte. Es wäre so viel einfacher, wenn die Geschichte mit den aufgebrachten Engeln nur eine Lüge wäre. Doch Kellys Verletzung sprach dagegen. Wem machte ich etwas vor? Es war einfach unbestreitbar, dass die Sache mit den gefallenen Engeln uns irgendwann noch einmal Ärger einbringen würde.

Unseren Aufgabenbereich mit diesen ausgestoßenen Kreaturen zu teilen, konnte bei den Engeln ja nur auf Missbilligung stoßen. Das war doch genauso, als würde … als würde …

Ach, lassen wir das, mir fiel gerade beim besten Willen kein guter Vergleich ein.

»Du glaubst mir, weil du weißt, dass es die Wahrheit ist«, erklärte er.

»Du hast keine Ahnung von dem, was ich weiß«, presste ich hervor und nahm noch einen Schluck von dem Wein. Ich sollte ihn jetzt befragen. Doch wollte ich sie wirklich wissen, die Einzelheiten seines Verrates? Wollte ich wissen, wieso er nur Oscar in seine Pläne eingeweiht hatte, das Institut zu verlassen?

Nach all den Jahren ertrug ich die Fragen kaum. Ich wurde unsagbar wütend, nicht auf ihn, sondern auf mich. Darüber, dass es mich noch immer so sehr belastete, auch wenn ich so sicher gewesen war, dass ich inzwischen lange darüber hinweg war.

»Was gedenkst du jetzt zu tun?«, fragte er und unterbrach damit meine Gedanken.

»Das geht dich überhaupt nichts an.«

»Du weißt es also noch nicht«, seufzte er und begann zu husten. Wenn seine Lunge nur halb so verstaubt wie sein Mantel war, würde er einen Hochdruckreiniger benötigen, um sie zu säubern.

»Wenn du jetzt auch noch annimmst, dass du in irgendeiner Weise ein Mitspracherecht bei meinen Entscheidungen hast, irrst du dich gewaltig. Du kannst noch so perfekt mit unseren Waffen umgehen. Es nutzt dir überhaupt nicht, wenn du sie nicht für uns einsetzt. Es wäre für uns am besten, wenn wir dich einfach vor die Tür setzten, ehe die Engel Wind davon bekommen, dass du hier warst.«

Er nickte auf diese Weise, wie er es früher immer getan hatte, wenn er etwas für vernünftig hielt. Jetzt fehlte nur noch dieses *Du hast recht, Gracy, das wäre am besten*, so wie er es früher immer gesagt hatte, wenn wir über eine Route für die nächtlichen Streifzüge debattiert hatten. Meist folgte danach jedoch sein Vorschlag, der vielleicht nicht am besten war, aber am meisten Spaß machen würde. *Spaß* bedeutete in diesem Zusammenhang meist eine halsbrecherische Aktion, in der wir von unseren schicken Schwertern auch wirklich Gebrauch machen mussten und … Schluss mit diesen Erinnerungen!

Langsam nickte er und sah dann auf. »Du hast recht, Gracy, das wäre am besten. Mit mir könnt ihr machen, was ihr wollt. Und wenn das beinhaltet, mich den Engeln auszuliefern, dann tut das. Ich würde jedoch eine Antwort c vorziehen.«

Da war er wieder, der alte Matt. In seinen Augen glänzte eine Idee, das sah ich genau. Seine Augen funkelten, und auch wenn sie auf mich gerichtet waren, blickte er in eine unbestimmte Ferne, sah das, was noch nicht passiert war.

»Ich will Antwort c nicht hören«, seufzte ich. Das kleine Mädchen, das sich von ihm zu dummen Sachen hatte anstiften lassen, existierte nicht mehr. Ich war sechsundzwanzig, und das war zu alt, um Hintertürchen zu suchen. Wenn man jung ist und in der Klemme steckt, dann mag das vielleicht funktionieren. Aber nicht, wenn der Feind von oben kommt. Außerdem konnte ich die Engel mit ihrer Wut auf Matt verstehen. Niemand wird gerne bespitzelt und eines Bruders oder einer Schwester beraubt.

»Ich rede jetzt nicht als alter Freund mit dir, und ich werde auch nicht meinen Bester-Fänger-Bonus ausnutzen, auch wenn du das vielleicht glaubst.«

Und ob ich das glaubte!

»Ich rede mit dir, wie ich auch mit Oscar geredet hätte. Er wollte, dass ich die Engel ausspioniere, weil er wusste, dass es so weit kommen würde.« Matt blickte mich verschwörerisch an. »Wir müssen endlich anfangen, zusammenzuarbeiten.«

Mich daran zu erinnern, dass Oscar ihn angehört hätte, ging dann doch zu weit. Mir war egal, was mein perfekter Vorgänger getan hätte.

»Ich bin Grace, und ich habe jetzt hier das Sagen. Ich bin ja auch die, die die Konsequenzen trägt, und wenn du Zusammenarbeit mit Mord gleichsetzt, teilen wir nicht die gleichen Ansichten.«

»So viel Verantwortung auf deinen Schultern«, murmelte Matt, wieder weit weg.

»Wenn du etwas zu sagen hast, dann sag es.«

Obwohl er aussah, als würde er gleich vor Erschöpfung umkippen, schaffte er es dennoch, spöttisch zu grinsen.

»Antwort c ist etwas komplexer, aber, wenn wir es richtig anstellen, eine gewaltfreie Lösung. Oscar war sich der Problematik durchaus bewusst, und wie wir alle wissen, hatte er ein vergleichsweise gutes Verhältnis zu den Engeln, was ich von dir nicht annehme …«

»Ich bin dir überhaupt keine Rechenschaft schuldig.«

»Nein, mir nicht. Aber dem Institut. Wenn du dir keiner Schuld bewusst wärest, dann würdest du jetzt nicht so reagieren. Aber ich bin der Letzte, der anderen Vorwürfe machen darf. Soweit ich weiß, hat er einen Brief aufgesetzt, den sowohl er als auch Gaiya, die Anführerin der englischen Engel …«

»Ich weiß, wer Gaiya ist.«

»… als auch Gaiya unterzeichnet haben. Es war mehr eine Art Vertrag als ein Brief, soweit ich mich erinnere. Ich weiß nicht genau, was darin festgehalten wurde und wie lange er gültig war. Aber sobald die Engel irgendetwas gegen uns unternehmen wollen, umgehen sie diesen Vertrag, und dann haben wir sie. Engel können nicht lügen und keine Verträge brechen. Und selbst, wenn der Vertrag abgelaufen ist, schaffen wir es vielleicht, seine Laufzeit zu verlängern, wenn sie sich nur darauf besinnen, dass er existiert hat.«

Ich konnte ein hämisches Lachen nicht unterdrücken.

»Von allen Plan-c-Lösungen ist das mit Abstand die schlechteste, Matt. Natürlich willst du deinen Hals retten, aber schon alleine dadurch, dass du einen von ihnen umgebracht hast, werden sie zu keiner friedlichen Lösung mehr bereit sein.«

Ein breites Grinsen erschien auf seinem Gesicht, so als sei mir der entscheidende Teil entgangen.

»Hör auf damit, Grace. *Du* weißt, dass ich den Engel umgebracht habe. Aus Notwehr, wie ich betonen möchte. Sie wissen aber nicht, dass du es weißt. Und noch wissen sie nicht, dass ich hier bin. Wenn du ihnen eine Vertragsverlängerung anbietest, aus freien Stücken und als Annäherung, können sie das nicht ausschlagen. Außerdem hast du allen Grund, sie aufzusuchen, schließlich haben sie eine deiner Fängerinnen angegriffen. Das wäre auch, was du getan hättest, wenn ich nicht aufgetaucht wäre, nicht wahr? Außerdem gehöre ich offiziell, wie du bereits mehrfach betont hast, *nicht mehr* zu den Fängern. Es war der reinste Selbstmord von mir hierherzukommen, das hast du selbst gesagt.«

Ich konnte nur den Kopf schütteln über all das Kalkül und die Abgebrühtheit, die sich unter diesen sinnlichen Lippen und dem dunklen, sonnengegerbten Teint verbargen.

»Es wäre Selbstmord gewesen, wenn die Leiterin des Instituts nicht deine Exfreundin gewesen wäre«, spuckte ich verächtlich aus. »Du wusstest, dass Oscar nicht mehr lebt.«

Matt legte entschuldigend den Kopf zur Seite. Es gab eine Zeit, da hätte ich ihn für einen solchen Plan verehrt. Jetzt empfand ich seine Idee lediglich als schäbig.

»Ich bin also das Mittel zum Zweck für dich, um deinen Kopf aus der Schlinge zu ziehen?« Ich lachte bitter auf. Was hatte ich von diesem Mann erwartet, der mir vorgespielt hatte, glücklich zu sein, und in Wahrheit davon träumte, das Weite zu suchen? Ohne ein Wort des Abschieds? Aber dieses Spiel konnte ich auch spielen. Ich war kein Kind mehr, kein dummes, verliebtes Mädchen.

»Welchen Nutzen habe ich davon, dich den Engeln nicht einfach auszuliefern?«

»Du bist wirklich eiskalt geworden, Gracy«, flüsterte er. Wenn ich so eiskalt war, wieso tat es mir jedes Mal im Herzen weh, wenn er mich Gracy nannte? Wieso reichte ein Blick seiner Augen, um mich wieder zu dem hilflosen Wesen zu machen, das ihn überall gesucht und nicht gefunden hatte? Das nicht glauben wollte, dass er weg war?

»Ich bin das, was du aus mir gemacht hast, Matt«, gab ich zu, so leise, dass ich hoffte, er würde es nicht hören. Dass er zusammenzuckte, bewies jedoch das Gegenteil.

»Wenn du mich auslieferst, hast du das *Matt-hat-einen-Engel-getötet*-Problem gelöst, wenn auch nicht sehr glorreich. Aber wenn du es wirklich schaffst, dich auf den Vertrag zu berufen, dann hast du sowohl das eben genannte als auch das *Engel-sind-total-sauer-auf-das-Institut*-Problem gelöst, denn nach einer Vertragsverlängerung könnte ich von euch unabhängig vor das Gericht treten.«

Dieser ganze Plan erschien mir mehr als nur waghalsig. Es war lächerlich, eine Horde verärgerter Engel mit einem Fetzen Papier von anno dazumal beruhigen zu wollen. Allerdings hatte Matt insoweit Recht, als Engel einen Vertrag niemals brechen konnten. Ob das Matts Problem löste, war eine andere Sache. Das Problem mit den Gefallenen würde eine Auslieferung jedenfalls nicht lösen, so viel war klar. Matts Tat hatte ein Einschreiten der Engel gegen uns sogar legitimiert. Wenn wir es allerdings wirklich schafften, Matt als Einzeltäter darzustellen, konnten die Engel uns dafür nicht zur Rechenschaft ziehen, und wegen ihrer Abneigung gegen die Gefallenen durften sie nicht gegen uns vorgehen. Sie suchten wahrscheinlich seit Jahren einen Grund, und Matt hatte ihnen jetzt einen geliefert. Was gut war, denn nun waren wir am Zug. Wäre es nicht Matt gewesen, hätte es früher oder später jemand anderes getan. Dann wären wir unvorbereitet gewesen. Jetzt waren wir vorbereitet. Matt musterte mich ungläubig, als ich begann, zu lächeln.

»Mein Talent, jeder verdammten misslungenen Aktion noch etwas Gutes abzugewinnen, rettet mir gerade den Tag«, erklärte ich und mir wurde bewusst, dass ich absolut keinen Alkohol gewohnt war. Ich atmete noch einmal durch und richtete meine Bluse, ehe ich auf den Knopf des Lautsprechers drückte, was natürlich vollkommen sinnlos war, denn über Lautsprecher sah niemand, ob meine Bluse richtig saß. Aber was soll ich sagen, ich bin eben eine Frau.

»Wichtige Durchsage an *alle* Mitarbeiter und Fänger des Instituts London. Wie ihr bereits wisst, befinden wir uns in Alarmbereitschaft. Trotzdem wird keiner von euch gegen die Engel vorgehen. Morgen nehmt ihr das Tagesgeschäft ganz normal wieder auf. Ich bitte darum, keinerlei Abweichungen von der täglichen Routine vorzunehmen. Alle notwendigen Vorkehrungen werden getroffen. Jede Missachtung meiner Befehle sehe ich als persönlichen Angriff, und ich werde mit aller Entschlossenheit dagegen vorgehen. Da ich am morgigen Tag voraussichtlich nicht zugegen sein werde, übertrage ich meine Handlungsgewalt auf Miss Liza Preston. Jede Missachtung ihrer Befehle sehe ich als Missachtung meiner Befehle. Sollte es zu irgendeiner Art von meldungspflichtigen Vorfällen kommen, wendet ihr euch an Miss Liza Preston oder als Gefallene an den Engel Cassriel. Der ehemalige Fänger Matthew Jason Delaware genießt bis auf Weiteres meine Gastfreundschaft. Vorerst. Ich wünsche kein regelwidriges Vorgehen gegen ihn. Vorerst. Eine gute Nacht, Ladies und Gentlemen.«

Fast hatte ich das Gefühl, den Tumult unten zu hören. Ich stellte mir Liza vor, die versuchte, sich einen Weg nach oben zu bahnen, und wie überall Türen aufgerissen wurden. Aufgerissen von empörten Seelenfängern, die Liza mit ihren Beschwerden bombardierten. Ich selbst hätte die Tür aufgerissen, wäre ich an ihrer Stelle gewesen.

»Wir werden uns also morgen auf die Suche nach dem Vertrag machen?«, fragte Matt.

»ICH werde mich morgen auf die Suche nach dem Vertrag machen«, verbesserte ich zuckersüß.

»Du MUSST mich mitnehmen.«

»Ich muss gar nichts. Oder gibt es noch etwas, das ich wissen sollte?«

Er schwieg.

Eine große Last ruhte auf meinen Schultern, die er noch erschwerte. Morgen würde ich den Vertrag suchen. Wenn ich ihn nicht fand, dann würde ich ihn ausliefern müssen. Als ich mir gerade das zweite Glas Wein eingoss, kam Liza mit den beiden Security-Leuten herein. Sie trug einen ganzen Stapel voller Dokumente bei sich. Und eine Tafel Schokolade. Sie *war* unersetzlich.

»Sperrt ihn in den Kerker«, wies ich die Security an, und Matt machte große Augen.

»Verdammt, Grace! Deine Welt hier drin ist ja schön und gut, aber es ist nicht die echte Welt! Du wärest doch nicht mal mehr in der Lage, eine Seele einzufangen, wenn es darauf ankäme!«

Auch wenn seine Worte mich wie ein Messer trafen, war da keine Boshaftigkeit in seinen Augen. Da war ehrliche Sorge, die fast noch mehr wehtat.

Das Einzige, was mich jetzt aufheitern konnte, war Arbeit. Nachdenklich nahm ich die Papiere aus Lizas Händen und begann, sie zu lesen.

Tagesberichte. Mehr Tagesberichte. Beschwerdebriefe. Tagesberichte. Rechnungen. *Meine Scheinidentität ist umgezogen.* Rechnungen.

Matt flehte mich an, ihm zuzuhören, doch ich tat es nicht.

Liza redete, doch ich hörte nicht zu.

Ich sperrte ihn ein.

Genauso wie ich die Erinnerungen an ihn in meinem Herzen eingesperrt hatte.

Und dann hatte ich es eingefroren. Vielleicht war es sogar zerbrochen.

Nun konnte ich nur noch beten, dass die Stücke zu klein waren, als dass er sie wieder zusammensetzen konnte. Denn ich würde das, was er mir angetan hatte, nicht noch einmal ertragen.

4

GRACE
London, eine ominöse Hütte

Nach seinem überraschenden Tod ging der gesamte private Besitz von Oscar Abrahms auf direktem Weg an seinen Zwillingsbruder Mikael. Es gibt die Art von Senioren, die angeln gehen, Scrabble spielen und sich Katzen anschaffen. Nette alte Damen und Herren, die ihren Enkelkindern Kekse backen oder Geschichten erzählen und in die Kirche gehen. Mikael Abrahms gehörte jedoch nicht zu dieser Art.

Neben den Fängern im Institut gab es schon immer auch solche, die lieber unabhängig bleiben wollten, ob nun aus Freiheitsliebe oder weil sie in den Instituten wegen ihrer mangelnden Qualifikation, Anpassung und Teamfähigkeit nicht angestellt wurden. All diese Söldner und Taugenichtse, der Abschaum der Gesellschaft, arbeiteten für Mikael Abrahms.

Es widerstrebt mir, schlecht von Oscars Bruder zu reden, aber auf der Forbes-Liste der gescheiterten Existenzen würde man Mikael Abrahms sicherlich unter den ersten zehn finden. Dass ich mich also in seine kleine, vollkommen verwahrloste Baracke im Randgebiet Londons begab, zeugte lediglich davon, dass ich mir von dem Vertrag wirklich etwas versprach. Genau wie die Tatsache, dass ich Liza im Institut alleine ließ, welches wahrscheinlich gerade zum siebten Kreis der Hölle mutierte. Dieser Vertrag musste schon etwas wirklich Epochales und definitiv Weltbewegendes sein.

Selbst von außen sah die Baracke, ich meine natürlich das *Haus,* aus wie die Kulisse eines schlechten Horrorfilms.

Mal von der Holzhütte abgesehen, die ich nicht einmal meinem nicht vorhandenen Hund zumuten würde, wirkte der Garten so, als hätte die Natur ihn sich schon vor Jahren zurückgeholt, und Mikael Abrahms' Grundstück hob wahrscheinlich die Grünanlagen-Statistik für ganz London.

Eine ganze Kolonne von Gärtnern wäre nötig gewesen, um die Vegetation auf ein annehmbares Maß einzudämmen oder sie zumindest so aussehen zu lassen, als würde sie nicht jeden Moment versuchen, Menschen mit Haut und Haar zu fressen. Übertroffen wurde dieser botanische Albtraum nur noch vom Inneren der Hütte, deren Einrichtung Mikaels Charakter entsprach.

Während Oscar sich stets durch Gradlinigkeit und Prinzipientreue ausgezeichnet hatte, war Mikael die Art von zwielichtigem Zeitgenossen, dem man lieber nicht in der Nacht begegnete. Oder am Tag. Oder überhaupt jemals.

Ausgestochen wurde er nur noch von seinen Angestellten, betrachtete man beispielsweise das Wesen, das mir die Tür öffnete. Ich vermutete, dass es einmal ein Mensch gewesen war, dem Mikael in einem seiner gefürchteten Wutanfälle die Ohren abgeschnitten hatte. Zudem hatte es schwere Verbrennungen an so ziemlich allen Stellen, die nicht von der lumpigen Kutte verhüllt wurden.

»Geben Sie bitte die Waffen ab, Miss Grace«, krächzte das Wesen und hielt mir seine Hände hin. Dass es an einer Hand nur drei Finger hatte, lud nicht gerade zum Nicht-Starren ein. Vorsichtig trat ich ein und wunderte mich schon fast, wieso die Böden nicht knarrten oder irgendwo um mich herum seltsame Lichter flackerten.

»Was ist dir nur zugestoßen?«, flüsterte ich, mehr zu mir selbst als zu der Kreatur. Ich benötigte auch keine Antwort, denn ich kannte sie bereits.

»Mikael!«, rief ich zornentbrannt aus. Natürlich war jeder von uns, zumindest jeder, der eine Führungsrolle ausübte, bis zu einem gewissen Grad kompromisslos, berechnend und vielleicht auch grausam. Oscar war es gewesen, und ich war es auch gelegentlich, wenn auch niemals gerne. Nie durfte man Schwäche zeigen, wenn man nicht zum Schwachen werden wollte. Der Respekt der eigenen Leute war eine absolute Notwendigkeit. Aber niemals sollte man Gewalt gegen seine Angestellten, seine eigenen Leute richten.

Mein Schrei hallte mehr, als es in einer Holzhütte überhaupt hätte möglich sein können, und ich war mir bewusst, dass ich aufstampfte wie ein kleiner Elefant. Aufgebracht öffnete ich die kunstvolle Eichentür, vor der ich und Matt früher immer gewartet hatten, wenn Oscar geschäftlich mit seinem Bruder reden musste. Damals hatten wir uns Geschichten zu dem eingearbeiteten Löwen ausgedacht und uns gefragt, ob er den Drachen besiegen könnte, der uns vom Stuck der anderen Seite hinab überlegen musterte. Später wurde uns dann bewusst, dass der wahre Löwe hinter dieser Tür auf seinem Thron saß und seine Krallen wetzte.

»Grace. Welch eine unerwartete Überraschung«, begrüßte mich der Löwe spöttisch mit seinem russischen Akzent. Er saß noch immer auf seinem Thron, doch er war um keinen Tag älter geworden. Mein Schrei blieb mir im Halse stecken, als ich ihn da am Ende eines großen Tisches sitzen sah, umgeben von zwei äußerst zwielichtigen Söldnern. Es war ungerecht, dass er lebte und Oscar tot war. Dieser Gedanke war kindisch, doch ich wünschte wirklich, es wäre andersherum gewesen.

Oscar war als Leiter des Instituts perfekt gewesen, und obwohl er streng und vollkommen zielorientiert war, wurde er von allen vergöttert. Zwar hatte er mich oft und hart bestraft, doch war er mir gegenüber niemals grausam gewesen und hatte selbst seinen Feinden stets Respekt und Anstand entgegengebracht. Er war es, der mich und Matt aufgenommen und zu den besten Fängern Englands ausgebildet hatte, obwohl alle ihm davon abgeraten hatten.

Für einen Fänger war es immer gefährlich, sich seine Nachfolger selbst zu suchen. Viele endeten mit einem Messer im Herzen. Einer derjenigen, die Oscar in dieser Sache am stärksten beeinflussen wollten, war Mikael. Er war immer der Ansicht gewesen, wir würden seinen Bruder nur ausnutzen und seinen Tod geradezu herbeisehnen. Oscars Tod und mein Aufstieg zur Leiterin hatten ihm selbstverständlich recht gegeben, und wenn es noch einen Zweifel an unserer verderbten Natur gab, dann hatten Matts Verrat und Flucht diesen ausgeräumt.

»Für dich immer noch Miss Darcy, Mikael. Ich bin geschäftlich hier.«

Sofort verengten sich seine Augen, die von demselben dunklen Grau waren wie die seines Bruders. Selbst für Zwillinge sahen sie sich frappierend ähnlich mit ihren breiten Schultern, der dunklen Haut und dem breiten Mund. Oscars Lippen waren immer zu einem leichten Lachen verzogen gewesen. Ansonsten konnte ich sie nur an ihren Haaren unterscheiden, da sie zwar vom selben dunklen Grau waren, doch Oscar hatte seine Haare immer kurz getragen, während Mikaels Mähne lang und ungepflegt war.

»Gut«, raunte er und bedeutete den beiden Söldnern zu verschwinden. Kaum hatten sie die Tür geschlossen, trat ich auf Mikael zu.

»Grace, wenn du glaubst, mich wegen meines Untertans maßregeln zu müssen, irrst du dich.«

Erschreckenderweise klang selbst mein Name aus seinem Mund wie ein Schimpfwort. »Leider gehen dich meine Angelegenheiten überhaupt nichts an.«

Mit einem schnellen Satz in seine Richtung überbrückte ich den Abstand zwischen uns und setzte mein Messer an seinen Hals.

»ICH bin die Leiterin des Instituts London, ob es dir passt oder nicht. Deine illegalen Machenschaften sind mir schon lange zuwider, und dass ich dich gewähren lasse, wird bald ein Ende haben.« Mit einer gewissen Genugtuung stellte ich fest, dass ich doch nicht alles verlernt hatte. Auch wenn mein Erfolg dadurch gemindert wurde, dass er roch, als hätte er mehr als genug Alkohol intus, um beim geringsten Kontakt mit Feuer in die Luft zu gehen, und mich dieser Geruch fast verleitete, vor seine Füße zu kotzen. Die Tatsache, dass meine Hand fast angefangen hätte zu zittern, als ich das Messer an seinen verschrumpelten Hals hielt, trug nicht zu einem souveränen Auftritt bei.

Mikael schien dies ähnlich zu sehen, denn er lachte. »Ich glaube, wir reden von verschiedenen Instituten, Teuerste. Ich kenne in London nur ein einziges, und das hat keinen Leiter mehr, sondern nur ein dahergelaufenes Gossenkind, das Leiterin spielt.«

»Wie schmachvoll es wohl für Mikael Abrahms sein wird, wenn eben dieses Gossenkind ihn absticht wie ein Schwein«, raunte ich und presste das Messer fester an seinen Hals. Einem verhassten Feind ein Messer an den Hals zu legen, war in jedem Fall ein gutes Mittel zur aktiven Stressbewältigung. Und doch konnte ich es kaum noch in den Händen halten, als er seinen Hals absichtlich ein kleines Stückchen in die Klinge presste und mich dabei zornerfüllt ansah.

»Du meinst, ebenso, wie du meinen Bruder abgestochen hast?«

Natürlich war sein Vorwurf absolut haltlos, schon alleine dadurch, dass Oscar eines natürlichen Todes gestorben war. Und doch warf er mich vollkommen aus der Bahn. Dass es Leute gab, die glaubten, dass ich in der Lage wäre, meinen eigenen Mentor umzubringen. Ohne es zu wollen, musste ich wieder an Matts Worte denken, ich sei eiskalt geworden …

5

Mikael lachte schallend auf, und ich putzte mein Messer an seinem dreckigen Hemd ab.

»Ich habe keine Zeit für deine Spielchen«, entgegnete ich, als ich mich wieder gefasst hatte, und stellte mich direkt neben ihn, das Messer weiter auf ihn gerichtet.

»Dabei fängt es gerade an, mir zu gefallen.« Höhnisch blickte er mich an, und ich konzentrierte mich darauf, nicht auf das dünne Rinnsal Blut zu achten, das an seinem Hals hinunterlief. Die Schmerzen zeigte er nicht.

»Was suchst du hier? Ich nehme nicht an, dass du zu Kaffee und Kuchen erschienen bist, um über die guten alten Zeiten zu plaudern.« Gespielt gastfreundlich deutete er auf die morsch aussehenden Holzstühle.

»Wo sind denn nur unsere Manieren? Setz dich doch.«

»Ich bleibe lieber stehen«, sagte ich, überrascht von seinem Sinneswandel. Mikael war zwar ein irrer Satanist, aber nicht dumm. Ihm musste klar sein, dass ich mit einem Anliegen hier war, und da er mir noch keinen seiner Schoßhunde auf den Hals gehetzt hatte, war klar, dass er sich auch etwas von meiner Anwesenheit erhoffte.

»Du fragst dich, wieso ich mich nicht wehre.«

»Und du fragst dich, was ich hier suche«, versetzte ich und ließ mich auf der Tischkante nieder.

»Ich werde dir nicht helfen. Die Frage, die mich beschäftigt, ist, wie ich dich so schnell wie möglich loswerde, und ich habe beschlossen, dich lieber gehen zu lassen und mir unseren Kampf noch eine Weile aufzusparen. Vorfreude ist schließlich die schönste Freude, nicht wahr? Was mir jedoch nicht passt, ist, dass du dich kein einziges Mal gefragt hast, wie du hier lebend wieder hinauskommst. Und du hast nicht einmal gefragt, wie es mir geht.«

Ich stieß ein humorloses Lachen aus. »Ich bin hier, um etwas abzuholen, und ich werde nicht ohne es gehen.«

Sein Befinden hingegen interessierte mich etwa so sehr wie das Paarungsverhalten einheimischer Blattschneideameisen.

»Nehmen wir an, ich würde etwas besitzen, das dir gehört. Nehmen wir an, es würde brennen. Nehmen wir an, es würde brennen, und ich wäre im Besitz von Wasser. Grace, ich würde das Wasser trinken.«

Langsam verlor ich die Nerven.

»Ich weiß, dass du Oscars Besitztümer nicht verbrannt hast, Mikael.«

»Dann, meine liebe Grace, handelt es sich um den Besitz meines Bruders. Nicht um deinen.«

»Es handelt sich um kein privates Besitztum. Vielmehr um etwas, das dem Institut gehört.«

Mikael gab ein verächtliches Schnauben von sich und griff nach seinem Weinglas. Mehr und mehr zweifelte ich daran, dass es sich wirklich um Wein handelte.

»Dann hast du noch weniger Anrecht darauf. Des Weiteren behindert es mich beim Trinken, wenn mir jemand ein Messer an den Hals hält«, entgegnete er trocken und blickte verächtlich auf das Messer, als hätte er seine Schneide bereits als zu stumpf befunden, um ihn zu töten. Was auch der Fall war.

»Das müsste ich nicht, wenn ich keinen Anlass dazu hätte.«

»Bei aller Höflichkeit, Miss Darcy – du bist es, die in mein Haus eingedrungen ist und mir ein Messer an die Kehle gehalten hat. Hausfriedensbruch und Körperverletzung sollten unter der Würde einer *Leiterin* sein.« Bedauerlicherweise hatte er vollkommen recht. Also atmete ich tief durch und setzte mein Pokerface auf.

»Nehmen wir an, du würdest die Dokumente deines Bruders besitzen. Und vielleicht irre ich mich, aber meine Anwesenheit hier trägt zu deinem Unbehagen bei. Nehmen wir also weiter an, du überlässt mir dieses Dokument, das für dich vollkommen wertlos ist ...«

»In dem Moment, in dem es für dich wertvoll wurde, wurde es das auch für mich«, fauchte er dazwischen.

»Und nehmen wir an, du würdest es mir nicht übergeben und ich wäre gezwungen, mit ein paar meiner Leute wiederzukommen, sagen wir fünfzig. Bei einer solchen Durchsuchung, zumal auf diesem engen Raum, würde sicher etwas zu Bruch gehen, meinst du nicht?«

»Drohst du mir, mich umbringen zu lassen, weil du selbst zu schwach dazu bist?«, brüllte er und warf sein halbvolles Glas wütend an meinem Kopf vorbei und gegen die Wand. Der Löwe war geweckt. Und diesmal war kein Drache da, der uns vor ihm beschützte. Doch ich fürchtete ihn nicht mehr. Ich war kein Kind. Er hatte ja recht, ich hatte mich zu kindischem Verhalten hinreißen lassen, hatte nicht einmal versucht, sachlich zu verhandeln. Ich stellte mir vor, was Oscar wohl dazu gesagt hätte. Ich hatte durch mein unüberlegtes Handeln genug Schwäche gezeigt. Genug Zeit verloren. Es ging hier um das Institut und nicht um meinen Hass auf Mikael Abrahms. Seine Söldner nahmen uns mit dem Einkassieren der kriminellen Seelen einen großen Teil der Arbeit ab, das durfte ich nicht vergessen.

Er war vielleicht der Löwe, doch ich war jetzt der Drache.

»Mikael. Es geht hier nicht um mich oder dich. Es geht um das Institut, das Oscar liebte. Und um die Arbeit, die wir alle erledigen, wenn auch auf verschiedene Art und Weise. Ich kann dich nicht bitten, mir zu vertrauen, aber vertrau darauf, dass es für uns Konsequenzen haben wird, wenn du mir nicht hilfst. Für dich ist es nur ein Stück Papier. Aber für uns ist es von unschätzbarem Wert. Schon alleine, dass ich dir jetzt anvertraue, wie wichtig es für uns ist, zeigt, dass ich versuche, dir zu vertrauen.«

Jedes Wort kostete mich Überwindung. Es musste besser sein, mich bewusst zu entwaffnen, als die Beherrschung zu verlieren. Ich war keine dieser Kämpferinnen, die mit Schwert und Messer Schlachten gewannen, das war immer Matt gewesen oder Kelly. Ich war eher wie Cassriel und schlug meine Gegner durch Worte. Das war es, was mich gefährlich machte.

»Nehmen wir an, ich wüsste, worum es sich handelt, und wäre gewillt, dieses Schriftstück abzugeben«, seufzte Mikael ergeben, und ich konnte es kaum fassen.

»In diesem Falle müsste für mich selbstredend etwas dabei herausspringen – außer deinem Wort, dass es wichtig ist.«

»Selbstverständlich«, antwortete ich. Es war mir die ganze Zeit über klar gewesen, dass mir Mikael das Dokument nicht umsonst aushändigen würde, doch was sollte ich ihm zum Tausch anbieten?

»Ich will Anteile am Institut.« Er grinste mich böse an. Von Zahnhygiene hatte er wohl noch nie etwas gehört.

»Ausgeschlossen.«

»Es gibt nichts, was jemand wie du mir sonst bieten könnte, Grace.«

Jetzt hatte er mich. »Wie wäre es mit engerer Zusammenarbeit?«, schlug ich hoffnungslos vor.

Noch enger und ich würde ihm in seine fettigen Haare speien.

»Ausgeschlossen.«

»Assoziierungsabkommen?«

»Ausgeschlossen.«

»Veränderte Konditionen?«

»Grace, meine moralischen Grundeinstellungen sind im Gegensatz zu den deinen keine Verhandlungsbasis. Gerade eben wolltest du mich umbringen und jetzt bietest du mir Bündnisse an? Wie lange wird es dauern, bis du nachgibst, meine Teuerste?«

Auch in diesem Punkt hatte er recht. Diesen Moment der Verhandlung hätte ich unter normalen Umständen noch wochenlang in die Länge gezogen. Unglücklicherweise hatten wir keine Wochen mehr Zeit. Wir hatten nur noch Tage und es gab absolut nichts, was ich ihm hätte bieten können.

»Was für ein Interesse hast du am Institut?« Ein böser Verdacht beschlich mich.

»Siehst du nicht, dass ich der bessere Leiter wäre, Grace? Du bist ein Mädchen. Talentiert zwar, aber jung. Und schwach.«

»Ich bin nicht schwach«, presste ich hervor und umfasste die Klinge meines Messers mit der bloßen Hand.

Mikael weitete die Augen angesichts dieser alten Geste der Leiter. Meine Hand brannte und füllte sich mit meinem Blut, als ich ihm das Messer vor die Füße warf und sein ledriges Gesicht mit der blutenden Hand umfing.

»Ich, Grace Darcy, schwöre dir, Mikael Abrahms, Bruder des Oscar Abrahms, Leiter der Instituts London zu werden. Nach meinem Tod. Dies ist der verbindliche Schwur der Seelenfänger, Brüder der Engel und Kinder des HERRN. Nach meinem Tod, sollte dieser nicht durch dich oder deine Günstlinge herbeigeführt werden, wirst du meinen Platz einnehmen. Mit Gottes Hilfe.«

Fakt ist: Ich werde Mikael überleben müssen.

6

Was hatte ich dem Institut nur mit dieser Entscheidung angetan?

Andererseits war eine mögliche, spätere Beteiligung Mikaels am Geschehen im Institut besser als eine sofortige Beteiligung. Das, was ich ihm jetzt versprochen hatte, war aber noch immer eine Generalvollmacht für den Fall meines Ablebens. Da ich fast hundert Jahre jünger als Mikael war, hatte ich gute Chancen, ihn zu überleben. Und genau das würde ich tun, um dann auf seinem schlecht bepflanzten Grab zu tanzen. Das war ich dem Institut schuldig. Erschreckenderweise machte es mir viel mehr Angst, den Brief zu öffnen. Ich sog so viel Luft wie möglich ein. Wenngleich ich schon seit einer halben Stunde auf der Parkbank saß, hatte ich noch immer Mikaels ekelerregenden Geruch in der Nase.

Nachdenklich strich ich über das vergilbte Pergament. Zu meiner Verwunderung war das Siegel noch ungebrochen. Ich hatte von Mikael erwartet, dass Privatsphäre ihn ungefähr so interessierte wie ein Friseurbesuch. Trotzdem war er sich sicher gewesen, dass es sich um das richtige Dokument handelte. Ich atmete noch einmal tief ein, vergewisserte mich, dass mich niemand beobachtete, und brach das Siegel, das einen Drachen vor der Silhouette des Mondes zeigte. Des Mondes oder eines Os …

Mein geliebter Matthew,

wenn du dieses liest, bist du wahrscheinlich bereits Leiter des Instituts, und ich bin tot. Zweifellos werden sie dich bezichtigen, meinen Tod verschuldet zu haben, und du wirst zweifellos alles tun, um sie vom Gegenteil zu überzeugen. Auch werden sie dir zweifellos nicht glauben, allen voran mein Bruder.

Sei nachsichtig mit ihm, er weiß nicht, was er tut. Würde er dich so kennen, wie ich es tue, so würde er sich seines Neides schämen. All dies spielt allerdings kaum eine Rolle, sind doch die Zweifelsfälle zu besprechen, wenngleich ich lieber die Dinge erwähnen würde, die zweifellos feststehen. Als ich dich zu den Engeln schickte, sagte ich dir bereits, dass ich ein Dokument aufgesetzt habe, um die Streitigkeiten mit ihnen zu regeln. Zu dem Zeitpunkt, da ich dich schickte, war dies jedoch noch nicht der Fall. Ich erhoffte mir durch dich Aufschluss über die Beweggründe der Engel zu erhalten. Doch deine Informationen blieben bislang auf das beschränkt, was wir bereits wussten. Trotzdem bin ich dir dankbar, dass du dich dafür geopfert hast. Ich ließ dir ja kaum eine Wahl … Ich selbst spielte so oft mit dem Gedanken an Flucht. Du hattest deine Entscheidung selbst getroffen und doch zwang ich dich, uns diesen letzten Dienst zu erweisen. Ich bitte dich vielmals um Vergebung, mein Sohn. Auch muss ich mich entschuldigen für meine Verdächtigungen gegenüber Grace. Du hattest recht, was sie betrifft. Zwar bin ich noch immer überzeugt davon, dass die Engel, aus welchem Grund auch immer, einen von ihren Spionen bei uns eingeschleust haben, doch Grace ist es nicht. Dafür, dass ich dir verboten habe, sie in deine Pläne und deine Aufgabe als Spion einzuweihen, entschuldige ich mich nicht. Dein Verrat hat sie hart und stark gemacht, und wenn du jemandem eine wichtige Aufgabe übertragen musst, traue Grace. An Stärke steht sie dir in nichts mehr nach, und ich nehme an, wenn du vor meinem Tod noch nicht zurückgekehrt bist, wird sie die neue Leiterin werden. In diesem Falle solltest du einen Bogen um London machen und das Institut einfach Institut sein lassen. Unter allen Leuten, die deinen Tod wünschen, ist keiner so gefährlich wie sie.

Um zum Thema zurückzukommen: Mein Vertrag mit den Engeln ist ein für alle Mal beendet, und ich weiß nicht, was nötig ist, um ihn jemals wieder aufleben zu lassen. In den vergangenen Wochen habe ich immer wieder mit Gaiya geredet und alles in meiner Macht Stehende getan. Ihr Zorn gegen uns ist unbegreiflich und ihr Hass wird uns alle vernichten, die Fänger wie die Gefallenen. Jede Unterredung, jede Kontaktaufnahme scheiterte bereits im Ansatz. Bei der nächsten Gelegenheit wird sie alles geben, um die Institute dem Erdboden gleichzumachen. Woher dieser Hass rührt, kann ich dir nicht sagen, und ich hoffe, nein bete, dass du inzwischen mehr in Erfahrung gebracht hast als ich. Ich hoffe, du hast schnell erkannt, dass dein Platz hier ist, bei uns. Deine Idee von Freiheit rührt doch nur aus deinem jugendlichen Leichtsinn und deiner Rebellion, das musst du doch inzwischen verstanden haben! Ich hoffe, du liest diesen Brief und hast bereits Frieden geschlossen – mit dir, aber vor allem mit den Engeln. Meine Kraft schwindet, mein Sohn. Sie schwindet rasch. Ich hoffe, du kannst nach London kommen und die Sache klären, noch ehe ich mich mit

letzter Kraft gezwungen sehe, Grace zu meiner Nach-
folgerin zu bestimmen. Ich hoffe, ihr beide könnt dann
gemeinsam leiten und herrschen und dass du wieder zu
den Gefühlen findest, die du damals für sie hegtest. Für
den wahrscheinlichen Fall, dass meine kleine Utopie
nicht der Wahrheit entspricht, wünsche ich dir alles
Gute und bin froh, diese Zeiten nicht mehr mit erleben
zu müssen. Wenn das Institut brennt, brennt London.
Halte es auf! Versucht es zusammen. Ich habe dich stets
geliebt wie einen Sohn, Matthew. Doch das Institut
liebe ich mehr.
   In Liebe. O

Ich hatte das Schicksal des Instituts möglicherweise in Mikaels Hände gelegt. Wegen diesem Stück Papier. Wir hatten ein verdammt großes Problem. Nicht einmal Oscar hatte gewusst, was zu tun war.

Ich war die Notlösung gewesen. Matt hatte mir sagen wollen, dass er uns verlassen wollte. Oscar hatte mir misstraut. Matt wollte uns trotzdem verlassen.

London wird brennen. Er hatte uns geliebt und benutzt. Matt wollte mir sagen, dass er uns verlassen wollte. Oscar hatte uns benutzt, weil ihm das Institut wichtiger war als wir. Das Institut wird brennen. Ich war nur die Notlösung gewesen. Es hätte immer Matt sein sollen. Ich war nur kalt und rational zu gebrauchen. Er hatte uns geliebt und missbraucht. *London wird brennen.* NEIN. Ich würde Matt ausliefern. Er hatte mich geliebt. Doch er war loyal und seine Loyalität war ihm wichtiger als ich gewesen.

Er hat mich geliebt. Ich würde ihn ausliefern. Das Institut liebte ich mehr …

7

GRACE
London, eine Parkbank

Londons Regen hatte durchaus auch positive Seiten. Im Regen sah man Tränen nicht. Der Regen schmolz den pappigen Schnee. Im Regen war niemand draußen, der mich hätte sehen können. Der Regen hätte die Schrift weggewischt, hätte ich den Brief nicht vorher eingesteckt.

Ich musste ihn ausliefern. Matts Liebe konnte nicht groß gewesen sein, wenn ihm die Flucht vom Institut wichtiger als ich gewesen war. Es war die einzige Chance, Frieden mit den Engeln zu erzwingen. Doch er hatte mich *geliebt*.

Damals hätte er mir nur Bescheid zu sagen brauchen. Ich hätte ewig auf ihn gewartet. Er hätte mir nicht sagen müssen, wann er wiederkommen würde. Oder ob. Oder wieso er das Institut verlassen wollte. Ich hätte ihm blind vertraut. Seit wir Kinder waren, hatten wir die engste Beziehung gehabt. Wir waren die perfekten Geschwister gewesen. Keiner wusste, wo wir herkamen. Normalerweise werden Findelkinder von irgendeiner Fängerin aufgezogen, die gerade selbst schwanger ist und daher nicht arbeiten kann. An uns hatte Oscar einen Narren gefressen, und wir wuchsen bei ihm auf. Alle dachten, wir seien Geschwister. Wir selbst dachten es eine Zeit lang, und anfangs war nichts dabei. Wir taten alles, um Oscars hohen Ansprüchen zu genügen, und belegten mehr Kurse als alle anderen Fänger in diesem Alter. Ich war die Beste, doch Matt wurde besser. Anfangs habe ich ihn dafür verflucht, aber ich lernte, dass es keine Schande war, die Zweite nach ihm zu sein. Er war für mich in jeder Hinsicht perfekt, und ich schätzte nicht nur seinen Charakter. Ich begann, mich *anders* zu ihm hingezogen zu fühlen. So, wie es für Geschwister falsch war. Ich liebte die Tiefe seiner Augen und sein spöttisches Lachen, das alle Fängerinnen dazu brachte, sich in ihn zu verlieben. Niemals hatten wir uns gesagt, dass wir uns lieben. Auch dann nicht, als Oscar uns darüber aufklärte, dass wir zwar zusammen gefunden worden waren, allerdings eindeutig keine Geschwister seien. Niemals habe ich ihm gesagt, was ich damals für ihn empfand, doch wir haben unsere Zukunft gemeinsam geplant. Wir wetteiferten mit eingefangenen Seelen, um den jeweils anderen zu beeindrucken, und ja, ich merkte, dass Matt diese Arbeit nicht mehr freute. Er war zu Höherem berufen, aber das war ich auch. Ich dachte, der Posten als Leiter würde ihn ausfüllen. Unser Leben war so perfekt gewesen. Jeder einzelne Kuss war es. Ich dachte, alles sei perfekt. Und dann war er einfach verschwunden.

8

GRACE
London, eine Parkbank

Ich weiß nicht mehr, wie lange ich auf der Bank saß. Nach dem Zustand meiner durchgeweichten Kleidung muss es lange gewesen sein. Was ich mit Sicherheit weiß, ist, dass ich schon wieder in der Nähe des Instituts angekommen war, als ich den Schock meines Lebens bekam. Nach einem solchen Tag, so sollte man annehmen, überrascht einen nichts mehr. Aber ein »*Wohin des Weges?*« tut es eindeutig schon, wenn es von jemandem kommt, der eigentlich eingesperrt sein sollte. Ich drehte mich ruckartig um und sah … »Matt?«

Er zog nur die Schultern lässig nach oben und legte den Kopf schief. Empörenderweise tat selbst der Regen seinem Aussehen keinen Abbruch.

»Dich kann man nirgendwo einsperren, oder? Wie wäre es mit Alcatraz?«

Wütend zog ich ihn in eine kleine Nische zwischen zwei Häusern und blickte mich um. Für einen Gesuchten ging er viel zu locker mit seiner Freiheit um.

»Ich habe gesagt, dass sich die Sicherheitsvorkehrungen verbessert haben. Nicht, dass sie gut sind«, lachte er, wobei ich seinen Atem an meinem Gesicht spüren konnte und mir die Nische plötzlich um einiges enger vorkam, als sie war.

»Bist du wahnsinnig geworden? Du gefährdest dein Leben. Du gefährdest unser aller Leben!«

Er legte den Kopf erneut schräg und sah in Richtung Himmel. Die Erinnerung an die drohende Gefahr ließ ihn erschaudern. Wenigstens schien er den Selbsterhaltungstrieb untergeordneter Säugetiere zu haben.

»Ich kann dich nicht alleine zu Mikael Abrahms gehen lassen, Grace. Wenn ich Mist baue, bade ich ihn selbst aus. Oder willst du mir etwa sagen, dass du nicht zu ihm gehen willst – oder gar schon dort warst?«

Da war er wieder. Dieser besorgte Blick.

»Ich bin mit Freunden verabredet«, fuhr ich ihn an und wich, so weit ich konnte, zurück. Was in diesem Fall unvorteilhafterweise nur zwei Schritte waren.

»Verdammt, Grace!«, entfuhr es ihm.

»Es tut mir leid«, sagte er dann leiser und atmete tief ein und aus.

»Grace. Ich habe viel riskiert, um aus dem Institut zu türmen und dich zu erreichen. Kannst du mir nicht wenigstens ein wenig vertrauen? Wir *müssen* zusammenarbeiten.«

Wir müssen zusammenarbeiten. Es klang zu sehr nach dem, was Oscar geschrieben hatte. Er vertraute mir, und ich nutzte ihn als Bauernopfer. Ich wollte ihn ausliefern. Ich *musste* ihn ausliefern.

»Ich treffe mich mit Freunden«, wiederholte ich so ausdruckslos wie nur irgend möglich.

»Mit verbundener Hand?«, entgegnete er schärfer, als das Messer es war, und blickte mich unverwandt an. Automatisch steckte ich meine Hände in die Taschen.

»Ja. Haushaltsunfälle passieren«, knurrte ich. Wieso reagierte ich auf seine Besorgnis so aggressiv? Was weckte dieser Mensch nur in mir?

»Ich glaube dir nicht. Du wirkst, als hättest du keinen einzigen Freund.«

Kein Sarkasmus, kein Spott. Es war nur eine Feststellung.

»Du riskierst dein Leben bei dem Versuch, ins Institut zu gelangen, um mich zu mobben. Jetzt riskierst du dein Leben bei dem Versuch, aus dem Institut hinauszukommen, um mich zu mobben.«

»Mit sichtlichem Erfolg«, antwortete er und musste lächeln.

Trotz dieser aussichtslosen, vollkommen bescheuerten Situation, trotz der Tatsache, dass ich diesen Menschen, der sein Leben riskiert hatte, um uns zu warnen, ausliefern musste, konnte ich mir in diesem Moment ein Lachen nicht verkneifen. Ein Lachen, bevor die Welt zerbricht.

»Was hältst du prinzipiell von Drinks?«, schlug er plötzlich aus heiterem Himmel vor.

»Du bist der Letzte, mit dem ich trinken gehen würde.«

»Aber wahrscheinlich der Erste, der dich heute Abend fragt«, sagte er grinsend.

»Und meine Pflichten als Leiterin vernachlässigen?« Schlagartig wurde sein Blick wieder eiskalt.

»Nein, um nicht verheult ins Institut zurückzukehren und den Putschversuchen von irgendwelchen Möchtegernchefs zum Opfer zu fallen, die dich als labil darstellen würden, noch ehe du richtig durch die Tür gekommen bist.«

Er wäre wirklich der bessere Leiter geworden. In einem anderen Leben.

9

GRACE
London, eine Bar

Man weiß wirklich nicht, was Nervenkitzel ist, ehe man mit einem weltweit Gesuchten in eine Bar spaziert. Selbst in der dunkelsten Nische sitzend starb ich fast vor Panik.

»Du wirkst sauer«, sagte er, nachdem wir eine Zeit lang einfach dagesessen hatten, einen Tisch und eine gesamte Ewigkeit zwischen uns.

»Bin ich nicht«, antwortete ich schlicht und versuchte zu vermeiden, ihm in die Augen zu sehen. Wieso zweifelte ich heftiger, je länger ich ihn ansah? Ich versuchte, mir einzureden, dass es nichts bringen würde, ihn auszuliefern. Ich konnte nicht.

»Gracy.« Wieder diese sanfte Stimme. Wieso machte er es mir so schwer, ihn zu hassen? Wieso reichten seine Blicke, seine besorgte Stimme, um mich vergessen zu lassen, wie ich wegen ihm gelitten hatte?

»Nenn mich nicht so. Und starr mich nicht so an.«

»Ich hatte dich betrunken irgendwie erträglicher in Erinnerung. Fast umgänglich, möchte man meinen.«

»Ich bin nicht betrunken.«

»Weil Leiterinnen so was nicht machen? Leiterinnen weinen auch nicht.«

Ich blickte ihn zornig an.

»Das war kein Vorwurf.« Er senkte leicht den Kopf, um mir tief in die Augen zu blicken. Diesmal sah ich nicht weg.

»Das ist genau der Grund, wieso ich nie Leiter sein könnte, Grace. Das ist genau das, was die Leute an dir schätzen. Du hast Herz. Und das ist keine Schwäche, sondern eine Stärke.«

Mit dieser Meinung war er ziemlich alleine auf der Welt.

»Was siehst du, wenn du mich ansiehst?«, flüsterte ich, und das war sicher keine dieser Fragen, die man stellen sollte, wenn man die Antwort nicht hören wollte.

»Eine einsame junge Frau, die ihren Platz in der Welt noch nicht gefunden hat.«

Wie auch, wenn die Welt sich ständig verändert?

»Und du – hast du deinen Platz gefunden?«, fragte ich und musste wieder an Oscar denken.

Matt schien ernsthaft zu überlegen, und fast glaubte ich, er habe meine Gedanken erraten. »Nein«, antwortete er nach einer Weile bestimmt. »Aber ich bin schon viel näher dran.« Darauf konnte ich nur schweigen. Und er schwieg auch. Es war schon früher oft so gewesen, dass wir gemeinsam einsam waren.

»Dann halt das Frage-Antwort-Spiel«, sagte er schließlich, und ich musse wohl ein sehr, sehr dummes Gesicht gemacht haben, denn er lachte laut auf. »Das habe ich vermisst«, flüsterte er mit dieser rauen, nachdenklichen Stimme.

»Ich habe das Gefühl, nichts mehr über dich zu wissen, Gracy. Du verhältst dich so fremd.«

»Was willst du denn wissen?« Bedauerlicherweise hatte er recht, was das Stadium meiner Betrunkenheit anbelangte, aber glücklicherweise wusste ich nicht einmal mehr genau, wieso ich so unglücklich war.

»Lieblingsfarbe, Lieblingsessen, Lieblingswetter. Grace, egal was, aber ich will, dass du mit mir redest. Du musst wieder anfangen, mir zu vertrauen. Wir brauchen das vielleicht nicht einmal für das Geschäft, aber ich wünsche es mir. Das, was war, das alles tut …«

Tut mir leid? Wenn er es sagen wollte, tat er es nicht.

»Du solltest mir nicht vertrauen, Matt.«

»Ich vertraue der Gracy, die ich kannte.«

Ohne es zu merken, zuckte ich zusammen und musste mich beherrschen, um nicht in Tränen auszubrechen. Die Gracy, die er kannte, hätte ihn nicht verraten. Sie wäre nicht einmal alleine zu Mikael gegangen.

»Ich weiß rein gar nichts über dich, Matt. Ehrlich gesagt bin ich nicht mal sicher, ob ich die Person gekannt habe, die du mal warst.«

»Mich kennt niemand«, antwortete er.

Ohne zu überlegen sagte ich das eine, was ich immer schon sagen wollte, seit er verschwunden war.

»Ich hätte die Eine sein können, Matt. Die Eine, bei der es anders gewesen wäre. Aber du bist verschwunden. Freiwillig und ohne ein Wort, eine Erklärung. Ohne einen Abschiedskuss. Einen Kuss, der ein Leben lang reicht. Warum?«

Ja, ich hatte gehofft, dass er mir die Wahrheit sagte. Dass Oscar ihm verboten hatte, mir von seinen Plänen zu erzählen. Dass er es mir hatte sagen wollen. Aber er schwieg. Seine Loyalität war noch immer größer als das, was er damals für mich empfunden hatte. Doch diese Loyalität war es, für die ich ihn geliebt hatte. Meine Loyalität hingegen würde sein Schicksal gegen das unsere eintauschen. Weil seine Loyalität uns allen die Chance gab, uns zu retten, und nur das Herz eines dummen Mädchens brach. Meine Loyalität hingegen würde ihn umbringen. Und mich gleich mit.

10

HACHAEL
London, das Dach eines Hochhauses

Hachael wollte seinen Augen nicht trauen. Er konnte verstehen, dass Meisterin Gaiya die Fänger hasste. Doch niemals hatte er geglaubt, dass es so schlimm war. Immer hatte er gedacht, dass sie wegen ihres persönlichen Schicksals nicht länger objektiv war, nahezu vom Hass zerfressen.

Natürlich hätte er seine Ansichten bis ans Ende der Welten für sich behalten, schließlich stand ihm Ungehorsam nicht zu. Gaiya sagte stets, dass die Fänger fast so schlimm seien wie die Gefallenen. Diese niederen und wertlosen Geschöpfe, welche die Bezeichnung *Engel* nicht mehr verdienten. Er hatte das immer als leere Worte einer alternden Königin aufgefasst.

Nun war er mehr als je zuvor von der neuen Mission überzeugt. Das Einzige, was ihn, wenn überhaupt möglich, noch mehr abstieß als die Leitern, die mit dem Engelsmörder aus diesem Sammelbecken menschlicher Trunkenbolde und gescheiterter Existenzen gestolpert kam, war ihre kleine verräterische Freundin, die da unterwürfig auf dem Dach des Hochhauses kauerte.

»Wie ich bereits sagte, Sir. Sie versteckt ihn hier und ich schwöre, dass sie gemeinsam Pläne schmieden.«

»Schweig«, säuselte der jüngste der Engel der Fängerin zu, und sie zuckte zusammen beim wohlklingenden Ton seiner Stimme. Eine der himmlischen Stimmen, welche nur wenige Sterbliche jemals zu hören bekommen. Wenngleich ihm die Zusammenarbeit mit Verrätern zutiefst widerstrebte, so konnte er nicht leugnen, dass sie recht zu haben schien. Die Leiterin, wie sie da am Arm des Mörders torkelte. Da war unweigerlich eine Verbindung zwischen ihnen, das spürte er bis in seine durchgeweichten goldbraunen Flügelspitzen. Die Fängerin betrachtete ihn verstohlen aus den Augenwinkeln und öffnete den Mund, wie um etwas zu sagen.

»Schweig«, kam Hachael ihr zuvor. Wie leicht es für ihn gewesen wäre, ihre schmale Kehle zuzuschnüren. Er bräuchte nicht einmal seinen kleinen Finger zu krümmen.

Er verabscheute Verräter, und diese war der beste Beweis dafür, wie tief die Fänger gesunken waren, wenn sie inzwischen ihre eigenen Kameraden ans Messer lieferten. Zuerst war Hachael gar nicht angetan von dem Plan Gaiyas gewesen. Er empfand es als ganz und gar falsch und der Elitefänger, dieser Matthew Delaware, der freiwillig zu ihnen gekommen war und seine Dienste angeboten hatte, hatte ihm recht gegeben.

Wenn er jetzt sah, wie er sich da unten mit der Feindin im Arm seinen Weg durch die Straßen bahnte, wie er sie schützend, fast liebevoll hielt, während sie aussah, als würde sie jeden Moment in Tränen ausbrechen …

Ihm wurde einfach nur schlecht angesichts einer so großen Verderbtheit. Gaiya hatte es von Anfang an geahnt, doch niemand hatte ihr geglaubt. Wenn er daran dachte, dass er mit diesem Spitzel an einem Tisch gesessen hatte …

Und dann klebte auch noch das Blut eines Engels, das Blut eines seiner Brüder an den Händen dieses Bastards. Nur schwerlich konnte er sich beherrschen, sich nicht vom Rand des Hochhauses zu stürzen. In wenigen Sekunden wäre er dort und sie wären tot, noch ehe sie ihn bemerkt hätten.

Und zu diesem Abschaum von einer Leiterin fiel ihm noch weniger ein. Wie sie da vollkommen unbeherrscht und angetrunken im Arm des Verräters lag. Oscar Abrahms hatte er ernst genommen, denn er war ein Mann von Ehre. Diese Frau jedoch, die den Mörder beherbergte und die Engel hintergehen wollte, war keinen zweiten Blick wert. Gaiya hatte ihren Hass in den Engeln gesät, und er war zu fest verwurzelten Ranken geworden. Unter normalen Umständen hätte der Anblick dieser beiden, so schutzlos, so aufeinander angewiesen, Hachaels Herz erwärmt und ihm klargemacht, dass diese Fänger keine Bedrohung für die Engel sein würden. Ach, Schwachsinn! Wer einen Engel tötete, musste sterben.

Wieso waren dann da noch Zweifel, tief in seinem Inneren? Vielleicht weil sie, wenn er ehrlich war, nicht besser waren? Weil auch sie eine Spionin bei den Fängern eingeschleust hatten, lange Zeit, bevor die andere Seite auf dieselbe Idee gekommen war? Weil sie alles taten, um die Fänger zu provozieren, damit sie eine Offensive starteten? Weil sie letztendlich sogar einen Anschlag fingiert hatten? Einen Anschlag, welchen Hachael selbst ausgeführt hatte. Doch wenn er die Fängerin, die Spionin so sah, die da neben ihm auf dem Dach kauerte, bedauerte er, sie nicht ernsthafter verletzt zu haben.

»Kelly«, raunte er und wieder zuckte sie zusammen, ehe sie sich fasste.

»Wieso genau hast du dich entschieden, sie und deine eigenen Leute zu verraten?«

Falls sie sich irgendeiner Schuld bewusst war, so zeigte sie es nicht. Diese Frau war eindeutig gefährlich.

»Verrat? Ein unschönes Wort. Es geht mir um mein Überleben, und die Fänger sind eindeutig kontraproduktiv in dieser Hinsicht. Sie sind eine aussterbende Gattung, und ich bevorzuge das Leben. Ich gehe mit der Zeit.«

Hachael musste beinahe schmunzeln. Zweifellos war dieses Weib nur auf seinen eigenen Vorteil bedacht und zweifellos würde es auch die Engel für ein lukrativeres Angebot verraten, daran bestand kein Zweifel. Doch im Gegensatz zu Matthew machte Kelly kein Geheimnis aus ihrem düsteren Wesen, sondern trug es offen zur Schau. In einem anderen Leben, zu einem anderen Zeitpunkt hätte Hachael diese Fängerin sogar interessiert, wenn auch nur kurzfristig. Wenigstens hatte sie ihre Aufgabe vortrefflich erledigt, das musste man ihr lassen.

Schon früher war Kelly Gaiya aufgefallen, mit ihrer unverkennbaren Abneigung gegen Oscar. Jahrelang hatte sie für die Engel spioniert und ihnen von der immer stärker werdenden Fängerin berichtet, bis Gaiya ernsthafte Bedenken an der Vorherrschaft der Engel bekam. Als dann der Spion Matthew enttarnt wurde, hatte Kelly darauf beharrt, dass er nach London zurückkehren würde. Und sie behielt Recht, mehr noch: Sie brachte Grace dazu, ihn anzuhören und zu beherbergen! Dieser Akt war unfassbar, wenn man bedachte, dass er bedeutend genug war, um einen Krieg zu begründen.

Ja, Kelly hatte eine wichtige Rolle in diesem kleinen Spiel gespielt, das musste man ihr lassen. Dass sie sich letztendlich auch noch hatte verletzen lassen, war das große Finale gewesen. Hachael lächelte sie anerkennend an, und sie schenkte ihm aus Dankbarkeit ein nicht minder freundliches und eindeutig lasziveses Lächeln. Fast schon bedauerte er es, dass er ihr verkünden musste, dass die Kooperation an dieser Stelle enden würde. Fast. Es wäre sicherlich noch lustig geworden mit den beiden.

»Eine klitzekleine Kleinigkeit haben wir außer Acht gelassen ...«, raunte er heiser.

11

»Niemand überlebt den Angriff eines Engels!«, rief Matt, als es ihm plötzlich wie Schuppen von den Augen fiel.

»Worauf willst du hinaus?«, seufzte Grace, der es scheinbar gänzlich missfiel, um diese frühe Uhrzeit geweckt zu werden. Offensichtlich war sie dabei, den Kater des vorherigen Abends auszuschlafen, als Matt sie mit seinem Geklopfe dazu nötigte, die Tür zu öffnen. »Und wieso, um Himmels willen, hat dich die Security nicht davon abgehalten, bis hierher vorzudringen?« Grace gähnte ausgiebig und wandte Matt den Rücken zu.

»Sag mal, schläfst du etwa in deinen Arbeitsklamotten?«, fragte er schockiert und ließ seinen Blick über Graces Körper wandern. Der knielange schwarze Rock und die hellblaue Bluse schmiegten sich perfekt an ihre weiblichen Rundungen an, und selbst die Augenringe taten ihrer Schönheit keinen Abbruch. Dass ihre braunen, gewellten Haare vollkommen zerzaust ihr Gesicht umspielten, schien fast gewollt zu sein, und Matt musste sich wirklich beherrschen, um nicht an die Zeiten zu denken, in denen er diese wunderschönen Haare zerzaust hatte.

»Grace, hör mir zu!«, rief er laut und ging gar nicht auf die Bemerkung mit der Security ein. Wer sich bewegte wie ein Schatten, brauchte die Fleischberge mit ihrem eingeschränkten Blickfeld nicht zu fürchten. Und obwohl Liza die Sache während Graces gestriger Abwesenheit schon erschreckend professionell unter Kontrolle gehalten hatte, war die allgegenwärtige Unsicherheit mit Händen greifbar. Lizas Verblüffung, als Matt die Leiterin am vorherigen Abend nach Hause gebracht hatte, spottete jeder Beschreibung. Niemals hatte sie Grace betrunken gesehen. Oder mit tränengeröteten Augen. Oder im Arm eines Mannes.

»Ja, Verzeihung. Wiederhol bitte noch einmal, was du da gerade sagen wolltest.« Ihre Müdigkeit rührte nicht nur vom Schlafmangel her. All dieser Druck auf ihren schönen Schultern. Der Druck, den er nur noch gesteigert hatte. Er wollte ihr die Last erleichtern. Es ging ihm nicht um den Posten als Leiter. Darum war es ihm nie gegangen. Es ging ihm um Graces Wohl, mehr als um alles andere auf dieser Welt.

»Grace, denk nach. Die Engel waren uns all die Jahre immer einen Schritt voraus. Warum? Oscar hatte schon immer vermutet, dass sie einen Spion eingeschleust haben.«

Schneller, als er es erwartet hatte, drehte Grace sich zu ihm um und blickte ihm fest in die Augen.

Er musste an das denken, was sie gestern gesagt hatte. *Ich hätte die Eine sein können.* Hätte sie es geschafft, die Leere in seinem Inneren zu füllen? Er hatte so sehr gehofft, dass sie in den Jahren seiner Abwesenheit einen besseren Mann gefunden hatte, einen ehrenwerten Fänger.

»*Mich*. Oscar dachte, *ich* sei der Spion.« Ihre Lippen wurden zu einem harten Strich, und da war sie wieder, diese neue Grace. Die eiskalt und berechnend geworden war.

»Woher weißt du das?«, stieß Matt überrascht hervor. Er war sich ziemlich sicher, dass er gestern deutlich zu wenig getrunken hatte, um ein solches Geheimnis auszuplaudern.

»Das tut nichts zur Sache«, presste sie in einem kühlen Ton hervor und ging zu ihrem Schreibtisch, von welchem sie sich ein Glas Wasser mit Eiswürfeln darin griff.

»Oh, und ob. Wollten wir nicht versuchen, einander zu vertrauen?«

Er wusste, was für eine Bitte das war, was er ihr da abverlangte. Er hatte sie verletzt, aber er konnte sich für das Vergangene nicht entschuldigen. Für den Mord an dem Engel, ja. Und auch dafür, dass er sich nicht bei ihr verabschiedet hatte. Aber sicher nicht dafür, dass er damals gehen wollte, auch wenn es genau das war, wofür sie eine Entschuldigung erwartete. Es war sein Wesen und seine Entscheidung gewesen, und daran würde sich niemals etwas ändern. Außerdem war es besser, wenn sie ihn hasste, dann würde der Abschied später nur umso leichter werden. Problematisch war nur, dass er sich jetzt, da er sie sah und ihr so nah war, nur schwerlich vorstellen konnte, sie noch einmal verlassen zu wollen.

»Du hast gesagt, ich solle dir vertrauen. Der Rest ist vollkommen unwesentlich. Gäbe es hier im Institut einen Spion, würde ich es wissen. Außerdem ständen die Engel schon längst vor der Tür und würden das Jüngste Gericht einläuten, wenn sie wüssten, dass du hier bist. Oscar hat sich geirrt, genau wie in meinem Fall.«

Unversöhnlich stellte sie ihr Glas viel lauter ab, als es eigentlich hätte sein müssen. Wieso konnte er diese neue, eiskalte Grace nicht hassen? Wieso erkannte er in so vielen Gesten das Mädchen wieder, das er vergöttert hatte und für das er gestorben wäre? Das liebenswerte und temperamentvolle Mädchen, das allen Männern gezeigt hatte, dass man sich mit ihr besser nicht anlegte. Das Shakespeare in neunzehn Sprachen gelesen hatte und trotzdem etwas von sexy Unterwäsche verstand (eine erschreckend seltene Kombination, wie er aus Erfahrung wusste).

»Grace. Denk nach. Du weißt das alles, du bist nur zu verkatert, um das Offensichtliche zu sehen. Dieses Miststück mit den lilafarbenen Haaren geht mir nicht aus dem Kopf!«

Grace legte die Stirn in Falten und griff erneut nach dem Glas, um es sich an die Stirn zu halten. »Wenn du Kelly meinst, gibt es einige Männer, denen sie nicht aus dem Kopf geht.«

»Grace. Ganz rational. Wieso hat sie den Angriff der Engel überlebt?«

Langsam ließ sie das Glas sinken, nicht ohne ihn weiterhin zu taxieren.

»Weil sie eine wunderbare Kämpferin ist«, flüsterte sie langsam, als würde sie allmählich verstehen, was er meinte.

»Wieso hat sie sich so penetrant dafür eingesetzt, dass du mich nicht wieder vor die Tür setzt oder den anderen Fängern zum Fraß vorwirfst? Wieso hat sie so sehr darauf bestanden, dass ich bleibe?«

Die hübschen Augen auf der anderen Seite des Raumes weiteten sich vor Überraschung, und Matt konnte sehen, wie Grace innerlich nach alternativen Erklärungen suchte, ohne sie zu finden. Sie griff sich ans Ohr und flüsterte etwas, woraufhin Liza nur eine Minute später im Raum erschien.

»Miss Darcy«, sie nickte, nur um sich eine Sekunde später erbost an Matt zu wenden: »Was sucht *er* denn schon wieder hier? Ich wollte ihn direkt wieder einsperren lassen, aber er hat darauf bestanden, dass er Sie in Ihr Büro trägt. Ich hätte ja die Security gerufen, aber ich war mir nicht sicher, was man dort von der Situation gehalten hätte. Verzeihung.«

»Liza, ganz ruhig«, meinte Grace, und sofort unterbrach die kleine Blondine ihren Redeschwall und biss sich auf die Lippe. Matt musterte sie lediglich spöttisch.

»Anstatt das eigene Unvermögen zu rechtfertigen, solltest du dir lieber anhören, was *Miss Darcy* zu sagen hat, denn es ist *essenziell*, um eine weitere Eskalation zu vermeiden.«

Lizas Wangen färbten sich dunkelrosa, und Matt war sich sicher, dass es sich nicht um eine Reaktion auf seinen Charme, sondern um pure Wut handelte. Dennoch hörte sie auf seine Anweisung und wandte sich Grace zu.

»Schaff mir Kelly her«, forderte diese mit ihrer seriös klingenden Stimme, die keinen Widerspruch duldete. »Wenn sie schläft, weck sie.«

Liza wirkte nachdenklich. Ihr musste das Ausmaß dessen, was Grace da sagte, bewusst sein.

»Miss, Kelly ist nicht zugegen.«

»WAS?«, fragten Matt und Grace wie aus einem Munde und warfen sich einen kurzen Blick zu.

»Kelly wollte in der Stadt Besorgungen machen«, erklärte Liza und wirkte von Minute zu Minute beunruhigter.

»Schick nach ihr. Schick die Zwillinge, nein, besser: schick Cassriel. Er soll sich beeilen, es hat höchste Dringlichkeit. Sag ihm das genauso.«

»Miss?«, fragte Liza perplex.

Matt wunderte es nicht, dass Grace Liza zu ihrer Vertrauten gemacht hatte. Tatsächlich erinnerte die kleine Blondine ihn sogar stark an die Grace, die er zurückgelassen hatte.

»Später«, entschied Grace, und Liza verließ den Raum ohne ein weiteres Wort.

Kaum war sie aus dem Zimmer, ließ sich Grace auf ihren Sessel fallen, wurde sich dann scheinbar Matts Gegenwart erneut bewusst und setzte sich gerade und geschäftsmäßig hin. Er konnte sich ein spöttisches Schnauben nicht verkneifen. Hundert Mal hatte er bereits gesehen, wie sie sich auf Sofas fläzte oder schlief, er kannte sie mit nassen Haaren, Augenringen und Verletzungen, wütend und vor Freude weinend, erregt und hoffnungslos. Wieso nun diese Förmlichkeit?

»Ist das hier dein Paradies, Gracy? Ist das die Ewigkeit wert?«

12

MATTHEW
London, das Institut

»Warum interessiert dich das überhaupt? Bist du eifersüchtig, weil das alles eigentlich dein Job hätte sein sollen?« Plötzlich war da eine Wut in ihrer Stimme, die Matt Angst machte. Nicht Angst vor Grace, sondern Angst um sie.

»Verdammt, ich mache mir Sorgen um dich!«, entgegnete er nicht minder zornig. »Ja, ich habe Fehler gemacht. Ich habe dich verlassen, aber das kannst du mir nicht ewig zum Vorwurf machen! Nicht jetzt, da es um Angelegenheiten von solcher Wichtigkeit geht! Ich habe zwar dein Vertrauen als dein Freund enttäuscht, aber niemals als dein Verbündeter, denk daran.«

»*Du* machst dir Sorgen?«, rief sie und überbrückte rasend schnell den Abstand zwischen ihnen.

»Ich interessiere dich überhaupt nicht, und das Institut interessiert dich auch nicht. Dich interessiert nichts, abgesehen von dir selbst, und du bist nicht hier, um uns zu warnen – du willst nur deinen Arsch retten mit dieser bescheuerten Idee von Oscars Vertrag! Du bist nichts weiter als ein Verräter und ein Feigling. Sobald es irgendwie heikel wird, verschwindest du! Dein ganzes Leben lang hast du so getan, als wärst du der Held, der sich vor mich werfen würde. Warum? Nur um mich damals ins Bett zu bekommen? Und dann haust du ab und hast nicht mal den Mut, auf Wiedersehen zu sagen? Und jetzt kommst du wieder und zerstörst mein Leben erneut?«

Niemals zuvor hatte er sie so laut und voller Hass schreien hören. Gleichzeitig war da wieder die alte Grace, das Mädchen, das er über alle Maßen geliebt hatte, wie sie da zerbrechlich und hilflos stand und die Tränen ungehindert fließen ließ. Und ihm wurde schmerzlich bewusst, dass sie nicht ganz falsch lag. Doch auch er kochte vor Wut, schließlich hatten seine Gefühle für sie niemals, niemals geendet. Er hatte so oft an sie gedacht, jeden Abend, jede Nacht. Wenn er einsam war, musste er nur an ihr Lachen denken, ihr Parfum, die Art, wie sie ging, wie sie lachte, wie sie kämpfte, wie sie sang. Wie sie geübt und gelacht, geweint hatte und wie sie nebeneinander eingeschlafen waren.

Er hatte sie verlassen müssen, denn sonst hätte das Institut ihn zugrunde gerichtet. Er hatte Zeit für sich gebraucht, doch er wusste auch, dass das Leben im Institut alles für sie war. Dennoch wäre sie damals mit ihm gegangen. Sie hätte ihn niemals allein gelassen, und das hätte er sich niemals verzeihen können.

Doch *verdammt*, wieso kamen ihm diese Worte nicht über die Lippen? Wieso stand er jetzt da wie ein eiskalter Idiot?

»Gracy, bitte …«, fing er an, doch seine Stimme war gebrochen und rau.

»Spar dir das! Spar dir das alles! Unsere Zusammenarbeit ist offiziell beendet.« Wutentbrannt stapfte sie an ihm vorbei in Richtung des gläsernen Fahrstuhls.

»Gracy!«, rief er und stürmte hinter ihr her. Nun war er es, der sie nicht gehen lassen wollte, sie nicht gehen lassen konnte.

»Wag es nicht, mir zu folgen, Matthew Delaware! Verschwinde und komm niemals wieder, wenn dir etwas an deinem armseligen Leben liegt! Bisher hat mich Idiotin mein naives Herz davon abgehalten, dich auszuliefern, aber glaub mir, ich werde niemals wieder den Fehler machen, für dich etwas aus *Liebe* zu tun!«

Matt wurde durch diese Worte zu einer Statue. Lediglich sein Herz schlug noch. Mit aller Gewalt hämmerte es gegen die

Rippen. Zum ersten Mal in seinem Leben gab es ihm eine klare Anweisung. Da war zum ersten Mal ein konkreter Befehl, ein tiefer, ehrlicher Wunsch, etwas, das er selbst beschlossen hatte und das er sich mehr als alles andere wünschte: *Nimm dieses Mädchen in die Arme und lasse es nie wieder los.* Doch es war zu spät. Alles, was ihm von Grace blieb, war das Stück Papier, welches sie ihm vor die Füße geworfen hatte. Ein Brief.

Mein geliebter Matthew,

wenn du dieses liest, bist du wahrscheinlich bereits Leiter des Instituts und ich bin tot. Oscar irrte sich. Auch Matt war bereits tot. Innerlich war er es.

13

ASMAEL
London, im Schatten

Asmael war von allen Engeln derjenige, dem am meisten Respekt entgegengebracht wurde. Er war vielleicht nicht der Stärkste. Er war auch nicht der Schnellste. Er war weder extrem alt noch extrem weise. Was ihn aber von allen anderen Engeln unterschied, war die absolute Gefühlskälte und Brutalität. Wieso war er noch nicht gefallen? Er war kein Bote, er war kein Schutzengel. Asmael war ein Vollstrecker. Der Vollstrecker Gaiyas, des Engels, der über Großbritannien wachte.

Er musste nicht lange warten, bis sein Ziel den überwachten Ort verließ. Drei Stunden, vielleicht vier. Was war das schon, wenn man ewig lebte? Nichts machte ihm mehr Spaß als die Jagd. Sie war immer anders, immer spannend. Er wurde der Jagd nicht überdrüssig.

Sein heutiges Ziel war etwas ganz Besonderes. Niemand würde mehr an seiner Unersetzlichkeit zweifeln, wenn er Gaiya dieses Weib gebracht hatte. Grace Darcy.

Es war eine leichte Aufgabe, denn sie war ein leichtes Ziel.

Ihrem Gang nach zu urteilen, war sie wutentbrannt. Wenn er sich nicht irrte, und er irrte sich niemals, dann hatte sie sogar Tränen in den Äuglein.

Asmael stieß ein gehässiges Grunzen aus. Nichts machte Wesen unvorsichtiger als menschliche Affekte.

Diese Frau musste schon förmlich von Gefühlen überrollt

gewesen sein, als Asmael sich auf sie stürzte. Von der Meisterfängerin Grace Darcy hatte er mehr erwartet als diese schwache Gegenwehr. Sie brach ihm drei Rippen, vielleicht vier. Sie kugelte seinen Arm aus. Doch er ließ sie gewähren. Sonst wäre es beinahe unsportlich gewesen, und er wollte auf keinen Fall, dass man letztendlich sagen würde, er habe sie nur wegen des Überraschungsmoments fangen können. Nichtsdestotrotz war es ein Trauerspiel, und ehe sie wirklich wusste, wie ihr geschah, war sie bereits bewusstlos.

14

GRACE
London, zwischen Schmerzen und Ohnmacht

Ein Kater war schon mies. Ein Kater und dazu ein gebrochenes Herz war schon mehr als nur mies. Ein Kater, ein gebrochenes Herz, höllische Schmerzen im Bauch und im Kopf sowie die Tatsache, an einen Stuhl gefesselt zu sein, umzingelt von zwei äußerst grimmig aussehenden Engeln, das war der Superlativ von mies – es war unerträglich.

Ich hatte keine Ahnung, wo ich mich befand, und keinerlei Überlebenschance, soweit ich das beurteilen konnte. Auf die vielen Todesszenen, die in meinem Kopf in HD und Dolby Digital abliefen, will ich gar nicht eingehen.

Es war so dunkel, dass ich ohnehin kaum etwas erkennen konnte, und die Tatsache, dass ich wegen der starken Kopfschmerzen (der Wärme an meinem Kopf zufolge blutete ich) ständig meine Augen schließen musste, war zusätzlich hinderlich. Ich habe in meinem ganzen Leben niemals auf einem vergleichbar unbequemen Stuhl gesessen, und als fromme Christin hatte ich schon auf einer ganzen Menge Kirchenbänke gesessen, und wir alle wissen, wie unbequem *die* sind. Vor allem aber regte mich auf, dass meine letzten Worte an Matthew Delaware gerichtet gewesen waren. Keine innigen Liebesbekundungen, sondern eine zornige Tirade von Weltklasse, sodass das Institut ihn wahrscheinlich am Fahnenmast aufhängen würde, sobald es von meinem Tod erfuhr.

Mein Mitleid ihm gegenüber hielt sich erschreckenderweise trotzdem in engen Grenzen, da mein Überlebenstrieb mich dazu nötigte, stattdessen Chip und Chap, wie ich meine beiden Aufseher liebevoll nannte, im Auge zu behalten.

Wenn Sie sich jetzt fragen, woher ich diese plötzliche Ironie und Gelassenheit nach all der Wut, Trauer und Verzweiflung nahm, kann ich darauf nur antworten, dass der bevorstehende Tod die Grundeinstellung verändert. Meine einzige Sorge war in diesem Moment, dass Mikael Abrahms auf meinem schlecht bepflanzten Grab tanzen würde.

Einer der Engel stand direkt neben mir. Wie alle Engel hatte er goldene Locken und helle Haut, sein Gesichtsausdruck war jedoch ernst und hatte etwas Grausames. Der andere Engel tigerte gedankenverloren durch den kleinen Raum. Obwohl er zwei Köpfe größer als sein himmlischer Bruder war, wirkte er jünger und irgendwie auch freundlicher.

Wenngleich ich mich wirklich darum bemühte, wach zu bleiben, schlief ich doch immer wieder ein.

Erst ein leises, melodiöses Klacken weckte mich. Ich überlegte bereits, ob es sich um einen Fiebertraum handelte, bis mir bewusst wurde, dass sie wirklich auf mich zukam. Und dass sie wirklich *sie* war. Ich hatte Bilder von Gaiya gesehen. Der Engel von Großbritannien, ein wunderschönes und sinnliches, grausames und kompromissloses Wesen. Kurzum: Sie verkörperte das, was ich mir als Ideal gesetzt hatte, um die perfekte Leiterin zu werden. Und unter uns gesagt: Sie verkörperte es mit einer absoluten Perfektion. Ihr hüftlanges, goldenes Haar wellte sich sinnlich um ihren Körper und niemals zuvor habe ich solch perfekte Flügel gesehen: nahezu weiß mit grauen Spitzen. Ihre Lippen waren voll und perfekt. Was rede ich da? Sie war in jeder Hinsicht schlichtweg perfekt, es spottete jeder Beschreibung.

Und so saß ich ihr gegenüber: in dreckiger Arbeitskleidung,

mit Augenringen und ungewaschenen Haaren. Wahrscheinlich roch ich nicht einmal besonders gut. »Grace Darcy«, säuselte sie, und ich zuckte beim Klang ihrer himmlischen Stimme zusammen, wofür ich mich wirklich hätte ohrfeigen können. Das übernahm sie jedoch, nachdem sie den Abstand zwischen uns in absoluter Rekordzeit überbrückt hatte. Ihre Ohrfeigen waren alles andere als himmlisch.

»Unter normalen Umständen hätte ich Ihnen gerne die Hand geschüttelt«, erwiderte ich kalt. Es dauerte eine Weile, bis die Welt aufhörte, sich zu drehen.

»Normalerweise werde ich allerdings nicht entführt und an einen Stuhl gefesselt.«

Lächelnd zwang sie mich, sie anzusehen, indem sie mir ihre stahlharten Fingernägel in die Wange stieß. Ein heißer Schmerz brodelte hinter meinen Augen.

»Fast könntest du mir leidtun, kleine Grace. Eine arme kleine Fängerin, die leider viel zu ehrgeizig war und sich total übernommen hat. Keine Freunde auf dieser Welt, keine Liebe. Fast könnte ich vergessen, was du bist. Eine Fängerin, nichts weiter. Noch dazu eine, die den Mörder bei sich beherbergt.«

Mit diesen Worten ließ sie meinen Kopf los und begann, um meinen Stuhl herumzutigern. Nichts war zu hören, außer dem Klackern ihrer Pumps und dem Rasseln meines Atems.

»Wir erledigen, genau wie ihr, nur die Aufgabe, die Gott uns aufgetragen hat«, brachte ich mühsam hervor, und es folgte ein harter Faustschlag in meine Magengrube. Selbst ihre Schläge platzierte Blondie perfekt.

»Ihr habt euch von Gott abgewandt, als ihr angefangen habt, mit den Gefallenen zu paktieren!«, rief sie aus und holte erneut zum Schlag aus, hielt sich dann jedoch zurück und begann, hysterisch zu lachen.

»Nein, auf dieses Niveau lasse ich mich nicht herab.«

Oh Himmel, sie war doch wohl nicht auch noch schizophren, oder? Erschreckenderweise war mir selbst Cassriel sympathischer.

»Und Gott hat euch befohlen, uns auszulöschen?«, fragte ich hämisch. Gott liebte alle seine Kinder, vielleicht liebte er sogar die Gefallenen. Blondie schnappte nach Luft und Chip hörte auf, durch den Raum zu gehen. Er blickte mich konsterniert an, während Chap neben meinem Stuhl ebenfalls nur ein Luftschnappen von sich gab.

»Ich habe doch gesagt, ihre Worte sind Gift!« ertönte ihre Stimme nun zwei Oktaven höher, jedoch ohne dabei wie Minnie Mouse zu klingen.

Ihre Argumente hatten sicherlich keinen Preis verdient, so viel stand fest. Mit strengem Blick taxierte sie mich.

»Es ist ganz einfach, Teuerste. Da ich keinerlei Interesse an dir oder deinen giftigen Worten hege, werde ich mich kurzfassen. Du wirst uns die Pläne des Instituts mitteilen und uns eure Mitwirkung am Engelsmord des Angeklagten Matthew Delaware erläutern. Wenn du dich kooperativ zeigst …«

»Wie bitte? Welche Mitwirkung? Ich verstehe nicht …«

»Wenn du dich kooperativ zeigst«, unterbrach sie mich, diesmal bestimmter, »wird dir ein schneller und schmerzloser Tod zuteil …«

»Ich verlange zu erfahren, was dem Institut von London vorgeworfen wird«, hielt ich dagegen, mit aller Inbrunst und Würde, die ich aufzubringen imstande war.

Gaiya schnaubte überrascht.

»Matthew Delaware wird vorgeworfen …«

»Setzt ihr das Institut nun mit einem einzigen Fänger gleich, noch dazu mit einem, der seinen Dienst quittiert hat? Ich frage mich, wieso *ich* in diesem Fall auf diesem Stuhl sitze.«

Wenngleich ich mir wirklich nicht wünschte, dass Matt an

meiner Stelle in dieser verdammten Situation wäre, musste ich erfahren, was genau uns vorgeworfen wurde, um richtig reagieren zu können. Und sei es nur, um Zeit zu schinden. Zeit für was? Sie hatte recht. Ich war allein. Es würde Stunden dauern, bis Liza mein Verschwinden bemerken würde, und weitere Stunden, bis man mich gefunden hätte. Wenn man mich überhaupt finden würde.

»Madame, Grace Darcy hat recht.« Der jüngere, etwas freundlichere Engel erhob die Stimme, die ziemlich zittrig klang.

»Schweig, Hachael«, zischte die Himmelstochter, und sofort senkte ihr himmlischer Bruder Vergebung suchend den Kopf.

»Zweifellos folgen die Institute nicht länger den Wegen des Herrn. Sie töten wahllos und üben Selbstjustiz. Seit der folgenschweren Eskalation in Deutschland sollte doch klar sein, dass die Institute nicht länger in der Lage sind, den wachsenden Aufgaben gerecht zu werden.«

Ich presste die Zähne hart aufeinander, um nicht aufzuschreien, konnte es dann aber doch nicht länger unterdrücken.

»Die Einzigen, die Selbstjustiz üben, seid ihr! Nur weil es euch nicht passt, dass wir uns mit den Gefallenen mehr oder weniger arrangiert haben, und ihr verhindern wollt, dass unsere Zusammenarbeit weiterhin besteht, sucht ihr verzweifelt nach Gründen, uns anzugreifen. Was wir tun, ist vollkommen legitim und nicht illegal! Ihr seid nur so aggressiv, weil ihr einmal nicht alles in der Hand habt und etwas nicht könnt, was wir können! Wahrscheinlich seid ihr, du und dein Gefolge, Fanatiker und jeder redliche Engel würde wegen euch vor Scham …«

Blitzschnell legte sie ihre heiße Hand um meine Kehle und drückte zu, bis mir die Tränen in den Augen standen. Es war wahr, sie war keine schillernde Lichtgestalt mehr. Es war vergebens, sie mit Argumenten überzeugen zu wollen. Ich atmete keuchend und hechelnd ein und aus, während sie Druck auf meinen Kehlkopf ausübte. Meine Lunge begann zu schmerzen, und die Ränder meines Blickfeldes drehten sich. Als sie endlich von mir abließ, sackte ich zusammen und atmete rasselnd, gab Geräusche von mir, die an eine Ente mit Asthmaerkrankung erinnerten.

Sie ließ jedoch keineswegs gänzlich von mir ab, sondern schien nur aufgehört zu haben, mich zu würgen, um einen bedrohlich aussehenden Dolch zu ziehen. *Meinen* bedrohlich aussehenden Dolch! Wahrscheinlich hatten sie ihn mir während meiner schmerzbedingten Nickerchen entwendet. Ein grausames Grinsen zeigte sich auf ihren Lippen, als sie den Dolch zwischen ihren langen Fingern drehte und dann an meinem Schulterblatt ansetzte. Die Klinge trennte ohne jeden Druck den Stoff auf.

»Gestehe, dass das Institut London vorhatte, die Herrschaft der Engel in London zu stürzen. Gestehe die Absichten eurer Organisation, gegen uns zu revoltieren!«

»Wir hatten zu keinem Zeitpunkt vor, gegen die Engel zu putschen, und es bestehen keinerlei Beweise oder Indizien, die dies auch nur annähernd ...«

Weiter kam ich nicht, denn das Messer trennte meine Haut in diesem Moment säuberlich auf. Eine gerade Linie in der Mitte meines Rückens. Mehr vor Überraschung denn vor Schmerz entwich mir ein gellender Schrei.

Dies waren keine Schmerzen, die eine Person schreien ließen. Diese Art von Schmerz empfindet man, wenn man vom Auto überrollt, vom Blitz getroffen, von der Sense des Todes geköpft wird. Es war der Schmerz Gottes, der da durch meinen Dolch lief. Der Schmerz, den ich zu meinen aktiven Zeiten als Fängerin selbst unter den Menschen verbreitet hatte, in vielen Formen. Der Schmerz war mörderisch und qualvoll, heiß und kalt. Es war der Schmerz des Todes. Und ich hatte das Gefühl, dass ich noch sehr viele Tode sterben würde. Sie wollte mir ein Geständnis entlocken, das das Institut eindeutig belastete. Und dieses Geständnis würde sie durch Folter erhalten. Früher oder später. Die Frage war nur, wie lange ich durchhalten würde.

15

GRACE
London, im Land der Schmerzen

Zuerst hatte sich das Blut kalt angefühlt. Dann warm. Jetzt wieder kalt. Gehalten wurde ich nur noch von den Fesseln, die mich an den Stuhl banden. Ich konnte kaum noch aus meinen Augen blicken. Alles, was ich sah, waren Blut und Tränen und der Haarvorhang, der mir verschwitzt und blutverklebt ins Gesicht hing.

»Das einzige Verbrechen, das das Institut jemals begangen hat, war, Matthew Delaware als Spion zu den Engeln zu schicken. Einen Spion einzuschleusen, weil man den Engeln nicht länger vertrauen konnte. Ein Verbrechen, dessen sich die Engel ebenfalls an uns schuldig gemacht haben.«

Wieder und wieder wiederholte ich diese Sätze. Sie wurden mein Mantra. Wie ein Gebet röchelte ich sie immer und immer wieder vor mich hin. Vielleicht würde ich bald wieder das Bewusstsein verlieren, wenn ich sie nur oft genug wiederholte. Inzwischen war meine Stimme nur noch ein Flüstern, doch ich war sicher, dass Gaiya jedes Wort verstand. Sie quittierte meine Antworten jedenfalls wieder und wieder mit Schlägen und Schnitten. Wieso habe ich es nicht gesagt? Dass ich von alldem nichts gewusst hatte, weder von seiner Spionagetätigkeit noch von dem Mord. Dass ich ihn von ganzem Herzen hasste und dass ich ihn bereitwillig ausliefern wollte. Ich wusste, dass es nicht nur um Matt ging, dass er nur der Vorwand war. Tief in mir spürte ich jedoch, dass ich ihn auch verteidigt hätte, wenn es anders gewesen wäre.

Selbst wenn es hier ausschließlich um sein Verbrechen gegangen wäre, hätte ich ihn in Schutz genommen. Nach all der Zeit war ich noch immer bereit, mich für ihn in Scheiben schneiden zu lassen, auch wenn ich genau wusste, dass er dasselbe nicht für mich tun würde. Der Gedanke an ihn war es, der mich die Folter durchhalten ließ, der mich davon abbrachte, die Schnitte zu zählen und irgendein jämmerliches, verlogenes Geständnis abzugeben, um endlich dem Tod entgegenzusehen. Meine Gefühle für ihn waren keine Schwäche, denn sie machten mich nicht schwach, sondern stark. Oscar hatte unrecht gehabt. Durch den Verlust von Matt, den Verlust der Liebe war ich nicht besser geworden. Eine bessere Leiterin. Keine bessere Person. Ich hatte niemals mit unserer Liebe abgeschlossen. In mir entstand auf einmal der übermächtige Wunsch, Matt das mitzuteilen. Während Gaiya mir von dem Engelsgericht erzählte, welches sie eigens für Matt einberufen würde, während sie immer weiter schlitzte und ich schrie und schrie, wurde dieser Wunsch in mir immer größer. *Ich wollte Matt um Verzeihung bitten.* Er hatte mich verlassen, aber das war es nicht, was mich zerstört hatte. Ich hatte ihm die Schuld für alles gegeben, für jeden meiner Fehler. Es war immer Matthew Delaware gewesen.

Nun erst erkannte ich, dass er auch in allem Guten gewesen war.

Meine ganze Vergangenheit, meine Kindheit, mein früheres Leben. Es war immer er gewesen, immer Matthew Delaware. Ich fand meinen Frieden. Die ganze Sache war erledigt. Ich konnte nichts mehr tun. Außer sterben.

Und ich würde für ihn sterben. Für ihn. Für das Institut. Für Liza.

»Ich habe keine Ahnung, wo Matthew Delaware sich aufhält«,

brachte ich mit letzter Kraft hervor. Plötzlich drang eine Stimme aus meinem Headset, das mit dem Rest meines Hab und Guts auf dem Tisch lag. Verzerrt durch den schlechten Empfang zwar, aber doch unverkennbar Matts Stimme. »Grace? Gracy! Antworte, verdammt! Hörst du mich? Gracy, ich weiß, dass du sauer bist, aber bitte antworte! Gracy, es ist wichtig.«

Gaiya lächelte überlegen. »Gracy?«

16

MATTHEW
London, das Institut, zehn Minuten zuvor

Er hatte den Brief gelesen. Mehrmals. Mit der Geheimnistuerei war nun Schluss. Der Brief hatte *fast* die ganze Wahrheit enthalten. Er war ein Idiot gewesen, sie ihr nicht selbst zu sagen.

Meine Gefühle für dich haben niemals aufgehört! Sie hatte ihn zwar mit ihren Worten verletzt, doch mehr verletzte ihn sein eigener Stolz.

Er wollte an nichts von alledem denken, nur noch warten. In ihrem Büro auf sie warten, ihren Wein trinken und anschließend von ihren Sicherheitsleuten eingesperrt werden. Sie würde ihn nicht ausliefern, dafür kannte er sie zu gut. Wenn sie ihn hätte umbringen wollen, hätte sie es längst getan. Er wollte nur trinken und vergessen.

Diese Frau musste aus seinem Leben verschwinden, auch wenn es ihn umbrachte. War es nicht sogar gerecht? Er hatte ihr Herz gebrochen, jetzt brach sie seins. Dieser kleine Funke in ihren Augen, als sie in der Bar gesessen hatten. Wieso hatte er sich auch nur für einen kleinen Moment wünschen können, dass zwischen ihnen alles in Ordnung kommen würde? Und wieso, verdammt, ging sie ihm jetzt nicht mehr aus dem Kopf?

Wieso hatte er solche Hemmungen, sich an ihrem Wein zu bedienen?

Er wollte zum Himmel schreien, wollte alles kurz und klein schlagen, wollte saufen und rauchen und all die Sachen tun, die sein Pflichtgefühl und seine Moralvorstellungen ihm sonst verboten, und das alles nur, weil er sie vergessen wollte, wenn auch nur, bis sie wieder im Türrahmen erscheinen würde, durchnässt und mit tränenfeuchten Augen und zerwühltem Haar und noch immer schöner als jede andere Frau. Sie würde im Türrahmen stehen und bereits zu einem wütenden Schrei ansetzen, doch die Wut würde ihre Augen nicht erreichen, sondern untergehen in der weiblichen Sinnlichkeit, die in ihrem Blick lag, wenn sie sich nicht streng kontrollierte. Er würde seinen Zorn vergessen und sich ihr vor die Füße werfen, und obwohl er sich dafür hassen würde, würde er sie unter Tränen bitten, ihm zu vergeben. Die Vergebung würde nicht von langer Dauer sein, dafür würde ihr Pflichtgefühl sorgen. Doch vielleicht würde es reichen, um eine Lösung für ihr gemeinsames Problem zu finden, oder auch nur, um sich noch einen letzten Kuss zu stehlen, der sie beide für immer verdammen würde. Die Schöne und das Biest.

Doch nicht die Schöne erschien in der Tür. Es war Liza.

»Was um Gottes willen suchst *du* noch hier?«, rief sie empört, und ehe er zu einer Antwort ansetzen konnte, fügte sie bissig hinzu: »Und wenn du jetzt wieder diesen dämlichen *Das Glück, aber es versteckt sich*-Spruch loslässt, dann gnade dir Gott!«

»Ich bin jetzt wirklich nicht in Stimmung«, fauchte er. »Entweder du meldest mich oder du lässt es bleiben.« Schickte Grace jetzt schon Liza, um ihn hinauszuwerfen?

»Ich lasse mir nichts von dir befehlen. Die Einzige, die mir in diesem Institut Befehle erteilen darf, ist Miss Darcy!«

Matt durchquerte den Raum mit gemächlichen Schritten und näherte sich lässig der Weinflasche.

»Wenn Miss Darcy nicht gewollt hätte, dass ich mich hier aufhalte, hätte sie mir den hier kaum überlassen, nicht wahr?« Provokant wedelte er mit dem Brief vor Lizas Nase herum. Eine Weile starrte sie ihn böse an, dann seufzte sie ergeben und begann, sich die Schläfen zu massieren, was ihn an Grace erinnerte. Verdammt.

»Die Fängerin Kelly wurde tot aufgefunden. Es sieht *fast* aus, als sei sie von einem Hochhaus gestürzt.«

Das *fast* entging Matt keineswegs.

»Und jetzt sag mir endlich, wo Grace ist«, knurrte ihn Liza verärgert an.

Das war allerdings unerwartet. Unter all den Sachen, die Matt gerne brüllen wollte, blieb ihm letztendlich nur die Wahrheit. »Sie sollte doch eigentlich bei dir sein.«

War das eine Falle? Ein Test? Liza hob nur misstrauisch eine Augenbraue und ließ ihren Blick blitzschnell durchs Zimmer gleiten.

»Ich wiederhole mich nur ungern: Wo ist Grace? Wenn du ihr irgendetwas angetan hast, dann werde ich dich persönlich zerreißen, verlass dich drauf! Sie ist doch nicht etwa im Wandschrank eingesperrt oder …?«

Mal davon abgesehen, dass er nicht einmal wusste, dass es einen Wandschrank gab, steckte Liza ihn mit ihrer Nervosität an. Wenn die Kontrollfreaks anfingen auszurasten, war die Sache ernst …

»Als sie den Raum verlassen hat, war sie auf dem Weg zu dir, Liza. Sie weiß, wie ernst die Lage ist. Sie würde sich nicht vom Institut entfernen. Nicht, solange sie nicht weiß, was mit Kelly geschehen ist. Sie ist mit dem Fahrstuhl in den zweiten Stock gefahren, der führt doch nur zu dir, oder?«

Liza nickte. »Ja, sie war sogar in meinem Zimmer, aber ich war nicht da. Die Wächter haben gefragt, ob sie mir etwas ausrichten lassen will, aber sie hat verneint. Dann ist sie nach draußen gegangen …«

Nach draußen. In Matts Kopf rasten die Gedanken.

»Ich habe mich schon gewundert, wieso sie mich nicht einfach angefunkt hat …«, fuhr Liza fort.

»Angefunkt? Liza, ruf Grace jetzt an, sofort!« Matts Stimme duldete keine Widerrede. Obwohl er den kleinen Stöpsel in Lizas Ohr nur erahnen konnte und sich das Mikro unter ihren Haaren verbarg, wusste er doch, dass sie es ständig trug.

»Ausgeschlossen. Ich rufe Miss Darcy nur in Notfällen an.«

»*LIZA*!« Matts Stimme brach. Tief in ihm war dieses unbändige Verlangen, ihre Stimme zu hören. Und die übermächtige Angst, dass ihr etwas passiert sein könnte. Von hier bis zum Nebengebäude brauchte man vielleicht vier Minuten. In der vergangenen Zeit hätte Grace Liza zehnmal begegnen müssen. Lizas Augen weiteten sich. Endlich schien sie zu verstehen.

»Miss Darcy? Miss Darcy? Grace?« Ihre Stimme war kaum mehr als ein unsicheres Flüstern.

»Geht sie nicht ran?«, fragte Matt, während er vor Liza auf und ab ging, um auch ja kein Wort zu verpassen, das Grace sagen würde.

»Sie kann nicht *nicht* rangehen. Ihr Mikro ist so eingestellt, dass sie umgehend und jederzeit erreichbar ist, zu jeder Tages- und Nachtzeit und rund um die Uhr. Wenn die Batterie leer ist, wechselt sie automatisch auf Notstroooo …«

Blitzschnell hatte Matt sich Liza genähert und ihr die feine, kaum sichtbare Apparatur nicht ohne Gegenwehr entrissen.

»Grace? Gracy! Antworte, verdammt! Hörst du mich? Gracy, ich weiß, dass du sauer bist, aber bitte antworte! Gracy, es ist wichtig.« Er brüllte so laut er konnte in das kleine Mikrofon.

»Was soll das?«, schrie Liza aufgebracht, doch er hielt ihr den Mund zu, als sich am anderen Ende der Leitung etwas tat.

»Maaaaaaaaaaaaaaaaaaaaaaaaaaaaaaaaaaaaaaaatt!« Ein röchelnder, schmerzverzerrter Laut. Es war Grace!

Ein tiefes Luftholen. Ein erheitertes, glockenhelles, von Grund auf böses Lachen. Ein Schmerzensschrei. Dann wurde die Verbindung unterbrochen.

Liza wimmerte, doch Matt schrie immer weiter auf das kleine Mikro ein.

»Grace? Gracy, bitte! Gott, lasst sie gehen, bitte! Tut ihr nichts! Sie hat doch damit nichts zu tun! Bitte tut ihr nichts!«

Liza legte die Hand auf seinen Oberarm und blickte ihm fest in die Augen.

»Sie bedeutet dir also wirklich etwas?« Matt sah sie nur an.

»Das war Gaiya. Liza, wir müssen etwas tun. ICH muss etwas tun.«

Entschlossen nickte sie. »Die Mikros«, flüsterte sie.

Matt sah sie einen Moment lang verständnislos an. Ihm war egal, was sie zu sagen hatte, er musste Grace suchen. Er setzte sich in Bewegung.

»Matthew, warte!«, rief Liza ihm nach. Gerade schaffte sie es noch, ihm hinterherzurennen, ehe sich die gläserne Tür schloss.

»Ich gehe ohne dich! Ich muss sie finden, Liza. Ich habe keine Zeit für deinen lästigen Papierkram, diesmal nicht!«

Ehe er wusste, wie ihm geschah, hatte sie ausgeholt und ihm eine Ohrfeige verpasst. Überrascht blieb er wie angewurzelt stehen und starrte sie entgeistert an.

»Ich will genauso wenig wie du, dass Grace etwas passiert! Sie ist meine beste Freundin! Sie ist eine großartige Person, und ich war schon für sie da, als *du es nicht warst*, also wirst du mir jetzt zuhören, verdammt! Was denkst du dir bloß? Du würdest nicht mal lebend aus dem Institut herauskommen. Es ist mitten in der Nacht, und es wimmelt nur so von Fängern. Die werden denken, ich paktiere mit dir! Wo willst du anfangen, Grace zu suchen? Du hilfst ihr nicht, du machst alles nur noch schlimmer!« Außer

Atem starrte die kleine Kämpferin ihn an. Ihre Wangen waren puterrot, und ihr Brustkorb bewegte sich rasch auf und ab.

»Und was schlägst du vor?« Aufgebracht wandte er sich von ihr ab. Er hasste es, so machtlos zu sein.

»Die Funkgeräte haben integrierte Peilsender, durch die wir uns gegenseitig orten können. Sobald ich Grace ausfindig gemacht habe, können wir aufbrechen.«

»Ausgeschlossen.« Er würde Liza nicht in die Sache mit hineinziehen.

»Willst du nun die Koordinaten oder nicht?«, gab Liza wütend zurück. »Versuch wenigstens, mir zu vertrauen.«

Versuch wenigstens, mir zu vertrauen? Hatte er das nicht erst vor wenigen Stunden zu Grace gesagt?

»Das ist gut«, antwortete er langsam, als sich eine Idee in seinem Kopf zu formen begann. »Du wirst mit mir fahren, nur du.«

»Und dann befreien wir Grace.« Liza nickte und machte sich bereits an dem kleinen Sender zu schaffen.

»Nein, dann lieferst du mich aus.« Er lachte humorlos. Liza zog eine Augenbraue hoch.

»Genau das ist es, was sie von dir erwarten, Liza. Und das ist die einzige Möglichkeit, mich um diese Uhrzeit in einem Stück und ohne dumme Fragen aus dem Institut hinauszuschaffen. Du lieferst mich aus. Und dann retten wir Grace.«

17

»Liza, fahr verdammt noch mal schneller.« Die Ungeduld ließ ihn fast durchdrehen und immer wieder auf den kleinen Sender schauen, den Liza am Navigationssystem befestigt hatte. Unruhig sicherte und entsicherte er die Pistole in seiner Hand.

»Hör endlich auf!«, brüllte Liza, die Hände fest um das Lenkrad geklammert. Sie hatte das Gaspedal bis zum Anschlag durchgetreten und fuhr bereits im absoluten Grenzbereich dessen, was der edle Sportwagen des Instituts leisten konnte. Der Schneeregen hatte wieder eingesetzt, und die Reifen fanden auf der rutschigen Straße kaum Halt. Matts Gedanken überschlugen sich unterdessen schneller, als das Auto es tun würde, falls Liza die Spur verlor, was ihrem Fahrstil nach zu urteilen nur eine Frage der Zeit war. *Verdammt, was hätte er darum gegeben, hinterm Steuer zu sitzen*, doch einen Gefangenen ließ man nicht fahren und er musste seine Rolle gut spielen.

Der Schnee wich unterdessen Hagel, der so unerbittlich gegen die Scheiben hämmerte, als wolle er sie auf eine Schießerei einstimmen, und Matt hatte das Gefühl, dass die monotonen Geräusche mehr und mehr zu Worten anschwollen. *Zu spät. Zu spät. Versager. Versager*, schrie der Hagel. *Gracy*, sagte das Klacken der Pistole. *Zu spät. Versager. Gracy. Versager. Gracy. Gracy. Gracy.* Er nahm die Anzeige des Navigationssystems nicht wahr, auf die er sekündlich starrte. Da war nur noch sie.

Wie sie lachte. *Versager*. Gracy auf Oscars Schoß. Gracy, wie sie Bilder von Einhörnern und Drachen malte. *Zu spät*. Gracy, weinend im Trainingsraum, weil sie ein schlechtes Ergebnis erzielt hatte. Gracy im Bikini im Pool des Instituts. *Versager.* Gracy mit ihren Prüfungsergebnissen, lauter Einsen. Gracy, wie sie sich nachts sein T-Shirt stahl, weil sie zu müde war, um ihre eigenen Klamotten in dem riesigen Bett zu suchen. *Versager.* Gracy bei ihrem Wiedersehen. Gracy auf der Parkbank im Regen. Gracy in der Bar. Gracy, kurz bevor sie ihm den Brief vor die Füße geworfen hatte. *Zu spät?*

»Ich bin gekommen, um den Gefangenen Matthew Delaware gegen unsere Leiterin Grace Darcy auszutauschen.«

Liza spielte ihre Rolle gut. Ihre Stimme war emotionslos und kühl, während sie Matt vor sich hertrieb, der die Arme hinter seinem Rücken verschränkt hielt. Um wenigstens einigermaßen überzeugend zu wirken, hatte er auf einer Platzwunde am Kopf und ausgerissenen Haaren bestanden.

Während Liza vollkommen ausdruckslos schien und ihm dreimal hart auf den Rücken schlug, was laut Vereinbarung bedeutete, dass sich drei Engel in diesem Raum befanden, musste er sich auf die Lippen beißen, um bei Graces Anblick nicht laut aufzuschreien. Es war die perfekte Inszenierung. Nicht eine Wache hatte sie auf dem Weg in die verlassene Lagerhalle aufgehalten, im Gegenteil. Die Tür stand offen, und der Flur führte direkt in die Halle, in deren Mitte sich der Stuhl befand, auf dem Grace saß. Oder vielmehr das, was von Grace übrig war. Die schönste aller Frauen war in sich zusammengesunken, leichenblass und zitterte von Kopf bis Fuß. Die Blutlache um den Stuhl herum zeugte von der Gewalt, die ihr angetan worden war. Aus welcher der unzähligen Wunden an Schultern und Rippen das Blut stammte, konnte er nur erahnen. Gaiya, die Sadistin, die sich für unwiderstehlich hielt und doch nicht mehr war als ein verbittertes Monster, stieß ein glockenhelles Lachen aus und riss Graces Kopf an ihren verklebten Haaren hoch.

»Sag Hallo zu Matt, Gracy!« Belustigt riss sie auch Graces schlaffen Arm hoch.

»Lass sie sofort los!«, schrie Matt wütend, und Grace schlug die Augen auf, als sie seine Stimme hörte.

»Lass mich los, Liza«, flüsterte er beinahe unhörbar, doch sie trat ihm stattdessen ins Kreuz.

»Noch nicht«, raunte sie ebenso leise.

»Lady Gaiya, ich bin hier, um diesen Fänger gegen Miss Darcy einzutauschen. Sie wollten den Mörder, hier haben Sie ihn.«

Grace begann panisch zu röcheln. »Nein. Liza. Nein.« Ein Schwall Blut rann dabei aus ihrem Mund.

»Nein. Liza. Nein«, äffte Gaiya sie nach und kam mit langsamen Schritten auf sie zu.

Gut so. Nur noch ein kleines Stück.

»Dumme Liza«, sagte sie lächelnd. Matt spürte Liza hinter sich zittern und stupste sie unauffällig an. *Behalt die Nerven!*

»Glaubst du wirklich, ich mache es dir so einfach? Dass ich unsere liebe Grace so zugerichtet habe, weil es mir Spaß macht? Es erfreut mich zwar, dass du mir den Mörder bringst, doch inzwischen ist er wertlos für mich. Unsere liebe Grace hat noch nicht gestanden, also kann ich sie nicht gehen lassen.« Bedauernd hob Gaiya die Augenbrauen und legte den Kopf schräg. Ein Bild der Unschuld, über und über mit Blut bedeckt, das nicht ihr eigenes war. Vor allem aber war sie stehen geblieben. Wieso war sie stehen geblieben? Matt fuhr mit seinem Fuß einen Millimeter nach vorne, doch Liza machte keine Anstalten, sich zu bewegen. Im Gegenteil, sie war wie festgewachsen.

»Aber das verstößt gegen das Kriegsrecht!«, schrie sie auf und begann, über irgendwelche Auflagen zu referieren.

»Liza«, raunte er, so leise er konnte.

»Matt, es ist sinnlos«, gab sie zurück, eindeutig zu laut, um ungehört zu bleiben.

»WAS ist sinnlos?«, knurrte Gaiya, und Grace hob erneut unter sichtlichen Schmerzen den Kopf. Hinter Matt begann Liza zu wimmern, während Gaiya in kleinen Schritten auf sie zukam und ein süffisantes Grinsen zur Schau trug.

»Erzähl's mir. Keine Angst. *Dir* werde ich nichts tun. Grace hat ihre Strafe verdient, du weißt, dass ich recht habe. Aber dich lasse ich am Leben. Erzähl mir nur von Matts Plan, einverstanden?«

»Wirklich?«, flüsterte Liza ungläubig.

»LIZA, wag es ja nicht, du elende Verräterin!« Matt schrie, so laut er konnte. Was war nur in sie gefahren? Sie konnte doch nicht auf Gaiya hereinfallen!

»Liza, sag mir, was sie vorhaben, Kleines. Du kennst dich im Institut doch gut aus, nicht wahr? Wahrscheinlich fast so gut wie unsere süße Grace. Sag mir, was er vorhat …«

»Was er vorhat?«, wimmerte Liza, und er spürte ihre Hände in seinem Rücken. Gaiya war so nah, und diese Verräterin besiegelte gerade sein Schicksal! Er wollte schreien und sie eigenhändig erwürgen, da war plötzlich alles Wimmern aus ihrer Stimme verschwunden, und er hatte nur eine Sekunde Zeit, um zu verstehen, ehe alles auf einmal geschah. Zuerst war da Liza, die auf Gaiyas Frage antwortete, allerdings nicht mit »*Er ist hier, um Grace zu befreien!*« Sondern mit »*Er ist hier, um dir dein nicht vorhandenes Gehirn aus dem Kopf zu blasen!*«

Dann spürte Matt einen überraschend starken Schubs von hinten, stolperte auf Gaiya zu und konnte gerade noch seine Pistole ziehen, während hinter ihm ein Schuss zu hören war. Liza stieß einen Schrei aus und ein dumpfer Aufschlag zeugte davon, dass sie getroffen worden war.

Matt erreichte Gaiya, die eben ihre Pistole zog. Er presste seine Waffe an ihre Schläfe, während sie die ihre auf Grace richtete. Beide drückten nicht ab. Es war Gaiya, die in der einsetzenden Stille schallend zu lachen begann.

»Sehr gut, Matt. Ausgezeichnet.«

Er presste die Pistole fester an ihre Schläfe, doch sie hielt ihren Arm ausgestreckt, den Lauf auf Gracy gerichtet, die von Sekunde zu Sekunde schlechter aussah.

»Komm schon, töte mich!«, kreischte Gaiya und lachte weiterhin.

»Ich will dich nicht töten«, knurrte Matt und presste den Lauf, wenn überhaupt möglich, noch fester in ihre Locken. Ihm waren die Pistolen, welche die anderen Engel im Raum zweifellos auf ihn gerichtet hatten, bewusst.

»Du willst mich töten!«, beharrte sie und verzog ihren Mund zu einem sinnlichen Lächeln. »Du willst den Abzug betätigen, um mir diese Kugel ins Hirn zu jagen. Du willst mich töten, für alles, was ich der süßen Gracy angetan habe. Sie ist mehr tot als lebendig. Komm schon, Matthew. Du willst mich töten.«

Wenn sie nur wüsste, wie sehr er das wollte! Er wollte ihr den schönen Kopf von den schlanken Schultern trennen! Er wollte sie packen und …

»Was ich will, ist Grace in Sicherheit zu bringen«, knurrte Matt und verstärkte seinen Griff noch mehr. Er musste sie so weit von Grace wegdrehen, dass sie ihre Pistole nicht auf sie richten konnte.

»Matthew Delaware, benutz deinen schönen Kopf. Denkst du, für mich geht Gefahr von dir aus? Denkst du nicht, dass ein Hieb meiner Flügel reichen würde, um dich umzuwerfen wie einen Pappaufsteller? Hast du vergessen, dass ich deine Kehle zuschnüren könnte, ohne dich auch nur anzusehen? Du enttäuschst mich. Deine einzige Chance hätte darin bestanden, mich sofort zu erschießen.« Mit diesen Worten hob sie im Bruchteil einer

Sekunde das Bein und trat ihm so fest in die Magengrube, dass er einmal quer durch den ganzen Raum geschleudert wurde.

»Eine Chance, die du verwirkt hast.« Sie seufzte enttäuscht und fuhr sich lachend durch das seidige Goldhaar.

Er war von dem Verlangen getrieben, Grace zu retten, hierhergefahren, und hatte dabei das Offensichtlichste aus dem Blick verloren: dass seine Gegner Engel waren. Kein Mensch oder Fänger hatte gegen einen Engel eine Chance. Langsam richtete er sich an der Wand auf, gegen die Gaiya ihn geschleudert hatte, und ließ seinen Blick verzweifelt durch den Raum wandern. Da war Grace, die inzwischen nicht einmal mehr bei Bewusstsein war. Dass sie noch lebte, erkannte er einzig an den viel zu schwachen Bewegungen ihres Brustkorbs.

Da war Liza, die auf dem Boden hin und her rollte und sich keuchend ihr Bein hielt, in dem eine Pistolenkugel steckte, und Gaiya, um die herum nun zwei Engel standen, Hachael, der Späher, und Asmael, der Vollstrecker. Selbst wenn ihr Plan aufgegangen wäre, hätte einer der beiden bereits ausgereicht, um sie innerhalb weniger Sekunden zu erledigen. Es war aus und vorbei. Gaiya würde ihren Rachefeldzug beginnen und das Institut London dem Erdboden gleichmachen.

Ergeben ließ er sich auf die Knie sinken und tat etwas, was er schon sehr lange nicht mehr getan hatte. Er betete, und das aus tiefstem Herzen. Er hatte an Gottes Existenz nie den geringsten Zweifel gehegt und immer versucht, nach Seinem Willen zu handeln, doch seine Zeit als Spion bei den Engeln hatte seine Ansichten in Hinsicht auf Gottes Geschöpfe ziemlich ins Wanken gebracht. Er hatte erlebt, was für Sünder sie alle waren, Sünder, die ihre Aufgaben nicht erledigten oder falsch interpretierten.

Da war Grace, verbittert und kalt. Da war Liza, die alle Befehle ausführte, ohne sie je zu hinterfragen. Da war Kelly, die

Betrügerin. Da war Gaiya, die sich lieber dem Hass hingab, als Gott zu suchen. Da war Oscar, der Grace misstraut und ihn ins Ungewisse geschickt hatte, um einen letzten Nutzen aus ihm zu ziehen. Als Letztes sah er sich selbst an, wie er all die Jahre viel zu sehr am Alkohol und an den Frauen gehangen hatte.

Wie er alles bekommen hatte, ohne jemals dankbar zu sein. Wie er Oscars Befehlen gefolgt war, ohne Grace von seinen Plänen zu erzählen, wohl wissend, wie sehr sie das verletzen musste. Wie er sich mit den Engeln angefreundet hatte, nur um sie zu verraten. Wie er von Sariel aufgehalten worden war und dessen Leben letztendlich mit einem einzigen Messerstich beendet hatte, nur um sein eigenes Leben zu verlängern.

Ja, es war Notwehr gewesen, doch ebenso auch Mord. Er glaubte nicht an Wunder, und doch betete er. Matt betete für Grace und für Liza und für London und ja, auch für sich. Er war ein Egoist und würde das immer bleiben. Er wünschte sich, dass er die gerechte Strafe erhielt. Er war bereit, dafür zu sühnen, was er getan hat. Er wollte alles auf sich nehmen, und sei es auch die Hölle.

»Du wagst es, zu beten?«, schrie Gaiya und war schneller bei ihm, als er es mit den Augen erfassen konnte, nur um ihn erneut durch den halben Raum zu schleudern. Er kam etwa einen Meter neben Graces Stuhl auf und hörte etwas in seinem Rücken knacken, noch ehe er den stechenden Schmerz im rechten Rippenbogen verspürte.

Liza stieß einen hellen Schrei aus, und Gaiya spuckte aus.

»Ich habe genug von deinen Spielchen, Matt.«

»Und wir haben genug von deinen, Gaiya«, ertönte plötzlich eine andere, fremde Stimme. Alle im Raum wandten sich abrupt um, als sie die Gruppe Engel im Eingang sahen. Angeführt wurde die Gruppe von dem schönsten Engel, den Matt jemals gesehen hatte – er war ein mindestens zwei Meter großer Mann mit breiten Schultern, dessen eckiges Gesicht von goldenen, leicht gewellten Haaren umspielt wurde. Seine perfekte Gestalt wurde von hellsilbern und golden schimmernden Flügeln mit schwarzen Spitzen an jeder einzelnen Feder umrandet. Jede Frau musste bei seinem Anblick den Verstand verlieren, und selbst Liza schien das zu bestätigen, indem sie in Ohnmacht fiel, und auch Gaiya senkte das Haupt.

»Lucanael. Welch unerwartete Überraschung und Freude zugleich.«

»Ich wurde hergebeten«, raunte er mit lasziver Stimme, und Matt überlegte, ob es sich hierbei um die Wunderkraft seines Gebetes handelte.

»Befehl von ganz oben.« Sofort wurde Gaiya ernst und Hachael und Asmael zuckten heftig zusammen.

»Du hast *IHN* gesehen? Schickt er dich, um mich zu belohnen? Meine Aufgabe hier ist fast vollendet, mein Schönster und Glanzvollster! Dass er dich persönlich schickt, wäre doch nicht nötig gewesen.«

»Oh doch, das ist es, meine Niederträchtigste.« Langsamen Schrittes kam er auf sie zu und strich ihr zärtlich über die Kinnlinie. Matthew war sich sicher, niemals so viel klassische Schönheit auf einem Fleck gesehen zu haben.

»Du bist so schön«, raunte Lucanael mit unfassbar sündiger Stimme, und sie begann tatsächlich zu schnurren, als seine Stimme plötzlich umschwang und sowohl hart als auch gnadenlos wurde. »Doch dein Verhalten passt IHM nicht!«

Aus seiner Liebkosung wurde ein Akt der Gewalt, und sie keuchte überrascht auf, als er sie nah an sich zog.

»Was fällt dir ein, Gaiya Astrea, Engel von London, so selbstgerecht und ohne Absprache gegen die Institute vorzugehen und eine offene Konfrontation zu riskieren?«

Gaiya zuckte zusammen und sah sich Hilfe suchend um, doch

ihre Wächter blieben ergeben auf dem Boden gekauert. »Diese Monster paktieren mit den Gefallenen.«

»Und unser Herr weiß das.«

»Sie üben Selbstjustiz und sind grausam.«

»Gaiya, wir haben dich in den letzten Tagen beobachtet und alles gesehen, was du getan hast. Wag es nicht, das Wort grausam zu benutzen!«

»Dieser Fänger hat einen Engel umgebracht, einen UNSE-RER Brüder!«, stieß sie hervor, ihr letztes Argument.

Lucanael schwieg einen Moment, doch Matt kam ihm zuvor, auch wenn seine raue, menschliche, schwache Stimme im Dialog mit dem Engel so falsch klang.

»Und ich werde dafür büßen. Ich habe den Engel Sariel getötet, wenn auch nur, um mich zu retten, denn sonst hätte er mich getötet. Doch es bleibt Mord und ein schweres Verbrechen, und ich bin bereit, die Konsequenzen zu tragen. Nur bitte, lasst Grace aus dem Spiel. Sie hat nichts damit zu tun und wurde nur in die Sache hineingezogen, weil …«

»Weil?«, hakte Lucanael nach.

»Weil ich sie liebe. Ich liebe sie über alles, mehr als alles andere. Ich bin egoistisch, das gebe ich zu, und denke immer in erster Linie an mich selbst. Ich bin ein Egoist, doch in Hinsicht auf Grace bin ich es nicht! Lasst sie leben, sie hat schon genug gelitten. Bitte, erfüllt mir diesen Wunsch, auch wenn ich es nicht verdiene. Schaut sie nur mal an, sie …« In diesem Moment drehte er sich zu Grace um. Er hörte Gaiyas Lachen und dann seinen erstickten Schrei, als sein Gehirn realisierte, wieso ihm seit Jahren das erste Mal wieder Tränen über die Wangen liefen.

»Wieso weinst du, mein Sohn?«, fragte Lucanael nach einigen Sekunden und übertönte mit der Ruhe und dem Frieden in seiner Stimme sogar Gaiyas spöttisches Schnauben.

»Weil das Einzige, was noch schlimmer ist als der Gedanke,

dass ich sie niemals mehr lachen sehe, der Gedanke ist, dass niemand sie jemals mehr lachen sehen wird. Sir, Grace atmet nicht mehr. *Sie ist tot*.« Als sie aus seinem Mund kamen, wurden die Worte zu trauriger Gewissheit. Er konnte seinen Blick nicht von Grace abwenden. Ihr gesenkter Blick, so friedlich wie damals, wenn sie neben ihm eingeschlafen war. Kein Schmerz war darin zu lesen, nichts zeugte von all dem Unglück in ihrem Leben. Sie hatte ihn dazu gebracht, sich in sie zu verlieben. Dazu hatte sie nur ein Lachen gebraucht, musste nur ihren Kopf schräg legen oder ihn sanft küssen. Sie musste einfach nur da sein, das hatte genügt. »Nun könnt ihr auch mich bestrafen, ich bin bereit.«

Lucanael blickte Matt einen langen Augenblick an. Dann nickte er dem Kreis der Engel hinter sich zu und nannte einen Namen. »Azisar«, flüsterte er, und aus der Menge der Engel trat eine Frau hervor. Sie war sogar noch schöner als Gaiya und hatte eine Vollkommenheit an sich, die nur die wenigsten Wesen erreichen. Gleichzeitig lag eine zeitlose Trauer in ihrem Blick. Am bemerkenswertesten war jedoch etwas anderes: Ihre Haare waren schwarz. Schwarz, nicht golden. Eine Gefallene. Eine Gefallene im Kreis der Engel. Matt senkte seinen Blick, als sie auf ihn zukam. Wie fühlte sich der Tod an? Kam er durch ein Messer oder eine Kugel? Doch was er spürte, waren ihre Flügel, die seine Schulter streiften, als sie an ihm vorbeiging.

Azisar blieb nicht vor ihm stehen, sondern vor Grace. Er wollte sie noch anflehen, ihr nichts zu tun, da presste die Gefallene Gracy ihre Lippen auf die zerschundene Stirn. Einen Augenblick lang geschah nichts. Dann drehte Azisar sich um und streifte ihn auf dem Rückweg erneut mit den Flügeln. Sie wirkte müde, als sie auf ihn hinuntersah.

»Sie atmet. Schau genau hin …«

Er wusste nicht, was sie dazu veranlasst hatte, Grace wiederzubeleben, und es war ihm auch egal. Alles, was zählte, war ihr Brustkorb, der sich zaghaft hob und senkte, und das leise Rascheln ihres Atems. Sie lebte! Am liebsten wäre er aufgesprungen und ihnen allen um die perfekten Hälse gefallen. Lucanael, Azisar, jedem Einzelnen von ihnen, allen nacheinander! Doch Grace fesselte ihn. Das kleine Stück seines Herzens, das sonst immer gefehlt hatte. Sie war perfekt, einfach nur perfekt, und das in jeder Hinsicht. Selbst wenn sie ihn umbringen würden, es spielte keine Rolle mehr, denn Grace lebte. Gracy lebte! Ein Lachen stieg in seiner Kehle auf, in dem Moment, in dem sie erschöpft die Augen öffnete. Obwohl er es nicht wollte, wandte er sich von ihr ab und grinste die Engel breit an, einen nach dem anderen. Dass sie das getan hatten, obwohl er einen ihrer Brüder umgebracht hatte, war unfassbar! Es war ein Geschenk des Himmels.

Lucanael räusperte sich und wandte sich den anderen Engeln zu. »Ehe wir zu den nächsten Punkten, der Umstrukturierung des Instituts in London und der Bestrafung des Engels Gaiya Astrea, übergehen, verlange ich eine Abstimmung über die Bestrafung des Mörders Matthew Delaware.«

Grace sog hinter ihm leise Luft ein und verfiel in ein keuchendes Husten.

Die Engel tauschten sich mit ihren Glockenstimmen aus, allen voran Lucanael, welcher Gaiya noch immer fest im Griff hatte. Die Worte *Sünder, Vergebung, Mörder, Hoffnung, Vergeltung, Liebe* und *Zukunft* waren zu hören. Vor allem *Mörder* und *Hoffnung* hielten sich die Waage, und als Lucanael sich zu ihm umdrehte, hatte Matt bereits mit seinem Leben abgeschlossen. Er kam zu dem Ergebnis, dass es letztendlich nicht übel gewesen war, wenn er auch zu viel Zeit im Stau verbracht hatte.

Lucanael schenkte ihm ein Lächeln von beispielloser Schönheit und von unendlichem Glanz.

»Der hohe Rat der Engel hat beschlossen, dir, Matthew Delaware, Mörder des Engels Sariel Kronos, zu vergeben. In Anbetracht dessen, dass du aus Notwehr gehandelt hast und zu keinem Zeitpunkt ...«

Weiter kam er nicht, denn nun begann Gaiya wie eine Wilde zu brüllen und um sich zu treten. Sie nutzte den einen Moment, in dem Lucanael unachtsam war, und griff nach seiner Pistole. Gerade rechtzeitig erinnerte sich Matt an Graces Vorwurf. *Du hast immer so getan, als wärst du der Held, der sich vor mich werfen würde!*

Als Gaiya anlegte, erhob er sich mit letzter Kraft und warf sich auf Grace, sodass die Kugel ihn traf und nicht sie. Ein Tod in ihren Armen, das war ein Leben voller Staus wert gewesen. Grace weinte. Und Lucanael schrie wutentbrannt. Und Gaiya lachte. Lucanael riss ihr in einer einzigen fließenden Bewegung den Kopf ab.

Und Grace küsste Matts Hals mit ihren seidigen, blutigen Lippen. Dann war Lucanael über ihm, und seine Worte drangen tief in Matt ein. *Dein Verhalten, Matthew Delaware, bester aller Fänger, bestätigt unseren ursprünglichen Plan. Wir sind gekommen, um das Bündnis der Institute und der Engel zu erneuern. Eine intensivere Zusammenarbeit zwischen Fängern, Gefallenen und Engeln, ein Funken der Hoffnung für die Zukunft. Dein liebevolles Verhalten zeigt, dass ihr Fänger in der Lage seid, zu fühlen und zu lieben. Du und Grace, ihr seid der Anfang einer neuen Ära. Ihr seid der Funke.*

Und es schneite in London. Im November.

Epilog

GRACE
Stille

Anfangs fühlte es sich an, als würde das Leben aus mir herauslaufen wie in einer Sintflut. Es konnte gar nicht abwarten, meinen Körper zu verlassen. Wenn ich wirklich eine Seele hatte, dann wehrte sie sich nicht. Oder ich war einfach zu müde und leer, um mich gegen den Tod zu wehren. Wahrscheinlich beides. Zwar hatte der Engel mich wieder atmen lassen, doch es fiel mir schwer. Jeder Atemzug brannte. Das Einzige, was ich noch spürte, war mein Kopf an der Scheibe des zu schnell fahrenden Autos.

Die Beschleunigung presste mich in den Sitz, und hätte ich noch die Kraft gehabt, die Augen zu öffnen, wäre die Welt an mir vorbeigeflogen wie ein Traum. Ich hörte nur den Regen. Und seine Stimme. Immer wieder diese eine Stimme, die ich unter allen anderen erkannt hätte. Die ebenso erschöpft klang, wie ich mich fühlte, und doch erfüllt war von … Liebe.

Irgendwann floss das Leben langsamer, und der Schmerz kam wieder, mit seiner kompromisslosen Heftigkeit. Ich fand meine Stimme wieder. Ich schrie. Das himmlische Feuer hatte mich geheilt, ja. Doch nun erst spürte ich den Preis. Da war nichts mehr, außer dem Feuer in meinem Inneren. Und seiner Hand, die mich hielt. Ich wollte nach ihr greifen, doch ich war zu schwach. Vielleicht war es auch Gottes Werk, denn er wusste, dass ich diese Hand, einmal ergriffen, niemals wieder loslassen würde. Ich war nicht mehr im Auto. Nach einem Zeitraum – irgendwas zwischen einem Tag und drei Wochen – wurde mir bewusst, dass der Himmel, wenn es der Himmel war, sich verdächtig nach den Betten im Institut anfühlte. Wenn es der Himmel war, dann würde ich mich wegen der lausigen Qualität der Bettwäsche beschweren. Wenn es das Institut war, würde ich diese Schlamperei dem zuständigen Vorgesetzten melden. Welcher ich war, was die lausige Qualität erklärte. Was mich davon abhielt, mich bei Gott bzw. mir selbst wegen der Bettwäsche zu beschweren, war wieder diese Stimme. Seine Stimme. Und das Erste, was ich nach langer Zeit sah, war sein Gesicht. Er war so wunderschön, und innerlich betete ich, dass das nicht der Himmel war, dass er nicht tot war.

»Oh Gott, ich hatte Angst.« Worte drangen an mein Ohr, ohne einen Sinn zu ergeben. »Ich hatte eine solche Angst.« Diese Stimme, rau und vertraut. Sie klang nach Heimat, aber in erster Linie so, als hätte er bereits seit Stunden gesprochen. Nur langsam löste ich den Blick von seinen Händen und schaffte es aufzublicken. Seine Augen weiteten sich, als er realisierte, dass ich ihn hörte. *Matthew*. Für diesen einen Moment war er *mein Matthew*. Da waren so viele Worte. Worte, die von seinen Lippen an mein Ohr drangen und von wahrer Liebe und Sehnsucht sprachen, die um Verzeihung baten und von Gefühlen erzählten, die niemals aufgehört hatten. Von meinen Lippen kamen ähnliche Worte. Sie kamen nicht aus meinem Hirn, sondern aus meinem Herzen, und ich brauchte lange, bis sich mein Hirn wieder zu Wort meldete.

»Grace. Du … Du bist mir so wichtig«, flüsterte er, als es so weit war.

»Nicht«, formte ich mit den Lippen. Das wollte ich nicht hören, denn ich spürte, dass es diesmal anders war als in allen vorangegangenen Tagen. Diesmal war es endgültig. Mein Körper war bereits zerbrochen, nun sollte nicht auch noch mein Herz folgen. Denn während mein Körper noch heilte und ich mithilfe von Gehhilfen allmählich wieder einsatzfähig wurde, lag mein Herz ungeschützt vor ihm, verpackt in all die Träume der letzten Tage; Träume von einer Welt, in der er meine Hand nicht mehr loslassen *musste*. In der es keine Arbeit gab und keinen Schmerz, keine Vergangenheit und keine Zukunft. In der es nichts gab außer unserer Liebe. Und kein Ende. Nicht schon wieder.

»Warum?«, raunte er, und ich spürte, dass er seine Hand unter meinen Kopf schob. Weg von der meinen. Sie blieb leer und wurde kühl, sobald die seine fehlte.

»Weil ich dich nicht noch einmal verlieren will.« Nie mehr. Seine Welt war die Hitze und meine das Eis. An seiner Seite würde ich verbrennen, doch ohne ihn würde ich einfrieren und nie wieder auftauen. Doch was war der Mittelweg? Schneematsch? Nein! Da gab es nur eine Bitte, einen letzten Wunsch. Eine Bitte, deren Antwort mich nur zerbrechen konnte. Sie würde das Ende dieser kurzen Episode des Glücks bedeuten. Das Ende der Vergangenheit. Es gab nur noch diese eine Bitte.

»*Bleib bei mir.*«

Und es gab nur eine richtige Antwort. Diesmal sagte er es mir direkt ins Gesicht. Denn Gott wohnte nun in uns, und Gott war die Wahrheit.

»Das kann ich nicht. Ich bin ein gottverdammter Egoist, Gracy.«

Eine ehrliche Antwort. Die nicht so wehtat, wie ich befürchtet hatte. Aber noch immer schmerzte. Man musste den Dolch im Herzen nicht mehr umdrehen, wenn er erst feststeckte. Es genügte, um langsam zu verbluten. Und doch erinnerte einen der Dolch an das, was man gehabt hat. Und es war wunderschön.

»Das stimmt nicht.« Ich versuchte zu lächeln. Etwas vereinnahmte seine Augen. Nicht nur Sorge. Da war diese Entschlossenheit, die ihn hatte vor mich springen lassen, die mich gerettet und verdammt hatte.

»Diese Umgebung bringt mich um.«

Das Institut. Auch diese Tatsache hatte sich über all die Jahre hinweg nicht verändert.

»Und dich tötet sie auch, Grace. Was bringt dir dieses ewige Leben hier? Es erfordert Mut, einen Neubeginn zu wagen. Ja, aber ...«

Ich hörte ihn kaum. Was brachte mir dieses ewige Leben hier? Ohne ihn. Es war meine Bestimmung, hier zu sein. Das war mein Leben, so armselig es auch sein mochte. Eine Bestimmung, die er niemals gewollt hatte und die ich nun lebte. Das, wofür ich lebte und sterben wollte. In mir drehte sich alles bei dem Gedanken, dass es so sein sollte wie vor drei Wochen. Bevor Matt wieder zurückgekommen war. So leer. So kühl. Doch tief in mir wusste ich, dass niemals wieder irgendetwas so sein würde wie bisher. Dass wir bereits alles verändert hatten.

»Aber du hast doch deine Veränderung, Matt. Du hast alles verändert. Was willst du denn noch?« Meine Stimme klang fremd. Nach Verzweiflung und Angst. Ich würde mich an echte Gefühle erst wieder gewöhnen müssen.

»Das alles hätte ich ohne dich niemals geschafft, Gracy. Dieser Pakt mit den Engeln. Ich hätte die Kraft niemals gehabt. *Du* bist mein Wille. Komm mit mir.« Komm mit mir. Drei Worte. Es klang so einfach. Da war dieser Mann, der sein Leben für mich gegeben hätte und für den schon immer alles so einfach gewesen war. Ich konnte hier nichts mehr tun, nichts mehr verändern. Hier war meine Geschichte bereits niedergeschrieben. Was hielt mich auf?

»Das kann ich nicht«, antwortete ich, noch ehe ich diesen Entschluss tatsächlich gefasst hatte. Ich atmete noch einmal tief ein, und bevor er noch etwas sagen konnte, flüsterte ich mit aller Liebe, die ich aufzubringen imstande war: *Doch ich bin wenigstens mutig genug, dich gehen zu lassen.* Ich wollte es flüstern! Doch ich konnte es nicht. Stattdessen flüsterte ich: »*Blau, Pflaumenkuchen, Regenwetter!*« Als Antwort auf die Fragen in der Bar. Als endgültigen Abschluss mit der Vergangenheit.

Er musste lächeln, und sein Lächeln ließ mich lächeln. Jedes weitere Wort wäre zu viel gewesen, da gab es nur noch den Kuss. Der Kuss, der für ein Leben lang reichte. Wir mussten es nicht aussprechen. Er schmeckte nach Abschied.

Das Kissen war nass. Meine Augen waren nur kurz geschlossen gewesen. Matt war nicht da, wahrscheinlich nur kurz auf dem Flur. Das Kissen war nass, und alles schmeckte nach Tränen. Die Welt war in einen Schleier gehüllt, nass und salzig. Und leer. Wieso hatte der Kuss nach Abschied geschmeckt? Auf einmal war die Welt nicht kalt, so wie ich es erwartet hatte. Sie war nur leer. Da waren wieder die Worte aus der Bar in meinem Kopf. Meine Worte. »*Du hast mir gar keinen Kuss gegeben, bist einfach abgehauen. Kein Abschiedskuss, der für ein Leben lang reicht.*«

Als ich auf dem Dach stand, war ich bereits vollkommen durchnässt vom Platzregen. Eine Weltuntergangsszene. Natürlich war er verschwunden, wie sollte es auch anders sein? Abschiede waren noch niemals Matts Ding gewesen. Meines auch nicht. Fast wollte ich mich nur noch auf den Boden gleiten und vom Regen wegspülen lassen. Mich einfach forttragen lassen in meinem Nachthemd, bis ich meinen Platz auf der Welt gefunden hatte. Oder zumindest eine Idee, wo ich nach ihm suchen sollte. Meine Aufgabe war getan. Und es war friedlich hier oben. Die Nacht klang nach dem abendlichen London. Und nach Freiheit. Und einem Auto. Dann stand ich am Rand der Brüstung, ehe ich den Gedanken zu Ende gedacht hatte. Ein offenes Cabriolet. Mit offenem Dach fuhr im Regen nur jemand, dem sein Auto einerlei war, und es gab im Londoner Börsenviertel nur einen Mann, dem sein Auto einerlei war.

»Warte!«, schrie ich, so laut ich konnte. Ein Blick aus grauen Augen fand mich. Fand mich am Rand des Daches, in fünfzig Metern Höhe. »Warte. Warte. WARTE!«

Schrie ich noch oder flüsterte ich schon? »Ich hasse dich, Matthew Delaware!«

Eindeutig ein Schrei. Fast glaubte ich, ihn lachen zu hören. Ein Lachen, das mich einhüllte wie eine warme Decke. Mein Herz war eingehüllt in seine Liebe, sodass es niemals mehr zerbrechen würde, komme, was wolle. Die Vergangenheit war vorbei, und ich trauerte ihr nicht nach.

»Und ich liebe dich, Gracy.«

Unter den tausend Gründen zu bleiben war das der eine Grund zu gehen.

»Ich liebe dich auch.«

BIS DER TOD UNS VEREINT

Bianca Iosivoni

Für Mimi

1

»Mein aufrichtiges Beileid«, sagte er und streckte mir die Hand entgegen.

»Danke.« Ich schüttelte seine Hand und blickte in ein Gesicht, das mir irgendwie vertraut vorkam.

»Ihre Großmutter war eine großartige Frau«, meinte der Mann mit den grauen Schläfen. Er war ein guter Freund meiner Grandma gewesen. Leider fiel mir sein Name partout nicht ein.

»Ja, das war sie. Danke.« Ich zwang mich zu einem Lächeln. Er erwiderte es und ging weiter.

»Kara«, erklang eine leise Stimme neben mir.

Ich drehte mich um. Meine Schwester Mia und ihr Mann Jeremy standen vor mir. Die beiden hatten so viel mit ihrem Geschäft zu tun und dennoch alles daran gesetzt, zur Trauerfeier zu kommen, um mir beizustehen. Allerdings taten sie es eher mir zuliebe als für Grandma, denn zu ihr hatten sie in den letzten Jahren nur noch sporadischen Kontakt gehabt.

Erleichtert ließ ich mich in Mias vertraute Umarmung sinken und schloss die Augen. Nur einen Moment tief durchatmen. Nur einen Moment lang nicht die Starke spielen.

»Alles okay, Schwesterchen?« Mias Stimme war dicht an meinem Ohr, während sie mir über das lange Haar strich.

»Es geht schon«, log ich und löste mich von ihr. Der Moment der Schwäche war vorüber. Ich zwang mich zu einem Lächeln, auch wenn mir erneut die Tränen kamen. Schnell blinzelte ich sie weg.

»Ich bin so froh, dass ihr hier seid.« Das war ehrlich gemeint, denn ohne die beiden hätte mir etwas gefehlt.

»Ich weiß gar nicht, wie du das alles geschafft hast.« Mia blickte sich um, während Jeremy mir einen mitfühlenden Blick zuwarf und sich um die anderen Trauergäste kümmerte.

Ich nickte lediglich. Was sollte ich auch sagen? Einer hatte sich um die Beerdigung und die anschließende Trauerfeier kümmern müssen, und das war nun mal ich. Doch zum Glück war ich nicht alleine. Ich bedachte die beiden mit einem matten Lächeln.

Wir wandten uns wieder den Menschen zu, die Grandma gekannt hatten und jetzt ihren Tod betrauerten.

Ich schüttelte jemandem die Hand und ignorierte dabei den leisen Schwindel, der mich plötzlich überkam. Hatte ich heute überhaupt etwas gegessen? Ich wusste es nicht einmal. Die vergangenen Tage waren wie in Nebel gehüllt. Kleine Details fielen mir ein: wie ich das Geschirr weggeräumt und Grandmas Bett ein letztes Mal gemacht hatte. An andere Dinge konnte ich mich hingegen nur noch verschwommen erinnern. Das Gespräch mit dem Arzt. Das Treffen mit dem Bestatter. Die ersten Tage nach Grandmas Tod.

Als endlich nur noch vereinzelte Leute in der Kapelle standen, drehte ich mich um und knickte dabei auf meinen hohen Schuhen um. Unvermittelt stieß ich mit jemandem zusammen. Ich bin es einfach nicht gewohnt, hochhackige Schuhe zu tragen.

»Alles in Ordnung?«, fragte eine tiefe Stimme und ließ mich in ein fremdes Gesicht aufblicken.

»Ich … ähm, ja. Entschuldigen Sie.« Der Mann musste ungefähr in meinem Alter sein, höchstens ein paar Jahre älter, und ich hatte ihn noch nie gesehen. Was nicht verwunderlich war. Viele von Grandmas Freunden und Bekannten kannte ich nur flüchtig, manche von ihnen bis heute nicht einmal persönlich.

Die meisten waren in ihrem Alter, vermutlich war der Fremde also der Sohn eines dieser Bekannten.

Er hatte tiefgrüne Augen, die mich seltsam fesselten und innehalten ließen. Sein Blick war gleichzeitig durchdringend, besorgt und – beeindruckend.

»Kara.« Josh kam in dem Moment auf mich zu, und ich schenkte ihm ein erleichtertes Lächeln. Erst jetzt bemerkte ich, dass der Fremde mich an den Armen festhielt und damit vermutlich einen Sturz verhindert hatte. Dankbar nickte ich dem Mann zu, trat einen Schritt zurück und überließ Josh die Führung.

Er grüßte den Unbekannten mit einem Nicken und führte mich weg von ihm. Joshs Hand lag warm auf meinem Rücken. »Geht es dir gut?«

Sicherlich sah ich alles andere als gut aus. Obwohl ich heute Morgen viel mehr Zeit als sonst vor dem Spiegel verbracht hatte, wusste ich genau, dass die tiefen Augenringe durch das Make-up hindurchschimmerten und dass ich so weiß war wie die Kapellenwand. Wie sollte es mir also gut gehen? Dennoch nickte ich mechanisch.

Während wir uns ein wenig von den verbliebenen Gästen absonderten, blickte ich mich um. Der fremde Mann sah mir nach, und als sich unsere Blicke trafen, biss ich mir unwillkürlich auf die Unterlippe. Er sah mich freundlich an und wurde dann von Mia in ein Gespräch verwickelt. Unwillkürlich runzelte ich die Stirn. Woher kannte Mia diesen Mann?

»Wir müssen los«, holte Josh mich aus meinen Gedanken zurück. Ich sah ihn an und nickte. Er hatte Recht. Zu Hause würden bald die Gäste eintreffen, und um die musste ich mich kümmern – auch wenn ich mich am liebsten verkrochen hätte.

»Ich hole nur schnell meine Tasche«, erwiderte ich. Josh ergriff meine Hand und streichelte sie sanft. Als er dabei über den Ring an meinem Finger strich, wurde mir wieder etwas wärmer ums Herz. Den Verlobungsring hatte er mir vor zwei Wochen geschenkt, und noch immer bekam ich bei der Erinnerung daran Herzklopfen. Wenigstens funktionierte mein Herz noch. Doch abgesehen davon hatte ich die vergangenen Wochen in einer Art Trance erlebt.

Natürlich freute ich mich, Mia und Jeremy wiederzusehen, und war dankbar für Joshs Unterstützung und seine starke Liebe zu mir. Doch im tiefsten Innern war ich wie betäubt. Es würde mich wundern, wenn ich überhaupt noch so etwas wie Sorge oder Angst fühlte.

Die Kapelle leerte sich langsam, was mich dazu zwang, weiterzugehen. In der vordersten Bank fand ich meine Tasche und eilte nach draußen. Ich wollte nicht allein hierbleiben, denn Kirchen oder Kapellen verursachten mir immer eine Gänsehaut. Zumindest im leeren Zustand.

Als ich die schwere Tür aufstieß und in die winterliche Kühle hinaustrat, blieb ich verwundert stehen. Auf einmal lag eine weiße Decke aus Schnee über allem, und noch immer rieselten kleine Flocken vom Himmel. Ich streckte die Hand aus und ließ die Schneeflocken auf meiner Haut schmelzen. Es tat gut, das Gefühl von sanfter Kälte zu spüren. Grandma hatte den Schnee geliebt.

»Kara!« Mia winkte mir von der gegenüberliegenden Straßenseite zu. Geduld war noch nie ihre Stärke gewesen, aber davon abgesehen war ich tatsächlich spät dran.

Ich eilte die Stufen hinunter und versuchte, die Erinnerungen an schneeverwehte Nachmittage zu verdrängen, die ich gemeinsam mit meinen Großeltern und Mia verbracht hatte.

»Entschuldigung!«, rief ich einem älteren Mann zu, der wie aus dem Nichts neben mir aufgetaucht war und den ich beinahe umgerannt hätte. Noch im Laufen drehte ich mich um und wollte nachsehen, ob er in Ordnung war, doch er ging einfach weiter, als wäre nichts geschehen.

Hätte ich gewusst, dass dieser Mann einer der letzten Menschen sein würde, die ich in meinem Leben sah, hätte ich woanders hingeschaut. Zu Mia und Jeremy. Zu Josh. Nicht aber zu einem Fremden.

Das Quietschen der Bremsen klang unnatürlich laut, bohrte sich in meinen Kopf und überdeckte das Geräusch der leise rieselnden Schneeflocken. Gleichzeitig hörte ich wie aus weiter Ferne einen gellenden Schrei. Ich wusste nicht, ob es mein eigener Schrei war oder der von jemand anderem. Als Letztes sah ich ein dunkles Auto, das mit viel zu hoher Geschwindigkeit auf mich zukam.

2

Am Anfang war da eine angenehme Wärme auf meiner Haut, wie ein Streicheln von Sonnenstrahlen. Etwas kitzelte an meinem Knie. Ich versuchte zu blinzeln, doch das grelle Licht zwang mich dazu, die Augen wieder zu schließen und mich auf meine anderen Sinne zu konzentrieren.

Auf einmal nahm ich die Geräusche um mich herum wahr. Da war Vogelgezwitscher. Nicht das übliche morgendliche Gepiepe, sondern ein wohlklingendes Zwitschern. Nett. Aus der Ferne meinte ich ein leises Plätschern zu hören. Ein Bach? Oder das Geräusch irgendwelcher Geräte, an die ich angeschlossen war?

Nach und nach fiel mir ein, was geschehen war. Grandmas Tod. Die Beerdigung. Das Auto.

Ich schlug die Augen auf. Das Licht war noch immer sehr hell und schmerzte in meinen Augen. Ich stöhnte kurz auf, blieb aber standhaft. Nach mehrmaligem Blinzeln konnte ich etwas erkennen, doch statt der erwarteten weißen Krankenhausdecke sah ich nur Blau. Hellblau mit getupften weißen Flecken. Der Himmel.

Mühsam richtete ich mich auf. Jeder Muskel tat mir weh, doch wegen des Unfalls hätte es eigentlich noch viel schlimmer sein müssen. Ich blickte an mir hinunter. Keine Verletzungen. Kein Blut. Und statt des schwarzen Trauerkleides mit den hohen Schuhen trug ich nun ein weißes Kleid und flache Schuhe.

Was mich jedoch viel mehr überraschte als meine Kleidung, war die Tatsache, dass ich weder blutüberströmt auf der Straße noch mit Verband in einem Krankenhaus lag, sondern auf einer grünen Wiese. Es war ein Grashalm, der sich in einer sanften Windbrise bewegte und mein Knie gekitzelt hatte.

Jetzt konnte ich auch den Geruch erkennen, der mir vom ersten Moment an in die Nase geströmt war. Kein Krankenhausgeruch. Es duftete nach Äpfeln. Als ich aufstand und mich umsah, bemerkte ich einen großen Apfelbaum, der diesen intensiven Geruch verströmte. Weiter vorne neben einer Holzbank stand ein weiterer Apfelbaum und streckte schützend seine Zweige über die Bank.

Ich kannte diesen Ort. Er war mir auf eine so intensive Weise vertraut, dass mein Herz zu rasen begann und sich in meinem Innern schmerzhaft etwas zusammenzog. Dies war der Garten meiner Großeltern, in dem ich als Kind unzählige Stunden verbracht hatte.

»Hallo, Liebes.«

Die vertraute Stimme hinter mir ließ mich erstarren. Hatte mein Herz eben noch gerast, drohte es jetzt förmlich zu explodieren, so schnell pochte es in meiner Brust. Unwillkürlich musste ich schlucken. Das konnte nicht sein …

Ruckartig drehte ich mich um – und mir blieb fast die Luft weg. »Grandma!«

Augenblicklich spürte ich, wie mir das Blut aus dem Gesicht wich. Einige Sekunden lang musste ich heftig gegen den plötzlichen Schwindel und die Übelkeit ankämpfen, doch dann hatte ich mich wieder so weit im Griff, um aufsehen zu können. Nichts hatte sich verändert. Dort stand immer noch meine Großmutter – so frisch und gesund, wie ich sie in Erinnerung hatte, ihr langes, weißes Haar zu einem Dutt hochgesteckt und mit tiefen Lachfalten im Gesicht.

»Granny«, wiederholte ich atemlos. Ich fasste mir an die Brust, die plötzlich so wehtat. Gleichzeitig spürte ich aber auch eine unsagbare Freude in mir, den geliebten Menschen wiederzusehen, den ich vor so kurzer Zeit auf grausame Weise verloren hatte.

»Was ist passiert? Träume ich?«, fragte ich mit belegter Stimme, ohne den Blick von ihr abwenden zu können. Grandma trug ihr weites Lieblingskleid mit dem Blumenmuster. Genauso hatte ich sie mir in meiner Kindheit eingeprägt.

»Ich fürchte nicht, meine Kleine.« Es tat so unsagbar gut, ihre Stimme zu hören, auch wenn etwas im gleichen Moment tief in mein Innerstes schnitt. Ich konnte die blutende Wunde zwar nicht sehen, doch konnte ich sie fühlen. Merkwürdig, da ich doch bis vor Kurzem gar nichts mehr gespürt hatte.

Als ich sie fragen wollte, wo wir hier waren, wenn dies kein Traum war, ließ mich ihr Gesichtsausdruck innehalten. Das zärtliche Lächeln verschwand und an dessen Stelle trat ein bekümmerter Zug. Die tiefbraunen Augen wirkten auf einmal unendlich traurig.

»Kara, du …«, begann sie und ergriff meine Hände, »du bist gestorben.«

Es heißt immer, man würde ein strahlend weißes Licht sehen oder über seinem Körper schweben. Und es gäbe einen langen, engen Tunnel, durch den man hindurchmüsse, um auf die andere Seite zu gelangen, oft sogar in Begleitung von bereits verstorbenen Verwandten oder Freunden.

Ich erlebte nichts dergleichen. Kein Licht, kein Schweben und keinen verdammten Tunnel. Ich war von einem auf den anderen Moment brutal aus meinem Leben gerissen worden. Vermutlich war da keine Zeit für einen sanften Übergang gewesen, oder denen da oben war es schlichtweg egal. War es da ein Wunder, dass ich mich gegen die Vorstellung wehrte, tot zu sein?

Ruckartig zog ich meine Hände zurück und starrte meine Großmutter an, die gar nicht hier sein durfte, weil sie doch tot war. Sie war diejenige, die gestorben war, aber doch nicht ich!

»Kara …«

Ich schüttelte den Kopf und wandte mich ab. Das musste ein Traum sein, eine andere logische Erklärung gab es nicht. Ein völlig verrückter, makabrer Traum. Ich musste mich nur genug anstrengen, dann würde ich wieder aufwachen. In einem Krankenhaus, umringt von den Menschen, die ich liebte und die mir noch geblieben waren.

»Kara, das hätte nicht passieren dürfen.« Grandma ging um mich herum, suchte meinen Blick. »Du verstehst nicht, Liebes.« Wieder griff sie nach meinen Händen, umfasste sie mit ihren warmen, lebendigen Fingern und hielt meinen Blick fest. »Es ist ein schrecklicher Fehler passiert. Deine Zeit war noch nicht gekommen.«

Ich schluckte schwer. »W-was heißt das?« Meine Zeit war noch nicht gekommen? Ich war also doch nicht tot? Was hatte das alles zu bedeuten?

Grandma führte mich zu der Bank unter dem Apfelbaum, auf der ich als Kind so häufig gesessen und gelesen hatte.

»Du bist tatsächlich gestorben«, wiederholte sie leise und eindringlich. Ihr mütterlicher Tonfall zerschnitt mir beinahe das Herz. Vor diesem Traum hätte ich alles dafür gegeben, Grandma noch einmal zu sehen und ihre Stimme zu hören. Doch jetzt? Jetzt wollte ich einfach nur zurück, wollte, dass dieser Albtraum ein Ende hatte.

»Sie werden dich zurückschicken. Dein Tod war zu diesem Zeitpunkt noch lange nicht geplant. Irgendjemand hat einen fatalen Fehler gemacht.«

Großartig! Und für diesen Fehler hatte ich mit meinem Leben bezahlen müssen. Gleichzeitig keimte Hoffnung in mir auf. Mich zurückzuschicken bedeutete, dass ich mein bisheriges Leben einfach weiterleben konnte, oder? Dass die Zeit zurückgedreht wurde und ich niemals vor dieses Auto gerannt war.

Plötzlich hatte ich das Gefühl, als würde es kälter werden. Eine Gänsehaut breitete sich auf meinem Körper aus. Der sonnige Apfelgarten wirkte auf einmal sehr düster, als hätte jemand ein schwarzes Tuch darübergelegt und würde alles in tiefe Finsternis tauchen.

Grandma rief nach mir, aber ich konnte sie kaum noch erkennen. Ich streckte meine Hand nach ihr aus, doch alles um mich herum verschwamm zu einem dunklen Wirbel, und meine Großmutter verschwand. Mein letzter Gedanke war, dass ich nun endlich aus diesem Albtraum erwachen würde.

3

Die Klänge einer vertrauten Melodie weckten mich. Mühsam schlug ich die Augen auf, blinzelte und versuchte mich zu orientieren.

Ich konnte mich an alles erinnern, an mein gesamtes Leben, die letzten Wochen, die Beerdigung und den Unfall. Erschreckenderweise war der Traum ebenso klar in meinem Gedächtnis verankert, als hätte ich all das tatsächlich erlebt. Das war natürlich völliger Quatsch.

Zu den absurd fröhlichen Klängen von *Do You Believe in Magic* schälte ich mich aus dem Bett und tappte in Richtung Badezimmer. Mir war noch immer nicht klar, was tatsächlich mit mir geschehen war. Im Moment wusste ich nur, dass mein Kopf wehtat.

Blindlings griff ich nach der Zahnbürste und begann, mir die Zähne zu putzen, ohne einen Blick in den Spiegel zu werfen. Ich wusste sehr genau, wie zerknittert ich morgens aussah, und mit meinem schmerzenden Kopf wollte ich mir diesen Anblick ersparen.

Vielleicht hatte das Auto mich nur gestreift und ich war mit dem Kopf aufgeschlagen und hatte anschließend nichts mehr mitbekommen. Josh und Mia hatten mich dann nach Hause gebracht, und hier war ich nun. Völlig zerschlagen und erledigt, wie nach einer durchfeierten Nacht. Verrückt, was die eigene Fantasie produzierte, wenn man zu heftig mit dem Kopf gegen etwas gestoßen war.

Während ich mich wusch und das kühle Wasser mich ein

wenig wacher machte, entdeckte ich etwas an meinem rechten Arm, das gestern definitiv noch nicht da gewesen war. Mechanisch drehte ich das Wasser ab und starrte auf die Innenseite meines Handgelenks. Direkt über den Adern schlängelte sich ein Symbol, das mich an eine umgefallene Acht erinnerte. Das Muster schimmerte so perfekt wie ein Tattoo auf meiner Haut, doch es besaß keine Farbe, sondern war tatsächlich eine Narbe.

»Woher …?«, murmelte ich entgeistert und blickte nun in Richtung Spiegel.

Ich wünschte, jemand hätte mich auf diesen Augenblick vorbereitet, denn er riss mir beinahe wortwörtlich den Boden unter den Füßen weg. Meine Hände krallten sich am Waschbecken fest, und ich schnappte laut nach Luft. Es kam einem Wunder gleich, dass ich nicht völlig ausrastete – denn ich blickte in das Gesicht einer völlig Fremden!

Schwarzes Haar umrahmte dieses Gesicht, das ich nun mit beiden Händen abtastete. Ich kniff wie von Sinnen in diese fremde Haut und zuckte vor Schmerz zusammen. Ich zog Grimassen. Mein Spiegelbild tat dasselbe.

Okay. Alles war gut. Das konnte nur ein Traum sein. Einer dieser Träume, in denen einem bewusst war, dass man eigentlich schlief. Doch ich war wach, und das hier war leider viel zu echt.

Ein Blick nach unten auf meinen Körper sorgte für einen weiteren Schocker, denn ich sah völlig anders aus! Die Proportionen waren zwar ähnlich wie früher, aber meine Haut war total blass. Sie war sogar so hell, dass die Venen durchschimmerten. Ich sah aus wie ein Vampir. Großer Gott, war ich jetzt etwa so eine Art Vampir? Oder schlimmer noch: ein willenloser Zombie, der gerade erst aus dem Grab auferstanden war?

Ich raufte mir die Haare und sah das Entsetzen in meinen geweiteten Augen. Gott sei Dank war meine Augenfarbe nicht hungrig und blutrot, sondern irgendwie blaugrau. Es war eine schöne Farbe, die ich sicher mehr zu würdigen gewusst hätte, wenn ich nicht völlig in Panik gewesen wäre.

Ich rannte zurück ins Schlafzimmer und sah mich um. Alles sah anders aus. Das hier war nicht mein Zuhause. Wieso war mir das nicht vorhin schon aufgefallen? Wo war ich hier nur gelandet?

Instinktiv griff ich nach dem Handy auf dem Nachttisch und wählte die Nummer meiner Schwester. Eine monotone Stimme erklärte mir, dass diese Rufnummer nicht mehr vergeben wäre. Wie konnte das sein? Ich unterbrach die Verbindung und wählte Joshs Nummer. Diesmal klingelte es. Während ich in dem kleinen Schlafzimmer auf und ab lief, wartete ich darauf, dass Josh endlich abnahm.

»Komm schon, Josh«, murmelte ich ungeduldig vor mich hin und bearbeitete dabei meine Unterlippe mit den Zähnen.

Ein Klingeln riss mich aus meinen Gedanken. Die Haustür. Woher wusste ich, dass es die Haustür war? Oder dass mein Handy im Schlafzimmer lag? Woher wusste ich überhaupt, wo das Bad war und dass ich eine Treppe nach unten nehmen musste, die direkt in den Eingangsbereich und damit zur Tür führte? Ich war noch nie im Leben hier gewesen!

Ich rannte die Stufen hinunter, das Handy noch immer am Ohr. Nichts. Niemand nahm ab. Verfluchter Mist!

Ich riss die Haustür auf, obwohl mir im selben Moment der Gedanke durch den Kopf schoss, dass die hereinfallenden Sonnenstrahlen mich töten könnten – falls ich ein Vampir war. Zu spät. Das helle Tageslicht blendete mich, doch ich verbrannte nicht. Meine Haut begann weder, wie tausend Diamanten zu glitzern, noch, sich brennend und qualmend aufzulösen. Ich war am Leben. Unfassbar und unglaublich lebendig.

»Sind Sie Miss Livingston?«, fragte eine mir unbekannte männliche Stimme, die ich, nachdem ich mich ein wenig gefasst hatte, bald dem Postboten zuordnen konnte. Ich nickte stumm. Was sollte ich auch sagen? Dass ich keine Ahnung hatte, wer ich war, gerade aber in einem völlig fremden Körper und einem fremden Leben aufgewacht war? Keine Chance.

Mit zittrigen Händen unterschrieb ich und nahm den Brief entgegen. Eve Livingston stand darauf. Die Adresse darunter kannte ich nicht, ich kannte ja noch nicht einmal diesen Ort oder dieses Haus. Ganz zu schweigen von diesem fremden, neuen Leben.

Von einer plötzlichen Entschlossenheit gepackt, warf ich den Brief auf den Tisch, stürmte nach oben und zog mich um. Ich musste herausfinden, was geschehen war. Ich musste mein altes Leben wiederfinden.

Vier Stunden später fuhr ich zu dem Haus, in das Josh und ich gemeinsam hatten einziehen wollen. Ich wagte nicht, aus dem Auto zu steigen und hinüberzugehen, als ich plötzlich die Frau sah. Durch die dunkel getönten Gläser meiner Sonnenbrille beobachtete ich eine junge, schlanke Blondine, die gerade einen kleinen Karton von der Ladefläche ihres Pick-ups hob und mit wehendem Rock den Steinweg entlangging, der zum Haus führte.

Es sah noch genauso aus, wie ich es in Erinnerung hatte. Rot und mit dunklen Dachziegeln, weißen Balken und großen Fenstern. Auf der Terrasse vor dem Haus blühten bunte Blumen, die ich letztens erst gepflanzt hatte. Blumen, die jetzt anscheinend jemand anderen willkommen hießen. Diese Verräter.

Die schick gekleidete Blondine kam zurück, und jetzt erkannte ich sie. Sie war mir einmal auf einer Veranstaltung begegnet, und schon damals hatte sie mit Josh in Verbindung gestanden. War sie eine Arbeitskollegin? Eine Geschäftspartnerin? Oder bloß eine Bekannte? Ich wusste es nicht mehr. Meine Erinnerungen an diesen Tag waren verschwommen.

Ein paar Minuten schaute ich mir die Szene an, dann hielt ich es nicht länger aus. Ich musste *ihn* sehen. In diesem Moment erschien Josh im Türrahmen, kam der Frau entgegen und nahm ihr lächelnd einen der Kartons ab. Vielleicht waren sie nur gute Freunde, und sie brauchte gerade eine Wohnung. Oder Josh benötigte Beistand nach meinem Tod.

Ich öffnete die Autotür, setzte meinen Fuß auf den Asphalt und stieß prompt mit jemandem zusammen. Vielmehr stieß die Tür mit jemandem zusammen.

»Oje, Entschuldigung!«, stieß ich mit mir fremder und gleichzeitig vertrauter Stimme hervor und stieg eilig aus. Meine Tür hatte den Mann in der Seite getroffen, nicht besonders stark, aber sicher hatte es wehgetan.

»Kein Problem«, japste er, hielt sich die Hüfte und zeigte ein gequältes Lächeln. Dunkle Haarsträhnen fielen ihm in die Augen und verdeckten diese für einen Moment. Erst als er sich wieder aufrichtete, konnte ich sein Gesicht erkennen – und war nun diejenige, die nach Luft schnappte.

Ein markantes Gesicht mit einem nachlässig wirkenden Dreitagebart blickte mir entgegen. Grüne Augen sahen mich durchdringend an. Fast wirkte er ein wenig besorgt. Ich hätte schwören können, ihn schon einmal irgendwo gesehen zu haben, doch mir wollte es partout nicht einfallen, wo.

»Geht's Ihnen wirklich gut?«, fragte ich nach, da seine Hand noch immer auf seiner Hüfte lag. Er war deutlich größer als ich und schien durchtrainiert zu sein. So ein kleiner Schubs sollte ihm eigentlich nicht viel anhaben, aber vielleicht hatte ich ihn doch härter getroffen.

»Alles in Ordnung«, lächelte er jetzt und nahm die Hand von der hoffentlich nicht allzu schmerzenden Stelle. Ich atmete auf.

»Langsam gewöhne ich mich daran, von hübschen Frauen angerempelt zu werden«, meinte er vielsagend.

Verwundert blickte ich ihn an. War das ein Scherz oder vielleicht ein Kompliment? Doch er grinste nicht dabei und sah mich stattdessen ernst und durchdringend an. Ich schüttelte den Kopf und wandte meine Aufmerksamkeit wieder dem Haus zu.

Josh stand auf dem Weg und nahm keine Notiz von uns. Seine Augen waren auf die Blondine gerichtet, die ihm jetzt lachend um den Hals fiel. Er umarmte sie fest und hob sie ein Stück vom Boden hoch.

In diesem Moment fühlte ich, wie etwas in mir zerbrach. Ich machte einen Schritt auf die beiden zu, einen Schritt auf die Straße, und mein Arm begann im gleichen Augenblick zu schmerzen. Wie Feuer brannte das Mal auf meinem Handgelenk, ein Feuer, das langsam über meine Haut kroch und sich mehr und mehr ausbreitete. Es tat nicht unerträglich weh, aber angenehm war es auch nicht. Wahrscheinlich war der Schmerz in meiner Narbe nur eine Spiegelung der Qualen, die in meinem Innersten brannten. Was sollte ich bloß tun? Was sollte ich mit diesem neuen, fremden Leben anfangen?

Vage erinnerte ich mich an Grandmas Worte. *Sie werden dich zurückschicken.* War das die Erklärung? Hatte mir irgendjemand dort oben mein altes Leben genommen, nur um es mir auf diese Weise zurückzugeben? Das war nicht fair und es war nicht das, was ich wollte. Ich wollte mein altes Leben und mein altes Ich zurück, und kein neues, aber gebrauchtes Leben einer Frau, die ich nicht einmal kannte. Warum konnte das hier kein Traum sein, aus dem ich gleich wieder aufwachte? Ob im Krankenhaus oder im Apfelgarten meiner Großmutter war mir inzwischen egal. Ich wollte einfach nur hier raus.

Der Anblick von Josh, glücklich vereint mit einer anderen Frau, war zu viel für mich. Es war zu viel für mich, in einem fremden Körper und in einem fremden Leben aufzuwachen.

Selbst dieser Mann neben mir war mir zu viel. Ich konnte nicht mehr.

Ich musste herausfinden, was geschehen war und wie ich es wieder rückgängig machen konnte.

4

Es war ein seltsames Gefühl, vor seinem eigenen Grab zu stehen. Meine Finger fuhren die eingravierten Buchstaben auf dem Stein nach. Mein Name. Mein Geburtsdatum. Und mein Todesdatum.

Der Stein fühlte sich warm an, die Gravur wirkte frisch. Sonnenstrahlen schienen auf mein Grab, vor dem Blumen ihre Köpfe im Wind wiegten. Irgendjemand kümmerte sich um mein Grab. Die Kerze war noch nicht ganz abgebrannt, und ein frischer Blumenstrauß stand in einer Vase neben dem Stein.

Die Sonne schien wärmend auf mich herab und erinnerte mich daran, dass Frühling war. Ich zog meine Jacke aus und legte sie mir über den Arm, während ich noch immer auf den hellen Stein starrte. Als ich gestorben war ... nein, bei Grandmas Trauerfeier, war tiefster Winter gewesen. War ich wirklich mehrere Monate lang tot gewesen und erst jetzt zurückgekehrt? War vielleicht sogar noch mehr Zeit vergangen? Nur weil jemand dort oben einen Fehler gemacht, mich hatte sterben lassen und jetzt versuchte, dieses Malheur wiedergutzumachen, indem er mich in einen anderen Körper und in ein anderes Leben verpflanzt hatte?

Seit ich zurück war, hatte ich keine einzige Träne vergossen. Ich konnte nicht trauern. Nicht um Grandma und nicht um mich. Um mein altes Leben, meine Familie, meine Freunde. Um Josh. Statt Trauer sammelte sich jetzt Wut in meinem Bauch, ballte sich heiß und schmerzend zusammen und ließ mich erzittern.

Meine Hand sank herab, doch es war, als könnte ich den von

der Sonne erwärmten Stein noch immer unter meinen Fingerspitzen fühlen. Mein Blick fiel auf die Blumen. Sie waren höchstens ein paar Tage alt, doch ihre Köpfe hingen bereits herab. Was einmal reinstes Weiß gewesen sein musste, sah nun welk und vergilbt aus. Es waren Lilien. Meine Lieblingsblumen.

Ich musste schlucken. Die konnten nur von Mia sein.

Ein langer Schatten tauchte plötzlich neben mir auf, dann die dazugehörenden Schuhe, welche nur einem Mann gehören konnten. Für einen Moment hoffte ich, dass es Josh war, er mich erkannt hatte und mir gefolgt war. Bei dem Gedanken daran schlug mein Herz für den Hauch einer Sekunde schneller. Mein Blick wanderte nach oben, über eine dunkle Jeans zu einem hellen T-Shirt und weiter hinauf zu einem Gesicht, das ich zwar kannte, das mir aber nicht vertraut war.

»Sie?« Meine Stimme klang brüchig. Ich hielt mir die Hand über die Augen, um sie gegen die Sonnenstrahlen abzuschirmen.

»Hallo Kara«, sagte er leise, beinahe schon bedauernd. Der Mann, den ich vor einer knappen Stunde erst vor Joshs Haus gesehen hatte. Den ich aus Versehen angerempelt hatte und der mir zu dem Zeitpunkt bereits irgendwie bekannt vorgekommen war.

»Wie …?«, begann ich, hielt jedoch inne. Hatte er mich gerade Kara genannt?

Die Wut in meinem Inneren verwandelte sich so schnell in Eiseskälte, dass ich unwillkürlich die Luft anhielt. Woher wusste er meinen richtigen Namen? Weder hatte ich mich ihm vorgestellt noch sah ich ansatzweise so aus wie früher. Wie um das zu überprüfen, blickte ich auf meine Hände hinab. Die Hände einer Fremden. Die Narbe einer Fremden. Das war nicht ich. Woher kannte dieser Typ mich?

Er ging nicht auf meine verwirrte Reaktion ein. Selbst mein

fassungsloser Blick brachte ihn nicht aus dem Konzept. Stattdessen trat er näher an mein Grab heran und legte einen Strauß frischer Blumen dorthin. Weiße Blumen. Lilien.

»Woher wussten Sie …?«, krächzte ich und kämpfte gegen den heftigen Drang in mir an, auf der Stelle wegzurennen.

Erst nachdem er einen Moment in Ruhe auf mein Grab geblickt hatte, richtete er sich auf und sah mich an.

»Mein Name ist Noah«, stellte er sich vor und hielt mir die Hand hin. Zögernd ergriff ich sie. Seine Hand fühlte sich angenehm und tröstend an. Tränen brannten in meinen Augen, und in meinem Handgelenk begann ein leises Ziehen. Diesmal war es jedoch nicht wie Feuer, sondern eher wie kühles Wasser, das sich auf die brennenden Wunden meiner Seele legte und den Schmerz für einen flüchtigen Augenblick linderte.

Als Noah nicht losließ, blickte ich unwillkürlich auf unsere beiden Hände. Meine Augen wanderten weiter, und da erkannte ich es auf seinem Handgelenk: das Symbol, die Narbe, wie eine umgefallene Acht.

»Wer bist du?« Meine Stimme war nicht viel mehr als ein Flüstern, während ich das Gefühl seiner Hand in meiner genoss. Ein tröstendes und wohltuendes Gefühl, als würden sich alle Wogen und Stürme in meinem Inneren nach und nach beruhigen.

»Dasselbe wie du«, sagte Noah nach einem Moment. »Ein Zurückgesandter.«

Ruckartig entriss ich ihm meine Hand und stolperte zurück, bis ich gegen einen Grabstein stieß. »Was …«, begann ich und schüttelte fassungslos den Kopf, »was hast du eben gesagt?«

Das konnte unmöglich wahr sein. Die Tatsache, dass ich nach meinem Tod *zurückgeschickt* worden war, war schon verrückt genug – aber es gab da noch jemanden wie mich? Noch jemanden, dem es ähnlich ergangen war? Unwillkürlich drängte sich mir die Frage auf, ob Noah und ich keine Einzelfälle im

Universum waren. Wie viele Menschen liefen dort draußen wohl herum, die dieselbe Narbe am Handgelenk trugen und jetzt ein neues, ein vollkommen anderes Leben lebten?

Wieder schüttelte ich ungläubig den Kopf, konnte nicht glauben, was ich da sah, was ich allein schon dachte. Jeder, der meine Gedanken läse, würde mich in eine Anstalt einweisen lassen. Vermutlich sogar zu Recht. Vielleicht hatte der Unfall schlimme Schäden in meinem Gehirn hinterlassen, und alles war nur eine Wahnvorstellung von mir.

»Ich bin ein Zurückgesandter. Man hat mich nach meinem Tod ins Leben zurückgeschickt«, wiederholte der Fremde.

Immer noch weigerte ich mich, seinen Worten zu glauben. Aber wenn es tatsächlich keine Fantasie und auch kein schräger Albtraum war, was dann? Und warum passierte gerade mir das alles? Nie hatte ich an Übernatürliches geglaubt, an Gott oder ein Leben nach dem Tod.

»Ich weiß, du bist verwirrt.« Noah betrachtete mich mitfühlend.

Das war noch untertrieben. Seinem Blick hielt ich nicht lange stand und wandte mich wortlos ab. Statt ihn anzusehen, starrte ich auf meinen Grabstein, bis die Buchstaben vor meinen Augen verschwammen.

»Du bist nicht alleine, Kara. Ich kann dir helfen.« Er trat neben mich. Vorsichtig. Als hätte er Angst, ich könnte auf der Stelle weglaufen. Wahrscheinlich war diese Sorge gar nicht mal so unbegründet.

Ich schniefte leise. Hatte ich bis eben weder über Grandmas Tod noch über mein eigenes Ableben oder diesen ganzen Irrsinn hier weinen können, traten ausgerechnet jetzt die Tränen in meine Augen. Es war einfach zu viel. Wie konnte ein einzelner Mensch so etwas bewältigen? Und wie konnte wer auch immer dort oben glauben, mir einen Gefallen damit zu tun, mich zurückzuschicken? Nachdem derselbe Jemand anscheinend einen fatalen Fehler gemacht hatte?

Zitternd stieß ich die Luft aus, die ich unbewusst angehalten hatte. Ich blinzelte einige Male, bis mein Blick wieder klar wurde. Erst dann sah ich zu Noah, der neben mir stand und auf mein Grab hinabblickte. Jetzt wandte er sich mir zu. Seine Augen waren aufmerksam. Geduldig. Er schien es tatsächlich ernst zu meinen.

Früher wäre ich nie mit einem Fremden mitgegangen, noch dazu mit einem Mann, von dem ich nur den Vornamen kannte. Gleichzeitig war er aber auch der Einzige, der meine Identität kannte und wusste, was ich durchgemacht hatte. Denn er hatte anscheinend dasselbe erlebt wie ich. Wenn es tatsächlich die Wahrheit war …

»In Ordnung«, nickte ich, nahm mir aber noch ein paar Sekunden, um ihn zu mustern und ganz sicherzugehen. Er ließ es zu, hielt meinem Blick stand. Wieder überkam mich das seltsame Gefühl, dass er mir irgendwie vertraut war. Als würde ich ihn kennen, nur konnte ich mich einfach nicht erinnern.

»Lass uns woanders hingehen. Keine Sorge«, er hob die Hände in einer beschwichtigenden Geste, »ich habe nicht vor, dich zu entführen und deine Situation auszunutzen. Ich weiß genau, was du gerade durchmachst, glaub mir.«

Nicht seine Worte oder der Versuch, die Situation etwas aufzulockern, ließen mich ihm Glauben schenken. Es war die Art, wie er es sagte. In seinen Worten schwang eine leise Bitterkeit, ein Schmerz mit. Vielleicht wusste er wirklich, was gerade in mir vorging. Warum mein Leben so plötzlich Kopf stand und wie ich alles wieder in Ordnung bringen konnte. Doch noch war ich nicht bereit dazu, mit ihm zu gehen.

»Warte.«

Noah sah mich fragend an, aber ich ließ mich nicht beirren.

Ich beugte mich zu den Blumen auf meinem Grab hinunter und zupfte eine Lilie aus dem Strauß. Mit der Blume in der Hand ging ich einige Meter weiter zu jenem Grab, das ich bisher gemieden hatte. Es war verrückt, aber es fiel mir leichter, vor meinem *eigenen* Grab zu stehen als vor dem meiner Großmutter.

Den Grabstein hatte ich selbst ausgesucht, und auch den Platz hatte ich mir bereits angeschaut. Doch nun stand ich zum ersten Mal vor ihrem richtigen Grab. Es tat weh, dass ich nicht bis zum Ende der Trauerfeier hatte dableiben können. Obwohl mir bewusst war, dass ich nichts dafür konnte – schließlich war ich gestorben –, fühlte ich mich irgendwie schuldig. Viel schmerzvoller war allerdings der Gedanke, dass sie nicht mehr da war, dass ihre Überreste dort unten lagen und ich sie nie mehr lachen sehen, nie mehr mit ihr reden würde.

Evelyn Dunn. Ihr Name auf dem Stein verschwamm vor meinen Augen und diesmal ließ ich die Tränen zu. Meine Hände umklammerten krampfhaft die Lilie, wollten sie nicht loslassen, weil ich mich mit dieser Geste endgültig von meiner Grandma verabschieden musste. Von der Frau, die immer für Mia und mich da gewesen war, ganz besonders nach dem Tod unserer Eltern. Grandma war zugleich Mutter und Großmutter für mich gewesen. Von ihr hatte ich gelernt, was richtig und was falsch war. Nach meinem ersten Liebeskummer hatte sie mich getröstet, und mit ihr zusammen hatte ich die Äpfel im Garten geerntet.

Der Garten. Ich blinzelte gegen den plötzlichen Schwindel an. Woher kam bloß die Redewendung, dass sich auf einmal die ganze Welt zu drehen beginnt? Um mich herum stand alles still, doch in meinem Inneren begann es sich zu drehen, als würde ein Kreisel wie wild in meinem Kopf rotieren.

»Kara?« Ich spürte eine Hand auf meinem Rücken. »Alles in Ordnung?« Ich schüttelte den Kopf. Nichts war in Ordnung. Absolut gar nichts.

Mein Blick fiel auf die Lilie, die meine zittrigen Hände festhielten. Ich konnte das nicht. Ich konnte nicht Lebewohl sagen. Unmöglich. Nicht nach allem, was geschehen war.

Schnell wischte ich mir über die Wangen und sah zu Noah auf. »Bitte lass uns gehen«, flüsterte ich.

Es war mir egal, wo er mich hinbrachte. In diesem Moment war es mir sogar egal, welche Antworten er mir auf all meine Fragen geben würde. Ich wollte einfach nur weg, wollte die Augen schließen und erst wieder aufwachen, wenn alles so war wie früher.

Noah hakte mich auf dem Weg zurück fest unter, während ich immer noch die Lilie fest an mich drückte.

5

»Danke.« Mit einem matten Lächeln bedankte ich mich bei dem Kellner, als dieser eine große Tasse vor mir abstellte. Der Duft von frisch gebrühtem Kaffee verströmte etwas Beruhigendes. Ebenso die warme Tasse, die meine Hände umfassten.

Ein paar der Gesprächsfetzen im Café drangen zu mir durch. Irgendjemand redete über die neueste Mode, ein anderer beschwerte sich über seinen Chef und wollte sich einen neuen Job suchen. Ich hätte alles darum gegeben, mich mit solchen Problemen herumzuschlagen, statt mit jenen, die zentnerschwer auf meinen Schultern lasteten.

Gleichzeitig war das Treiben im Café irgendwie beruhigend. Es bot mir etwas, das ich schon längst verloren geglaubt hatte: Normalität.

Wahrscheinlich hatte Noah ganz bewusst diesen Ort ausgewählt, um mit mir zu reden. Ein öffentlicher Platz, ein Ort, an dem ich mich einigermaßen wohlfühlte und nicht mit ihm alleine war. Wären wir uns zu einem anderen Zeitpunkt begegnet, hätte ich diese Rücksicht sehr zu schätzen gewusst, doch im Moment fühlte ich nur Leere in mir. Sogar die Panik, die seit dem Aufwachen meine Kehle umklammert hatte, war jetzt verschwunden. Es war, als hätte jemand einen Schalter umgelegt und alle Emotionen auf stumm geschaltet, und dafür war ich dankbar.

Noahs aufmerksamer Blick lag fast die ganze Zeit auf mir. Das spürte ich, ohne ihn anzusehen. Doch ich brauchte noch eine kleine Atempause ganz für mich, bevor ich mich dem Gespräch stellen konnte.

Erst als ich mir relativ sicher war, dass meine Hände nicht mehr zitterten, hob ich die Tasse an meine Lippen und trank einen Schluck. Der Kaffee wärmte mich, jedoch nur kurz. Denn innerlich war mir furchtbar kalt.

Dann gab ich mir einen Ruck. »Also«, begann ich, tief durchatmend.

Noah sah auf. »Also«, wiederholte er. Ein winziges Lächeln huschte über sein Gesicht und ließ mich ebenfalls lächeln, auch wenn mir nicht danach zumute war.

Wo sollte ich nur anfangen? In meinem Kopf herrschte ein einziges Chaos, also versuchte ich mich auf das Wesentlichste zu konzentrieren.

»Du bist also ein Zurückgesandter?«, fragte ich ihn. Wenn ihm dasselbe passiert war wie mir, was bedeutete das dann? Ich hatte nicht die geringste Ahnung.

Noah nickte. Er führte seine Tasse zum Mund und trank einen Schluck Kaffee. Er überlegte sich genau, wie er die Antworten formulieren sollte, auf die ich so dringend wartete.

»Weißt du, in jedem großen Plan gibt es winzige Fehler. Ausnahmen von der Regel«, begann er und stellte die Tasse ab. »Du und ich, wir sind solche Ausnahmen im Kosmos.«

Ausnahmen im Kosmos? Ich runzelte die Stirn. Der rationale Teil in mir wollte ihm erwidern, dass das völliger Quatsch sei. Ich sollte besser aufstehen und gehen. Doch ich brauchte so dringend eine Erklärung, dass ich mich an jedes von Noahs Worten klammerte.

»I-ich verstehe nicht«, stammelte ich und räusperte mich leise. »Was soll das bedeuten? Was hat das mit dir und mir zu tun?«

»Alles, was geschieht, folgt einem Plan.« Er zeigte um uns herum, wo die Leute gemütlich mit einer Zeitung oder tief in ein Gespräch versunken saßen. »Alles, was wir und was andere tun, hat Ursachen und Konsequenzen. Der Typ mit dem grauen

Anzug will sich einen neuen Job suchen, weil sein Chef ein Idiot ist. Und die Brünette am Tisch daneben will unbedingt dieses neue Kleid haben, um damit jemanden zu beeindrucken.«

Was er sagte, war nachvollziehbar. Dennoch war ich überrascht, dass er so unbeteiligt hier hatte sitzen können und trotzdem alles, was um ihn herum geschah, wahrgenommen hatte.

»Okay«, sagte ich nach einem Moment. Insgeheim war ich erleichtert, dass er es mir vom logischen Standpunkt aus zu erklären versuchte. Das machte es mir einfacher, mich voll und ganz auf meinen Verstand zu konzentrieren, statt mich mit meinen Gefühlen auseinanderzusetzen.

Er nickte. »Gut. Und wenn wir jetzt davon ausgehen, dass jede Handlung Konsequenzen hat, dann hat alles, was wir tun und erleben, einen Grund. Eine Ursache. Wenn dir jemand einen Kaffee über die Bluse schüttet, dann weil einer von euch beiden unaufmerksam war. Vielleicht hatte er Streit mit seiner Frau und war mit den Gedanken bei ihr. Und du warst abgelenkt, weil du jemanden beobachtet hast.«

Mein Herz begann zu rasen. »Willst du damit sagen …?« Ich fuhr mir nervös mit der Zunge über die trockenen Lippen. »Dass es kein Zufall war, dass ich angefahren wurde? Dass es einen *Grund* dafür gab?«

Wieder nickte er. »All diese kleinen Gründe und Ursachen sind nur Teil des großen Ganzen. Teile eines großen Plans, in dem wir alle nur eine kleine Rolle spielen.«

Auch wenn die Atheistin in mir sich dagegen sträubte, so begann ich seinen Worten Glauben zu schenken. Es machte auf eine verquere Art Sinn, auch wenn mir nicht gefiel, in welche Richtung sich dieses Gespräch entwickelte.

»Manchmal geschehen Fehler, denn selbst der beste und ausgefeilteste Plan kann nicht ohne … sagen wir, ohne eine gewisse Fehlerquote funktionieren.«

»Und wir sind diese Fehler?«, flüsterte ich.

»Nein.« Noah legte seine Hand auf meine. Ich spürte gleichzeitig die Wärme, die von dieser Berührung ausging, und dieses seltsam kühlende Gefühl, das mich einhüllte.

»Wir sind nicht die Fehler, Kara, sondern das, was uns passiert ist. Denn dadurch sind wir vor unserer Zeit gegangen.«

Ich blinzelte. So etwas Ähnliches hatte ich schon einmal gehört. Irgendjemand hatte mir genau das bereits gesagt.

Ein zarter Geruch von Äpfeln lag plötzlich in der Luft. Reife Äpfel, die in Sonnenlicht gebadet hatten und zwischen dichtem Blätterwerk hingen. Ich atmete tief durch und versuchte nach der Erinnerung zu greifen, doch sie entzog sich mir so schnell, als hätte ich nach Wasser gegriffen, das durch meine Finger rann.

»Gibt es noch mehr von … von uns?«, hakte ich vorsichtig nach. Selbst ausgesprochen klang es absurd, aber ich musste mich auf irgendetwas konzentrieren, bevor ich endgültig den Verstand verlor.

Noah nickte, doch sah er dabei nicht glücklich aus.

»Was ist mit ihnen?«

Zum ersten Mal wich er meinem Blick aus. Stattdessen sah er aus dem Fenster, wo Passanten in aller Eile vorbeiliefen. Selbst um diese Uhrzeit war viel auf den Straßen los, doch Noah nahm die vorbeieilenden Leute überhaupt nicht wahr.

»Sie haben es nicht geschafft«, antwortete er nach einer Weile leise und sah mich wieder an. In seinen Augen war echte Trauer zu sehen.

Plötzlich wurde mir bewusst, dass er diese anderen nicht nur vom Hörensagen kannte. Nein, er hatte sie wirklich gekannt, mit ihnen gesprochen und ihnen alles erklärt, so wie mir gerade. Vielleicht hatte er sich sogar mit ihnen angefreundet. Oder mehr.

»Sie konnten ihr altes Leben nicht loslassen.«

Ich setzte mich kerzengerade auf. »Was meinst du mit *loslassen?*«

Noah schaute mich mitfühlend an. »Wir müssen unser altes Leben loslassen, wenn wir zurückkommen. Nur so können wir weiterleben.«

Ich starrte ihn an, während in meinem Kopf ein einziges Wort kreiste: *Loslassen*. Ich sollte mein altes Leben loslassen? Einfach so? Mia und Josh und … Grandma? Vergessen und weiterleben, als wäre nichts gewesen, als hätten mir diese Menschen nie etwas bedeutet? Ich schnappte nach Luft. Das konnte unmöglich sein Ernst sein!

»A-aber du erinnerst dich doch«, stieß ich hervor und krallte mich an seiner Hand fest. Das angenehme Gefühl war verschwunden. »Du weißt, dass du ein Zurückgesandter bist, also musst du dich auch an dein altes Leben erinnern können!«

Noah zögerte erst, doch dann nickte er.

»Dann kann ich das doch auch! Dann muss ich sie nicht vergessen, nicht loslassen«, protestierte ich.

»Kara, du …« Er beugte sich vor, stützte den freien Arm auf die Tischplatte und sah mich an. Sein Gesichtsausdruck war ernst, so ernst, dass er die plötzliche Panik in mir noch weiter schürte. »Alle anderen mussten loslassen, um ihr neues Leben annehmen zu können.«

Was sie anscheinend nicht gekonnt hatten. Kein Wunder, er verlangte hier ja nicht, dass man mal eben eine Telefonnummer vergaß, sondern sein gesamtes bisheriges Leben. Aber wenn die anderen nicht hatten loslassen können, dann …

»Sie sind gestorben, oder?« Ich erkannte meine eigene Stimme kaum wieder und das lag nicht nur daran, dass sie mir noch immer fremd war. Meine Worte klangen erstickt und kraftlos, als hätte jemand anderes sie ausgesprochen. Jemand, der gerade im Begriff war, ein zweites Mal zu sterben.

Noah griff nach meiner anderen Hand. »Das muss dir nicht passieren. Wir haben diese zweite Chance nicht erhalten, um sie wieder zu verlieren«, redete er hastig auf mich ein. »Du merkst es vielleicht noch nicht, aber es hat bereits begonnen. Wir vergessen Stück für Stück unser altes Leben und erinnern uns an das neue.«

Ich bekam keine Luft mehr. Meine Gedanken kreisten um das Haus, in dem ich heute Morgen aufgewacht war. Ich hatte mich dort ausgekannt, ohne zu wissen, woher. Dafür fielen mir kleine Details aus meinem bisherigen Leben nicht mehr ein. Wen hatte ich zum ersten Mal geküsst? Und warum war mir der Duft von Äpfeln so vertraut, so wichtig für mich?

»Nein«, flüsterte ich entsetzt und entzog ihm meine Hände. »Nein«, sagte ich erneut und sprang auf.

»Kara!« Er rief mir nach, doch ich war bereits aus dem Café herausgerannt. Das konnte nicht wahr sein! Das durfte einfach nicht wahr sein! Wie sollte ich denn mein bisheriges Leben vergessen? Wie konnte ich all die Menschen, die mir wichtig waren, einfach hinter mir lassen?

»Kara.«

Jemand packte mich am Arm, drehte mich herum, und als ich aufsah, stand Noah wieder vor mir. Zum ersten Mal wirkte er nicht mehr so ruhig und mitfühlend. Jetzt sah ich echte Sorge in seinem Blick. Angst.

»Ich kann das nicht«, stieß ich hervor und schüttelte heftig den Kopf. In diesem Augenblick verfluchte ich die Tatsache, dass der Nebel, der meine Gefühle bisher so warm und sicher eingehüllt hatte, sich nun zu lichten begann.

»Ich kann nicht einfach vergessen.« Ich riss mich von ihm los und lief davon, ohne mich noch einmal umzudrehen.

6

Die Sonne sendete ihre letzten wärmenden Strahlen auf das Haus, in dem Mia wohnte. Ich saß auf der gegenüberliegenden Straßenseite auf einer Bank und versuchte, das Haus meiner Schwester nicht zu offensichtlich zu beobachten.

Sie war erst vor einer knappen Stunde nach Hause gekommen, müde von der Arbeit und sicherlich auch von den tragischen Ereignissen der letzten Zeit geprägt. Am liebsten wäre ich zu ihr gegangen, hätte die Straße überquert und an Mias Tür geklingelt. Ich wollte ihr sagen, dass ich noch lebte, dass es mich noch gab und dass ich sie unglaublich vermisste. Doch ich tat es nicht.

Nachdem sie aus dem Auto ausgestiegen war, strich sie sich kurz über ihren gewölbten Bauch. Eine Geste, die einerseits Überraschung und helle Freude, gleichzeitig aber auch einen schmerzhaften Stich in meinem Inneren ausgelöst hatte. Als ich sie das letzte Mal gesehen hatte, wusste ich noch nichts von ihrer Schwangerschaft. Sie war rank und schlank gewesen wie immer, und doch trug sie jetzt ein Kind in sich und wirkte recht glücklich.

Und während ich mich an ihre Freude und an ihr Glück zu klammern versuchte, wurde mir einmal mehr bewusst, dass ich nicht nur für einen Tag fort gewesen war. Es mussten mindestens ein paar Monate vergangen sein, bevor man mich zurückgeschickt hatte.

Ein Schatten tauchte neben der Bank auf. Gleich darauf setzte sich jemand zu mir. Ich musste nicht erst hinschauen, um zu wissen, dass er es war.

»Woher wusstest du, dass ich hier bin?« Meine Stimme klang

ruhig. Nichts war mehr von der Panik zu hören, in der ich ihn vor Stunden vor dem Café zurückgelassen hatte.

Noah seufzte. »Wo solltest du sonst sein?«

Ich löste meinen Blick von Mias Haus und sah zu ihm auf. Er wirkte müde. Tiefe Schatten lagen auf einmal unter seinen Augen. Und das Funkeln in seinen grünen Augen war fort.

Seine Worte prasselten wie ein sanfter Regenschauer auf mich ein und begannen etwas in mir zu bewirken. Da war irgendetwas, das mir schon früher aufgefallen war, doch in dem ganzen Chaos hatte ich es noch nicht richtig erfassen können. Jetzt aber griff ich danach und hielt es fest.

»Woher weißt du davon?« Ich wandte mich ihm ganz zu, bemerkte jedes noch so kleine Detail in seinem Gesicht. Die kleine Narbe an der Stirn über der linken Augenbraue, die dunklen Stoppeln auf seinem Kinn, die seine Gesichtszüge noch markanter wirken ließen. »Von Mia, meine ich.« Ich richtete meinen Blick wieder auf seine Augen. »Dass sie hier wohnt und ich hier sein würde.« In meinem Kopf begann es zu arbeiten. Immer mehr Fragen tauchten plötzlich auf. »Oder dass ich zu Josh fahren würde.«

Er sah mich lange an, bevor er antwortete: »Ich kenne dich.« Er blickte gen Himmel, an dem sich inzwischen die ersten Sterne zeigten, und schloss für einen Moment die Augen.

Ich beobachtete ihn von der Seite und wartete ungeduldig auf seine Antwort. Wie war das noch mal? Nichts geschah ohne Grund, und alles war Teil eines großen Plans? Schon klar. Doch selbst wenn das stimmte, warum kannte Noah mich angeblich? Warum schien er immer zu wissen, wo ich gerade war und wo ich als Nächstes hinwollte?

»Wir sind uns schon einmal begegnet«, sagte er schließlich und schaute mich an. In der hereinbrechenden Dunkelheit wirkten seine Augen dunkler und die Schatten darunter noch tiefer.

Angestrengt versuchte ich mich daran zu erinnern, Noah schon einmal begegnet zu sein. Doch der Name Noah kam in meinem alten Leben einfach nicht vor, da war ich mir sicher. Dennoch verspürte ich vom ersten Moment an eine merkwürdige Vertrautheit mit ihm. Und dann fiel mir noch dieser Kommentar bei unserem ersten Zusammentreffen ein, dass er sich langsam daran gewöhnte, angerempelt zu werden …

»Oh Gott«, flüsterte ich und sprang auf. »Die Beerdigung – du …« Ich fuhr mir durch das dunkle Haar und starrte ihn fassungslos an. »Du warst auf der Trauerfeier!«

Er nickte.

Natürlich! Wie um Himmels willen konnte ich das vergessen? Er war dort gewesen. Nachdem mir die vielen Leute ihr Beileid ausgesprochen und die Hand geschüttelt hatten, war ich buchstäblich mit ihm zusammengestoßen – und er hatte mich festgehalten. Deshalb kam er mir so bekannt vor, und deshalb war mir seine Art, mich so durchdringend anzuschauen, von Anfang an vertraut gewesen. Er hatte mich schon einmal so angesehen.

»Aber … warum warst du dort? Wieso sind wir uns schon vorher einmal begegnet?« Ich war noch verwirrter als zuvor. »Du hast mit Mia gesprochen«, stieß ich hervor, noch bevor Noah die Chance hatte, zu antworten. Jetzt erinnerte ich mich genau. Als Josh mich weggeführt hatte, hatte ich mich noch einmal umgedreht und sein Gespräch mit meiner Schwester beobachtet. Selbst damals hatte sich in mir die Frage geregt, woher die beiden sich wohl kannten.

Unvermittelt stand Noah auf, zog seine Jacke aus und legte sie mir um die Schultern. Erst als Wärme und ein männlich-herber Duft mich umhüllten, fiel mir auf, dass ich fror.

»Mia und ich sind zusammen zur Schule gegangen«, erklärte Noah jetzt und schob die Hände in die Taschen seiner Jeans.

Ungläubig starrte ich ihn an. Wie konnte es sein, dass ich ihn nie kennengelernt, nie von ihm gehört hatte? Meine Schwester war nur zwei Jahre älter als ich und wir waren unser Leben lang unzertrennlich gewesen. Ihre Freunde waren immer auch meine gewesen.

»Erinnerst du dich an Mias zehnten Geburtstag?«, fragte er, und sein durchdringender Blick schien mich zu durchbohren. »Oder an das Schulfest im Sommer ein Jahr später, als du den Unfall hattest und nicht kommen konntest?«

Mein Puls beschleunigte sich. Wie konnte er das alles wissen? Ich schluckte schwer, versuchte das heftige Pochen in meiner Brust zu ignorieren.

»Ich war krank, deshalb konnte ich nicht auf ihre Geburtstagsparty«, murmelte ich und fasste mir unwillkürlich an die Stirn. Die Erinnerung an diesen Tag war verschwommen, doch wollte ich sie nicht loslassen, genauso wenig wie ich meine Schwester oder mein bisheriges Leben loslassen wollte.

»Und der Unfall ...« Damals waren wir spät dran gewesen. Dad hatte eine rote Ampel übersehen und einen Unfall gebaut. Erst im Krankenhaus war ich wieder zu mir gekommen, mit einem Gips am Bein und einer Platzwunde am Kopf. Den Unfall hatte ich überlebt, das ersehnte Sommerfest jedoch verpasst. Es war außerdem der Todestag meiner Eltern, die bei jenem schrecklichen Unfall ums Leben gekommen waren.

»Soll das heißen, dass du ...?« Ich trat einen Schritt zurück, versuchte zu begreifen.

»Ich war da, Kara.« Er überbrückte die Distanz zwischen uns. »An Mias Geburtstag und auf dem Sommerfest, als ihr den Unfall hattet. Erinnerst du dich an Mias Abschlussfeier?«

Ich nickte. Mein Hals fühlte sich trocken an, und mir war auf einmal warm und kalt zugleich.

»Damals hatte ich einen Motorradunfall und konnte nicht zur

Party kommen«, erklärte er und deutete dabei auf die kleine Narbe an seiner Stirn. Ich erinnerte mich noch genau an diesen Tag. Ich war so stolz auf meine große Schwester gewesen und konnte es kaum erwarten, selbst endlich den Abschluss in der Tasche zu haben und aufs College zu gehen. An diesem Abend wollte Mia mir einen Schulfreund vorstellen, von dem sie mir schon seit Längerem vorgeschwärmt hatte. Sie war damals bereits mit Jeremy zusammen und ich wusste, dass das ihre Art war, mich wieder einmal gegen meinen Willen zu verkuppeln. Doch besagter Schulfreund war nicht aufgetaucht. Erst später erfuhr ich von dessen Unfall.

»Ich war die ganze Zeit da, Kara.« Noah legte seine Hände auf meine Schultern, zwang mich, stehen zu bleiben und nicht weiter zurückzuweichen. »Wir haben uns nie getroffen, bis auf …«

»Bis auf das eine Mal, bevor ich gestorben bin«, beendete ich seinen Satz mit einem heiseren Flüstern.

7

Während der Heimfahrt schwiegen wir. In meinem Kopf jagte so vieles wild durcheinander, dass ich überhaupt keinen klaren Gedanken mehr fassen konnte. Außerdem war es bereits spät und ich unheimlich müde. Meine Beine waren schwer und mein Kopf schmerzte. Es war einfach zu verlockend, den Kopf gegen die Scheibe zu lehnen, die Augen zu schließen und an nichts mehr zu denken.

Ich saß in Noahs Auto, da mein eigenes Fahrzeug noch vor Mias Haus stand. Wir würden es später abholen. Morgen. Irgendwann. Im Moment konnte es mich kaum kümmern.

Die leise Musik aus dem Radio, der weiche Sitz und nicht zuletzt Noahs Nähe trugen dazu bei, dass ich langsam eindöste.

Eine sanfte Stimme weckte mich kurze Zeit später. Ich öffnete blinzelnd die Augen und blickte in Noahs Gesicht. Er lächelte, was mich ebenfalls dazu verleitete, ihn anzulächeln.

»Wo sind wir?«, murmelte ich und fuhr mir mit den Händen über Gesicht und Augen.

»Bei dir zu Hause.« Noah hob die Hand und strich mir zart über die Wange. Ich schloss die Augen, als seine Fingerspitzen meine Haut berührten. Es war nur eine Sekunde, nur ein Moment, doch konnte ich die flüchtige Berührung selbst dann noch fühlen, als er seine Hand bereits zurückgezogen hatte.

Ich atmete langsam aus und öffnete meine Augen. Vor mir lag ein hübsches Reihenhaus, das mir – wie alles andere in meinem neuen Leben – gleichermaßen fremd und vertraut vorkam.

Ich löste den Sicherheitsgurt und stieg aus. Die kühle Nachtluft ließ mich schaudern und Noahs Jacke enger um mich schlingen.

Er begleitete mich bis zur Haustür. »Also …«, begann er, was mich unwillkürlich lächeln und an unser Gespräch im Café denken ließ. Waren seither wirklich nur wenige Stunden vergangen? Mir kam es eher vor wie ein halbes Leben.

»Gute Nacht, Kara«, sagte er leise, die Hände wieder in den Hosentaschen vergraben. Erst jetzt fiel mir auf, wie groß er eigentlich war und dass er mindestens genauso müde aussah, wie ich mich fühlte. Der Tag war auch für ihn anstrengend gewesen. Kein Wunder, er war mir ständig hinterhergejagt und hatte versucht, mir Dinge zu erklären, die eigentlich nicht erklärbar waren. Kein Mensch konnte so etwas begreifen.

»Noah?« Ich wusste nicht, wie ich ihn darum bitten sollte, aber ich konnte auf einmal nicht allein sein. »Willst du vielleicht … also …« Ich verhaspelte mich und schaute verlegen weg. »Ich bin sicher, ich habe irgendwo da drin eine bequeme Couch. Also, wenn du vielleicht bleiben willst?«, versuchte ich es noch einmal. Erst nach ein, zwei Sekunden wagte ich es, in sein Gesicht zu schauen.

Er wirkte überrascht, doch sehr schnell erschien ein erfreutes Grinsen auf seinem Gesicht, das so viel Wärme ausstrahlte, dass mein Herz unweigerlich schneller schlug. Ich räusperte mich leise.

So wie mit dem Äußeren meines neuen Zuhauses verhielt es sich auch mit dem Inneren. Ich kannte mich blind aus, legte meinen Schlüssel wie selbstverständlich neben der Tür auf der Kommode ab, zog die Schuhe aus und hängte die Jacke auf. Aber im Grunde war mir alles fremd.

Diese seltsame Mischung aus Unbekanntem und Vertrautem machte mich nervöser, als ich es ohnehin schon war. Unnötigerweise, wohlgemerkt. Noah hatte sich in dieser kurzen Zeit als Freund herausgestellt. Als guter Freund. Er half mir, wie er den

Zurückgesandten vor mir geholfen hatte. Tat er es aus Schuldge-
fühlen heraus, um seine Fehler wiedergutzumachen, oder weil
ich ihm etwas bedeutete?

»Möchtest du etwas trinken?« Während ich noch ein wenig
verloren mitten im Wohnzimmer stand, schien er sich in meinen
vier Wänden bereits wohl zu fühlen. Er nickte freundlich.

»Ich habe keine Ahnung, was ich im Kühlschrank habe«, bemerkte ich ironisch und versuchte, mich angestrengt daran zu
erinnern. Nichts. Gähnende Leere. Ich zuckte die Schultern.

»Bier? Wein? Wasser? Cola?«, schlug ich wahllos vor und
erntete ein Schmunzeln.

»Ein Bier wäre gut.« Noah fuhr sich durch das schwarze Haar.
»Wenn du keins dahast, reicht Wasser auch, danke.«

Ich nickte und wollte gerade in die Küche gehen, da beugte
sich Noah zum Kamin hinunter, um Feuer zu machen. Der Stoff
seines T-Shirts spannte sich um seinen muskulösen Rücken, als
er in die Hocke ging und die Holzscheite aufstapelte.

Schade, dass wir uns nicht früher kennengelernt hatten. Doch
das Schicksal hatte dafür gesorgt, dass wir uns ständig verpasst
hatten – bis kurz vor meinem Tod. Eigentlich tragisch, dennoch
entlockte es mir ein winziges Lächeln. Vielleicht hatten wir jetzt
endlich die Chance bekommen, uns kennenzulernen.

Unwillkürlich ertappte ich mich dabei, wie ich Noah mit Josh
verglich. Es war absurd, denn zwischen den beiden lagen Welten. Josh war ein typischer aufstrebender Geschäftsmann, der
jedoch nicht hart und skrupellos dabei war. Geld bedeutete
ihm nicht alles, und er wäre ein liebevoller Ehemann und Vater
gewesen. Der Gedanke daran schnürte mir die Kehle zu.

In der Küche angekommen, wollte ich endlich herausfinden,
was mein Kühlschrank hergab. Während ich mechanisch eine
Flasche Bier für Noah herausholte und mir ein Glas Wasser
eingoss, wanderten meine Gedanken weiter.

Noah hingegen war alles andere als ein Geschäftsmann. Abgesehen davon, dass er Zurückgesandten nachjagte und ihnen half, wusste ich nicht, was er beruflich machte. Doch der Typ für einen Businessanzug und ein eigenes Büro war er definitiv nicht. Er wirkte naturnah, rau und mit sich selbst im Einklang. Er schien immer zu wissen, was er wollte, doch versuchte er es nicht um jeden Preis zu erreichen.

Das leise Plätschern des Wassers, das aus meinem überlaufenden Glas auf die Küchentheke strömte, holte mich aus meinen Gedanken zurück in die Gegenwart. Seufzend griff ich nach einem Küchentuch, wischte das Wasser auf und ging dann mit den Getränken zurück ins Wohnzimmer.

»Wow« war das Erste, was ich beim Anblick des Raumes hervorbrachte; ich blieb im Türrahmen stehen. Meine Reaktion erschien absurd in Anbetracht der Tatsache, dass das hier mein Zuhause sein und ich es kennen sollte. Tat ich aber nicht. Und so wirkten die hellen Flammen im Kamin, die den Raum in eine heimelige Atmosphäre tauchten, nicht bloß beeindruckend auf mich, sondern in gewisser Weise auch beruhigend. Wahrscheinlich genau so, wie sie es auch sollten.

»Hier.« Ich reichte Noah sein Bier und ließ mich aufs Sofa fallen. Bequem. Alles in diesem Raum schien auf Gemütlichkeit ausgerichtet zu sein und darauf, ein behagliches Zuhause zu schaffen: die hellen Polstermöbel mit den vielen Kissen, die den künstlerisch anmutenden Couchtisch umrundeten, die Grünpflanzen und der Kamin mit den vielen Fotos darüber. Zum Glück gab es keine Familienfotos, wie ich erleichtert registrierte. Selbst wenn ich nicht hier wohnen würde, hätte ich mich sofort wohl gefühlt.

Eine Weile schwiegen wir und nippten an unseren Getränken. Noah saß neben mir auf dem Sofa, in einer Hand die Bierflasche, den freien Arm locker auf der Sofalehne liegend. Als er die

Flasche zum Mund führte, fiel mir wieder die Narbe an seinem Handgelenk auf.

»Was bedeutet es?«, fragte ich und stellte mein Glas beiseite. Trotz aller Müdigkeit war ich wieder neugierig geworden. »Das Symbol, meine ich.«

Noah ließ die Flasche sinken, sah für einen Moment auf sein Handgelenk und gleich darauf wieder zu mir.

»Unendlichkeit. Ewiges Leben«, antwortete er. »Jeder Zurückgesandte, den ich getroffen habe, trug diese Narbe. Unser Erkennungsmerkmal, wenn du so willst.«

Unwillkürlich musste ich an unsere Begegnung auf dem Friedhof denken. Nur aufgrund dieser Narbe hatte ich ihm geglaubt. »Du hast mich Kara genannt«, murmelte ich jetzt und runzelte die Stirn. Er nickte langsam.

»Ich habe dich sterben sehen, und ich wusste, dass etwas nicht stimmte.« Sein Blick rückte in die Ferne, und als er einen Schluck von seinem Bier trank, wirkte er mit den Gedanken ganz woanders. »Früher oder später stehen wir alle vor unserem eigenen Grab.«

Seine Worte brachten mich zum Grübeln. Als Erstes hatte ich versucht, meine Schwester zu erreichen, dann Josh. Erst als ich mit eigenen Augen gesehen hatte, dass das Leben ohne mich längst weitergegangen war, hatte mein Weg mich zum Friedhof geführt. Zu meinem eigenen Grab.

Ich seufzte leise und kuschelte mich tiefer in die Polster. Schlaf schien eine immer verlockendere Vorstellung zu sein, doch wollte ich dieses nächtliche Beisammensein mit Noah noch nicht so schnell beenden. Es war das erste Mal seit Langem, dass ich mich wieder entspannen konnte. Schlagartig wurde mir bewusst, dass das auch auf mein altes Leben zutraf. Trotz aller wachsenden Erinnerungslücken war mir klar, dass ich mich auch früher lange nicht mehr so wohlgefühlt hatte. Ob das an Noah lag? An diesem

Ort und dem flackernden Feuer des Kamins? Oder an dem, was ich durch meinen Tod und meine anschließende ›Wiederbelebung‹ alles durchgemacht hatte? Egal, Hauptsache, ich konnte diesen Moment noch ein wenig genießen.

Erst als mein Kopf Noahs Schulter berührte, merkte ich, dass ich unbewusst näher an ihn gerutscht war. Die Müdigkeit ließ meinen Kopf so schwer werden, dass ich ihn nicht mehr selbst aufrecht halten konnte. Unter anderen Umständen hätte ich mich peinlich berührt entschuldigt und wäre sofort wieder in meine Ecke des Sofas gesprungen, doch wie so vieles war diese Situation völlig anders.

Noah schien sich nicht daran zu stören, dass ich ihn als Kopfkissen missbrauchte. Sein Arm glitt um meine Schultern, was mich leise seufzen ließ. Ein sanftes Streicheln auf meinem Oberarm, ein warmer Körper mit kräftigem Herzschlag und dieser Duft. Dezent und natürlich-herb. Genauso wie Noah selbst.

Meine Gedanken drifteten zu den letzten glücklichen Tagen in meinem Leben ab, die ich gemeinsam mit Mia und Grandma verbracht hatte. Wir saßen zusammen im Wintergarten, aßen Eis und genossen die Wintersonne. Ich konnte die warmen Strahlen beinahe auf meiner Haut spüren und Grandma eine der vielen Geschichten von früher erzählen hören. Sie wusste so vieles, und jedes Mal, wenn sie etwas Neues erzählte, hatte ich das Gefühl, bisher nur einen Bruchteil all der Erlebnisse aus ihrem langen Leben zu kennen. Es war ein schönes Gefühl, das mich in wohlige Wärme und tröstende Erinnerungen hüllte. Wie eine sanfte Umarmung.

»Kara …« Ich meinte, die leise Stimme meiner Großmutter zu hören, die wie von ferne an mein Ohr drang. Doch das war sicher nur Einbildung.

Noahs Arm glitt von meinen Schultern auf meinen Rücken und ein zweiter fasste behutsam unter meine Kniekehlen. Ich verlor den Bodenkontakt, schwebte frei in der Luft und schmiegte mich noch näher an die Wärme und den herben Duft, der mich umfing.

Viel zu früh landete ich wieder, aber es war eine weiche Landung, wie auf kühlen Wolken. Die Arme lösten sich nur langsam von meinem Körper. Ich gab einen leisen Protestlaut von mir, der mich aus meinen Träumen zurück ins Hier und Jetzt beförderte.

Blinzelnd öffnete ich die Augen und sah direkt in die von Noah. Es war dunkel um uns herum, lediglich der Schein der Straßenlaternen von draußen erhellte das Zimmer ein wenig.

»Du bist auf dem Sofa eingeschlafen«, flüsterte er, rührte sich jedoch keinen Zentimeter und blieb mir ganz nahe.

Ich schluckte und nickte leicht. Alles in meinem Kopf war irgendwie verschwommen. Selbst jetzt hatte ich noch das Gefühl, als würden die letzten Reste meines Traumes nach mir greifen und mich zurück in den erlösenden Schlaf führen wollen.

Noah richtete sich auf, doch meine Hand legte sich wie von selbst auf seinen Arm und hielt ihn zurück.

»Nicht«, hauchte ich. Seine Nähe tat mir gut und ich brauchte sie ganz besonders in diesem Moment. Alles, was geschehen war, verblasste in Noahs unmittelbarer Gegenwart. Aber es war nicht Trostbedürfnis, das mein Herz plötzlich sehr viel schneller schlagen ließ. Es war nicht Dankbarkeit, die Wärme in meiner Magengegend entfachte, sondern sein intensiver Blick. Sein Geruch. Seine Nähe.

Er flüsterte meinen Namen auf eine Weise, die die Wärme in Hitze verwandelte, die sich in meinem gesamten Körper ausbreitete. Gleichzeitig glaubte ich, so etwas wie eine Warnung in seiner Stimme zu hören. Das hier konnte falsch sein, wir kannten uns im Grunde kaum. Auch wenn wir seit Jahren immer wieder den richtigen Zeitpunkt verpasst hatten, uns zu finden. Sollten wir auch diesen Moment vorbeiziehen lassen, diesmal ganz bewusst und nicht durch äußere Umstände dazu gezwungen?

Zitternd atmete ich ein. Meine Finger wanderten über seine Schulter nach oben und vergruben sich in seinem Haar. Richtig oder falsch spielte keine Rolle mehr. Ich wollte seine Nähe spüren, wollte das fühlen, was mich wieder zum Leben erweckte. Was mich all das vergessen ließ, was passiert war, bevor wir uns begegnet waren.

Seine Hand fand meine Wange, strich sanft darüber. Ich schmiegte mich in diese Berührung, aber es war nicht genug. Nicht annähernd, nach allem, was geschehen war.

Viel zu langsam kam er näher, in seinen Augen die beständige Frage, ob ich das hier wirklich wollte. Ich wollte. Und wie ich wollte.

Ein leises Seufzen entfuhr mir, als sich unsere Lippen sanft berührten. Meine Finger gruben sich fester in sein Haar. Ich schloss die Augen und gab mich ganz diesem Kuss hin, der eine weitere, eine viel stärkere Hitzewelle tief in meinem Inneren entfachte. Seine Hand fand meine und umschloss sie auf eine Weise, die ein süßes, beinahe schmerzliches Gefühl in mir auslöste.

Ich kam ihm entgegen, wollte alles um mich herum vergessen, außer diesem Mann, der auf so wundersame Weise in mein Leben getreten war und es auf den Kopf gestellt hatte. So wie er jetzt alles in mir durcheinanderwirbelte und mir gar keine andere Wahl ließ, als ihn zu küssen und zu berühren.

Dicht vor meinen Lippen wisperte Noah meinen Namen. Sein Mund wanderte weiter, über mein Kinn, bis zu meinem Ohr, und hinterließ eine heiße Spur auf meiner Haut. Gleichzeitig glitt seine Hand unter mein Shirt. Die Berührung seiner Finger auf meiner nackten Haut ließ mich aufkeuchen und vertrieb auch die letzten Spuren von Schläfrigkeit. Spätestens jetzt war ich hellwach. Und das hier war kein Traum.

Noahs Kuss auf meinem Ohr war real, und er löste eine prickelnde Gänsehaut bei mir aus. Ich drehte den Kopf zur Seite, wollte mehr, suchte nach seinen Lippen, doch er vergrub sein Gesicht an meinem Hals. Jeder seiner warmen Atemzüge löste einen wohligen Schauer in mir aus.

Doch nun hielt Noah sich zurück, schien das Tempo drosseln zu wollen oder war noch nicht so weit, bis zum Ende gehen. Ich bemerkte, wie die Müdigkeit in mir sich langsam wieder zurückmeldete. Nach und nach atmeten wir wieder langsamer und ruhiger. Seine Finger waren noch immer mit meinen verschränkt. Meine andere Hand in seinem dichten Haar vergraben und meine Wange an seinen Kopf geschmiegt. Seine Bartstoppeln kratzten sachte über meine Haut, als er langsam den Kopf hob.

Wir lächelten uns an. Was auch immer da gerade zwischen uns geschehen war – es war unglaublich gewesen. Als würde er meine Gedanken teilen, beugte Noah sich noch einmal vor, was mein Herz unweigerlich schneller schlagen ließ. Doch statt des erwarteten Kusses strichen seine Lippen nur einem Hauch gleich über meine Wange.

Mit einem leisen »Gute Nacht, Kara« verabschiedete Noah sich und löste seine Finger von meinen. Er stand auf und verließ mit leisen Schritten mein Schlafzimmer. Ich hörte ihn die Treppe hinuntergehen und gleich darauf ins Wohnzimmer, bevor sich die Stille über das Haus legte. Wie versprochen blieb Noah die Nacht über. Nicht in meinem Bett, sondern auf dem Sofa ein Stockwerk tiefer. Ich wusste nicht, ob ich enttäuscht darüber sein sollte oder erleichtert, dass er mich nicht drängte.

Irgendwo im Haus tickte eine Uhr, ansonsten war alles ruhig. Der Schlaf empfing mich in seinen erlösenden Armen.

8

Als ich morgens die Augen aufschlug, war die Welt in einen grauen Schleier getaucht, und dicke Regentropfen zerplatzten auf der Fensterscheibe. Ich sah auf meinen Wecker und blinzelte benommen. Kurz vor 10 Uhr. Hatte ich wirklich so lange geschlafen?

Die Erinnerung an gestern kehrte nur langsam zurück. Mia. Das Café. Der Friedhof. Josh. Und Noah … Mit klopfendem Herzen setzte ich mich auf und sah mich um. Von Noah keine Spur. Ich lauschte, doch bis auf die Geräusche zwitschernder Vögel und vorbeifahrender Autos war nichts zu hören. Ich atmete erleichtert aus und schloss für einen Moment die Augen.

Meine Wangen wurden warm, als meine Gedanken zum vergangenen Abend wanderten. Noah war so lieb gewesen, hatte mich sogar die Treppe hoch in mein Schlafzimmer getragen. Und dann der Kuss …

Mit einem tiefen Seufzen ließ ich mich zurück in die Kissen fallen und starrte an die Decke. Sogar jetzt vermeinte ich noch, seinen Duft wahrnehmen zu können. Ich schüttelte über mich selbst den Kopf, konnte die Hitze in meinem Körper aber nicht vertreiben. Wow! Gestern war es einfach … unglaublich gewesen. Gleichzeitig war ich froh, dass wir nicht weitergegangen waren. Denn schließlich kannte ich ihn ja erst seit rund vierundzwanzig Stunden. Ganz davon abgesehen wollte ich mein bisheriges Leben nicht einfach so aufgeben. Zumindest nicht, was Grandma und Mia betraf. Und Josh …?

Ich atmete tief durch, schob die Gedanken beiseite und zwang mich zum Aufstehen. Meine Füße trugen mich ins angrenzende Badezimmer, wo ich es vermied, in den Spiegel zu sehen. Mein Äußeres war mir noch immer nicht vertraut genug, um den Anblick so leicht ertragen zu können. Vielleicht würde ich mich nie daran gewöhnen können und ich würde mir äußerlich immer fremd bleiben. Doch wenn Noah Recht behielt, verschwand mein altes Leben nach und nach und wurde von meinem neuen ersetzt. Ein gruseliger Gedanke.

Genervt schmiss ich meine Sachen in den Wäschekorb und trat unter die Dusche. Schon wieder hatte Noah sich in meine Gedanken geschlichen, auch wenn ich keine Ahnung hatte, ob der gestrige Abend etwas zu bedeuten hatte. Von meiner Seite aus war es nicht bloß aus Dankbarkeit oder dem dringenden Wunsch nach Trost geschehen. Ein merkwürdiger Gefühlscocktail brodelte in meinem Inneren. Ich mochte Noah. Ich hatte ihn sehr gern, vielleicht sogar mehr als das. Gleichzeitig konnte ich aber nicht einfach loslassen und meine Vergangenheit vergessen.

Das warme Wasser weckte nach und nach meine Lebensgeister. Da ich kaum etwas von diesem neuen Leben wusste, beschloss ich, mich um das Naheliegendste zu kümmern. Mein Auto stand noch immer in der Nähe von Mias Haus und wartete darauf, abgeholt zu werden. Ich konnte nicht immer darauf bauen, dass Noah mir zur Seite stand. Er hatte sein eigenes Leben und war nicht mein persönlicher Schutzengel.

Seufzend stieg ich aus der Dusche, trocknete mich ab und wagte einen Blick in den beschlagenen Spiegel. Mein Magen zog sich zusammen. Wie sollte ich mich nach fünfundzwanzig Jahren an ein völlig neues Gesicht und einen neuen Körper gewöhnen? Das war verrückt. Absolut verrückt und noch dazu unmöglich.

Entschlossen ging ich zurück ins Schlafzimmer, zog die erstbesten Kleidungsstücke aus dem Schrank hervor und kleidete mich an.

Es war an der Zeit, mein Leben selbst in die Hand zu nehmen – besser gesagt meine beiden Leben. Ich wollte nicht undankbar sein, denn eine zweite Chance erhielten mit Sicherheit nicht viele Menschen. Zugleich aber waren mir mein altes Leben und vor allem die Menschen darin noch immer wichtig. Ganz egal was Noah über die anderen Zurückgesandten sagte. Mir würde es nicht so ergehen.

Mit öffentlichen Verkehrsmitteln dauerte die Fahrt zu Mia deutlich länger. Auf Noah zu warten, fehlte mir die Geduld. Wer weiß, vielleicht blieb er nach gestern Abend auch ganz fort. Ich biss mir auf die Unterlippe, bis sie schmerzte. Nein, daran wollte ich nicht denken.

Während der Fahrt schrieb ich alles auf, was mir in den Sinn kam. Sollten meine Erinnerungen tatsächlich von Tag zu Tag verschwommener werden, wollte ich sie so klar wie möglich festhalten. Sie aufzuschreiben erschien der einzig logische Schritt zu sein, um mich auch später noch erinnern zu können.

Als ich endlich ankam, war meine Nervosität noch größer. Eigentlich völlig absurd, denn ich hatte nicht vor, Mia zu besuchen oder mit ihr zu reden. Ich wollte nur mein Auto abholen. Außerdem würde sie mich sowieso nicht erkennen und mich bestenfalls für verrückt halten, wenn ich ihr alles erzählte. Diese Erkenntnis war bitter und tat weh.

Nur wenige Meter von Mias Haus entfernt stieg ich aus dem Bus. Die Luft war stickig und schwer. Wolkenberge türmten sich über mir auf. Höchste Zeit, schnell in mein Auto zu springen, bevor ich in ein heftiges Gewitter geriet.

Mein Kopf gab diesen Befehl an meine Beine weiter, doch setzte ich mich nicht in Bewegung. Wie festgewachsen stand ich vor Mias Haus und starrte hinüber. In diesem Moment kam meine große Schwester aus dem Haus, doch das glückliche Lächeln, das gestern noch auf ihren Lippen gelegen hatte, war verschwunden. Selbst von Weitem sah sie verstört aus. Ihr Gesicht wirkte blass, die Lippen waren fest zusammengepresst und unter den Augen zeichneten sich dunkle Ringe ab. Was war passiert?

Instinktiv trat ich einen Schritt auf sie zu, zwang mich jedoch dazu, stehen zu bleiben. Jeremy stürmte aufgebracht aus dem Haus, hielt Mia fest und redete auf sie ein. Sie schüttelte mehrfach den Kopf und ihr Schluchzen drang trotz der vorbeifahrenden Autos bis zu mir durch.

Ich hatte die beiden noch nie streiten gesehen. Vor allem aber hatte ich meine Schwester noch nie so unglücklich gesehen wie in diesem Moment. Selbst nach Grandmas Tod hatte sie sich zusammengerissen und genau wie ich möglichst viel Stärke gezeigt. Doch jetzt war sie am Boden zerstört, und Jeremy schien es nicht besser zu machen, indem er mit lauter Stimme auf sie einredete.

Ich konnte nicht einfach hier stehen und meine Schwester leiden sehen. Ganz egal, was ich mir vorgenommen hatte. Ich musste etwas tun.

Wie in Trance machte ich einen weiteren Schritt, dann noch einen, und näherte mich Mia und Jeremy.

Ein plötzliches Hupen riss mich so abrupt aus meinen Gedanken, dass mir keine Chance zum Reagieren blieb. Bremsen quietschten. Ein schwarzes Auto näherte sich mir mit viel zu hoher Geschwindigkeit. Ich hielt den Atem an und dann … packte mich jemand ruckartig von hinten und riss mich von der Straße weg. Ich hörte ein Keuchen an meinem Ohr, dicht gefolgt vom Abbremsen des Autos einige Meter weiter. Der Fahrer stieg aus und schrie etwas herüber, das ich nicht verstand. In meinen Ohren rauschte es.

»Hast du den Verstand verloren?« Der feste Griff um meinen Körper löste sich und die plötzliche Freiheit ließ mich schwanken. Ich blinzelte gegen den Schwindel an. Als ich aufsah, stand

Noah vor mir, sein Gesicht vor Wut verzerrt. »Willst du dich umbringen? Ist es das, was du willst?«

»Ich …«, brachte ich mühsam hervor und kämpfte gegen die aufsteigende Übelkeit an. Ich schüttelte den Kopf, versuchte mich an ihm vorbeizuschieben, doch ich sah nur noch, wie Mia mit Jeremy zurück ins Haus ging. Tränen brannten in meinen Augen.

»Was ist los mit dir, Kara?« Noahs Stimme klang ruhiger, doch ich konnte die unterdrückte Wut sehr gut raushören. Ebenso wie seine Enttäuschung.

»Ich wollte doch nur …«, begann ich und drehte mich zu ihm um. »Sie haben sich gestritten, Mia sah so unglücklich aus und ich …«

»Du musst loslassen«, unterbrach er mich unbarmherzig. »Du kannst nicht mehr für sie da sein, Kara!«

»Wie soll das gehen?«, schrie ich ihm entgegen. Etwas in mir setzte aus. Es war mir egal, ob uns jemand hören konnte. Oder ob Mia uns sah. Sie würde mich ja ohnehin nicht erkennen. »Konntest du damals einfach loslassen?«

»Ich hatte keine Wahl!«, schoss er zurück und packte mich an den Schultern. »Aber du hast eine, Kara. Du hast eine zweite Chance. Wirf sie nicht weg!«

Ich schüttelte den Kopf, riss mich von ihm los und stolperte zurück. Was für eine Wahl hatte ich denn? Mein altes Leben vergessen und weiterleben? Oder sterben, weil ich nicht loslassen konnte?

»Wie hast du mich überhaupt gefunden?«, murmelte ich nach einer Weile und fuhr mit dem Handrücken über meine schmerzende Stirn.

»Ich kann dich spüren.« Besorgt sah er mich an. All seine Wut schien verraucht zu sein.

»Was meinst du mit *spüren*?«

Wieso war mir auf einmal so schwindelig? Es fühlte sich an, als wäre da ein Wirbelsturm, der sein Zentrum in meinem Kopf hatte und von dort aus nach unten wanderte. Der Schwindel ließ mich heftig blinzeln, und mir brach der Schweiß aus. Nadelspitzen bohrten sich in meine Haut.

Noah trat einen Schritt auf mich zu. Er sagte etwas, doch in meinen Ohren pochte es so heftig, dass ich kein Wort verstand. Sein Gesicht war das Letzte, was ich sah, bevor meine Knie nachgaben und der schmutzige Asphalt auf mich zukam.

9

Ein Piepen weckte mich. Der stete Rhythmus bohrte sich in die Dunkelheit und führte mich an einen Ort, wo sich unter das gleichmäßige Piepen ein heiseres Stöhnen mischte. Es dauerte einige Momente, bis mir klar wurde, dass es aus meinem Mund gekommen war. Ich versuchte die Augen zu öffnen, doch meine Lider wollten mir nicht gehorchen. So blieben mir nur meine anderen Sinne, um herauszufinden, wo ich mich befand und was passiert war.

Ich lag in einem Bett, das nicht besonders bequem war, und irgendetwas drückte auf meinen Zeigefinger. Das Piepen wurde schneller, ertönte jedoch weiter in gleichmäßigem Takt.

Als Nächstes drängte sich mir ein penetranter Geruch auf. Medikamente. Desinfektionsmittel. Und noch etwas anderes, das ich nicht zuordnen konnte. Ich verzog das Gesicht.

Wieder versuchte ich, die Augen zu öffnen, und diesmal klappte es. Erst nach und nach wurde mein Umfeld scharf, doch das reichte aus, um zu erkennen, wo ich war. In einem Krankenhaus. Ich stöhnte auf. Krankenhäuser verabscheute ich noch mehr als menschenleere Kirchen.

Mein Blick fiel auf die Fenster. Die Vorhänge waren nur halb zugezogen, sodass ich etwas vom schwarzen Nachthimmel sehen konnte. War ich so lange bewusstlos gewesen? Und wie war ich überhaupt hierhergekommen? In diesem Moment öffnete sich die Tür mit einem leisen Klicken.

»Kara.« Noah starrte mich an, in der einen Hand einen Plastikbecher, in der anderen die Türklinke.

»Hi«, erwiderte ich mit heiserer Stimme und einem matten Lächeln. Wer sonst hätte mich herbringen sollen, wenn nicht er? Noah schloss die Tür hinter sich und näherte sich meinem Bett mit langsamen, fast schon bedächtigen Schritten.

Die Schatten unter seinen Augen waren dunkler geworden, und die Bartstoppeln in seinem Gesicht ließen seine Züge noch markanter wirken. Er stellte den Plastikbecher ab, zog einen Stuhl heran und setzte sich neben mich. Sein Blick war so besorgt, dass sich sofort mein schlechtes Gewissen meldete.

»Was ist passiert?«, flüsterte ich und versuchte mich in dem schmalen Krankenhausbett etwas aufzurichten. Noah war sofort an meiner Seite und platzierte die Kissen so, dass ich zumindest halb sitzen und halb liegen konnte.

»Danke.«

Er nickte lediglich, blieb neben meinem Bett stehen und sah auf mich hinab. »Du bist zusammengebrochen«, antwortete er nach einem Moment.

Ich runzelte die Stirn. Ich war *was*?

»Erinnerst du dich nicht?«, wunderte er sich.

Doch, natürlich erinnerte ich mich. Ich brauchte nur einen Moment. Es hatte irgendetwas mit Mia zu tun, zumindest so viel spuckte mein vernebeltes Gehirn aus. Mia. Ein Auto. Noah, der mich von der Straße zerrte.

Wie kleine Tropfen rieselten die Erinnerungen auf mich ein. Ungläubig starrte ich Noah an. »Du hast mich gerettet«, stieß ich verblüfft hervor. »Gleich zwei Mal hintereinander.«

Das Lächeln auf seinem Gesicht sah nicht glücklich aus. »Ich konnte schlecht zulassen, dass du noch mal vor meinen Augen angefahren wirst. Und kurz danach bist du in meinen Armen zusammengebrochen, also hatte ich gar keine andere Wahl, als den Krankenwagen zu rufen.«

Auch wenn er versuchte, das Ganze mit einem leichten Tonfall und lockeren Worten abzutun, sah ich die Sorge in seinem Blick. Wieder ein Appell an mein schlechtes Gewissen.

»Danke.« Das meinte ich ehrlich. Was auch immer vor Mias Haus geschehen war, ich hatte nicht geplant, vor ein Auto zu laufen und zu sterben. Nicht schon wieder. Wäre Noah nicht zur Stelle gewesen, hätte der Wagen mich angefahren. Ich verdankte diesem Mann mein Leben.

»Bist du es nicht langsam leid, mir ständig nachzurennen und das Leben zu retten?« Das sollte kein Vorwurf sein, im Gegenteil, ich fühlte mich eher beschämt deswegen. Er tat alles, um mir zu helfen, und ich war so egoistisch, nur an mich und meine Probleme zu denken.

Er schüttelte den Kopf und griff nach meiner Hand. »Das hier ist ernst, Kara.« Eindringlich schaute er mich an. »Für die Ärzte mag das nur ein Kreislaufkollaps sein, aber ich weiß es besser. So beginnt es. Wenn du nicht mit deinem bisherigen Leben abschließt, wird es schlimmer, bis dann …«

Ich schwieg betroffen. Es war nicht das erste Mal, dass er mir das klarzumachen versuchte. Aber wie sollte ich es schaffen? Wie konnte ich alles hinter mir lassen, wenn meine Schwester noch dort draußen war und Probleme hatte und meine Hilfe brauchte?

»Wie schlimm?«, fragte ich leise nach. Seine Hand in meiner erstarrte.

»Weitere Anfälle«, presste er hervor. »Du brichst zusammen, bleibst immer länger bewusstlos. Die Ärzte werden am Ende eine Blutung im Gehirn feststellen, die sie nicht mehr stoppen können. Und dann wachst du nicht mehr auf.«

Wieder stand ich vor meinem Grab. Ein sanfter Windhauch strich durch mein Haar. Ich konnte die ersten Tropfen auf meiner Haut fühlen, die vom sturmumwölkten Himmel auf uns hinabfielen. Es war mir bisher nicht bewusst gewesen, doch Friedhöfe hatten eine beruhigende Wirkung auf mich. Nirgendwo auf der Welt waren die Gefühle so ehrlich, so rein wie an einem Ort, der die letzte Ruhestätte von so vielen Menschen darstellte.

Noah hatte mich hergebracht, nachdem ich heute Morgen aus dem Krankenhaus entlassen worden war. Ich hatte vorgegeben, mich von meinem alten Ich verabschieden zu wollen, doch im Grunde war das eine Lüge. Ich wollte mich nicht verabschieden. Ich konnte es einfach nicht.

Einmal zu sterben schien nicht zu genügen, denn jetzt stand mir dieses Schicksal erneut bevor, wenn ich nicht losließ. Noahs Worte hatten keinen Zweifel daran gelassen. Ich wusste, dass es sie dort draußen irgendwo gab, die Menschen, die alles hinter sich ließen und irgendwo anders neu anfingen, ohne zurückzuschauen. Doch ich gehörte nicht zu ihnen.

Aus meinem alten Leben mochte mir nur noch meine Schwester geblieben sein, doch das genügte mir. Ich war nicht bereit, sie zu verlieren und loszulassen – auch wenn ich sie nur aus der Ferne beobachten konnte. Ich war nicht bereit, zu vergessen, das wurde mir nun mit allen Konsequenzen klar. Ich würde Noah verletzen, seine Gefühle, und was da zwischen uns ganz zart aufkeimte. Und dann würde ich dem Tod noch einmal ins Antlitz blicken, würde noch einmal sterben …

Zu leben und eines Tages zu sterben war einfach, wenn man die Zeit dazwischen mit etwas füllen konnte, worin man einen Sinn sah. Mein Lebenssinn bestand lediglich darin, in diesem kurzen neuen Leben all das zu beenden, wozu ich in meinem alten Leben keine Chance mehr erhalten hatte, weil man es mir zu früh genommen hatte.

Ich beugte mich hinunter, legte meine Hand auf den Grabstein, dann auf die inzwischen beinahe verwelkten Lilien. Vielleicht war es doch ein Abschied und ich log nicht. Nur war es nicht die Art von Abschied, die Noah sich erhoffte.

Nach einem letzten Blick auf meinen Namen, der auf ewig in diesen Stein eingemeißelt war, ging ich zum Grab meiner Großmutter. Sie hatte mir so unglaublich viel bedeutet, war so wichtig in meinem Leben gewesen. Und auf einmal erschien es mir beruhigend und erstrebenswert, sie bald wiedersehen zu dürfen. Wenn mein Leben endete, begann auf der anderen Seite etwas anderes und ich würde all jene Menschen wiedersehen, die ich verloren hatte.

Tränen traten in meine Augen, doch diesmal ließ ich zu, was ich mir so lange verboten hatte. Es war in Ordnung, zu weinen und zu trauern, das wusste ich jetzt.

Ich blickte zu Noah, der einige Meter entfernt vor einem Grab stand, die Hände tief in den Hosentaschen vergraben, einen wehmütigen Ausdruck auf dem Gesicht. Mein Magen zog sich zusammen. Der Abschied von ihm fiel mir schwerer, als ich geglaubt hätte.

Ein letztes Mal blickte ich auf das Grab meiner Großmutter und dachte daran, wie ich sie in ihrem Apfelgarten auf der anderen Seite getroffen hatte. Sie hatte ihren Frieden gefunden.

Jetzt, wo ich mich nicht mehr dagegen sträubte und eine Entscheidung gefällt hatte, kehrten die Erinnerungen an mein altes Leben mit aller Macht zurück. Plötzlich fielen mir zahllose Kleinigkeiten wieder ein, kostbare Details wie der Duft von Mias Haar und ihr helles Lachen. Die warme Umarmung meiner Großmutter. Oder die liebevollen Worte von Mum und Dad, welche sie Mia und mir jede Nacht vor dem Einschlafen zugeflüstert hatten.

Bald schon würde ich sie wiedersehen! Der Gedanke daran beruhigte mich, schnürte mir aber auch die Kehle zu. Ich hatte so viele Träume gehabt, hatte noch so viel erleben, so viel tun wollen, doch davon war jetzt nichts mehr übrig.

Aufkeimender Schwindel zwang mich dazu, für einen Moment die Augen zu schließen. Es würde schlimmer werden. Das hier war nur der Anfang. Doch ich hoffte, dass mir, wie den anderen Zurückgesandten, noch ein paar Tage oder sogar Wochen blieben, um mit meinem alten Leben abzuschließen und mich von Mia zu verabschieden.

Meine Finger legten sich an meine Lippen und gleich darauf an den Grabstein. Er fühlte sich warm an. Als würde er meine Entscheidung besiegeln.

»Bis bald«, flüsterte ich. Mit zittrigen Beinen richtete ich mich auf und ging, ohne mich noch einmal umzudrehen, zu Noah hinüber. Er stand noch immer vor demselben Grabstein und starrte darauf. Es war ein Familiengrab. Mein Blick wanderte über die einzelnen Namen und blieb am letzten hängen. Noah Callahan. Das hier war sein Grab. Das Grab seiner Familie. Die Jahreszahl neben seinem Namen sprang mir ins Auge. Das Ganze war achtzehn Jahre her.

»Ich bin als Kind ertrunken«, sagte er nach einem Moment mit belegter Stimme. »Hier sind auch meine Großeltern und mein Bruder begraben. Meine Eltern leben noch.«

Ergriffen starrte ich Noah an, während es in meinem Kopf arbeitete. Er war mit zehn Jahren gestorben? Lange bevor sein Leben richtig begonnen hatte, hatte es ein gewaltsames Ende gefunden. Ich griff nach seiner Hand und drückte sie sacht.

»Hast du noch Kontakt zu ihnen?«

Er schüttelte den Kopf. »Wenn es so wäre, würde es mir wie den anderen ergehen. Früher oder später würde ich daran sterben.« Jetzt sah er mich an, und ich fragte mich, ob er mich durchschaut hatte und genau wusste, welch eine Entscheidung ich eben getroffen hatte.

»Wir können keine zwei Leben führen, Kara«, sagte er leise. »Es hat einen Grund, warum wir das alte Leben abschließen müssen. Nur so können wir ein neues beginnen.«

Seine Worte machten erschreckend viel Sinn. Aber es änderte nichts an meinem Entschluss. Und offensichtlich hatte auch er nicht alles vergessen. Wie war das möglich?

»Kannst du dich deswegen noch an dein altes Leben erinnern? Weil du als Kind gestorben bist?«, hakte ich behutsam nach.

Noah blickte auf unsere Hände hinab, genau in dem Moment, als unsere Finger sich so selbstverständlich verschränkten, als hätten sie schon immer zusammengehört.

»Als Kind hat man noch nicht so viele Erinnerungen, die es zu vergessen gilt. Außerdem war ich der Erste, der zurückgeschickt wurde. Damals schien es mir ein guter Handel zu sein, ein paar meiner Erinnerungen behalten zu dürfen und dafür anderen Zurückgesandten zu helfen.« Ein trauriges Lächeln glitt über sein Gesicht, doch der Schatten um seine Augen blieb. Mit einer Hand strich ich zärtlich über seine Wange, um die Dunkelheit aus seinem Blick zu vertreiben. Er griff nach meiner Hand, um einen Kuss auf mein Handgelenk zu setzen. Genau an die Stelle, an der wir dieselbe Art von Narbe trugen.

Wieder hatte ich das Gefühl von klarem Wasser, das Noah vom ersten Moment an in mir ausgelöst hatte. Es spülte über mich hinweg, drang in mich ein und legte sich auf jede noch so kleine Wunde, jede Narbe, die mir das Leben geschlagen hatte.

»Lass uns gehen«, flüsterte ich bewegt.

10

Das Wasser im Topf gluckerte leise vor sich hin. Noah beugte sich über den Herd, stellte die Temperatur etwas niedriger ein und gab die Pasta in den Topf. Gleich darauf hatte er wieder das Messer in der Hand und schnitt den Basilikum klein.

Ich lehnte am Küchentresen und beobachtete ihn. Zu meiner Überraschung konnte er tatsächlich kochen, und es schien ihm sogar Spaß zu machen. Hin und wieder warf er mir einen liebevollen Blick zu, während er vom Kühlschrank zum Schneidebrett, zum Tisch und wieder zum Herd ging. Anfangs hatte ich ihm noch gesagt, wo er alles in meiner Küche finden konnte, doch inzwischen schwieg ich. Noah fand sich bestens selbst zurecht, schien sich sogar schon ziemlich heimisch zu fühlen, während mir von Minute zu Minute alles fremder wurde.

Er reichte mir ein Glas Wasser, das ich dankbar annahm. Ich trank ein paar Schlucke und bemerkte erst jetzt seinen besorgten Blick. Hatte er mich die ganze Zeit schon so betrachtet?

»Alles in Ordnung?«, erkundigte er sich leise und strich mir eine Haarsträhne hinters Ohr.

Ich brachte ein Lächeln zustande, wusste jedoch nicht, was ich darauf antworten sollte. Ob alles in Ordnung war? Ganz und gar nicht. Ich stand am Ende meines zweiten Lebens, wusste nicht, wie viel Zeit mir noch blieb, und wollte unbedingt dafür sorgen, dass es Mia gut ging. Dass der Streit mit Jeremy eine Ausnahme gewesen war und sie sich wieder versöhnt hatten. Ich wollte ihr noch so viel sagen und wusste nicht, wo ich überhaupt anfangen sollte.

Und dann war da noch Noah … Meine Hand legte sich auf seine, drückte sie gegen meine Wange. Er hatte so viel für mich getan, war vom ersten Moment an für mich da gewesen. Sicher wäre er schon längst ein wichtiger Teil meines Lebens gewesen – hätten wir uns nur früher kennengelernt.

»Denkst du, deine Großmutter hätte gewollt, dass du dein Leben einfach so wegwirfst?«, fragte er leise und strich mit dem Daumen über meine Haut. Der Duft von Basilikum und anderen Kräutern drang in meine Nase. Langsam schüttelte ich den Kopf. Das hätte Grandma nicht gewollt.

»Und wenn Mia wüsste, dass du eine zweite Chance auf ein neues, ein glückliches Leben hast … Wäre es dann wirklich in ihrem Sinne, dass du diese Chance ihretwegen vergeudest?«

»Das ist nicht fair«, flüsterte ich heiser.

»Ich weiß, dass das nicht fair ist, aber jemand muss es dir sagen.«

Mit festem Griff drückte ich seine Hand, klammerte mich an ihn. Wieder hatte ich das Gefühl, dass er in meine Seele schauen und meine Gedanken erraten konnte. Nun versuchte er, mich vom Gegenteil zu überzeugen. Doch wie sollte ich ihm sagen, dass ich mich bereits entschieden hatte? Gegen mein neues Leben und damit auch gegen ihn?

»*Du* musstest nicht vergessen, Noah«, sagte ich plötzlich mit gebrochener Stimme. »Für dich war es anders.«

Er nickte langsam. Ein Schatten glitt über sein Gesicht, als er einen Schritt näher kam und mir tief in die Augen sah. »Du hast recht«, erwiderte er leise, seine Worte nur noch ein Wispern. »Aber mit diesem Wissen zu leben ist härter als komplett zu vergessen. Aber du kannst dich dafür entscheiden, alles zu vergessen und damit viel glücklicher zu leben, als ich es tue.«

Seine Stimme wurde immer leiser. Ich legte meine Hände auf seine Brust und näherte mich seinen Lippen. Ich schloss die Augen – doch er küsste mich nicht. Seine Stirn lehnte an meiner, und ich konnte seinen beschleunigten Atem auf meiner Haut fühlen. Seine Daumen strichen gleichmäßig über meine Wangen. Beruhigend, auch wenn in diesem Moment gar nichts in mir ruhig war.

Ein lautes Zischen brachte uns zurück in die Gegenwart. Noah eilte zum Herd, um die überkochende Pasta zu retten. Geschickt holte er eine Nudel aus dem Wasser, kostete sie und schaltete die Temperatur niedriger, damit das Essen weiter vor sich hin köcheln konnte.

Noch bevor ich irgendetwas sagen konnte, um die seltsam angespannte Stimmung zwischen uns aufzulockern, war Noah schon wieder bei mir und streichelte mir liebevoll über das Gesicht. Ich bekam einen Kloß im Hals.

»Weißt du, was mir als Erstes an dir aufgefallen ist? Schon damals auf der Trauerfeier?«, fragte er leise.

Was kam jetzt? Mir war nicht klar, ob ich es hören wollte oder ob es alles zwischen uns nur noch komplizierter machen würde.

»Deine Stärke.« Noah hielt meinen Blick fest, seine Daumen strichen unaufhörlich über meine Wangen. »Du warst so unglaublich stark, obwohl du gerade erst deine Großmutter verloren hattest und so viele Leute dich bedrängten und dir ihr Beileid aussprechen wollten.«

Ich erinnerte mich an diesen Tag, als wäre es eben erst passiert. War es im Grunde ja auch, denn mein neues Leben verblasste mit jeder Minute, die verging. Ständig tauchten neue alte Erinnerungen auf, und ich wusste nicht, ob ich darüber weinen oder erleichtert sein sollte. Denn dieses neue Leben … es erschien mir auf einmal nicht mehr so leer, nicht so sinnlos wie noch zu Anfang.

»Deine Stärke war es auch, in die ich mich verliebt habe«, flüsterte Noah leise.

Mein Herz setzte einen Schlag lang aus, nur um gleich darauf heftig weiterzupochen. Ich öffnete den Mund, wollte etwas sagen, doch seine Fingerkuppe auf meinen Lippen hielt mich davon ab.

Wie konnte er diesen Charakterzug in mir sehen, wenn ich mich doch alles andere als stark fühlte? Am Tag der Trauerfeier war ich kurz davor gewesen zusammenzubrechen. Ich hatte mich kaum auf den Beinen halten können und war für jede noch so winzige Atempause dankbar gewesen. Mias Umarmung. Josh, der sich um mich kümmerte. Doch an Josh dachte ich schon lange nicht mehr. Er hatte das geschafft, was ich nicht konnte. Selbst jetzt nicht. Er hatte mit mir abgeschlossen und recht schnell einen Ersatz gefunden.

Noahs Augen hatten die Farbe von tiefdunklen Wäldern angenommen. Genauso wie an jenem Abend vor ein paar Tagen, als er mich in mein Bett getragen hatte und wir uns das erste Mal geküsst hatten. Es kam mir nicht so vor, als würden wir uns erst so kurze Zeit kennen. Wir hätten uns schon vor Jahren treffen und unser Leben gemeinsam verbringen sollen.

Vielleicht bedeutete Stärke nicht, sich tatsächlich stark zu fühlen. Vielleicht bedeutete Stärke, in Wirklichkeit schwach zu sein und trotzdem weiterzumachen, weiterzukämpfen und nicht aufzugeben. Vielleicht war es das, was er an jenem Tag in mir gesehen hatte. Diese Stärke, die ich irgendwo auf dem Weg verloren hatte …

»Noah …« Ich wusste selbst nicht, was ich sagen wollte.

»Sch …«, hauchte er dicht vor meinen Lippen und war mir wieder ganz nahe. Diesmal wusste ich, dass uns nichts mehr stören würde. Überkochendes Wasser, Telefonklingeln, sogar das Schrillen einer Alarmanlage würden wir jetzt ignorieren, um uns endlich in die Arme zu nehmen.

Plötzlich spürte ich etwas Warmes auf meiner Oberlippe, dicht gefolgt von einem metallischen Geschmack in meinem Mund. Ich öffnete die Augen und sah Noah verwirrt an, der einen merkwürdigen Gesichtsausdruck hatte. Mit schnellen Schritten ging er zum Spülbecken, feuchtete ein Küchentuch an und wischte mir das Blut weg, das in einem kleinen Rinnsal aus meiner Nase lief. Erst jetzt bemerkte ich das Pochen in meinem Hinterkopf.

»Ich …«, begann ich hilflos.

»Schon gut«, unterbrach er mich leise, legte das Tuch beiseite und sah mich mit schmerzerfülltem Blick an. »Ich wusste vom ersten Moment an, als du an deinem Grab standest, wie du dich entschieden hast.«

Meine Augen füllten sich mit Tränen. Ich hatte nicht gewollt, dass es so weit kam und er es auf diese Weise erfuhr.

»Es tut mir so leid.«

»Sch, nicht weinen …« Er nahm mich in die Arme und streichelte mich zärtlich.

Ich schloss die Augen, als er mir einen Kuss auf die Stirn gab. Diesmal war es nicht Blut, das über meine Haut lief, sondern es waren Tränen. Ich genoss seine Nähe und hatte das Gefühl, ganz in seiner Umarmung zu versinken.

Er hatte mich vor weiteren Anfällen gewarnt, bis ich irgendwann nicht mehr aufwachen würde. Warum es in meinem Fall so schnell ging, wusste ich nicht. Vielleicht hatten die anderen noch mit sich gekämpft. Im Gegensatz zu ihnen hatte ich den Tod mit offenen Armen willkommen geheißen. Und plötzlich erkannte ich, dass ich mir durch meine Entscheidung auch meine noch verbleibende Zeit verkürzt hatte.

Es hatte sich so selbstlos und richtig angefühlt, meine Familie nicht vergessen zu wollen. Und ich hatte mich darauf gefreut, sie alle auf der anderen Seite wiederzusehen. Keine Sekunde hatte ich daran gedacht, was Mia oder Josh davon halten würden. Mir wurde plötzlich klar, dass sie sich womöglich nicht das für mich wünschten, was ich beabsichtigte. Ein komisches Gefühl beschlich mich. Hatte ich mich vorschnell für das Falsche entschieden?

Noahs Herz schlug fest und schnell an meinem Ohr. Ich konnte seinen Geruch wahrnehmen, diesen Duft, der mich vom ersten Moment an eingehüllt und nie mehr losgelassen hatte. In Noahs Armen fühlte ich mich so sicher und geborgen, wie nie zuvor.

Da traf es mich wie ein Blitzschlag: Ich wollte nicht sterben! Ich hatte einen riesigen, unverzeihlichen Fehler gemacht. Das, was mich mit Noah verband, war unendlich kostbar. Zwar hatte ich keine Ahnung, wie ich mich von meinem alten Leben lösen sollte, aber auf einmal wusste ich mit Bestimmtheit, dass ich nicht gehen wollte. Noah und ich hatten uns gerade erst gefunden. Ich wollte bei ihm bleiben.

Das Pochen in meinem Hinterkopf nahm wieder zu. Im gleichen Moment lief erneut etwas Warmes über meine Lippen. »Noah …«

Er ließ mich nicht los, keine Sekunde. Er blieb bei mir und hielt mich fest, bis ich außer seinem schnellen Herzschlag nichts mehr wahrnahm und eine vollkommene Schwärze mich umfing.

11

Dunkelheit umhüllte mich, schloss mich ein wie in ein weicher, warmer Kokon. Ich rollte mich zusammen, genoss diesen Zustand absoluter Geborgenheit. Ich war frei von Gedanken, von Empfindungen, frei. Nur Wärme war da und das Gefühl, für immer sicher zu sein. Es gab nur einen Menschen, bei dem ich dieses Gefühl schon einmal so intensiv gespürt hatte …

»Kara …«

Das Wort drang wie durch dichte Nebelschwaden zu mir durch, schwebte neben mir in der Dunkelheit, doch es hatte keine Bedeutung, berührte mich nicht. Ich erinnerte mich nicht. Ich erinnerte mich an gar nichts.

»Kara!«

Wieder dieser Name, diesmal lauter, drängender. Er hallte in mir nach, brachte irgendetwas tief in meinem Inneren zum Klingen. Aber es war nicht das Wort, sondern die Stimme, die etwas in mir wachrief.

Neugierig schaute ich mich um. Von der Dunkelheit um mich herum war nichts mehr übrig geblieben. Ich stand in einem Garten, der mir irgendwie vertraut vorkam. Das Gras kitzelte unter meinen bloßen Füßen. Als ich an mir hinabsah, registrierte ich eine einfache Jeans und eine weiße Bluse mit roten Flecken darauf. Wie kleine Blutstropfen.

»Kara.«

Ich blickte auf, sah in das Gesicht meiner Großmutter, und plötzlich war alles wieder da. Die Erinnerung an mein altes und auch mein neues Leben. Der kurze Moment mit Grandma im Apfelgarten, bevor man mich *zurückgeschickt* hatte. Aber bedeutete das …?

»Bin ich tot?«

Ein schmerzlicher Ausdruck trat auf das Gesicht mit den tiefen Falten um Augen und Mund, die von einem langen und glücklichen Leben erzählten.

»Du stirbst gerade«, flüsterte sie und streckte die Hände nach mir aus. Ich ergriff sie, ohne zu zögern. Die Wärme, die von meiner Großmutter ausging, war eine völlig andere als die, die ich in der Dunkelheit verspürt hatte. Als würde diese Wärme bis in mein Herz vordringen und mich von innen heraus mit Leben erfüllen.

»Du hast viel durchgemacht, Kara.« Ihre Worte, allein schon ihre Gegenwart trieben mir die Tränen in die Augen. »Aber das hier muss nicht das Ende für dich sein. Verschenke nicht die zweite Chance, die du erhalten hast. Nicht wegen der Lebenden und schon gar nicht wegen der Toten.«

»Ich konnte euch nicht gehen lassen«, flüsterte ich heiser.

»Ich weiß, Kleines.« Sie trat einen Schritt auf mich zu und strich mir durchs Haar. Auf einmal war ich wieder das kleine Mädchen, das Trost und Zuflucht bei seiner Großmutter gesucht hatte. Sie war immer für mich da gewesen. Mein Leben lang hatte ich zu ihr gehen, mit ihr reden und sie um Rat fragen können. Wie sollte ich ohne sie weiterleben? Wie konnte ich ohne Mia sein, die mir, seit ich denken konnte, ein Vorbild gewesen war?

»Du musst dich entscheiden.« Grandma sah mich durchdringend an. Ihre Augen waren so klar und voller Leben, genau wie früher.

»Was ist, wenn ich es nicht kann? Mich entscheiden?« Noch im selben Moment wusste ich, dass das nicht die Wahrheit war. Ich hatte mich schon einmal entschieden, doch damals war ich mir nicht richtig des Ausmaßes der Konsequenzen bewusst gewesen.

Denn dafür hätte ich Noah zurücklassen müssen und alles, was mich mit ihm verband. Jede einzelne Sekunde, die er bei mir gewesen war und mir das Gefühl gegeben hatte, wieder lebendig zu sein. Konnte ich *ihn* einfach vergessen?

»Du weißt, was dann geschieht«, antwortete Grandma.

Ja, ich würde endgültig sterben. Ein zweites Mal und diesmal, ohne wirklich gelebt zu haben.

Der musternde, beinahe neugierige Blick aus ihren Augen entging mir nicht. Unwillkürlich musste ich lächeln, trotz meiner Tränen.

»Ich wünschte, du hättest ihn kennengelernt«, flüsterte ich erstickt, dicht gefolgt von einem leisen Schluchzen, als ich sie lächeln sah.

»Ich werde immer bei dir sein, Kara. Wir alle. Wir sind immer an deiner und Mias Seite.« Grandma zog mich in ihre Arme. Ich schloss die Augen und versuchte, diesen Moment tief in mir aufzunehmen. Ich schmiegte mich an sie, atmete tief durch und versuchte nicht länger, meine Tränen und meinen Schmerz zu unterdrücken.

Abschiede taten weh, doch sie hatten auch etwas Gutes. Nur so erfuhren wir, wie viel uns der Mensch, der uns verließ, tatsächlich bedeutete, und dass er für immer in unserem Herzen bleiben würde.

»Es wird Zeit.« Sie löste sich von mir. Jetzt konnte ich auch die Tränen in ihren Augen sehen.

»Werde ich dich wiedersehen? Und Grandpa? Mum und Dad? Mia?«, wagte ich zu fragen und umfasste ihre Hände mit meinen.

»Eines Tages.« Ein Lächeln erschien auf ihrem Gesicht und mir wurde bewusst, dass ich sie genauso in Erinnerung behalten wollte. Stark und mit sich selbst im Reinen. Ich wusste nun, dass es ihr gut ging. Ihr und Grandpa, Mum und Dad.

»Leb wohl, Kara.«

Der Garten und Grandma verschwanden vor meinen Augen, und die Dunkelheit nahm mich wieder in ihre schützende Umarmung. Ich ließ es zu, denn ich wusste, wohin ich wollte. Es hatte von Anfang an nur diese eine Entscheidung gegeben, doch ich hatte fast zu lange gebraucht, um es zu verstehen und zu akzeptieren. Mein Schicksal war mit Noahs verknüpft. Egal in welchem Leben.

Meine Finger zuckten. Jemand hatte sie mit seiner warmen Hand umfasst, und ich spürte, wie diese Hand für einen Moment erstarrte. Dann drückte sie vorsichtig meine Finger. Hoffnungsvoll.

Ich lächelte, denn ich wusste genau, wessen Hand es war.

»Kara?« Seine Stimme ließ mich erleichtert seufzen. Wo ich war, spielte keine Rolle, solange er nur bei mir war. Wieder sagte er meinen Namen und streichelte über meine Wange.

»Ich liebe es, wenn du das tust«, murmelte ich kaum hörbar und mit schwacher Stimme, aber am Leben. *Ich war am Leben.*

»Ich tue das, sooft du willst, wenn du nur die Augen öffnest«, flüsterte Noah zurück.

Es brauchte ein, zwei Versuche, doch dann konnte ich ihn vor mir sehen. Erst noch verschwommen, dann immer klarer. Die markanten Gesichtszüge, die grünen Augen und das dunkle Haar. Der Dreitagebart, an den ich mich so schnell schon gewöhnt hatte. Selbst die kleine Narbe von diesem Motorradunfall auf seiner Stirn.

»Hi …«, hauchte ich.

Seine Augen leuchteten auf. »Hi.« Wie versprochen strich er mir ein weiteres Mal über die Wange und lächelte auf mich hinab. »Du bist zurück.«

»Ja …« Ich wollte nach seiner Hand greifen, doch in diesem

Moment öffnete sich die Tür und ein weiß gekleideter Mann betrat den Raum. Erst jetzt realisierte ich, dass ich in einem Krankenhaus war. Mein Körper war an zig Kabel angeschlossen, die mich mit mehreren Geräten verbanden.

»Sie sind aufgewacht, sehr schön«, begrüßte der Mann mich und stellte sich als Dr. Bennett vor. Sein prüfender Blick ging zwischen Noah und mir hin und her.

Ich runzelte die Stirn. »Wieso sollte ich nicht wieder aufwachen?« Ich blickte zu Noah, der einen Schritt zurückgetreten war, meine Hand aber noch immer festhielt.

»Ein paar Minuten warst du …«, begann er zögernd.

Ich sah ihn verständnislos an. Sollte das heißen, ich war tot gewesen?

»Sie waren ohne Vitalfunktionen, konnten aber reanimiert werden.« Dr. Bennett holte einen Kuli aus seinem Kittel und klappte die Akte auf, die er in den Händen hielt.

»Können Sie mir Ihren Namen sagen?«

Ich sah zwischen den beiden hin und her. Mein Blick blieb an Noah hängen, als ich schließlich antwortete: »Eve. Mein Name ist Eve Livingston.« Der Name in meinem neuen, in meinem jetzigen Leben. Es erfüllte mich mit einer seltsamen Mischung aus Stolz und Demut, den Namen meiner Grandma mein Eigen nennen zu dürfen.

»Sehr gut. Woran können Sie sich erinnern, Miss Livingston?«, fragte Dr. Bennett weiter.

Mein Blick blieb auf Noah gerichtet, studierte seinen Gesichtsausdruck, bis ich nichts mehr wahrnahm, außer seinen Augen.

»An alles. Ich erinnere mich an alles«, flüsterte ich.

Noahs Augen weiteten sich. Er wirkte überrascht und besorgt, doch ich schüttelte beruhigend den Kopf. Alles war in Ordnung. Ich schaute ihn liebevoll an und drückte seine Hand.

Sobald wir wieder allein waren, zog Noah einen Stuhl heran und setzte sich neben das Bett. Meine Hand lag noch immer in seiner und sein Zeigefinger strich über die Narbe an meinem Handgelenk.

»Ich verstehe das nicht«, murmelte er nach einer Weile. Es war das erste Mal, dass ich so etwas aus seinem Mund hörte. Irgendwie beruhigend zu wissen, dass auch er nicht über alles Bescheid wusste, was zwischen Himmel und Erde geschah.

»Ich bin gestorben«, sagte ich leise. »Aber erst danach habe ich mich entschieden. Erst dann habe ich gesehen, was wirklich wichtig ist.«

Seine Augen wurden eine Spur dunkler, das Lächeln auf seinem Gesicht weicher. »Deshalb kannst du dich noch erinnern?«

Ich überlegte einen Moment, nickte dann aber. »Jetzt kann ich das. Ich vermute, dass es nicht so bleiben wird.« Aber ich war endlich bereit, loszulassen und mein neues Leben zu beginnen. Mit dem Wissen, dass es all den Menschen, die mir so wichtig waren, gut ging. Dass sie ihren Frieden gefunden hatten – so wie ich.

»Was ist mit Mia?«, hakte er leise und vorsichtig nach.

Ich senkte den Blick. Mia loszulassen fiel mir am schwersten. Dennoch wusste ich, dass sie kein Teil meines Lebens mehr sein konnte. Sie hätte sich etwas anderes für mich gewünscht als den Tod.

»Sie hat Jeremy und ein Kind, das in ihr heranwächst.« Obwohl ich glücklich für sie war, musste ich bei dem Gedanken schlucken. Ich wäre gerne Tante geworden. Vielleicht eines Tages und in einem anderen Leben. Und außerdem würden wir uns wiedersehen. So oder so.

»Weißt du, was du mir nie gesagt hast?«, fragte ich Noah unvermittelt und zog ihn zu mir heran.

»Nein. Was?«

»Wie dein Name in diesem Leben ist. Du hast dich mir als Noah vorgestellt, aber Noah stand auf dem Grabstein. Das war der Name in deinem alten Leben.«

Das Lächeln auf seinem Gesicht wurde eine Spur breiter. Er hob die freie Hand und ließ seine Finger über meine Wange gleiten. Ich schloss die Augen bei der inzwischen vertrauten Berührung, öffnete sie gleich darauf jedoch wieder, um ihn anzusehen.

»Adam«, murmelte er schließlich. »Mein Name in diesem Leben ist Adam.«

Ich ließ den Namen in mir nachhallen und kam zu dem Schluss, dass er zu ihm passte. Und noch etwas fiel mir auf. Noah hatte in seinem zweiten Leben den Namen Adam erhalten und ich trug den meiner Großmutter. Eve.

»Ist das ein Zufall?«

Er lächelte und beugte sich zu mir hinab. »Ich glaube nicht an Zufälle«, wisperte er dicht vor meinem Gesicht. In diesem Moment stimmte ich ihm aus ganzem Herzen zu. Es gab keine Zufälle. Nur Schicksal. Und unser Schicksal war es gewesen, trotz aller Umstände und Widrigkeiten zueinanderzufinden.

Selbst über den Tod hinaus.

Tränen der Ewigkeit

Nadine Kühnemann

1

Paris, 26. August 1775

Der Gestank von Unrat und verfaultem Wasser lag schwer wie ein feuchter Teppich über den Straßen des Uferbezirks. Es bedurfte eines unempfindlichen Geruchssinns, wenn man beabsichtigte, sich länger als einen Atemzug lang in der Nähe des Flusses aufzuhalten. Evrèl störte sich weder an Dreck noch an üblen Gerüchen. Er hatte sein gesamtes Leben in der Gosse verbracht, und die meisten Wohngegenden waren nicht halb so ansehnlich wie diese gewesen. Nicht, dass ihm keine andere Wahl geblieben wäre, doch er bevorzugte die Freiheit und Unabhängigkeit, die ihm die Straße bot. Eine Stadt wie Paris interessierte sich wenig für den Bodensatz ihrer Gesellschaft, was wiederum den Vorteil mit sich brachte, dass ein Habenichts sich zwanglos in ihren Gassen bewegen konnte. Evrèl hatte sich bewusst für ein Leben abseits kultivierter Soirees, weiß gepuderter Perücken und seidener Kniehosen entschieden. Wenn man illegalen Geschäften nachging, war es von großem Nutzen, wenn man anonym und unerkannt in der Menge unterzutauchen vermochte, da nahm man ein wenig Gestank doch gern in Kauf.

Evrèl hob den Blick und beschattete seine Augen mit der Hand. Es war ein schwüler Tag im Spätsommer, was einem angenehmen Geruch nicht gerade förderlich war. Auf dem *Quai Royal* herrschte geschäftige Betriebsamkeit. Von weißen Rössern gezogene Kutschen – vornehmlich edle Gespanne, die sich nur der Adel leisten konnte – polterten über das Kopfsteinpflaster.

Die meisten von ihnen steuerten die Brücken an, die auf die Binneninseln führten. Die Inseln übten von jeher einen besonderen Reiz auf die Menschen aus, denn die luxuriösen Stadtpaläste des Adels waren nicht nur eine Augenweide für all diejenigen, die den Prunk und die vornehmen Kutschen mit neidvollen Blicken bedachten, sondern auch Treffpunkt für all jene, die sich an den Anblick von Prachtbauten längst gewöhnt hatten. Eigentlich zählte die Umgebung des vierten Arrondissements nicht zu den Gegenden, in die es Evrèl häufig verschlug, doch er hatte heute noch einen Auftrag zu erfüllen, der ihn mitten unter die Aristokraten trieb. Evrèl rümpfte die Nase. Nach Scheiße stank es hier trotzdem, ob Adel oder nicht. Am Ende waren die Menschen doch alle gleich: Sie aßen, schliefen, und sie leiteten ihr Abwasser in den Fluss. Widerlich.

Er schlug die Ärmel seines Hemdes auf, denn die späte Nachmittagssonne brannte erbarmungslos auf ihn herab. Der grobe Leinenstoff klebte an seinem Körper, vor allem am Rücken schwitzte er stark. Der kleine Kirschbaum, der neben der Bank, auf der Evrèl saß, seine dürren Äste in den Himmel reckte, vermochte kaum Schatten zu spenden.

Evrèls Blick fiel auf die zahlreichen Narben auf seinen Unterarmen, die von einem entbehrungsreichen Leben auf der Straße zeugten, wo Auseinandersetzungen mit dem Mob an der Tagesordnung waren. Er stieß einen Laut des Missmuts aus. Wenn das Glück ihm hold war, gehörte dieses Leben vielleicht bald der Vergangenheit an. Dann würde er endlich damit aufhören können, wie ein Gammler durch die Straßen zu ziehen und sich in Anonymität zu verstecken. Heute Abend würde er den entscheidenden Schritt in ein neues Leben tun.

Evrèl spürte einen Luftzug hinter sich. Er wandte den Kopf und blickte einer vornehmen Dame hinterher, deren fliederfarbener, weit ausladender Rock im Takt ihrer Schritte wippte.

Ihr Haar war zu einer opulenten Turmfrisur aufgesteckt, die Haut vornehm blass gepudert. Sie verströmte einen penetranten Geruch nach Parfum, der sich mit dem Gestank des Flusses vermischte und Evrèl eine Welle der Übelkeit bescherte. Er schnaubte. Nur ein einziges Mal hatte er den Duft einer Frau als angenehm empfunden, und selbst diese Erinnerung verblasste zunehmend. Er schüttelte den Gedanken ab. Es war besser so, denn Weichherzigkeit konnte schnell dazu führen, dass man als aufgedunsene Leiche im Abwasserkanal trieb. Die meisten seiner Artgenossen frönten bedenken- und gewissenlos ihren Gelüsten, doch Evrèl hatte sich derartigen Risiken nie aussetzen wollen, zumal er ohnehin seit Jahrzehnten keiner Frau mehr begegnet war, die es wert gewesen wäre, sich die Hose auszuziehen. Evrèl empfand überdies wenig Freude an seinem erbarmungswürdigen Leben. Das Einzige, das er zu empfinden imstande war, war der Schmerz seines voranschreitenden Verfalls. Der Gedanke daran brachte ihn unweigerlich darauf zurück, dass er seit Tagen keine Nahrung mehr zu sich genommen hatte. Ein Blick auf die Taschenuhr, die er einem reichen Edelmann bei einer seiner letzten Mahlzeiten abgenommen hatte, verriet ihm, dass noch Zeit genug für eine Stärkung blieb.

Evrèl erhob sich ächzend von der Bank und streckte seine müden Glieder. Der Anblick der vornehmen Gesellschaft, die sich nach und nach auf der *Île Saint-Louis* einfand, um an der Soiree des Comte Donoit de Bornelle teilzunehmen, weckte den Hunger nach einem gepflegten Aristokraten in Evrèl, doch er verdrängte den Gedanken mit einem Schmunzeln. Es wäre klüger, vor Beginn der Festivität keine Aufmerksamkeit zu erregen.

Er tauchte in eine der zahlreichen schmalen Gassen der Stadt ein und hielt nach einem Ort Ausschau, an dem er ungestört seinem Hunger nachgeben konnte. Paris war ein Geflecht aus verwinkelten Straßen und schmalen Durchlässen, die nicht einmal eine Pferdebreite Platz boten, sodass es Evrèl nie schwergefallen war, einen abgeschiedenen Ort zu finden, der sich für das Unvermeidbare eignete.

In der Nähe der Bastille entdeckte er in einer Sackgasse, die von leer stehenden Häusern gesäumt wurde, einen Mann mittleren Alters, der in einem der Hauseingänge schlief. Er verströmte einen unangenehmen Geruch nach Wein, aber Evrèl ließ sich davon nicht beeindrucken. Vermutlich war der Mann ein Landstreicher, eine der vielen gescheiterten Existenzen, die aus der Provinz in die Großstadt gekommen waren, um hier das große Glück zu finden. Zumindest ließ seine abgetragene Kleidung darauf schließen, dass er weit abseits von Adel und Kleinbürgertum sein Dasein fristete. Vermutlich tat Evrèl ihm einen Gefallen, wenn er sein Leben beendete.

Er packte den Mann am Revers seines abgewetzten Mantels und hob den Körper ein wenig an. Er gab ein Grunzen von sich, wachte jedoch nicht auf. Der Mann war sturzbetrunken und machte es Evrèl somit leicht, ihn für seine Zwecke zu missbrauchen. Beinahe bedauerte er, dass der Mann sich nicht wehren würde.

Evrèl spürte, wie seine Gestalt sich veränderte, wie sein Blick sich schärfte, seine Muskeln anschwollen und die beiden messerscharfen Krallen aus seinen Handrücken fuhren. Es war ein süßer Schmerz, den man gerne aushielt. Evrèl stieß ein tiefes, zufriedenes Knurren aus. Mit einer blitzschnellen Bewegung trieb er dem Betrunkenen eine seiner unterarmlangen Krallen zwischen die Rippen. Evrèl war geübt darin, zielsicher das Herz zu treffen und dem Opfer ein langes Leiden zu ersparen. Es war weniger eine Frage der Barmherzigkeit als vielmehr eine der Heimlichkeit. Geschrei und Gezappel waren nicht nur störend bei der Nahrungsaufnahme, sondern erregten auch ungewollte Aufmerksamkeit. Der erste Mensch, den Evrèl ohne die Anleitung eines Lehrers getötet hatte, war qualvoll verblutet, noch ehe Evrèl seine Energie in sich aufgenommen hatte. Er hatte bei jedem Versuch, das Herz des Opfers zu treffen, danebengestochen. Dank jahrzehntelanger Übung dauerte die Prozedur nun selten länger als ein paar Sekunden. Auch diesmal hatte Evrèl die Lebenskraft des Mannes aufgesogen, ehe dieser überhaupt bemerkt hatte, dass er im Begriff war, zu sterben.

Evrèl ließ die Leiche des Mannes unsanft auf den Boden fallen. Er fühlte sich wach und gestärkt. Die Krallen fuhren in seine Hände zurück, und auch sein Körper nahm wieder die Ausmaße eines durchschnittlich trainierten jungen Mannes an. In der Ferne läuteten die Glocken von *Notre-Dame* sieben Mal. Es war Zeit, zu gehen. Evrèl wandte sich ab. Er drehte sich nicht noch einmal nach dem leblosen Körper des Mannes um, dessen ausgehauchtes Leben Evrèl einmal mehr für ein paar Tage vor dem Verfall gerettet hatte.

2

Der kleine blasse Arm lugte unter der Decke hervor und hing schlaff über die Bettkante. Kein Muskel spannte sich, lediglich die Augäpfel, die unter den geschlossenen Lidern in unregelmäßigen Abständen zuckten, zeugten davon, dass der Junge noch lebte. Er erinnerte an eine Marionette, der man die Fäden durchtrennt hatte.

»Es hat nicht gewirkt.« In der Stimme der Mutter schwang nicht der leiseste Vorwurf mit, nur unendliche Traurigkeit. Émine versetzten ihre Worte einen Stich. Die Frau hatte all ihre Hoffnung auf diese Behandlung gesetzt, doch Émine hatte sich wieder einmal mit den Grenzen der Kräuterheilkunst konfrontiert gesehen. »Es tut mir leid«, hauchte sie. Sie kniete neben dem Bett des Jungen, der sein erstes Lebensjahrzehnt noch nicht vollendet hatte, und strich ihm über die Stirn. Ihre Berührung war nur ein warmer Hauch auf seiner Haut, denn Émines natürliche Gestalt war durchscheinend und ungreifbar wie sanfter Sommerwind.

Die Mutter des kleinen Clément schlug die Hände vors Gesicht und brach in herzzerreißendes Schluchzen aus. Ihre Beine gaben unter ihr nach, und sie fiel auf die Knie. Es war nicht das erste Mal, dass ein Patient zu spät ins *Grüne Heim* gebracht wurde, aber selten hatte Émine ein Schicksal so sehr berührt. Der kleine Clément litt unter einer unbekannten Infektion. Erst gestern war er aus einem Zustand völliger Gesundheit heraus in ein Koma gefallen, aus dem auch Émines Heilkünste ihn bisher nicht zu erwecken vermocht hatten. Er war das einzige Kind der armen Frau, die das gebärfähige Alter bereits überschritten hatte. Jacques hatte Mutter und Sohn gestern in Paris von der Straße aufgelesen. Die Not leidende Dame hatte verzweifelt an die Türen der Ärzte geklopft; die feinen Doktoren hatten einer Frau ohne die nötigen finanziellen Mittel jedoch kein Gehör geschenkt. Jacques brachte häufig mittellose Menschen ins *Grüne Heim*, mindestens einmal pro Woche. Es war Émines heilige Bestimmung, bedürftigen Menschen mit ihrer göttlichen Gabe zu helfen. Sie liebte ihre Aufgabe.

Das Schluchzen der Frau steigerte sich zu einem markerschütternden Heulen. Émine drehte sich über die Schulter hinweg um und suchte den Blick von Jacques, ihrem menschlichen Mentor, der still in einer Zimmerecke stand und betreten dreinblickte. In seinen Augen waren Trauer und Bestürzung zu lesen. Émine wandte sich wieder der Dame zu, die ihren Blick mit verheulten roten Augen erwiderte.

Émine fasste einen Entschluss. »Ich werde Euren Sohn mit meiner eigenen Energie ins Leben zurückholen«, sagte sie im Brustton der Überzeugung. Sie verfestigte ihre körperlose Gestalt und legte der Frau eine Hand auf die Schulter. Die Dame hörte für den Moment auf zu schluchzen und sah mit einem verstörten Gesichtsausdruck zu Émine auf. Dann erhob sie sich vom Zimmerboden und streckte ihre Hand langsam nach Émine aus. Die Frau berührte sie sacht an der Schulter, als sei sie eine zerbrechliche Porzellanpuppe. In den Augen der Dame glänzten Tränen, aber ihr Blick war voll Bewunderung und Ehrfurcht. Ihre kühle kleine Hand strich zaghaft über Émines Wange. Émine ließ sie gewähren.

»Ich habe niemals etwas derart Wundervolles erlebt«, flüsterte die Dame. »Ich darf einen Engel berühren.« Für den Augenblick schien sie den Kummer um ihren Sohn vergessen zu haben.

In der Zimmerecke räusperte sich Jacques. »Émine, bist du sicher, dass du deine Kraft opfern möchtest? Du solltest vorsichtig sein.«

Émine nickte, jedoch ohne den Blick dabei von der Mutter des Jungen abzuwenden. »Ich bin mir vollkommen sicher.« Sie setzte sich auf die Bettkante. Der kleine Clément hatte sich noch immer nicht gerührt. Sie griff nach seiner Hand. Jetzt, da sie ihre menschliche Gestalt angenommen hatte, würde auch der Junge die Berührung spüren.

Émine mobilisierte ihre Energiereserven und konzentrierte sich auf die Heilung des Jungen, dem sie all ihre Kraft in den schlaffen kleinen Körper sandte. Es war eine Methode, die ein Eluvir nur selten anwandte, denn sie schwächte ihn nachhaltig. Jacques gab ein Seufzen von sich, das Émine jedoch ignorierte. Ihr Mentor war stets auf ihr Wohlergehen bedacht, was sie ihm nicht verübelte.

Im gleichen Maße, wie Émine die Kräfte verließen, kehrten sie in den Jungen zurück. Schon bald öffnete er die Augen und bewegte die Füße. Seine Mutter stieß einen freudigen Schrei aus, stürzte zum Bett und umarmte ihren Sohn. Émine, deren Erscheinung aufgrund des enormen Kraftaufwands flackerte, ließ seine Hand los. Sie fühlte sich nicht gut, aber sie wusste auch, dass dieser Zustand nur vorübergehend war. »Sie können Clément jetzt mit nach Hause nehmen«, sagte sie. Ihre Stimme klang ein wenig dünn. »Er wird durchkommen.«

»Merci, Madame! Merci!« Dicke Tränen liefen der Mutter über die Wangen. »Wie kann ich Euch nur danken? Was kann ich tun?«

Émine schüttelte sacht den Kopf. »Das *Grüne Heim* ist ein Ort der Güte und Hilfsbereitschaft. Geht nach Hause und lebt ein aufrichtiges Leben.« Sie streckte die Hand nach der Dame aus und strich ihr über den Oberarm. Sie würde sich schon bald nicht mehr daran erinnern können, einem Eluvir begegnet zu sein. Ein Hauch von Wehmut streifte Émine.

Der kleine Clément lächelte. Émine war sich sicher, dass er noch zu benommen war, um wirklich zu verstehen, was mit ihm geschehen war, dennoch lächelte sie zurück. Seine Mutter wischte sich mit dem Handrücken über das Gesicht, nahm ihren Sohn auf den Arm und verließ unter Dankesbekundungen das Heilzimmer des *Grünen Heims*. Ihr war es sichtlich unangenehm, dass sie Émine nur ein strahlendes Lächeln zu bieten hatte, aber für Émine war es eine königliche Bezahlung.

Als die Tür hinter der Dame ins Schloss fiel, stieß Émine ein tiefes Seufzen aus. Sie saß noch immer auf der Bettkante. Ihre Erscheinung war transparenter als gewöhnlich, denn ihre Kräfte kehrten nur sehr langsam zurück.

»Lass uns zurück ins Haupthaus gehen«, sagte Jacques. »Es steht dir noch ein langer Abend bevor.«

Émine nickte, erhob sich und folgte ihrem Mentor hinaus ins Freie. Das Heilzimmer – von Jacques und seinem kleinen Famulus gerne als ›Kräuterstube‹ bezeichnet – war nicht mehr als eine Hütte auf dem Gelände des *Grünen Heims*. Émine hatte vor Jahrzehnten ihren vorletzten Mentor gebeten, das Heilzimmer aus dem Haupthaus heraus hierherzuverlegen, weil sie die Stille und Abgeschiedenheit schätzte. Zudem wuchsen unzählige Kräuter und Heilpflanzen in dem kleinen Hain, in dem sich die liebevoll dekorierte Hütte befand. Das Wäldchen schloss direkt an den Garten des Haupthauses an und war wie geschaffen für das Gewerbe eines Eluvirs. Hier fand Émine die nötige Ruhe.

Sie betraten das Haupthaus. Im Salon hockte Perien mit angewinkelten Beinen auf dem Boden und sortierte getrocknete Blätter. Als er Émine erblickte, verzog sich sein Mund zu einem breiten Grinsen und offenbarte einen fehlenden Schneidezahn. »Habt ihr dem Jungen helfen können?«, fragte er.

»Ja, das haben wir«, sagte Jacques. Émine merkte ihrem Mentor deutlich an, dass er keine große Lust hegte, dem neugierigen kleinen Jungen, der einmal sein Nachfolger werden würde, Fragen zu beantworten. Émine verübelte es ihm nicht. Jacques war in einem Alter, in dem Menschen oftmals dazu neigten, keine Geduld mehr mit der Jugend zu haben. Er hatte spät damit angefangen, sich einen Nachfolger heranzuziehen, der Émine einst als menschlicher Begleiter zur Seite stehen würde. Jacques war selbst erst vor etwas mehr als zwei Jahrzehnten ins *Grüne Heim* gekommen, als sein Vorgänger vor der Zeit gestorben war, ohne einen Lehrling hinterlassen zu haben. Émine erfüllte ein Abschied stets mit Trauer, und obwohl sie schon mehr als zwei Dutzend Mentoren kommen und gehen gesehen hatte, hatte sie sich noch immer nicht an die Endgültigkeit des Todes gewöhnt.

»Sorge dich nicht um den kranken Jungen, Perien«, sagte Émine und schüttelte ihre Gedanken ab. »Ich habe ihm geholfen.« Perien nickte und widmete sich wieder seiner Arbeit.

Émine stieg die Treppe zum ersten Stockwerk hinauf, öffnete die Tür zu ihrem Ruhezimmer und betrat den dahinterliegenden Raum. Jacques folgte ihr. Er war ihr in all den Jahren so vertraut geworden, dass Émine sich kaum noch einen Tag vorstellen konnte, an dem er ihr nicht wie ein Schatten anhing. Es war der Wille der Vier Heiligen – den Vätern der Eluviri –, dass ein Mensch ihre Kinder auf Erden begleitete und ihnen den Weg wies. Émine hatte die Entscheidungen der Engel nie infrage gestellt.

Sie setzte sich auf das schlichte Bett, eine Lagerstatt, die Émine nur selten in Anspruch nahm. All ihre Möbel erfüllten den einzigen Zweck, den Schein eines gewöhnlichen Wohnhauses aufrechtzuerhalten. Sie waren Geschenke wohlwollender Gönner gewesen, denn das *Grüne Heim* finanzierte sich ausschließlich durch Spenden.

»Du solltest mit deinen Kräften besser haushalten«, sagte Jacques und kratzte sich den dichten Schopf, der trotz seines Alters keine grauen Strähnen aufwies. »Unser Land kann auf keinen seiner Eluviri verzichten.« Er warf Émine einen tadelnden Blick zu, doch sie lächelte nur sanftmütig.

»Ich weiß genau, was ich tue«, sagte sie. »Mach dir keine Sorgen.«

»Die mache ich mir aber. Du nimmst zu häufig menschliche Gestalt an. Du weißt, dass du damit deine Unsterblichkeit verlierst.«

Émine machte eine beschwichtigende Geste. »Jacques, darf ich dich daran erinnern, dass du es warst, der mich einst dazu ermutigte? Du sagtest, es steigere mein Ansehen in der Bevölkerung, wenn ich den Menschen erlaube, mich zu berühren.«

Der alte Mentor stieß ein tiefes Knurren aus. »Ja, und der Meinung bin ich auch heute noch. Aber doch nur für diejenigen, die uns Geld spenden, Émine! Der Großteil der Bevölkerung weiß nichts von den Eluviri, und das ist auch gut so. Es ist der Wille der Vier Heiligen, dass du den Menschen nach der Behandlung die Erinnerung an dich nimmst.«

Émine strich sich eine Strähne ihres honigblonden Haares aus der Stirn. Sie wollte sich nicht mit Jacques streiten, zudem hatten sie dieses Thema schon zur Genüge durchgekaut. »Du hast wohl Recht«, sagte sie, um ihren Mentor zu beschwichtigen. »Dennoch weiß ich selbst, wann ich in Gefahr bin und wann nicht. Falls du auf den Vorfall von vorhin anspielst, so denke ich nicht, dass die arme Dame mir etwas angetan hätte.«

Jacques schnaubte und verschränkte die Arme vor der Brust. »Es geht ums Prinzip.«

Émine erwiderte nichts darauf.

Eine Zeit lang verharrten sie in Schweigen, bis der Wind den Glockenschlag einer Kirche durch die geöffneten Fenster trug.

»Es ist schon spät«, sagte Jacques. »Der Graf Bornelle erwartet dich heute Abend bei seiner Soiree. Du musst dich bald auf den Weg machen.«

Émine, die tief in ihre Gedanken versunken gewesen war, kehrte in die Realität zurück und nahm einen tiefen Atemzug. Sie verkniff sich ein Seufzen, stattdessen nickte sie nur. Sie hatte die Einladung schon vor Wochen angenommen. Obwohl sie sich noch immer ein wenig schwach fühlte, würde sie nicht umhinkommen, dem Grafen diese Ehre zu erweisen.

»Er hat uns schon viel Geld gespendet«, sagte Jacques, als sei er Émine eine Rechtfertigung schuldig. Sie wusste sehr wohl, wie wichtig die Spenden für das *Grüne Heim* waren. Es gab nur wenige Menschen, die von Émines Existenz wussten und die das Schweigen bewahrten. Sie war dem Grafen Bornelle sehr dankbar dafür. »Ich werde mich bald auf den Weg zu ihm machen«, sagte sie und erhob sich von der Bettkante.

Jacques nickte, in sein Gesicht stahl sich ein erleichterter Ausdruck. »Der Graf schickt eine Kutsche, die dich abholen und in die Stadt bringen wird. Sie müsste bald hier sein.«

Émine zog die Augenbrauen hoch. »Das ist sehr nett von ihm, aber es wäre nicht nötig gewesen.« Émine legte Jacques eine Hand auf die Schulter. Er zuckte unmerklich zusammen, als bereitete ihm die Berührung Schmerzen. Schnell zog Émine die Hand zurück. »Solange ich keine feste Gestalt annehme, kann mir niemand etwas anhaben. Ich hätte zu Fuß in die Stadt gehen können.«

Jacques schüttelte vehement den Kopf. »Um dabei zu riskieren, das schöne Kleid zu beschmutzen?«

Émine hatte beinahe vergessen, dass der Graf vor einigen Tagen ein festliches Kleid für sie ins *Grüne Heim* hatte schicken lassen. Für gewöhnlich kleidete Émine sich einfach und zweckmäßig, aber der Graf hatte darauf bestanden, sie zur schönsten

Frau des Abends zu machen. Das Kleid, das er für sie hatte anfertigen lassen, schimmerte in königlichen Rottönen, war mit schweren Perlen bestickt und so üppig und schwer, dass Émine bezweifelte, damit überhaupt weiter als ein paar Schritte laufen zu können. Sie lachte. »Da hast du wohl Recht. Ich werde mich jetzt besser umziehen. Schick den Jungen herein, er kann mir beim Ankleiden helfen.« Jacques nickte und verließ das Zimmer. Émine öffnete den Deckel der großen Kleidertruhe, die am Fuße des Bettes stand. Das pompöse Kleid füllte beinahe den gesamten Raum darin aus. Sie nahm es heraus und legte es auf die Matratze. Nie zuvor hatte Émine etwas derart Wertvolles besessen. Sie machte sich nichts aus weltlichen Gütern, dennoch erfreute sie sich an allem, was schön und vollkommen war.

Sie schlüpfte aus ihrem bodenlangen weißen Kleid und legte es über einen Stuhl. Dann sah sie an sich hinab und betrachtete ihren nackten Körper, der hell und durchscheinend war wie feine Seidenvorhänge, durch die Sonnenlicht hindurchschimmerte. Wenn sie angekleidet war, fiel Émines geisterhafte Gestalt weniger auf, lediglich an den Händen und am Kopf vermochte man sie dann von einem Menschen zu unterscheiden.

Es klopfte an der Tür, die sich gleich darauf einen Spaltbreit öffnete. »Komm herein«, sagte Émine. Perien betrat den Raum. Er hielt den Blick gesenkt und sah beschämt zu Boden. Er musste sich erst noch an seine Aufgabe als Mentor eines Eluvirs gewöhnen. Émine empfand keine Scham, auch nicht gegenüber Jacques. Der Mann war lediglich zu kränklich, um ihr beim Ankleiden behilflich zu sein. Wann immer man ihn berührte, schien er unter Schmerzen zu leiden.

»Sieh mich an und hilf mir in das Kleid«, sagte Émine. Der Junge hob nur zaghaft den Blick, gehorchte jedoch. Er half ihr, das opulente Gewand anzulegen und es am Rücken zu verschließen. Émine fühlte sich, als hätte man sie in einen Käfig aus Stoff gesperrt. Die Schwere des Kleides ließ sie beinahe in die Knie gehen.

Abermals läutete eine Kirchenglocke in der Ferne. Beinahe zeitgleich hörte Émine das Poltern von Wagenrädern und das Schnauben von Pferden. Sie ging zum geöffneten Fenster herüber und spähte auf den Hof. Eine reich verzierte Kutsche, die von zwei schneeweißen Rössern gezogen wurde, hielt vor der Tür des *Grünen Heims*. Hastig kramte sie in einer Schatulle, die auf dem Schreibtisch in der Zimmerecke stand, und förderte eine silbern schimmernde Haarnadel zutage, die sie in ihrem üppigen Haar befestigte. Natürlich würden all die feinen Hofdamen wunderschöne Perücken und aufwendige Hüte tragen, Émine jedoch machte sich nichts aus derlei Dingen. Sie trug dieses Kleid einzig, um dem Grafen eine Freude zu bereiten, und nicht, um am Schaulaufen der Aristokraten teilzunehmen. Sie entließ Perien aus seiner Pflicht und machte sich auf den Weg in den Hof, wo die edle Kutsche sie erwartete.

3

Es war ein wunderschöner Sommerabend. Die Sonne stand bereits tief am Himmel und warf lange Schatten über das Kopfsteinpflaster. Malerisch reihten sich die reich verzierten Prachtbauten, die Émine auf der anderen Seite des Flusses erspähte, wie Perlen auf einer Schnur aneinander. Die ganze Fahrt über hatte sie aus dem Fenster gesehen und die herrlichen Fassaden bestaunt, denn Émine war noch nie zuvor so weit ins Innere der Stadt vorgedrungen, erst recht nicht in die teuren Quartiers von Paris. Sie war eine Heilerin der Armen, und arm schienen die Bewohner des vierten Arrondissements beileibe nicht zu sein. Émine hatte während der letzten Jahrhunderte miterlebt, wie die Stadt sich verändert und immer wieder neu erfunden hatte, und dennoch entdeckte sie stets neue Facetten, die sie in Erstaunen versetzten.

Die Kutsche rumpelte über die Brücke *Pont Marie* auf die *Île Saint-Louis* zu. Auf einer benachbarten Insel reckte die *Cathédrale Notre-Dame* ihre beiden Zwillingstürme der Abendsonne entgegen.

Der Kutscher ließ die Peitsche knallen, woraufhin die Pferde in einen flotten Trab fielen.

Nach nur wenigen weiteren Minuten, in denen sie diverse gepflegte Häuser und wunderschöne Gartenanlagen passiert hatten, blieb die Kutsche schließlich vor einem dreistöckigen sandfarbenen Gebäude stehen. Die Tür der Fahrgastzelle öffnete sich, und der Kutscher half Émine dabei, mit dem üppigen Kleid die Trittstufe hinabzusteigen. Er deutete eine Verbeugung an und wandte sich ab. Nur einen Atemzug später tauchte ein Mann neben der Kutsche auf, vermutlich ein Hausdiener. Er trug einen seidenen Anzug und blank polierte Absatzschuhe. Sein Gesicht verriet nichts über seinen Gemütszustand. Er zuckte nicht einmal mit den Mundwinkeln, als seine weiß behandschuhten Finger nach Émines Hand griffen. Gemeinsam schritten sie über den schneeweißen Kiesweg bis zum Eingangsportal, das von zwei mächtigen verzierten Steinsäulen eingerahmt wurde. Zwei weitere Männer in tiefgrünen Seidenanzügen standen auf der kleinen Plattform vor der goldenen Flügeltür. Sie warfen Émine nur einen kurzen Blick zu und nickten leicht. Der Diener öffnete die rechte Hälfte der Tür und wies Émine mit einer Handbewegung an, vor ihm einzutreten. Sie kam dem nach und fand sich in einem langen Gang wieder, an dessen Decke – mehr als zwei Manneslängen über ihrem Kopf – drei gläserne Kronleuchter prangten. Der Boden war mit einem edlen roten Teppich ausgelegt. Am Ende des Ganges stand eine Tür offen. Die Stimmen mehrerer Menschen sowie Gelächter und Musik drangen an Émines Ohren. Sie fühlte sich unwohl, denn sie hatte ihre menschliche Gestalt annehmen müssen, um zwischen den Gästen nicht aufzufallen. Jacques hatte sie ermahnt, dass einzig der Graf ihre wahre Identität kannte.

Vor der Tür verabschiedete sich der Diener mit einem Kopfnicken, machte auf dem Absatz kehrt und ging den Flur entlang zurück zum Ausgang. Émine atmete einmal tief durch, bevor sie den Festsaal betrat.

Die Decke dieses Raumes war noch wesentlich höher als die im Flur. Émine befand sich in einem gigantischen Tanzsaal, dessen blank polierter Parkettboden im Schein der Kronleuchter glänzte. An den Wänden reihten sich dicht an dicht Ölgemälde aneinander, deren verzierte goldene Bilderrahmen von weit höherem Wert zu sein schienen als die Porträts, die sie zur Geltung bringen sollten. Auf einem Podest am Rand der Festgesellschaft hatte sich ein kleines Orchester eingefunden, das die Anwesenden mit sanfter Musik bei Laune hielt. In der Mitte des Saals zog ein Springbrunnen die Blicke der Gäste auf sich. Der Bildhauer hatte mit Liebe zum Detail das Abbild eines steigenden Rosses, aus dessen Maul Wasser mit kräftigem Strahl herausplätscherte, aus dem weißen Marmor gearbeitet. Alles in diesem Saal zeugte von Wohlstand und verschwenderischer Lebensweise. Émine war sich zwar stets der Tatsache bewusst gewesen, dass der Adel dem Luxus frönte, doch angesichts der wachsenden Armut der Bevölkerung empfand sie nichts als Bestürzung darüber. Wenn nicht eine größere Summe Geld als Spende für das *Grüne Heim* auf dem Spiel gestanden hätte, hätte Émine dieser Veranstaltung sogleich den Rücken gekehrt. Stattdessen ermahnte sie sich zur Ruhe und schritt auf den großen Brunnen in der Mitte des Saals zu. Sie musste sich einen Weg durch zahlreiche Edelmänner und Hofdamen bahnen, deren wallende Kleider beinahe den gesamten Saal ausfüllten. Émine bemerkte einige kritische Blicke seitens der Damen mit ihren hohen, weiß gepuderten Perücken, gab sich jedoch Mühe, sich ihre Unsicherheit nicht anmerken zu lassen.

Graf Bornelle, den Émine nur ein einziges Mal im Zuge einer Besichtigung im *Grünen Heim* gesehen hatte, stand neben dem Brunnen und lehnte lässig mit dem Ellenbogen auf dessen steinerner Umrandung. Émine fragte sich, wie Jacques je Bekanntschaft mit dem Adligen gemacht haben konnte, denn er behauptete, seit Jahren in Kontakt mit dem Grafen zu stehen. Jacques war ein einfacher Mann aus einer Kaufmannsfamilie gewesen, bevor er die Aufgabe als Mentor eines Eluvirs übernommen hatte. Émine nahm sich vor, den Grafen bei Gelegenheit danach zu fragen.

Als Donoit Bornelle Émine erblickte, straffte sich seine Haltung. Auf sein Gesicht trat ein breites Grinsen. »Émine, da seid Ihr ja. Ich habe sehnsüchtig Euer Kommen erwartet.« Er klatschte verzückt in die Hände und deutete eine Verbeugung an, als Émine vor ihm zum Stehen kam. Sie reichte ihm ihre Hand, und der Graf nahm sie vorsichtig in seine, als bestünde sie aus Glas. Er hauchte ihr einen Kuss auf den Handrücken.

»Es freut mich ebenfalls, Euch kennenzulernen, Graf.« Émine rang sich ein Lächeln ab, obwohl sie sich nicht wohlfühlte.

»Ihr seht bezaubernd aus. Das Kleid unterstreicht Eure Schönheit.« Bornelles kleine, graue Augen funkelten. Er strich sich mit der Hand über die akkurat frisierte, weiß gelockte Perücke. Sein Gehabe erinnerte Émine an einen Gockel, aber sie verbot sich diesen Gedanken sogleich. Das *Grüne Heim* hatte dem Comte de Bornelle viel zu verdanken.

»Ich bedanke mich für das königliche Geschenk. Ich trage Euer Kleid mit Freude.«

Bornelle nickte selbstzufrieden. »Wie gefällt Euch mein Haus?«

»Ich habe noch nicht viel davon gesehen, aber das Interieur dieses Saals zeugt von Eurem guten Geschmack.«

Bornelle machte eine wegwerfende Handbewegung. »Es ist doch nichts Besonderes.« Er grinste breit und offenbarte eine Reihe weißer Zähne. »Ihr mögt doch Pflanzen, oder? Jacques hat mir erzählt, wie sehr Ihr Euch für die Natur interessiert.«

»Nichts liegt mir mehr am Herzen als die Natur und die Gesundheit der Menschen.«

Bornelle warf sich mit der Hand seine weiße Lockenpracht in den Nacken. »Vortrefflich! Hättet Ihr Interesse daran, meinen neu angelegten Garten zu besichtigen? Ich habe erst diesen Sommer einen gläsernen Anbau an meinem Privatsalon errichten lassen, von wo aus man einen vorzüglichen Blick auf die Parkanlage hat.«

Émine zögerte. Sie hegte wenig Interesse, mit dem Grafen allein zu sein, dennoch wollte und konnte sie ihn nicht vor den Kopf stoßen. »Ich denke nicht, dass es schicklich wäre, Eure Gäste allein zu lassen«, sagte sie, als die Stille begann, peinlich zu werden.

Bornelle schüttelte den Kopf. »Sie werden es verschmerzen, sich ein paar Minuten ohne mich zu amüsieren. Ihr seid doch heute mein Ehrengast, oder etwa nicht?« Ohne auf eine Antwort zu warten, bot er Émine seinen Arm an. Da sie den Grafen nicht verärgern wollte, legte sie ihre Hand in seine Armbeuge und ließ sich von ihm durch den Saal führen.

Bornelle geleitete sie durch einen Flur in einen Nebenraum, der nicht minder prächtig ausgestattet war als der Festsaal. In der Mitte des Zimmers stand ein mit rotem Samt überzogenes Canapé nebst passender Fußbank. Ein imposanter Kamin, der mit seinen detailreichen Verzierungen die Blicke auf sich zog, dominierte den Rest des Raumes. Durch ein riesiges Glasfenster fiel das letzte Licht des sterbenden Tages in den Salon. Bornelle deutete auf eine Tür neben dem Fenster. »Dahinter befindet sich der Anbau, von dem ich gesprochen habe«, sagte er. »Er ist komplett aus Glas, und selbst im Winter gedeihen dort die prächtigsten Blumen.« Er öffnete die Tür und bedeutete Émine, hinaus in seinen gläsernen Garten zu treten.

Bornelle hatte mit keinem Wort übertrieben. Émine bestaunte mit geweiteten Augen das Innere des geräumigen Glashauses. Eindrucksvoll verzierte Tische und Stühle wechselten sich mit Pflanzkübeln ab, die über den gesamten Raum verteilt waren und die herrlichsten Blumen beherbergten. Ein betörender Duft schwängerte die Luft.

»Das ist wunderschön«, sagte sie und vergaß ihren Unmut. Sie beugte sich zu einer strauchförmig wachsenden Pflanze hinab, die ihr bis an die Hüfte reichte und mit kelchförmigen Blüten gespickt war. Sie strich mit den Fingern über die ledrigen Blätter.

»*Ihr* seid wunderschön, Madame.« Bornelle pflückte eine der Blüten vom Strauch und steckte sie behutsam in Émines Haar. Er war ihr ungebührlich nahe gekommen. Ihr stieg der Duft seines Parfums in die Nase. Für die Dauer eines Herzschlags dachte sie daran, ihre menschliche Gestalt aufzugeben, um dem Grafen die flüchtige Berührung zu verweigern, entschied sich dann jedoch dagegen. Es wäre ihr kindisch vorgekommen, zumal Donoit Bornelle ein langjähriger Freund von Jacques war. Dennoch war es ihr unangenehm, dass der Graf gegen jede Form von Etikette verstieß.

»Ich bin nicht halb so schön wie das Kleid, das Ihr mir geschenkt habt«, sagte sie schließlich, als Bornelle sie in Erwartung einer Reaktion ansah.

»Wunderschön und noch dazu bescheiden, très bien! Was könnte sich ein Mann mehr wünschen?«

Émine ließ seine Frage im Raum stehen und ging zu einem der schmiedeeisernen Tische herüber. Darauf lagen eine Reihe Spielkarten verstreut, die jedoch ein anderes als das übliche Blatt zeigten. Sie waren mit detailgetreuen Zeichnungen von Menschen in unterschiedlichen Lebenssituationen versehen. Sie nahm eine Karte auf und betrachtete diese. Darauf waren zwei Männer abgebildet, die sich gegenseitig ein Rapier in die Brust stießen. »Was ist das?«, fragte sie.

Bornelle kam einen Schritt näher und spähte über Émines Schulter hinweg auf die Karte. Wieder hüllte sie der Geruch seines Parfums ein. Der Graf stieß ein amüsiertes Lachen aus. »Ich habe eine Leidenschaft für die Zauberei.«

Émine legte die Karte zurück auf den Tisch. »Ich habe in meinem Leben erst zwei Mal echte Magie erlebt, abgesehen von meiner eigenen natürlich. Ich rate Euch zur Vorsicht.«

»Seid unbesorgt, ich weiß stets, was ich tue.« Ein undeutbares Lächeln huschte über die Züge des Grafen.

Eine Weile lang verharrten sie in Schweigen. Émine betrachtete die untergehende Sonne durch die Glasfront des Wintergartens. Als die letzten Strahlen orangeroten Lichts erstarben, entzündete der Graf eine Öllampe, die in einer Halterung an der gemauerten Seite des Anbaus hing.

»Wollen wir uns nicht noch für ein paar Minuten setzen, ehe wir zurückkehren in den Zirkus der Aristokraten?« Bornelle deutete auf eine Bank, deren hohe Rückenlehne mit Kletterpflanzen bewachsen war. In Ermangelung einer Antwort nickte Émine stumm. Sie hatte schon beinahe vergessen, dass sie zu einer Soiree geladen war, und bei dem Gedanken an den überfüllten Festsaal erschien ihr die Aussicht auf einen weiteren Moment der Ruhe in diesem herrlichen Garten durchaus verlockend.

Sie ließen sich auf der Bank nieder, was Émine mit ihrem üppigen Kleid nicht allzu leichtfiel. Der Graf lachte amüsiert und half ihr dabei, die aufwendig gefaltete Contouche so zu sortieren, dass sie beim Sitzen nicht zerknitterte.

»Woher kennt Ihr Jacques?«, fragte Émine, denn sie erinnerte sich daran, dass sie den Grafen darauf ansprechen wollte.

Bornelle legte den Kopf ein wenig schief, als müsse er sich erst eine passende Antwort zurechtlegen. »Unsere Eltern hatten miteinander zu tun«, sagte er. »Wir sind uns zum ersten Mal im Kindesalter begegnet, verloren uns danach jedoch aus den Augen. Erst vor einigen Jahren kam es zu einem Wiedersehen im Zuge einer öffentlichen Veranstaltung. Als er sich entschied, an die Stelle Eures verstorbenen Mentors zu treten, fragte er mich frei heraus, ob ich nicht Geld spenden wolle. Jacques ist ein tüchtiger Geschäftsmann, das ist ihm in die Wiege gelegt. Er tat gut daran, mich in Euer Geheimnis einzuweihen.« Er warf Émine einen unziemlichen Blick zu. »Aber lasst uns doch lieber über Euch sprechen.« Sein Blick wanderte über die Rüschen an ihrem Ausschnitt. »Ihr solltet häufiger stoffliche Gestalt annehmen«, sagte er. »Die zarte Haut steht Euch besser als das transparente Abbild eines Menschen, das Ihr bei unserer letzten Begegnung verkörpertet.«

»Ich bevorzuge es, mich zu schützen«, sagte Émine und zwang sich dazu, dem Grafen direkt ins Gesicht zu sehen. Er schien jünger als Jacques zu sein, was sich angesichts der Perücke und des Puders auf seiner Haut jedoch nur erahnen ließ. »Paris ist eine gefährliche Stadt geworden.«

»Da muss ich Euch Recht geben.« Bornelle rückte ein wenig näher an sie heran. »Würdet Ihr mir gestatten, Euch einmal am Arm zu berühren? Ich verehre Euch, es wäre mein sehnlichster Wunsch.« Er schlug die Augen nieder.

Émine war seine Nähe unangenehm, erst recht, da sie nicht den Schutz ihrer Engelsgestalt genoss, doch sie fühlte sich dazu verpflichtet, den Grafen zum Wohl des *Grünen Heims* nicht zurückzuweisen. »Das ist ein bescheidener Wunsch für einen Mann Eures Standes.«

»Es bedeutet mir alles. Es wird mir das Leben retten.« Noch ehe Émine sich über seine seltsamen Worte wundern konnte, hatte der Graf von hinten um sie herumgegriffen. Einen Lidschlag später spürte sie einen stechenden Schmerz in ihrem Oberarm. Sie stieß einen kurzen Laut des Missmuts aus, dann entdeckte sie den Schnitt, der sich durch den Stoff des Kleides in ihre Haut gegraben hatte. Die feine Seide färbte sich dunkelrot. Sie sprang von der Bank auf. In der Hand des Grafen blitzte ein kleiner Dolch, kaum länger als seine Hand. Émine konnte sich nicht erklären, woher er ihn so plötzlich genommen hatte.

»Was tut Ihr da?«, verlangte sie zu wissen. Im selben Moment überfiel sie ein Schwindelgefühl, das sie noch nie zuvor erlebt hatte. Sie sank in die Knie, schloss die Augen, doch der Schwindel ging nicht vorüber. Instinktiv versuchte Émine, ihre dinghafte Gestalt aufzulösen, doch es wollte ihr nicht gelingen.

Panik durchflutete sie. Innerhalb von Sekunden breitete sich ein Gefühl, als flösse Säure durch ihre Adern, in jeder Faser ihres Körpers aus. Sie starb und zerfiel, langsam zwar, aber unabdingbar. »Was ist das?« Ihre Stimme kippte vor Panik. »Ich sterbe.« Tränen flossen in heißen Strömen ihre Wangen hinab.

»Ihr sterbt nicht. Nicht jetzt«, sagte Bornelle. Sein Tonfall hatte sich jäh verändert und ließ die Lieblichkeit, die er noch Minuten zuvor an den Tag gelegt hatte, vermissen. »Ich habe Euch für eine Weile in Euren menschlichen Körper gesperrt. Es war leider notwendig.«

Durch den Schleier ihrer Tränen beobachtete Émine, wie Bornelle zur Tür ging und sich noch einmal zu ihr umdrehte. »Ich weiß sehr wohl, wozu Magie fähig sein kann«, zischte er. »*Ihr* seid diejenige, die vorsichtiger hätte sein sollen.« Dann fiel die Tür donnernd hinter ihm ins Schloss.

Émine tastete nach der Armlehne eines Stuhls und zog sich unbeholfen zurück auf die Beine. Mit zittrigen Knien wankte sie zum Ausgang und rüttelte an der Klinke, doch die Tür war verschlossen. Sie wandte sich nach rechts und spähte durch das große Glasfenster ins Innere des Hauses. Der Graf war verschwunden. Sie strich sich mit der Hand über ihren Unterarm, dort, wo dieser aus den flügelartigen Aufschlägen ihres Ärmels ragte. Er war fest und warm. Welche Magie der Comte de Bornelle auch immer gewirkt haben mochte, sie hatte Émine die Unverwundbarkeit genommen. Das Messer, mit dem er sie geschnitten hatte, war vermutlich mit einem ihr unbekannten Gift getränkt gewesen. Die Wunde schmerzte wie tausend Nadelstiche.

Ein kalter Schauer lief Émine über den Rücken, in ihren Ohren hörte sie das Blut im Rhythmus ihres Herzschlags rauschen. Es waren Empfindungen, die den Menschen vorbehalten sein sollten, körperliche Reaktionen, die Émine nur vom Hörensagen kannte. Panische Angst kroch in ihr hoch. Was hatte der Graf beabsichtigt, als er sie diesem Leid ausgesetzt hatte? Sie unterdrückte ein Schluchzen. Sie musste entkommen und nach Hause laufen. Émine war beseelt von dem Gedanken, diesen Ort des Grauens zu verlassen.

Gerade als sie sich nach einem Fluchtweg umsehen wollte, vernahm sie Gepolter und Gerumpel aus dem Inneren des Herrenhauses. Sie spähte abermals durch das Fenster. Die innere Tür zum Salon wurde aufgestoßen, und ein Mann stürzte in den Raum. Er hatte seine weiße Perücke unterwegs verloren, kurze schwarze Haarstoppel standen von seinem Schädel ab. Er trug nur einen Schuh, sein seidener Mantel war zerrissen. Durch die Tür, die er geöffnet hatte, drangen weitere Kampfgeräusche an Émines Ohren, diesmal lauter: Schreie, das metallische Geräusch von Schwertern, die aus ihren Scheiden gezogen wurden, und das Klirren von zersplitterndem Glas.

Émine trat einen Schritt vom Fenster zurück, als sie einen weiteren Mann sah, der dem ersten in den Salon gefolgt war. Er hatte wenig mit einem gewöhnlichen Menschen gemein. Seine Augen glühten rötlich, aus seinen Handrücken ragten klauenartige schwarze Klingen, die beinahe so lang wie sein Unterarm waren. Er überragte sein Opfer um mehr als eine Kopflänge, unter seinem Hemd spannten sich feste Muskelpakete. Jegliche Benommenheit war von ihr gewichen. Émine trat einen Schritt zur Seite, drehte sich um und presste sich mit dem Rücken gegen die gemauerte Wand. Obwohl sie nicht sah, was sich im Salon abspielte, wusste sie dennoch, dass das Ungeheuer den Mann getötet hatte. Sie vernahm einen gurgelnden Schrei. Von Panik erfüllt, kroch Émine unter die schmiedeeiserne Sitzbank, auf der sie nur Minuten zuvor mit Donoit Bornelle gesessen hatte. Ihr voluminöses Kleid behinderte sie dabei. Es zerriss an einer der ausladenden Ornamente der Bank, doch Émine kümmerte es nicht. Sie presste sich die Hände auf die Ohren und zählte ihre Herzschläge. Sie wollte nichts mehr von dem Grauen, das sich im Inneren des Hauses abspielte, mitbekommen.

4

Erst endlose Minuten später wagte Émine es, durch die Lücken ihrer vor ihr Gesicht gepressten Finger hindurchzuspähen und den Blick über den Garten schweifen zu lassen. Es war vollkommen still. Mittlerweile war die Nacht über Paris hereingebrochen, einzig die kleine Öllampe, die der Graf entzündet hatte, spendete spärliches Licht. Die Lampen im Salon waren erloschen, kein Lichtstrahl fiel mehr von innen durch das Fenster in den gläsernen Anbau. Émine kletterte aus ihrem Versteck unter der Bank hervor. Sie atmete tief ein und sog die stickige Luft, die sich unter dem Glasdach gestaut hatte, in ihre nunmehr menschlichen Lungen. Der schwere Geruch der Blüten schlug ihr auf den Magen, eine Reaktion, die sie als Eluvir nicht kannte. Émine ließ sich auf die Bank fallen, stützte die Ellenbogen auf die Knie und ließ den Kopf hängen. Ihre langen Haare lösten sich aus der Silberspange und glitten ihr wie ein Vorhang ins Gesicht. Die Blüte, die Bornelle ihr ins Haar gesteckt hatte, fiel lautlos zu Boden.

Das Geräusch eines Schlüssels, der in einem Schloss herumgedreht wurde, ließ Émine aufschrecken. Ihr Herz begann sogleich, in schnellem Rhythmus gegen ihre Rippen zu hämmern. Sie fuhr herum und starrte wie gebannt auf die Tür zum Salon, die sich langsam öffnete. Vor ihrem geistigen Auge sah Émine sich bereits gegen eines der klauenbewehrten Monster kämpfen, die im Haus des Grafen ein Blutbad angerichtet hatten, doch sie malte sich keine hohen Überlebenschancen aus.

Anstelle eines Ungeheuers erschien jedoch ein Mann auf der

Türschwelle. Er trug ein abgetragenes Hemd und eine zerrissene Hose, sein dunkles Haar war streng zurückgekämmt. Seine schwarzen Augen zuckten nach rechts und links, ehe sein Blick auf Émine fiel. In sein Gesicht trat ein Ausdruck der Bestürzung. Die gerade Nase, das breite Kinn, die hohen Wangenknochen – Émine hatte ihn schon einmal gesehen. Er weckte Erinnerungen, die sie sich gezwungen hatte, zu vergessen. Er hatte sich verändert, und dennoch waren die Details seines markanten Gesichts in Émines Gedächtnis haften geblieben.

»Evrèl?« Ihre Stimme klang dünn und kraftlos.

Zunächst zeigte er keine Reaktion, starrte sie nur an, die Türklinke noch immer in der Hand. Sein Gesicht war zu einer unbewegten Maske erstarrt.

»Evrèl, bist du es?« Émine wiederholte ihre Frage, diesmal lauter. Sie erhob sich von der Bank und machte einen Schritt auf ihn zu. Ein Schreck durchfuhr sie. Aus der Nähe wirkte seine Erscheinung wie das Echo eines entbehrungsreichen Lebens. Er war gealtert, seine Augen wirkten müde. Obwohl er sich noch immer nicht rührte, glitzerte eine Träne in seinem Augenwinkel.

Émine spürte eine Vielzahl von Emotionen in sich aufsteigen. Freude, Verunsicherung, Angst und Sehnsucht wetteiferten miteinander um den Vorrang. Tränen flossen nun ungehindert ihre Wangen hinab, sammelten sich an ihrem Kinn und tropften in den Ausschnitt ihres Kleides. Sie kam noch einen Schritt näher, und als sie den vertrauten Duft seiner Haut einsog, konnte sie nicht anders, als sich in seine Arme zu werfen. Erst jetzt erwachte Evrèl aus seiner Starre. Er umfasste zögerlich ihre Taille, ehe er sie sanft, aber bestimmt auf Armlänge von sich wegschob.

Émine hob den Kopf und sah in seine schwarzen Augen, die ihren Blick nun voller Trauer und Seelenpein erwiderten. »Ich habe all die Jahre geglaubt, du seiest tot«, stieß Émine zwischen zwei Schluchzern hervor.

Evrèl holte tief Luft und öffnete den Mund, um etwas zu sagen, schloss ihn jedoch wieder. Erst nachdem er sich einmal mit der Hand durch die Haare gestrichen und ein weiteres Mal geseufzt hatte, sagte er schließlich: »Ich hatte meine Gründe, mich von dir fernzuhalten.« Er hatte noch immer diese angenehme, dunkle Stimme, die Émine an das Schnurren einer Katze erinnerte.

Sie wischte sich mit dem Handrücken die Tränen aus dem Gesicht. »Wo bist du gewesen? Was tust du hier?«

Evrèl machte einen Schritt in den Raum hinein und sah sich um. »Ich war zu einer Soiree geladen.«

Émine warf ihm einen skeptischen Blick zu. Als hätte er ihre Gedanken gelesen, fügte er hinzu: »Ich weiß, dass ich nicht so aussehe, als verkehrte ich oft in diesen Kreisen. Um ehrlich zu sein, bin ich weit davon entfernt, ein geregeltes Leben zu führen. Ich handle mit einigen Substanzen, die sich bei den Aristokraten großer Beliebtheit erfreuen. Auch Bornelle zählte ich zu meinen Kunden.«

Émine verstand, was er meinte, und es versetzte ihr einen Stich. Evrèl war einst ein lieber kleiner Junge gewesen. Sie kannte ihn seit dem Tag, an dem er das erste Mal mit einem gebrochenen Arm ins *Grüne Heim* gekommen war, um sich von ihr behandeln zu lassen. Damals war er fünf Jahre alt gewesen. Der Straßenjunge, der ohne Eltern aufwuchs, war zu einem regelmäßigen Gast geworden, und Émine hatte lange mit dem Gedanken gespielt, ihn zu ihrem Mentor ausbilden zu lassen – bis aus dem flatterhaften Jungen mit den Jahren ein attraktiver junger Mann geworden war. Es schmerzte sie, ihn in dieser Verfassung zu sehen. Evrèl war der einzige Mensch, dem sie nach der Behandlung nicht die Erinnerung an sie genommen hatte. Sie hatte ihn geliebt …

Sie zwang sich, mit den Gedanken in die Wirklichkeit zurückzukehren, obwohl ihr die Umstände nicht gefielen. »Ich habe einen Mann im Salon sterben sehen«, presste sie hervor, abermals mit den Tränen ringend. »Du musst ihn gesehen haben, als du herübergekommen bist. Seine Leiche liegt auf dem Teppich.«

Evrèl zuckte die Achseln. »Alle Gäste sind tot«, sagte er in einem Tonfall, als spreche er über das Wetter. »Ich kam erst später dazu. Die Vordertür stand offen …«

»Aber weshalb tut jemand so etwas Grausames?« Émines Stimme brach. Sie wünschte sich nichts mehr, als von Evrèl in die Arme geschlossen zu werden, doch er wahrte den Abstand zwischen ihnen. Sie respektierte seinen Wunsch.

»Der Graf zählte viele Leute zu seinen Feinden«, sagte Evrèl und machte eine beschwichtigende Geste, als wolle er ein verängstigtes Tier beruhigen. Er vermittelte den Eindruck, im Laufe seines Lebens schon viele Leichen gesehen zu haben. Es schien ihn nicht im Geringsten zu erschüttern.

»Diese Feinde waren keine gewöhnlichen Menschen«, sagte Émine. »Ich habe gesehen, wie ihnen lange Krallen aus den Händen gewachsen sind.« Sie senkte die Stimme, als könne sie die Dämonen durch ihre Worte heraufbeschwören. »Ich habe von solchen Wesen gehört, aber nie zuvor eines gesehen.«

Evrèl zog verwundert die Augenbrauen hoch. »Und was hat die Festgesellschaft deiner Meinung nach getötet?«

Émine biss sich kurz auf die Unterlippe. Das Thema war ihr unangenehm. »Ich glaube, es waren Asraviri, die Kinder gefallener Engel«, sagte sie schließlich flüsternd. »Ich habe sie bisher für einen Mythos gehalten.« Sie hatte nie daran geglaubt, dass es neben den Kindern der Vier Heiligen noch solche der Abtrünnigen gab, doch es bestand kein Zweifel darüber, dass das Wesen, welches den Mann im Salon getötet hatte, weder Eluvir noch Mensch gewesen war.

Evrèl verfiel in Schweigen, sein Blick glitt in die Ferne. Er bemühte sich um ein ausdrucksloses Gesicht, aber Émine kannte ihn auch nach all den Jahren noch zu gut, als dass er ihr etwas vormachen konnte. In seinem Kopf arbeitete es, das konnte sie deutlich sehen.

»Was weißt du sonst noch von den Asraviri?«, fragte er schließlich.

»Nicht viel. Nur dass man sagt, sie seien fehlerhaft und unvollkommen. Ihre Engelsgestalt soll furchterregend und schrecklich sein.«

Evrèl legte ihr eine Hand auf die Schulter. »Selbst wenn die Geschichten wahr sind, zählt doch einzig, dass es dir gut geht. Mach dir keine Gedanken mehr darüber. Wir haben beide mit den Morden nichts zu tun.«

Émine griff nach seiner Hand, sie war warm und spendete Trost. Als abermals ein Schluchzen seinen Weg durch ihre Kehle suchte, zog Evrèl sie sanft zu sich heran. Sie bettete ihren Kopf auf seine Schulter. »Ich bin froh, dass du hier bist«, presste sie unter Tränen hervor. »Es muss eine Fügung des Schicksals sein. Weshalb hast du mir damals so wehgetan? Weshalb hast du dich nie gemeldet?«

Sie spürte, wie Evrèl schluckte und nach Worten rang. Die Fassade des unnahbaren Heißsporns begann zu bröckeln. Sie wusste, dass er tief in seinem Inneren immer ein anständiger Kerl gewesen war, auch wenn es ihn auf die schiefe Bahn verschlagen hatte.

»Es tut mir leid«, flüsterte er ihr mit brüchiger Stimme ins Ohr und drückte sie enger an seinen Körper.

»Es war so still ohne dich im *Grünen Heim*.« Émines Stimme klang dumpf und erstickt, denn sie sprach in sein Hemd hinein. »Bist du wegen Jacques nicht mehr gekommen? Er hat dich doch immer gemocht.«

»Ich weiß.« Er machte eine Pause und atmete schwer. »Aber

ein Mensch und ein Eluvir – das geht einfach nicht. Ich musste es beenden, bevor es zu gefährlich geworden wäre.«

Émine löste sich von seiner Schulter und suchte seinen Blick. Alte, lange verdrängte Gefühle flammten in ihr auf wie Glut, die man neu entfachte. »Ich hätte für unsere Liebe gekämpft.«

Evrèl strich ihr eine Haarsträhne, die an ihrer tränennassen Wange klebte, hinter das Ohr. »Es hätte dich deine Unsterblichkeit gekostet. Niemals hätten die Engel das zugelassen.«

»Vielleicht hätte ich es in Kauf genommen.« Émine spürte jäh heißen Trotz in sich aufsteigen. Es waren Worte, die auf dem Boden der Verzweiflung gekeimt waren.

Evrèl wischte mit dem Zeigefinger eine Träne von ihrer Unterlippe, dann glitt seine Hand ihren Hals hinab. Die feinen Härchen auf ihrer Haut stellten sich auf und bescherten ihr einen wohligen Schauer.

»Der menschliche Körper, in dem du jetzt steckst, steht dir nicht gut zu Gesicht. Er ist deiner nicht würdig«, sagte er, als hätte er erst jetzt bemerkt, dass sie ihre Engelsgestalt verloren hatte.

»Bornelle hat mich in diesen Körper gesperrt«, sagte sie. »Ich hätte es ahnen müssen.« Sie löste sich von Evrèl und deutete auf den Tisch, auf dem noch immer die sonderbaren Karten verstreut lagen. »Siehst du dieses Kartenspiel? Bornelle ist im Bunde mit böser Magie. Weshalb nur hat Jacques es nie bemerkt? Er kannte den Grafen. Er war es, der dieses Treffen arrangiert hat.«

Evrèl ließ seinen Blick über die Karten schweifen und riss dann jäh den Kopf herum, als müsse er düstere Gedanken abschütteln. »Der Graf war verrückt. Ein Fanatiker, der dich besitzen wollte, weiter nichts.«

Émine nickte. Vermutlich hatte er Recht. »Ich muss zurück ins *Grüne Heim* und die Vier Heiligen anrufen, damit sie mir meinen alten Körper zurückgeben können.« Mit einem Mal wünschte sie sich nichts sehnlicher, als diesen Ort des Grauens zu verlassen. Immerhin befand sie sich noch immer auf dem Anwesen eines Verrückten, dessen Leiche irgendwo dort im Haus lag. Sie wandte sich ab und machte einen Schritt auf die Tür zu, aber Evrèl bekam ihren Ärmel zu fassen und hielt sie zurück. »Geh nicht. Bitte.« In seiner Stimme lag ein Flehen, das ganz und gar nicht zu ihm passen wollte. »Komm lieber mit mir.«

Émine rang nach Worten. Niemals hätte sie damit gerechnet, dass der Mann, den sie jahrelang heimlich geliebt hatte und der von einem auf den anderen Tag spurlos verschwunden war, sie nun darum anflehte, mit ihm zu kommen. Es rührte und schmerzte sie, diese Worte aus seinem Mund zu hören.

»Lass uns noch ein wenig hierbleiben«, fügte Evrèl hinzu, ein undeutbarer Blick flammte in seinen Augen auf. »Ich möchte den Moment unserer Ebenbürtigkeit ein einziges Mal mit dir genießen, von Mensch zu Mensch. Sei es mir auch nicht beschieden, einen Eluvir zu lieben, so kann ich doch einen Menschen lieben.«

Argwohn regte sich in ihr. Evrèl hatte sie im Stich gelassen und ihr das Herz gebrochen, nun tauchte er wie aus dem Nichts wieder auf und forderte sie auf, genau das zu tun, was er ihr all die Jahre über verwehrt hatte.

»Die Gendarmen werden bald hier sein«, sagte sie in Ermangelung einer passenden Antwort, denn Evrèls offen formulierte Forderung verunsicherte sie. Etwas an ihm war anders. Sie kannte ihn als einen verschlossenen Menschen, dem es schwerfiel, Gefühle zuzulassen, geschweige denn darüber zu sprechen. Sie spürte instinktiv, dass etwas nicht stimmte. Die Art, wie er nervös um sich blickte, oder die Mundwinkel, die gelegentlich zuckten, deuteten auf eine tiefe innere Anspannung hin.

Evrèl schüttelte den Kopf. »Das Verschwinden der Adligen wird bis morgen niemandem auffallen. Die Attentäter sind sehr gründlich vorgegangen. Niemand hat überlebt.«

Bevor Émine etwas erwidern konnte, hatte er sie erneut an sich gezogen und ihren Protest mit einem leidenschaftlichen Kuss erstickt. Das Gefühl, ihn als Mensch zu küssen, war tiefer und intensiver als jenes, das ein Eluvir empfunden hätte. Sie wollte ihn von sich stoßen, doch ihr Körper fühlte sich an, als seien keine Muskeln mehr darin. Sie sank in seine Arme, während seine Zunge sich in ihren Mund drängte. Seine kräftigen Arme hielten sie fest an seine breite Brust gepresst. Sie atmete seinen Duft ein, männlich und herb.

Émine fühlte sich außerstande, sich gegen ihn zur Wehr zu setzen, und das nicht nur aufgrund seiner körperlichen Überlegenheit. Sie genoss das aufkeimende Verlangen, das in ihr aufstieg. Das schlechte Gewissen nagte und pochte in ihrem Inneren, denn sie befanden sich nach wie vor in einem Haus, in dem nur Minuten zuvor Menschen auf bestialische Art und Weise gestorben waren. Zudem hatte der Graf Émine in einen zerfallenden Körper gesperrt, dessen Zeit wie Sand in einer Uhr zerrann. Sie ängstigte sich vor der Sterblichkeit, und doch bescherte sie ihr intensivere Empfindungen, als sie sie je für möglich gehalten hatte. Als Tochter eines Engels hätte sie immun sein müssen gegen menschliche Gefühle wie Liebe oder Hass, und dennoch hatte sie sich seinerzeit unsterblich in Evrèl verliebt. Ihre damaligen Gefühle waren jedoch nur ein blasser Schatten dessen gewesen, was Evrèls Berührungen heute, da sie ein Mensch war, in ihr auslösten. Beinahe bedauerte sie, nicht schon vor Jahren auf ihre Unsterblichkeit verzichtet zu haben. Kaum hatte er sich eingeschlichen, verbot Émine sich sogleich diesen Gedanken. Sie musste an all die Menschen denken, die ins *Grüne Heim* kamen, um ihre Heilkünste in Anspruch zu nehmen. Sie durfte niemals ihre eigenen Wünsche über die der Bedürftigen stellen.

Evrèls Mund löste sich von ihren Lippen, und er sah mit sanften, aber begierigen Blicken zu ihr hinab. »Es tut mir leid«, hauchte er. »Jahrzehntelang habe ich mich von dir und dem *Grünen Heim* ferngehalten, weil ich genau wusste, dass ich meine Selbstbeherrschung verlieren würde, sollte ich dich noch einmal sehen. Und genau das ist jetzt geschehen.«

Émine führte ihre Hand zu seinem Gesicht und strich zärtlich die Linien seiner Brauen nach. Eine Träne löste sich aus ihrem Augenwinkel. »Ich habe dich all die Jahre geliebt, doch ich hatte keine Vorstellung davon, wie intensiv die Gefühle eines Menschen sein können.« Sie bettete ihre tränennasse Wange in seine Halsbeuge. Mit einem Mal war der Wunsch, unverzüglich ins *Grüne Heim* zurückzukehren, verblasst wie Tinte in der Sonne. »Ich weiß, dass es falsch ist, und dennoch möchte ich nicht weiterleben, ohne dich einmal so gespürt zu haben, wie nur ein Sterblicher es kann«, schluchzte sie. »Sollen die Engel mich bestrafen, doch auch ich vermag mich nicht zurückzuhalten.«

Evrèls Griff um ihre Taille wurde noch ein wenig fester. Sie spürte seinen heißen Atem auf ihrer Kopfhaut. »Ich wäre gar nicht in der Lage, von dir zu lassen, selbst wenn ich es wollte«, sagte er. »Als ich dich vorhin gesehen habe, war für mich bereits besiegelt, worauf es hinauslaufen würde.«

Ein letzter Rest von Widerstand, der sich in Émine festgesetzt hatte, schmolz wie Eis in der Sonne. Eine heiße Welle des Begehrens durchflutete sie, verdrängte ihre Zweifel und ihr Gewissen. Sie war beseelt von dem Gedanken, Evrèl allen Umständen zum Trotz zu berühren und sich ihm hinzugeben. Er hatte ihr einmal das Herz gebrochen, sie würde ihn nicht ein weiteres Mal gehen lassen, ohne zuvor ihr Verlangen befriedigt zu haben.

Er beugte den Kopf zu ihr hinab und fuhr mit den Händen ihre Taille hinauf bis zur Verschnürung des Kleides unterhalb ihrer Brüste. Mit geschickten Fingern löste er den Knoten, weitete den Ausschnitt mit den Händen und streifte den Stoff über ihre Arme und den Oberkörper. Sie sah den Hunger in seinem Blick, als er in die Knie ging, um das Kleid über ihren Po und die Beine zu ziehen, bis sie vollkommen nackt vor ihm stand. Er küsste ihren Bauchnabel, während seine Hände über ihre Oberschenkel strichen. Unwillkürlich entfuhr ihr ein leises Stöhnen, denn seine Berührungen fühlten sich an wie tausend Nadeln, so viel intensiver, als sie es mit dem Körper eines Engels hätte wahrnehmen können. In einem Winkel ihres Bewusstseins ermahnte Émine sich zur Vernunft. Sie musste schnellstmöglich nach Hause zurückkehren, damit sie ihren alten Körper zurückerlangen konnte. Doch Evrèl erstickte die Stimme in ihrem Kopf mit seiner Zunge, die eine nasse Spur um ihren Bauchnabel herumlegte. Schon bald war sie kaum noch in der Lage, einen klaren Gedanken zu fassen.

Evrèl erhob sich, seine Wange streifte dabei wie zufällig an ihrer Brust entlang. Er versuchte, sich das eigene Hemd aufzuknöpfen, aber seine ungeduldigen Finger waren nicht dazu imstande. Er befreite sich kurzerhand mit einem Ruck von dem unliebsamen Kleidungsstück. Stoff zerriss, das Hemd fiel zu Boden. Sein nackter Oberkörper war breit, straffe Muskeln umspannten seine Arme. Zahlreiche Narben zeugten von einem Leben, in dem es keinen Platz für Mitleid und Erbarmen gab.

Er löste den Gürtel seiner Hose, die raschelnd zu Boden fiel. Wieder umfasste er Émine mit seinen starken Armen, seine warme Haut rieb sich an ihrer. Er griff um ihre Taille und hob sie hoch, als sei sie eine Puppe. Sie spreizte die Beine, schlang sie um seinen Körper und verschränkte die Knöchel hinter seiner Hüfte. Evrèl setzte sie behutsam auf einem der Tische ab. Er küsste ihren Hals und stieß ein tierhaftes Knurren aus, das Émine einen wohligen Schauer des Begehrens über den Rücken jagte. Sie ließ den Kopf nach hinten sinken und genoss die Spur kleiner Bisse, die er an ihrem Hals und ihren Brüsten hinterließ. So lange hatte sie sich nach diesem Augenblick verzehrt, so viele Jahre, in denen sie ihn nicht hatte vergessen können. Die Situation hatte etwas Surreales an sich, doch die Leidenschaft verdrängte jeden Zweifel, der sich in ihr regte.

»Ich habe immer gehofft, dich nie wieder zu sehen«, presste Evrèl hervor. »Ich wollte dir dies ersparen.« Ihre Blicke trafen sich, und beinahe erschrak Émine angesichts der Entschlossenheit in seinen Augen. »Ich bin schwach«, flüsterte er. »Ich kann mich nicht dagegen wehren.«

Émine rang sich ein Lächeln ab, obwohl sie wusste, dass ihr nicht danach zumute sein sollte. Sie war auf dem besten Weg, etwas zutiefst Unschickliches zu tun. Sie war eine unverheiratete Frau, noch dazu nicht menschlichen Blutes. Émine hatte einen heiligen Auftrag zu erfüllen, es gab in ihrem Leben keinen Platz für die Liebe zu einem Mann. Dennoch hatte sie niemals zuvor etwas so sehr gewollt wie Evrèls Berührungen. Er hatte Recht: Es war besser für sie beide gewesen, dass er sich vom *Grünen Heim* ferngehalten hatte. Er musste geahnt haben, dass es nicht mehr lange bei schüchternen Küssen geblieben wäre. Wie hatte Émine so naiv sein können, zu glauben, einen Mann lieben und gleichzeitig den Aufgaben eines Eluvirs nachkommen zu können? Sie schalt sich eine Närrin.

Er riss sie aus ihren Gedanken, indem er über ihren schneeweißen Bauch strich, sich zu ihr hinabbeugte und sie erneut küsste. Sein Mund war warm, feucht, weich und süß wie Honig. Seine Zunge strich über die Kante ihrer Zähne. Émines Atem ging flacher, sie keuchte. Sie spürte, wie ihre Brüste gegen seinen Oberkörper drückten. Evrèl stöhnte leise, als er seine Hüfte näher an ihre Mitte drückte. Er übte sich in Zurückhaltung, doch auch Émine hatte beinahe den Punkt erreicht, an dem sie jeglichen Anstand vergaß.

Sein Kuss wurde fordernder. Sie spürte, wie sich jedes Haar an ihrem Körper aufstellte, eine Reaktion, die sie in der Gestalt eines Eluvirs nie erlebt hatte. Eine Welle des Bedauerns und der Bewunderung durchflutete sie, denn mit einem Mal erschien ihr der Gedanke an ein Leben als Mensch erstrebenswerter denn je.

Evrèl löste seine Lippen von ihren, sie wanderten hinüber zu ihrem Ohr, in das er zärtlich hineinbiss. Émine spürte, wie schwer ihm die Zurückhaltung fiel. »Ich kann nicht mehr dagegen ankämpfen«, hauchte er an ihrem Ohr. »Ich habe niemals zuvor etwas so sehr besitzen wollen wie dich.« Um seine Worte zu unterstreichen, umfasste er ihre Pobacken und drückte Émine kraftvoll gegen seine Hüfte. Er lehnte sich auf sie, erdrückte sie beinahe mit seinem Gewicht. Sie grub ihre Nägel in seine Schultern, als er sanft, aber fordernd in sie eindrang. Erregung entflammte in ihr, die Explosion der Gefühle ließ Tränen in ihren Augen aufsteigen. Brennendes Verlangen brandete über sie hinweg und entlockte ihr ein leises Stöhnen.

Sie wiegten sich in einem langsamen Rhythmus. Die kleine Lampe, die als einzige Lichtquelle den Wintergarten erhellte, warf erotische Schatten an die Wand. Émine verlor sich in diesem Augenblick, vergaß ihre Bedenken und wünschte sich nichts sehnlicher, als den Moment für immer festzuhalten.

5

»Merde«, fluchte er so leise, dass Émine es nicht hören konnte. Evrèl war sich bewusst, dass er im Begriff war, einen großen Fehler zu begehen. Weshalb nur hatte das Schicksal ihn so hart getroffen? Weshalb ausgerechnet er? Weshalb ausgerechnet Émine? Es grenzte an ein Wunder, dass sie ihm die Geschichte, er sei ins Haus des Grafen eingedrungen, um ihm illegale Substanzen zu verkaufen, geglaubt hatte. Der Strick um seinen Hals straffte sich mit jedem Atemzug, in dem er sich tiefer in die Scheiße ritt. Émine war ein wunder Punkt in seiner schwarzen Seele, er hätte es nie fertiggebracht, ihr etwas anzutun. Stattdessen lehnte er nun auf einem kleinen Tisch im gläsernen Garten des Comte de Bornelle, während Émine sich lustvoll unter ihm wand wie ein Aal. Verdammt!

Der Duft von menschlichem Leben umhüllte ihn und raubte ihm beinahe den Verstand. Seine letzte Mahlzeit war gerade ein paar Stunden her, und schon wieder spürte er das unangenehme Reißen unter der Haut seiner Handrücken. Der Hunger war allgegenwärtig.

Émine umfasste seinen Nacken mit ihren schlanken Fingern und zwang ihn, ihr ins Gesicht zu sehen. Sie blickte durch halb geschlossene Lider zu ihm auf, ihre Augen ein hellgrünes Meer aus Liebe, Vertrauen und Verlangen. Evrèl war nicht in der Lage, den Rhythmus seiner Bewegungen zu verlangsamen, denn sein Körper hatte ein beunruhigendes Eigenleben entwickelt, das sich nur noch selten dem Verstand unterordnete. Er konnte seine Abstammung nicht verleugnen, und es kostete ihn ein hohes Maß an Selbstbeherrschung, das Tier in ihm nicht aus seinem Käfig zu lassen. Émine durfte nicht erfahren, was er wirklich war.

Das schmerzhafte Pochen unter der Haut erinnerte ihn unablässig an seinen Hunger. Die Bestie schrie und wütete in ihrem Käfig. Nur mit Mühe unterdrückte Evrèl die Metamorphose, die ihn in ein blutrünstiges Ungeheuer verwandeln würde. Die Tatsache, dass Émines Duft nun der eines Menschen war, erleichterte ihm diese Aufgabe nicht gerade. Sie roch süß und nach blühendem Leben. Er wünschte, sie würde ihre Gestalt in Manier eines Eluvirs auflösen, doch der Zauber des Grafen hatte seine Wirkung nicht verfehlt. Ausgerechnet Evrèl – der schwache Evrèl – sah sich nun mit einem Hunger konfrontiert, den nicht einmal ein stärkerer Asravir, als er selbst es war, zu unterdrücken imstande gewesen wäre. Er hatte Émine vom ersten Tag an geliebt. Bereits als kleiner Junge hatte er ihr nachgestellt und es kaum erwarten können, endlich das Alter zu erreichen, in dem er ihr seine Aufwartung machen konnte. Gerade noch rechtzeitig hatte er erkannt, wie gefährlich es war, einen Eluvir zu lieben. Ihr zuliebe hatte er sich den Kontakt verboten. Bis zum heutigen Tag war er erfolgreich darin gewesen, seine Gefühle zu unterdrücken. Merde! Weshalb nur war er hierhergekommen?

»Worüber denkst du nach?«, flüsterte Émine. Ihre Lippen umspielte ein zufriedenes Lächeln. Sie hatte Schlimmes erlebt, und dennoch gab sie sich ihm hin. Sie vertraute ihm bedingungslos. Der Gedanke, sie zu enttäuschen, versetzte ihm einen Stich.

»Du siehst nachdenklich aus. Gefällt es dir nicht?«, fuhr sie fort. Er rang sich ein Lächeln ab, sah zu ihr hinunter und küsste sie sanft auf die Wange. »Nein, es ist alles in Ordnung«, sagte er. Seine Stimme klang seltsam verändert, tiefer und jenseitiger. Sie würde bald merken, dass er nicht der Mensch war, für den sie ihn hielt.

Émine hob die Hüfte ein wenig an, um seinen Stößen zu

begegnen. Ihre Haut glänzte und schimmerte im Schein der Lampe. Evrèl schloss die Augen. Er hoffte inständig, dass sie nicht rötlich glühten. Er spürte, wie Émine ihm eine Strähne seines schweißnassen Haars aus dem Gesicht strich. Die Berührung ihrer samtweichen Schenkel an seinem Becken trieb ihn an den Rand des Wahnsinns. Seit jeher verspürten die Asraviri Schmerzen, wenn sie einen Eluvir berührten. Für Evrèl war es stets ein süßer Schmerz gewesen, den er gerne in Kauf genommen hatte. Seit Émine in einem menschlichen Körper gefangen war, schmerzten ihre Berührungen weniger, dennoch fühlten sie sich nach wie vor an wie Nadeln, die in seine Haut fuhren. Es brachte ihn beinahe um den Verstand.

Seine Bewegungen wurden drängender, wilder. Émine stieß ein Keuchen aus, ihre Hände krallten sich in seine dichten dunklen Haare. Evrèl erreichte die Grenzen seiner Selbstbeherrschung und ließ dem Tier in ihm für die Dauer eines Herzschlags freien Lauf. Er knurrte leise, als er sich der Erlösung seines Höhepunktes hingab.

Erst als die Kontraktionen seines Körpers verebbten, wagte er es, die Augen zu öffnen. Émine lag unter ihm und lächelte ihn an. »Ich liebe dich«, hauchte sie. Eine Träne glitzerte in ihrem Augenwinkel. »Ich habe dich immer geliebt.«

Evrèl wollte ihr antworten, wollte ihr sagen, dass er einen Fehler begangen hatte, doch seine Einwände erstarben angesichts ihres verliebten Blickes. Mit einem Ächzen wuchtete er seinen Körper von ihr herunter. Das Pochen in seinen Händen hatte nachgelassen, den Engeln sei Dank.

Er klaubte seine Hose vom Boden auf und streifte sie sich über die Beine. Émine ließ sich katzengleich vom Tisch heruntergleiten und machte sich ihrerseits daran, sich wieder anzukleiden. Evrèl bemühte sich, den Blick von ihrem anmutigen nackten Körper abzuwenden, denn die Begierde in ihm regte sich bereits erneut. Er fluchte leise. Was war er für ein Narr! Er hatte alles zerstört und sich selbst zum Tode verdammt.

»Weshalb schaust du so ernst?«, fragte Émine, kam einen Schritt auf ihn zu und schickte sich an, mit der Hand über sein Gesicht zu streichen. Er drehte sich ruckartig um und wandte ihr den Rücken zu. Sie sollte ihn nicht sehen. Sie liebte ein Ungeheuer. Es war unverantwortlich, sie länger in dem Glauben zu lassen, sie hätten eine gemeinsame Zukunft. Jetzt zählte nur noch eines: Émine musste in Sicherheit gebracht werden.

»Émine, ich …«, setzte Evrèl an, doch ein Klirren aus dem Salon schnitt ihm das Wort ab. Er stürzte zum Fenster, beschattete seine Augen mit den Händen und spähte ins Haus hinein. Zuerst fiel sein Blick auf eine zerbrochene Bodenvase, dann auf ein Paar rot glühender Augen, die sich hastig abwandten. Der Asravir sprang zurück in den Flur und stieg dabei über die Leiche eines Mannes hinweg, als sei sie nichts weiter als Dreck unter seinen Füßen.

»Merde«, stieß Evrèl so harsch hervor, dass Émine vor Schreck zusammenfuhr. »Jemand hat uns beobachtet.«

»Glaubst du, es waren die Gendarmen?« Émines Stimme war von Angst verzerrt.

»Nein, es war einer der Attentäter«, presste Evrèl hervor. »Wir sind in Gefahr.«

Noch ehe sie etwas erwidern konnte, packte er ihren Oberarm und zerrte sie etwas ruppiger als nötig hinter sich her durch die Tür zum Salon. Was hatte der ungebetene Zaungast alles gesehen? Genug, um Evrèl des Verrats anzuzeigen? Er zweifelte nicht eine Sekunde lang daran, dass die Asraviri einen Abtrünnigen bei lebendigem Leib zerfleischen würden. Evrèl war sterblich, alterte sogar, und einmal mehr neidete er den Eluviri ihre Fähigkeit, sich in Luft aufzulösen. Émine hatte recht: Die Asraviri waren fehlerhaft und unvollkommen.

Émine stieß einen schrillen Protestlaut aus. »Du tust mir weh!«
Evrèl ignorierte ihre Worte. Er zog sie hinter sich her durch den
Gang und zurück in den Festsaal des Grafen. Er hörte, wie sie
neben ihm nach Luft schnappte und würgte. Ihnen bot sich ein
Bild des Grauens. Er hatte es nicht so schlimm in Erinnerung.
Der Marmorboden war mit Blut besudelt, über den gesamten
Raum verstreut lagen Leichenteile. Evrèl erblickte den leblosen
Körper einer Frau, die mit dem Rücken gegen den Brunnen in
der Mitte des Saals lehnte. Ihre Augen waren geöffnet, das Kleid
unterhalb ihrer linken Brust zerfetzt. Eine tiefe Wunde klaffte
zwischen ihren Rippen, der feine Brokatstoff ihrer Corsage war
mit Blut getränkt. Evrèls Artgenossen hatten die Gelegenheit
genutzt, um sich satt zu essen. Evrèl hingegen hatte sich einzig
auf seinen Auftrag konzentriert, den er gewissenhaft und gründlich erfüllt hatte. Ein Schauer lief ihm angesichts seiner eigenen
Kaltblütigkeit über den Rücken.

»Mon Dieu!«, stieß Émine atemlos hervor.

»Sieh nicht hin«, zischte Evrèl durch seine zusammengepress-
ten Zähne. Émine schluchzte, sagte jedoch nichts mehr. Sie
machte keinerlei Anstalten mehr, gegen seine Führung anzukämpfen, und rannte einfach hinter ihm her, dennoch hielt Evrèl
ihren Arm nach wie vor fest umklammert.

Schon von Weitem sah er, dass die große Flügeltür, die den
Weg in die Freiheit markierte, sperrangelweit offen stand und
sich Menschen auf der Vordertreppe tummelten. Evrèl zögerte keinen Moment. Er stürzte durch die Öffnung ins Freie,
stieß mit einem Mann zusammen und rannte ungeachtet seiner
Flüche und Rufe einfach weiter. Es waren Wachmänner der
Gendarmerie. Also hatte man bereits Wind von dem Verbrechen
bekommen. Es hätte wohl nur noch Augenblicke gedauert, ehe
man sie im gläsernen Garten gefunden hätte. Von dem Asravir,
der sie vom Salon aus beobachtet hatte, fehlte indes jede Spur.

»Haltet sie auf!«, rief eine männliche Stimme hinter ihnen. Evrèl drehte sich nicht um, dennoch wusste er, dass die Wachmänner ihnen auf den Fersen waren. Ihre donnernden Schritte hallten durch die Nacht.

Er steuerte auf den *Pont Marie* zu, der sie ans rettende Ufer bringen würde. Er kannte sich in den Gassen von Paris besser aus als manch ein Edelmann in seinem eigenen Palast. Wenn es ihm gelang, die Gendarmen abzuschütteln, wären sie vorerst in Sicherheit – zumindest so lange, bis die Asraviri sie fanden.

»Pass auf die Pferde auf!«, rief Émine hinter ihm, doch es war zu spät. Evrèl war so sehr in seine Gedanken vertieft gewesen, dass er die Kutsche nicht bemerkt hatte, die auf der Brücke vor ihnen aus dem Dunkel der Nacht aufgetaucht war. Die beiden schneeweißen Pferde scheuten, stiegen und tänzelten dann zur Seite, sodass die Kutsche umkippte und den Weg über die Brücke versperrte. Evrèl stieß ein Knurren aus. Er griff um Émines Taille, hob sie sich über die Schulter und vollführte einen tollkühnen Sprung auf die schmale Brüstung der Brücke. Émines voluminöses Kleid behinderte seine Sicht, und er fluchte. Ihre Schreie gellten durch die Nacht. »Du bringst uns um!«

Evrèl ging nicht auf ihre Proteste ein. Glücklicherweise strampelte Émine nicht, sodass ihnen ein Sturz in die stinkende Seine erspart blieb.

Er balancierte über die Balustrade, die gerade einmal eine Hand breit war. Er hörte die Gendarmen, die mittlerweile die Kutsche erreicht hatten und verzweifelt versuchten, sich an den zwei scheuenden Pferden vorbeizudrängen, hinter ihnen fluchen und schimpfen.

Evrèl sprang auf der anderen Seite der Kutsche vom Geländer auf die Brücke zurück, stieß ein hämisches Lachen aus und setzte Émine zurück auf ihre Füße. Sie rang nach Atem. »Komm, wir müssen weiter«, sagte er.

»Wohin gehen wir?«

»Möglichst weit weg vom *Grünen Heim*.«

»Wie bitte?« Émines Stimme kippte vor Empörung, ihre Wangen färbten sich rötlich. Evrèl hatte weder Lust noch Zeit für lange Erklärungen, deshalb ergriff er erneut ihren Arm und zerrte sie in die Nacht der Pariser Innenstadt. Diesmal folgte Émine ihm nicht ganz so bereitwillig, wie sie es im Haus des Grafen getan hatte. Unter Protestbekundungen ließ sie sich mitziehen wie ein störrischer Hund, der noch nicht gelernt hatte, die Leine zu akzeptieren.

»Ich möchte nach Hause.« Émines Tonfall war anklagend und zeugte von einer Mischung aus Angst, Verärgerung und Missmut.

»Vertraue mir einfach.«

Evrèl tauchte in das Netz aus Gassen, Alleen und unbeleuchteten Straßen ein, das ganz Paris durchzog und jeden verschlang, der den Weg zu seinem Ziel nicht genauestens kannte. Die Rufe der Wachmänner hinter ihnen waren längst verstummt. Nur entlang der Hauptstraßen gab es hohe Masten, an denen man Öllampen befestigt hatte, welche die ganze Nacht hindurch brannten. Evrèl bezweifelte, dass die Vertreter des Gesetzes über eine derart gute Kenntnis des Straßennetzes verfügten, dass sie sich auch in völliger Dunkelheit zurechtfanden. Seine Augen hingegen begnügten sich mit dem schwachen Licht des Mondes und der Sterne.

Paris bei Nacht war kein Ort, an den man eine hübsche Frau für einen Spaziergang ausführte. Allerhand nachtaktives, sich im Abfall suhlendes Getier kroch mit dem Verschwinden der letzten Sonnenstrahlen aus seinen Löchern, und diese Beschreibung galt nicht allein den vierbeinigen Vertretern. Ratten waren mitunter das kleinste Problem, mit dem sich ein lebensmüder Nachtschwärmer auseinandersetzen musste. Der König war zwar stets bemüht, mit harter Hand gegen den von Armut und Groll gezeichneten Pöbel, der in den letzten Jahren immer aufsässiger geworden war, vorzugehen, doch gegen das Verbrechen im Pariser Untergrund war noch kein Kraut gewachsen. Nicht einmal die Androhung einer Haftstrafe in den Kellern der Bastille vermochte etwas gegen die zunehmende Kriminalität auszurichten.

Evrèl zog Émine in eine Seitengasse hinein, deren ausgetretenes Kopfsteinpflaster im Mondlicht glänzte. Die Häuserwände waren fensterlos, lediglich ein dunkler Hauseingang, der schon seit Jahren nicht mehr genutzt wurde, durchbrach das Mauerwerk. Evrèl hatte sich hier in der Vergangenheit oft an seinen Opfern gelabt. Es war eine abgeschiedene Gegend, in die sich nicht einmal der Mob verirrte.

Émine rang nach Atem. Es war an der Zeit, das Tempo ein wenig zu drosseln. Er durfte nicht vergessen, dass sie in einem menschlichen Körper steckte und nicht mit einem Asravir mitzuhalten vermochte.

Evrèl ließ ihren Arm los. Émine presste sich beide Hände auf die Leiste. »Es sticht«, stieß sie atemlos hervor. Er schlang seine Arme um sie und zog sie zu sich heran. Er verspürte das Bedürfnis, sie zu beschützen. Den Kampf gegen seinen eigenen Vorsatz hatte er längst verloren und sich unwiderruflich für eine Seite entschieden, als er ihr Liebesspiel im Wintergarten des Grafen zugelassen hatte. Jetzt musste er die Konsequenzen tragen.

»Es tut mir leid, dass ich dich so grob angefasst habe«, sagte er und strich mit den Fingern die Linie ihrer Arme nach. »Aber wir müssen die Stadt verlassen, so schnell wie möglich.«

Émine löste sich aus seiner Umarmung und warf ihm einen anklagenden Blick zu. »Ich muss zu Jacques zurück. Ich kann doch nicht einfach so weglaufen.« Sie machte eine Pause, sah zu Boden und schniefte. »Und erst recht nicht in diesem Körper.« Ihre Stimme brach, und ihre Mundwinkel zitterten, als unterdrücke sie ein Schluchzen. Sie war so atemberaubend schön in ihrem prächtigen Kleid, selbst im Körper eines Menschen. Evrèl hätte nicht den Hauch einer Chance gehabt, ihr zu widerstehen. Ein Asravir war eben schwach und leicht zu verführen.

Evrèl hatte den Punkt beinahe erreicht, an dem er ihr die ganze Wahrheit sagen würde. Die Art, wie sie dastand – zerbrechlich und blass –, rüttelte an seiner Fassade. Er öffnete den Mund, um zu einer langen Erklärung anzusetzen, doch in diesem Moment hörte er leise Schritte am Ende der Gasse. Émine erweckte nicht den Eindruck, etwas gehört zu haben, denn sie stand nach wie vor mit gesenktem Kopf vor ihm und weinte leise.

Evrèl riss den Kopf hoch und lauschte in die Nacht hinein. Von beiden Seiten der Gasse vernahm er nun schlurfende Schritte. Die Haare auf seinen Armen sträubten sich. Geistesgegenwärtig stieß er Émine in den dunklen Hauseingang hinein. Sie stolperte und stieß einen spitzen Schrei aus. »Psst, sei still«, presste Evrèl hervor.

Nur einen Herzschlag später sprang ihn etwas von hinten an. Er taumelte ein paar Schritte nach vorn und prallte gegen die Mauer. Ein unirdisches Knurren drang an seine Ohren. Er fuhr herum und blickte in die rot glühenden Augen von Léonce, einem Asravir, den Evrèl bei einer ihrer geheimen Zusammenkünfte schon einmal gesehen hatte. Er kannte ihn nicht besonders gut und hatte nie mit ihm gesprochen.

Zwei weitere Asraviri tauchten hinter ihm aus den Schatten der Gasse auf. Die Krallen, die aus den Handrücken von Léonce ragten, waren lang und scharf. Er war ein ausgewachsenes und erfahrenes Exemplar seiner Art.

Evrèl hörte, wie Émine irgendwo hinter ihm nach Luft rang. Dass sie die Wahrheit auf diese Weise erfuhr, war ein Desaster, denn Evrèl war nicht länger in der Lage, seine Instinkte zu unterdrücken und ihr das Schauspiel seiner Metamorphose zu ersparen. Doch er hatte nun wahrlich andere Sorgen als die, sich vor den Augen seiner Geliebten in ein Monster zu verwandeln. Falscher Stolz konnte ihn das Leben kosten, und damit wäre auch Émine unweigerlich verloren.

Evrèl wich zur Seite aus und tauchte unter dem Hieb seines Gegners hinweg, der mit einer seiner Pranken nach ihm geschlagen hatte. Evrèls Körper reagierte auf die Gefahr in althergebrachter Weise. Ein scharfer Stich fuhr ihm durch die Hände, als zwei dunkle, glänzende Krallen zum Vorschein kamen. Binnen eines Herzschlags hatten sie sich zu voller Länge ausgefahren. Evrèl spürte, wie seine Kleidung über Brust, Armen und Beinen spannte. Nie zuvor hatte er sich so sehr für seine Hässlichkeit geschämt. Er versuchte, Émines entsetzten Aufschrei zu ignorieren, und hoffte inständig, dass er in der Lage sein würde, es mit drei Gegnern gleichzeitig aufzunehmen, denn er wurde von dem Gedanken angetrieben, Émine vor seinen eigenen Artgenossen zu beschützen.

Seine Feinde ließen ihm keine einzige Sekunde lang Zeit, sich zu erholen oder sich eine Kampfstrategie zu überlegen. Kaum hatte er sich wieder aufgerichtet, stürzte sich ein weiterer Asravir auf ihn. Evrèl erhaschte einen flüchtigen Blick auf das hassverzerrte Gesicht. Er hatte den Kerl nie zuvor gesehen, dabei hatte er geglaubt, alle in Frankreich lebenden Asraviri im Laufe seines Lebens kennengelernt zu haben. Der Kerl hatte feuerrotes Haar, und seine Haut war abnorm blass. Evrèl merkte schnell, dass er kein erfahrener Kämpfer war. Hass und Raserei ließen seine Bewegungen unkoordiniert erscheinen, und so hatte Evrèl wenig Mühe, seinem Schlag auszuweichen. Der Schwung, der somit ins Leere ging, ließ den Rothaarigen hart gegen die gegenüberliegende Mauer prallen. Evrèl hörte das kratzende Geräusch von Krallen auf Stein, Funken stoben auf. Der Asravir taumelte. Evrèl nutzte den Moment der Benommenheit, sprang seinen Gegner mit einem Fauchen an, drehte sich in einer übermenschlich schnellen Bewegung einmal um seine eigene Achse und rasierte ihm den Kopf von den Schultern. Seine Kralle fuhr durch Knochen und Fleisch wie ein warmes Messer durch Butter. Ein Schwall dunkelroten Blutes ergoss sich über das Kopfsteinpflaster und versickerte zwischen den Ritzen.

Evrèls Ohren vernahmen einen Laut des Entsetzens aus Émines Richtung. Selbst wenn es ihm gelingen sollte, lebend aus diesem Kampf hervorzugehen, war es dennoch unwahrscheinlich, dass sie ihm je verzeihen würde, was er ihr angetan hatte. Er hatte sie mehr als zwanzig Jahre lang in dem Glauben gelassen, er sei ein Mensch. Eine Liebe zwischen einem Eluvir und einem Menschen war unschicklich, eine Liebe zwischen einem Eluvir und einem Asravir hingegen war empörend und widerlich. Er verfluchte sich dafür, dass er sich auf dieses perfide Spiel, das seine Artgenossen angezettelt hatten, überhaupt eingelassen hatte. Er hätte damit rechnen müssen, dass sie es auf Émine abgesehen hatten. Weshalb war er nicht schon früher ausgestiegen?

Es hatte keinen Sinn, sich jetzt den Kopf darüber zu zerbrechen, zumal der Schock, den er seinen verbliebenen zwei Gegnern durch die Enthauptung des Rothaarigen versetzt hatte, bereits nachließ. Léonce, der größere der beiden, reckte seine Krallen in die Luft und machte einen schnellen Schritt auf Evrèl zu. »Dreckiger Verräter«, zischte er. Léonce war ein geübter Kämpfer, und der folgende Schlag war durchdacht und zielsicher. Seine Krallen schnellten auf Evrèl hinab, der es nicht mehr rechtzeitig schaffte, zur Seite auszuweichen. Eine Kralle streifte Evrèls Brust und durchschnitt das Hemd. Der Hieb hätte ihn getötet, wenn er die Wucht nicht durch eine Seitwärtsdrehung abgemildert hätte. Ein stechender Schmerz fuhr ihm durch Mark und Bein, das Hemd färbte sich binnen weniger Sekunden um den Schnitt herum dunkelrot. Die Szene verschwamm vor Evrèls Augen. Er schüttelte den Kopf, um das Bild zu schärfen und den Schwindel zu vertreiben. Doch was er sah, versetzte ihm einen Schreck. Zwei Klauenhände schnellten auf ihn hinab.

In einer instinktgesteuerten Bewegung riss Evrèl die Arme nach oben. Vier messerscharfe Krallen prallten mit einem kratzenden Geräusch aufeinander und verharrten in dieser Position. Léonces Gesicht verzog sich zu einer Grimasse, die von der Anstrengung zeugte, die ihm das Kräftemessen bereitete. Auch Evrèl hatte alle Mühe, die Hände seines Gegners auf Abstand zu halten. Seine Muskeln zitterten, und ein Tropfen Schweiß löste sich von seinem Kinn. Der Schmerz in seiner Brust schwächte ihn zusätzlich, und er befürchtete, dass die Muskeln in seinen Armen schon bald nachgeben würden. Er starrte auf die langen Krallen von Léonce, deren Spitzen bedrohlich auf sein Gesicht gerichtet waren. Seine rot glühenden Augen warfen im Dunkel der Nacht einen schwachen Lichtschein auf die glänzenden, tödlichen Waffen, die aus seinen Handrücken ragten.

»Cistien, hol das Mädchen!«, presste Léonce hervor. Erst jetzt erinnerte sich Evrèl an die Anwesenheit des anderen Asravirs, der eine Zeit lang nur danebengestanden und zugesehen hatte, wie Léonce und Evrèl sich duellierten.

»Émine!« Evrèl presste ihren Namen hervor, obwohl er vor Anstrengung kaum in der Lage war zu atmen. Eine Welle der Verzweiflung durchflutete ihn, denn er konnte ihr nicht helfen, solange Léonce ihn in Schach hielt. Im Augenwinkel beobachtete Evrèl, wie Cistien in den dunklen Hauseingang sprang. Evrèl spürte, dass er dabei war, den Kampf zu verlieren. In einem Akt der Verzweiflung ließ er seine Muskeln jäh erschlaffen, drehte sich zugleich zur Seite und tauchte unter dem massigen Körper von Léonce hinweg, der mit dem abrupten Nachlassen des Drucks nicht gerechnet hatte und nach vorne stolperte. Er stieß sich den Kopf hart an der Mauer.

»Das Mädchen ist weg!«, rief Cistien im selben Augenblick. »Sie ist abgehauen!«

Léonce, der noch immer benommen an der Wand lehnte, zeigte keine Reaktion, doch Evrèl dankte den Engeln, dass Émine entkommen zu sein schien. Sie war für den Augenblick in Sicherheit, auch wenn die Asraviri mit allen ihnen zur Verfügung stehenden Mitteln versuchen würden, sie zu finden und ihren teuflischen Plan doch noch in die Tat umzusetzen. Sie waren bereits zu weit gegangen, um jetzt noch einen Rückzieher zu machen. Der Tod des Grafen war nur ein Puzzleteil im Geflecht ihrer durchtriebenen Machenschaften gewesen.

Evrèl wusste die augenblickliche Verblüffung seiner Gegner zu seinem Vorteil zu nutzen und setzte sich in Bewegung. Fünf große Schritte und er hatte das Ende der Gasse erreicht. An einem der Häuser führte eine schmale Metallleiter an der Fassade hinauf aufs Dach. Evrèl erklomm die Wand und rannte ungeachtet seiner Schmerzen über die Dächer von Paris, die im schwachen Mondlicht glänzten.

»Émine! Émine!« Seine Rufe gellten durch die Nacht.

6

Die wenigen Geräusche, die die dunkle Nacht durchschnitten, wirkten in der völligen Stille so laut wie Peitschenhiebe: ihre klappernden Absätze auf dem Straßenpflaster, ihre flachen Atemzüge, der seichte Sommerwind, der durch die Äste der Büsche am Straßenrand strich. Émines Füße schmerzten in den engen hochhackigen Schuhen, die ihr bereits seit vielen Stunden ins Fleisch schnitten und die sie am liebsten schon im Haus des Grafen abgestreift hätte. Doch sie ignorierte ihre Schmerzen und rannte ziellos weiter durch die schmalen Gassen von Paris.

Ein weiteres Geräusch mischte sich unter das monotone Klappern ihrer Absätze. In weiter Ferne vernahm Émine eine Stimme, die ihren Namen rief. Ein Schauer lief ihr über den Rücken, die feinen Härchen auf ihren Armen stellten sich auf. Evrèl. Der Mann, der sie über zwanzig Jahre lang zum Narren gehalten und ihr weisgemacht hatte, er sei ein Mensch. Der Schmerz in ihrer Brust war überwältigend, er schnürte ihr die Kehle zu und raubte ihr den Atem. Sie hatte ein Monster geliebt. Ein Monster, das sie betrogen, ausgenutzt und am Ende verführt hatte.

Tränen stiegen ihr in die Augen und verschleierten die Sicht, bis sie kaum noch in der Lage war, ihre eigenen Füße zu erkennen. Doch es war einerlei, ob sie etwas sah oder nicht, denn sie kannte sich in dieser Gegend ohnehin nicht aus. Die Häuser und Straßen breiteten sich gleichförmig vor ihr aus wie ein Teppich, dessen Muster sich immerzu wiederholte. Sie hatte vollkommen die Orientierung verloren.

»Émine!« Wieder erklang seine Stimme, und wieder spürte sie diesen Stich in der Brust. Er durfte sie nicht finden, niemals wieder wollte sie in seine dunklen Augen sehen, die es so geschickt verstanden hatten, sie zu täuschen. Émine wusste nicht, welch hinterlistiges Spiel Evrèl und die anderen Ungeheuer mit ihr spielten, aber sie war sich sicher, dass Evrèls Auftauchen im Haus des Grafen nicht dem Zufall zu verdanken war. Er selbst hatte zu den Attentätern gehört, die mehr als ein Dutzend Leben ausgelöscht hatten, da war Émine sich nun sicher. Sie war froh darüber, ihnen unbemerkt entkommen zu sein, doch noch immer war die Gefahr allgegenwärtig. Hinter jedem dunklen Fenster, das sie aus einem schwarzen Loch anzustarren schien wie ein Auge, vermutete sie einen Asravir, der sich jederzeit auf sie stürzen und sie töten konnte.

Ein Schluchzen entrann ihrer Kehle, sie wischte sich mit dem Handrücken über das tränennasse Gesicht. Immer wieder schoben sich Bilder vor ihr geistiges Auge, in denen sie Evrèl vor sich sah, groß, muskulös und – hässlich. Schwarze Krallen, so lang wie sein Unterarm, ragten aus seinen Händen wie die Verlängerung eines Armes. In ihrer Vorstellung klebte Blut an ihnen.

Eine Woge der Übelkeit stieg in Émine auf. Sie unterdrückte den Ekel, den sie bei dem Gedanken an Evrèl empfand. Sie hatte ihn geliebt, sie hatte sich von ihm berühren lassen. Nie hatte sie geglaubt, dass ein menschliches Herz so großen Schmerz zu ertragen imstande war, ohne daran zu zerbrechen. Émine verfluchte ihren Körper. Die Gefühle eines Eluvirs waren weniger tief, weniger unerträglich als die eines Menschen. Sie hatte endloses Glück, aber auch endloses Leid erfahren.

Die Glocken von *Notre-Dame* schlugen zwölf Mal. Émine riss den Kopf herum. Der Wind trug das Geräusch von Osten her an ihre Ohren. Das *Grüne Heim* befand sich nördlich von *Notre-Dame*, am Stadtrand von Paris. Es war noch ein weiter

Weg, aber zumindest wusste sie nun in etwa, in welche Richtung sie gehen musste.

»Émine!« Sie zuckte zusammen, denn die Stimme war nun lauter als zuvor. Er war ganz in ihrer Nähe.

»Émine!« Sie hielt die Luft an, als jemand direkt vor ihr aus einer schmalen Gasse auftauchte, auf sie zukam und sich langsam aus der Dunkelheit schälte. Das schwache Licht einer Straßenlaterne warf groteske Schatten auf das Gesicht des Mannes.

»Jacques, du bist es!« Émines Stimme brach. Sie rannte auf ihn zu, breitete die Arme aus und presste sich eng an den alten Mann, der geräuschvoll die Luft zwischen seinen Zähne einsog.

»Du tust mir ja weh«, presste er hervor, jedoch ohne einen anklagenden Unterton in der Stimme. Sanft löste er die Umarmung und musterte Émine von oben bis unten. »Ich habe dich überall gesucht. Ich habe mir Sorgen gemacht, als der Kutscher ohne dich zurückkam und mir von den schrecklichen Ereignissen berichtete«, sagte er.

»Oh Jacques, ich bin so froh, endlich wieder ein freundliches Gesicht zu sehen.« Die Erleichterung wärmte Émine von innen und milderte für den Augenblick das Gefühl von Angst und Kummer.

»Ich bin sofort zum Palast des Grafen gefahren«, fuhr Jacques fort. Er wirkte müde, tiefe Sorgenfalten hatten sich in sein Gesicht gegraben. »Dort habe ich mit den Gendarmen gesprochen. Sie sagten, du seiest mit einem Mann aus dem Haus geflüchtet. Weshalb hast du dich nicht in deine unverwundbare Engelform verwandelt?«

Ein neuer Schwall heißer Tränen rann Émines Wangen hinab. »Es geht nicht mehr.« Sie machte eine Pause und wartete, bis sie ihrer Stimme wieder trauen konnte. »Der Graf ist mit dunkler Magie im Bunde. Er hat mich verletzt. Ganz Paris wimmelt von schrecklichen Monstern.«

Jacques klopfte ihr sanft auf die Schulter. Über seine Züge huschte ein reumütiger Ausdruck. »Es ist meine Schuld. Ich habe dich dorthin geschickt. Ich habe die Gefahr nicht erkannt.«

Émine schüttelte vehement den Kopf. »Dich trifft keine Schuld. Aber bitte, Jacques, lass uns nach Hause gehen. Es muss eine Möglichkeit geben, meine alte Gestalt zurückzuerlangen.«

Jacques lächelte und nickte. »Das ist eine gute Idee. Du hast viel durchgemacht. An der Brücke zur *Île Saint-Louis* wartet eine Kutsche, die uns zum *Grünen Heim* zurückbringen wird.«

Émine hakte sich bei ihrem Mentor unter und ließ sich von ihm durch die Straßen führen. Es war, als fiele eine Last von ihr ab. Sie verbot sich jeden Gedanken an Evrèl und die Schmerzen, die er ihr zugefügt hatte.

Als sie mit Jacques in der Kutsche saß, stellte Émine sich einen Moment lang die Frage, weshalb er sich nicht nach der Identität des unbekannten Mannes erkundigt hatte, mit dem man Émine aus dem Palast hatte flüchten sehen. Sie entschied, es nicht seinem Desinteresse, sondern seiner Zerfahrenheit zuzuschreiben. Er war ein alter Mann. Und im Grunde kam es ihr sehr gelegen, dass er nicht nachgefragt hatte, denn sie wollte nicht mehr an Evrèl erinnert werden. Sie musste ihn vergessen, dieses Mal für immer.

Als die Kutsche nach einer gefühlten Ewigkeit, in der sich Jacques und Émine angeschwiegen und ihren düsteren Gedanken nachgehangen hatten, vor den Toren des *Grünen Heims* hielt, klopfte Émines Herz in freudiger Erwartung einer vertrauten Umgebung so laut, dass sie kaum wahrnahm, wie Perien die Tür der Fahrgastzelle aufriss und einen vergnügten Aufschrei ausstieß.

»Hatte ich dir nicht gesagt, dass du schlafen gehen sollst?«, fuhr Jacques den Jungen ungewohnt harsch an. Als er bemerkte, wie verstört dieser den alten Mentor ansah, rang Jacques sich ein Lächeln ab, um seine Worte abzumildern. Dennoch sah Émine etwas in Periens Augen, das ihre Freude dämpfte und ihr stattdessen ein Gefühl des Unbehagens bescherte. Über Periens Gesicht war ein Ausdruck der Sorge und der Angst gehuscht.

»Geh schon vor«, sagte Émine. Sie versuchte, den kleinen Jungen mit sanfter Stimme und einem gezwungenen Lächeln zu beruhigen. Er nickte nur, wandte sich wortlos ab und lief schnellen Schrittes zurück ins Haupthaus. Émine beobachtete aus dem Augenwinkel, wie Jacques dem Kutscher einige Münzen zusteckte, woraufhin dieser die Peitschen knallen ließ und in der Nacht verschwand.

»Lass uns gehen«, sagte ihr Mentor und reckte seine steifen Glieder. »Es war eine lange Nacht. Du solltest dich ausruhen.«

Émine machte eine wegwerfende Handbewegung. »Ich habe keine Zeit für Faulenzerei. Ich muss meine alte Gestalt zurückerlangen.« Sie versuchte, Nachdruck in ihre Stimme zu legen, obwohl ihr menschlicher Körper nach Ruhe verlangte. Sie gähnte.

Jacques schüttelte den Kopf und verzog das Gesicht zu einem breiten Lächeln. »Ich übernehme die Arbeit für dich. Ich kann in den alten Schriften nach einer Lösung suchen, selbst wenn es die ganze Nacht dauern sollte.« Er legte ihr eine Hand auf die Schulter und bugsierte sie sanft in Richtung Tür. »Das ist doch die Aufgabe eines Mentors, nicht wahr? Du solltest dich ausruhen.«

Émine ließ sich widerstandslos von Jacques ins Haupthaus und die Treppe hinauf zu ihrem Schlafzimmer führen. Ihr Körper schrie nach Schlaf, einer der gravierenden Nachteile des menschlichen Daseins. Sie fühlte sich kaum noch in der Lage, ihrem Mentor zu widersprechen. Morgen, wenn es ihr besser ging, würde sie ihm dabei helfen, die alten Bücher und Schriften nach einer Lösung ihres Problems zu durchforsten. Für heute hatte sie genug erlebt, in diesem Punkt hatte Jacques Recht.

»Bis morgen, mein Engel«, flüsterte Jacques und schloss die Tür hinter ihr. Émine blieb allein zurück. *Engel*? Jacques hatte sie in all den Jahren nicht ein einziges Mal so genannt, und es erschien Émine wie eine Beleidigung der Vier Heiligen. Jacques benahm sich äußerst merkwürdig. Émine schüttelte den Kopf.

Sie ging zum Bett, zog die Schuhe aus, streifte sich das üppige Kleid, das mittlerweile vollkommen verschmutzt und zerrissen war, von den Hüften und ersetzte es durch eines ihrer eigenen schlichten Gewänder. Sogleich durchfuhr sie ein wohliger Schauer. Sie hob das zerknitterte Festkleid vom Boden auf und legte es über einen Stuhl. Für die Dauer eines Herzschlags wehte Émine ein Geruch entgegen, der ihr einen Stich versetzte. Dem Kleid haftete noch immer der Duft von Evrèl an, herb und angenehm. Émine wich vor dem Gewand zurück wie vor etwas Giftigem. Sie wollte nicht mehr an Evrèl erinnert werden, nie wieder. Er hatte sie betrogen, wünschte vielleicht sogar ihren Tod. Sie würde das Kleid am Morgen verbrennen.

Das Geräusch eines Schlüssels, der im Schloss herumgedreht wurde, durchschnitt die Stille. Émine fuhr herum, ihr Herz setzte einen Schlag lang aus. Sie ging zur Tür hinüber und rüttelte an der Klinke, doch sie ließ sich nicht öffnen. Jemand hatte von außen abgeschlossen. Émine schlug ein paar Mal mit der flachen Hand gegen die Tür. »Jacques! Jacques! Was hat das zu bedeuten?« Niemand antwortete ihr. Weshalb schloss er sie hier ein? Das Unwohlsein, das Émine bereits bei ihrer Ankunft verspürt hatte, kehrte zurück, stärker und drängender als zuvor.

Wieder ein Geräusch in der Stille, diesmal ein Scharren, gefolgt von einem leisen Winseln. Émine durchsuchte hastig den Raum mit ihren Blicken. Neben dem Vorhang in der Zimmerecke hockte Perien. Der Junge hatte die Knie bis unter das Kinn gezogen. In seiner Hand hielt er einen Zettel, den er Émine entgegenstreckte.

»Perien, hast du mich erschreckt«, sagte sie, jedoch ohne dabei anklagend zu klingen. Perien antwortete nicht, sondern wedelte wieder mit dem Zettel.

»Was ist das?«

»Jacques hat diesen Zettel immer wieder gelesen. Er hat furchtbar getobt, mich angeschrien und böse Sachen gesagt, als du fort warst.« Eine Träne glitzerte in Periens Augenwinkel. Émine konnte kaum glauben, was der Junge erzählte, denn sie hatte Jacques stets als einen ruhigen und netten Mann erlebt, der nie die Beherrschung verlor. Émine beugte sich zu dem Jungen hinab und strich ihm über das volle blonde Haar. Dann nahm sie den Zettel aus seiner Hand.

»Du musst es lesen, vielleicht ist es wichtig«, bettelte Perien. Émines Herz schlug kräftig gegen ihre Rippen. Sie hatte den Jungen noch nie so aufgelöst gesehen.

Sie entfaltete das Papier mit zittrigen Fingern. Es handelte sich um eine Rechnung. Die Zahlung ging an Comte Donoit de Bornelle, eine beachtliche Summe. Das musste doch ein Schreibfehler sein, weshalb sollte Jacques dem Grafen Geld zukommen lassen? Der Graf besaß doch selbst mehr als genug davon. Ihr Mentor hingegen verfügte über keine finanziellen Mittel, schon gar nicht in diesem Umfang! Die Erkenntnis fraß sich wie Säure durch Émines Verstand. Konnte es möglich sein, dass man ein perfides Spiel mit ihr spielte? Dass der Graf sie am Ende gar nicht aus Eifersucht in den menschlichen Körper gesperrt hatte? Hatte ihn jemand dafür bezahlt? Eine Woge der Übelkeit durchflutete Émine. Sie zitterte.

Langsam drehte sie den Zettel um. Auf der Rückseite waren handschriftlich eine Reihe von Namen vermerkt, darunter auch der von Jacques und … Evrèl. Émine hätte am liebsten laut aufgeschrien, doch sie wollte sich vor dem Jungen nicht beunruhigt zeigen, deshalb unterdrückte sie ihre Panik. Sie wollte gerade den Mund öffnen, um Perien mit ein paar hohlen Worten zu besänftigen, als sie erneut das klickende Geräusch des Türschlosses vernahm. Binnen eines Augenblicks war Perien unter das Bett gehuscht. Émine zwang sich, ihre Angst zu verbergen und gefasst in Richtung Tür zu blicken, als diese sich öffnete und Jacques hereinkam. Er kam aufrecht und festen Schrittes auf sie zu, keine Spur von Gebrechlichkeit war ihm mehr anzumerken.

»Was hast du vor?«, fuhr Émine ihn an. Sie sah keinen Grund mehr zur Freundlichkeit.

Jacques antwortete nicht sofort, sondern packte sie unsanft am Arm und zerrte sie hinaus auf den Flur. Er war kräftiger, als Émine es ihm zugetraut hatte. Den gebrechlichen Mann hatte er offensichtlich nur gespielt.

»Sie sind jetzt alle eingetroffen«, sagte Jacques. Auch seine Stimme klang seltsam verändert, tiefer und kälter.

»Wer? Die Leute, die du auf deine Liste geschrieben hast?« Émine versuchte, sich von ihrem Mentor loszureißen, doch er packte sie an den Schultern und rüttelte sie unsanft, bis sie ihr Genick schmerzte. »Ja«, stieß er hervor. »Zumindest die, die davon noch übrig sind.«

Er schob Émine grob den Flur entlang und die schmale Treppe hinauf, die aufs Dach hinausführte.

»Was soll das?« Émine bemühte sich um eine feste Stimme, doch sie klang in ihren eigenen Ohren wenig überzeugend. Sie trat nach Jacques' Schienbein, traf jedoch nur Luft. Die Bewegungen des alten Mannes waren schnell, schneller als in ihrer Erinnerung. Er wich zur Seite aus, machte dann einen Schritt auf sie zu und schlang seinen Arm in einer blitzschnellen Bewegung um ihren Hals, sodass ihr Kopf in seiner Armbeuge eingeklemmt war. »Wenn du dir nicht selbst wehtun willst, gibst du jetzt besser Ruhe«, flüsterte er nahe an ihrem Ohr. Émine rang nach Luft, denn Jacques' Unterarm drückte auf ihre Kehle. Sie brachte nur ein angedeutetes Nicken zustande.

»Gut, dass wir uns verstanden haben.«

Am oberen Ende der Treppe öffnete Jacques eine hölzerne Klappe in der Decke. Er stieß sie schwungvoll und mit einer Leichtigkeit auf, als wiege sie nicht mehr als eine Feder. Ein kühler Luftzug schlug Émine entgegen. Jacques stieß sie unsanft durch die Öffnung in der Decke. Im Sommer hielt sie sich oft oben auf dem Dach des Haupthauses auf, denn es bot einen wundervollen Ausblick auf das kleine Wäldchen hinter dem Garten. Jetzt, mitten in der Nacht, ließ die Dachterrasse jedoch jegliche Freundlichkeit vermissen. Ein kalter Wind wehte, und die Dunkelheit ließ das Auge kaum weiter als bis zur großen Eiche blicken, die direkt neben dem Haus ihre knorrigen Äste über das Dach hinwegreckte. Die Blätter raschelten im Wind und gaben einen gelegentlichen Blick auf den fast vollen Mond frei. Das tanzende fahle Licht, das durch die Zweige hindurchschien, warf groteske Schatten auf das flache graue Dach.

Jacques kletterte hinter Émine durch die Luke und ließ die schwere Holzklappe mit derselben Leichtigkeit zurückschnellen, mit der er sie geöffnet hatte. In der fast völligen Dunkelheit erkannte Émine das rötliche Flackern in seinen Augen. Sie hatte sich all die Jahre betrügen lassen, nicht nur von Evrèl, sondern auch von ihrem eigenen Mentor. Die Erkenntnis traf sie wie ein Schlag ins Gesicht. Sie wandte rasch den Kopf ab. Erst jetzt bemerkte Émine, dass jemand vier gläserne Windlichte, in denen je eine Kerze flackerte, an den vier Ecken des Daches positioniert hatte. Ihr spärliches Licht vermochte die Umgebung nicht mehr zu erleuchten als das fahle Mondlicht. Als Émine den Blick auf den Boden richtete, erkannte sie ein mit weißer Kreide daraufgezeichnetes Symbol, das im Durchmesser etwa eine Manneslänge maß. Émine hatte ein derartiges Zeichen nie zuvor gesehen, es ähnelte einem Stern, war jedoch weitaus detailreicher. Es war rund und symmetrisch, zehn spitz zulaufende Zacken standen in regelmäßigen Abständen von einem Mittelkreis ab, der mit fremdartigen Schriftzeichen ausgefüllt war.

»Hat Bornelles Zauber gewirkt?« Die Stimme, die aus einer Ecke des Daches an ihre Ohren drang, ließ Émine vor Schreck zusammenzucken. Sie riss den Kopf herum. Drei weitere Männer befanden sich hier oben, verborgen in den Schatten und für jedermann unsichtbar, der nicht wusste, dass sie dort waren. Nur das schwache rote Glühen ihrer Augenpaare zeigte ihren Standort an. »Natürlich hat der Zauber gewirkt«, zischte Jacques, der wieder direkt hinter Émine getreten war und eine Hand auf ihre Schulter legte. »Glaubst du, ich könnte sie sonst ohne Schmerzen berühren, du Idiot?«

Émine durchforstete ihre Erinnerungen. Jacques hatte oft vermieden, sie anzufassen. Während ihrer ersten gemeinsamen Jahre hatte sie es für einen Ausdruck von Scham und Respekt gehalten, später hatte sie es seiner Gebrechlichkeit angelastet. Weshalb hatte sie nie einen Verdacht geschöpft?

Sie vernahm ein Fauchen, dann traten die drei Gestalten aus den Schatten heraus. Es waren Männer, einer von ihnen schien gerade erst dem Jünglingsalter entsprungen zu sein. Sein Haar war tiefschwarz und im Nacken zu einem Pferdeschwanz gebunden. Die anderen beiden waren älter, jedoch noch nicht gebrechlich. Einer von ihnen hatte schütteres Haar, flaumig und unansehnlich.

»Fangen wir an«, stieß einer der Asraviri hervor. In seinem Gesicht las Émine eine seltsame Mischung aus Euphorie und Unbehagen.

»Wir sind nicht vollzählig«, sagte der Jüngling.

»Sprichst du von Evrèl?« Der Mann mit dem schütteren Haar warf dem Jungen einen verärgerten Blick zu. »Jules, ich habe dir doch bereits gesagt, dass er ein Verräter ist. Ich habe ihn von Bornelles Salon aus mit der Kleinen beobachtet. Er liebt sie.« Die Erwähnung von Evrèls Namen ließ Émines Herz einen Schlag aussetzen. Nein, er irrte. Evrèl liebte sie nicht. Wie konnte man jemanden lieben, den man belog? Sie fühlte sich so verlassen und einsam wie nie zuvor in ihrem Leben. Alle, denen sie vertraut hatte, hatten sie verraten und verkauft. Es gab keine Gerechtigkeit auf Erden.

»Ich spreche in erster Linie von unseren Kameraden, die sich um Evrèls Ableben kümmern«, erwiderte Jules. »Wir sind es ihnen schuldig, auf sie zu warten. Nach all den Jahren kommt es nicht auf ein paar Minuten an.«

»Nicht nötig, dort sind sie.« Jacques, der noch immer direkt hinter Émine stand, deutete auf eine Stelle am Rand des Daches. Émine strengte ihre Augen an und konnte nur schemenhaft erkennen, wie sich zwei Krallen über die Dachbegrenzung schoben, gefolgt von einem Kopf. Nur einen Herzschlag später zog sich ein Körper hinterher. An einer anderen Stelle tauchten zwei weitere Klauen an der Dachkante auf. Sie suchten nach einem Halt, fanden ihn schließlich und förderten daraufhin den Körper eines Asravirs zutage. Émine sah sich nun mit sechs Ungeheuern konfrontiert, die ihr offensichtlich nach dem Leben trachteten. Sie vermochte ihren Gesprächen kaum zu folgen, denn das Blut in ihren Ohren rauschte im schnellen Rhythmus ihres Herzschlags und übertönte beinahe alle anderen Geräusche.

»Léonce, wo ist Alexandre?«, stieß Jacques hervor.

»Er ist tot. Der Verräter hat ihn geköpft«, sagte der Neuankömmling, den Jacques mit Léonce angesprochen hatte. Er überragte die anderen um beinahe eine Kopflänge. »Evrèl ist allerdings entkommen.«

»Merde!« Jacques' Stimme war so von Hass erfüllt, dass Émine kaum zu glauben imstande war, dass es sich um denselben Mann handelte, der sich jahrelang um ihr Wohlergehen gekümmert hatte. »Wir hätten besser ihn anstelle des Grafen töten sollen. Es wimmelt von Verrätern unter uns.«

Unvermittelt stieß Jacques Émine nach vorn, sodass sie stolperte und auf die Knie fiel. Er setzte nach, riss unsanft an ihren Haaren und zerrte sie in die Mitte des seltsamen Kreidesymbols. Émines Blick haftete an seinen Händen, die jetzt auf ihren Schultern direkt neben ihrem Gesicht ruhten. Seine Haut teilte sich, und die Spitze je einer knorrigen braunen Kralle schob sich aus seinen Handrücken. Langsam wuchsen sie zu einer Größe an, die seine Finger mindestens um das Dreifache überragte. Aus direkter Nähe betrachtet, waren sie noch unansehnlicher und furchterregender.

»Armain, hast du den Kelch?«, fragte Jacques an einen seiner Artgenossen gerichtet. Der Angesprochene kramte daraufhin in der Innentasche seines Mantels, wobei ihn seine Klaue deutlich behinderte, und förderte ein kleines silbernes Gefäß zutage, das alt und angelaufen aussah.

»Und wo ist das Dokument?« Jacques' Blick zuckte von einem Mann zum nächsten. »Gérard, hast du es? Heute Nacht darf uns kein Fehler unterlaufen.«

Der Mann mit dem schütteren Haar trat einen Schritt nach vorn und zog ein vergilbtes Stück Papier aus seiner Hosentasche. »Hier ist es, ich habe es sicher verwahrt.«

»Sehr gut«, zischte Jacques. »Armain, komm mit dem Kelch her. Gérard, fang bitte an zu lesen.«

Émine trat nach hinten aus, traf jedoch nur Luft. »Lasst mich gehen, bitte! Jacques, was habt ihr mit mir vor?« Ihre Stimme kippte. Sie fühlte sich, als flösse eiskaltes Wasser durch ihre Eingeweide. Jacques fasste abermals in ihre Haare und riss ihren Kopf zurück. Als er antwortete, war seine Stimme nicht viel mehr als ein Flüstern neben ihrem Ohr. »Ich habe vor einigen Wochen etwas Wundervolles in den alten Schriften gefunden. Etwas, das uns Asraviri das zum Verfall verdammte Leben retten wird. Dein geliebter Evrèl hat nicht eine Sekunde lang gezögert, bei unserem Vorhaben mitzumachen.« Er betonte seinen Namen bewusst abfällig, seine Stimme troff vor Abscheu.

»Weshalb tust du mir das an?« Ein Schwall heißer Tränen rann Émines Wangen hinab. Jacques antwortete nicht, sondern drückte sie zu Boden und stellte sich bedrohlich über sie, eine Hand noch immer fest in ihre Haare gekrallt. Mit der Klaue seiner freien Hand näherte er sich ihrem Hals. In Todesangst stieß sie einen Schrei aus und schlug mit den Fäusten nach ihrem Peiniger, doch ebenso gut hätte sie versuchen können, mit bloßen Händen einen mannsgroßen Felsen zu bewegen. Jacques ließ sich von ihren Schlägen nicht beeindrucken. Mit einem Kopfnicken wies er seinen Artgenossen an, den Kelch an Émines Hals zu halten. In Erwartung des Todes schloss sie die Augen.

Sie vernahm einen dumpfen Aufschlag, als sei etwas Schweres auf das Dach gefallen. Im nächsten Moment lockerte sich Jacques' Griff jäh, dann stieß er ein Keuchen aus. Als Émine die Augen öffnete, war Jacques bereits einen Schritt zurückgetaumelt. Er fasste sich mit einer seiner klauenbewehrten Hände an die Schulter. Sein Hemd war an dieser Stelle aufgeschlitzt, Blut quoll aus der Schnittwunde hervor. Émine riss den Kopf herum und fing einen flüchtigen Blick von Evrèl ein, der mit erhobenen Krallen vor ihr stand. Armain machte einen Satz nach hinten, der Kelch fiel scheppernd zu Boden. Émine folgerte, dass Evrèl vom Ast der alten Eiche aus aufs Dach gesprungen sein musste. Sie spürte eine seltsame Mischung aus Freude und Entsetzen über sein plötzliches Auftauchen. Ihr Herz drohte zu zerspringen, sie rang nach Atem. »Evrèl«, presste sie hervor, wobei ein Schluchzen ihre Stimme brechen ließ. Sie zwang sich, ihn direkt anzusehen. Er war groß, seine Schultern übermenschlich breit und sein Gesicht hassverzerrt. Quer über seine Brust verlief eine Schnittwunde, die sein Hemd rot gefärbt hatte.

Jules, der junge Asravir, sprang Evrèl tollkühn entgegen. Seine Krallen waren kurz und seine Muskeln nicht so ausgeprägt wie die seiner Artgenossen. Evrèl stieß einen unirdischen Laut aus, der an das Brüllen eines Löwen erinnerte. Seine roten Augen glühten dämonisch in ihren Höhlen, als er einen Ausfallschritt machte und Jules' eigenen Schwung dazu nutzte, ihn mit seiner Kralle aufzuspießen. Der Kampf hatte nicht einmal ein paar Sekunden gedauert. Der junge Asravir gab einen gurgelnden Laut von sich und sackte zu Boden. Als Evrèl seine Klaue aus der Brust des Jungen zog, glänzte sie im Mondlicht rot von Blut. Er machte einen Schritt auf Émine zu. Sie wich zurück, in der Annahme, er wolle auch sie töten, doch stattdessen stellte er sich schützend vor sie und schirmte sie mit seinem massigen Leib vor den Blicken der anderen Asraviri ab.

»Niemand fasst sie an«, knurrte er mit tiefer Stimme. Erst jetzt erfasste Émine vollends, dass er gekommen war, um ihr zu helfen. Hatte sie ihm unrecht getan?

»Du dämlicher Narr!« Es war Jacques' Stimme, die durch die Nacht dröhnte. »Willst du auf die Unsterblichkeit verzichten, weil du eine Engelstochter liebst? Du bist so dumm, Evrèl, so unendlich dumm. Du wirst sterben, wenn du sie rettest. Dein Körper wird verfallen wie der meine, und das Mädchen verdammst du zu einem Leben in ewig dauernder Einsamkeit.« Er machte eine Pause. »Geh zur Seite, sonst töten wir dich. Das Mädchen wird ohnehin sterben, also rette wenigstens dich selbst.«

»Ihr müsst mich töten, wenn ihr an Émine heranwollt.« Evrèl schlug seine Krallen klackernd gegeneinander, wohl eine Demonstration seiner Entschlossenheit. »Ich werde Émine nicht kampflos aufgeben. Ich habe sie seit dem Tag, an dem ich das

erste Mal ins *Grüne Heim* gekommen bin, geliebt. Ich bereue
es nicht.«

»Ich verfluche diesen Tag«, sagte Jacques. »Ich hätte die Zeichen deuten und erkennen müssen, dass du mehr für sie warst
als ein Patient. Diese Liebe ist widernatürlich.«

Die verbliebenen fünf Asraviri kamen langsam auf Evrèl zu,
ein jeder von ihnen hielt seine Klauen gekreuzt vor das eigene
Gesicht. Émine spähte an Evrèl vorbei und erhaschte einen
Blick auf Léonce, den größten der Asraviri. Er fauchte, holte mit
einer seiner Pranken aus und eröffnete den Kampf. Seine Kralle
prallte auf die von Evrèl.

Émine stieß einen Schrei aus und kroch rückwärts an den Rand
des Daches heran. Sie sah nach unten, doch die Wand verlor sich
irgendwo unterhalb des ersten Stockwerks in der Dunkelheit. Ein
Sprung in die Tiefe bedeutete den sicheren Tod. Émine verwarf
den Gedanken und richtete ihre Aufmerksamkeit wieder auf die
Geschehnisse in ihrer unmittelbaren Umgebung. Sie wollte die
Hände vors Gesicht schlagen, sich die Ohren zuhalten und nichts
von alldem an sich heranlassen, doch sie war es Evrèl schuldig,
dass sie Zeugin seines letzten Kampfes wurde. Gegen diese Überzahl von Gegnern war er machtlos, auch wenn sein Vorhaben von
Edelmut zeugte. Er schien sie wirklich geliebt zu haben …

Mit einer blitzschnellen Drehung tauchte Evrèl unter den
Krallen seines Gegners hinweg, der daraufhin nach vorn stürzte
und sich nur mit Mühe auf den Beinen halten konnte. Er stieß
gegen eines der Windlichte, das umstürzte und klirrend zerbrach. Das auslaufende Öl entzündete sich und tauchte das Dach
für die Dauer eines Herzschlags in helles Licht.

Evrèl hatte das Unvermeidliche jedoch nur aufgeschoben,
denn zwei weitere Asraviri sprangen auf ihn zu, die Gesichter zu
hämischen Grimassen verzogen. Einer von ihnen, Émine, erinnerte sich nicht an seinen Namen, fuchtelte mit seinen Händen

vor seinem Körper herum, sodass seine Krallen durch die Luft schnellten und ein pfeifendes Geräusch verursachten. Nun hatte sich auch Léonce wieder aufgerappelt und reihte sich neben seine Kameraden ein, die Evrèl Schritt für Schritt rückwärts an den Rand des Daches trieben.

»Evrèl!«, schrie Émine. Er warf ihr einen flüchtigen Blick zu. Seine weit aufgerissenen Augen zeugten von Panik und Todesangst, aber auch von Entschlossenheit und Liebe.

Gérard, der Asravir mit dem lichten Haar, machte einen schnellen Ausfallschritt nach vorn, gleichzeitig stieß er mit seiner mächtigen Klaue wie mit einer Lanze zu. Evrèl konnte sich nur durch einen schnellen Schritt zur Seite vor dem sicheren Tod retten.

»Du hast es nicht anders gewollt«, sagte Gérard. »Du hast dein Schicksal selbst gewählt.«

Dann geschahen mehrere Dinge zugleich. Ein verzweifelter Schrei voller Liebe und Schmerz drang an Émines Ohren, während Jacques einen Sprung nach vorn machte. Seine Schulter prallte gegen die Brust von Evrèl, der einen Moment lang taumelte und dann das Gleichgewicht verlor. Einen Lidschlag später war er hinter der Dachkante verschwunden, nur sein Schrei hallte noch nach, während er in die Tiefe stürzte. Émine sprang auf und rannte zu der Stelle, an der Evrèl in der Dunkelheit verschwunden war. In diesem Moment war sie fest entschlossen, sich hinterherzustürzen, doch mehrere Hände griffen nach ihren Haaren, zogen an ihrer Kleidung und rissen sie zu Boden.

»Machen wir weiter!«, rief Jacques seinen Artgenossen zu, als sei nichts geschehen. Seine Stimme war kalt und emotionslos, es schien ihn nicht zu kümmern, dass zwei Asraviri vor seinen Augen gestorben waren. Jules' Leiche lag noch immer in einer unnatürlichen Verdrehung auf dem Boden des Daches. Die Asraviri stiegen achtlos über sie hinweg.

Jemand hob den Kelch vom Boden auf, ein anderer Asravir entfaltete erneut das Stück Papier, das Jacques angeblich zwischen den alten Schriften in der Bibliothek des *Grünen Heims* entdeckt hatte. Er umfasste Émines Hals und drückte seine Klaue gegen ihre Kehle. Hätte Émine eine Waffe zu fassen bekommen, hätte sie sich selbst, ohne zu zögern, getötet. Sie wollte nicht, dass die Brut der gefallenen Engel sie für einen schwarzen Zauber missbrauchten. Sie wünschte sich nichts sehnlicher, als Evrèl in den Tod zu folgen. Er hatte sie beschützen wollen, während sie ihrem Verderben geradewegs in die Arme gelaufen war. Weshalb hatte sie nie bemerkt, dass Jacques kein Mensch, sondern eine Bestie war? Vermutlich hatte er all die Jahre auf eine Nacht wie diese gewartet, in der er Émine die Unsterblichkeit stehlen konnte. Der Zauber des Grafen, der Émines Körperlosigkeit aufgehoben hatte, war Teil eines perfiden Plans gewesen, der sogar die Ermordung seines eigenen Verbündeten und dessen hochrangiger Gäste beinhaltet hatte. Diese Gedanken schossen Émine durch den Kopf, als sie einen kurzen scharfen Schmerz unterhalb ihrer Kehle verspürte. Ein warmer Tropfen Blut rann in ihren Ausschnitt hinab. *Evrèl, ich habe dir unrecht getan. Verzeih mir.* Sie wollte ihren letzten Gedanken nicht an Jacques und seine finsteren Machenschaften verschwenden, sie wollte ihn Evrèl widmen …

Émine erwartete den Tod, doch sie wurde erneut betrogen. Obwohl ihre Augen geschlossen waren, nahm sie durch die Lider hindurch ein gleißend helles Licht wahr. Der Druck der Kralle an ihrem Hals ließ ein zweites Mal nach. Émine wollte die Augen öffnen, doch das Licht war so hell, dass es schmerzte. Sie konnte weder Position noch Ursprung der Lichtquelle ausmachen, denn es schien überall um sie herum zu sein. Sie warf sich bäuchlings auf den Boden und schützte ihren Kopf mit darüber verschränkten Armen.

Ein schmerzverzerrter Schrei, in den weitere heulende Stimmen einfielen, jagte Émine einen Schauer über den Rücken. Die Hände, die sie zuvor festgehalten und zu Boden gedrückt hatten, ließen von ihr ab.

Émine vernahm einen dumpfen Aufschlag neben sich. Sie hörte Kleidung rascheln und Fäuste auf Stein schlagen. Es waren die Geräusche eines Asravirs, der, von Höllenqualen gepeinigt, mit dem Tode rang. Émine verspürte keine Schmerzen. Es gab nur dieses helle Licht, das sie davon abhielt, die Augen zu öffnen.

Der Boden vibrierte, und die Luft war von knisternder Magie erfüllt, die in jede Faser ihres Körpers zu fahren schien. Die Müdigkeit fiel von ihr ab wie ein Kleidungsstück, das man abstreifte und achtlos zu Boden gleiten ließ. Wärme und Kraft kehrten in ihre Glieder zurück, sie fühlte sich leicht und körperlos. Émine wagte noch immer nicht, ihre auf dem Boden kauernde Position zu verändern, doch sie war sich sicher, dass von dem göttlichen Licht keine Gefahr für sie ausging. Sie hatte nie zuvor erlebt, wie einer der Vier Heiligen auf die Erde hinabgestiegen war, doch sie spürte seine Anwesenheit, seine Nähe und die Vertrautheit seines Blutes, auch ohne ihn zu sehen.

»Danke«, wimmerte Émine, ohne den Blick zu heben.

Ich bin für dich da. Es waren keine Worte, mehr ein Gefühl, das Émine durchdrang und ihr Bewusstsein flutete. Sie hatte den Gedanken des Engels, der ihr das Leben gerettet hatte, klar und deutlich vernommen, als hätte er ihr die Worte direkt ins Ohr geflüstert.

Die Schreie erstarben, und Stille legte sich über das Dach des *Grünen Heims*. Das göttliche Licht erlosch so plötzlich, wie es gekommen war. Dunkelheit umhüllte sie wie ein Mantel aus schwarzer Seide. Émine stemmte ihren Oberkörper mit den Händen hoch. Sie sah auf ihre Finger hinab: Sie waren durchscheinend und weiß wie dünnes Papier. Nur vage spürte sie den kalten Stein unter ihren Handflächen. Ihre Empfindungen und Sinneswahrnehmungen waren wieder die eines Eluvirs: schwach und lau wie ein Windhauch.

Sie ließ den Blick über das Dach schweifen. Vier der fünf Asraviri lagen mit verkrümmten Körpern um sie herum über den Boden verteilt, einer von ihnen war vermutlich vom Dach hinuntergefallen. Sie waren nicht tot. Émine beobachtete, wie sich ihre Brustkörbe in unregelmäßigen Abständen hoben und senkten. Aus der Kehle von Jacques drang ein leises Ächzen, sein Gesicht war schmerzverzerrt. Seine weit aufgerissenen Augen starrten ins Leere und zuckten wild hin und her, als versuchten sie verzweifelt, einen Punkt ihrer Umgebung zu fixieren.

Émine erhob sich. Sie hatte damit gerechnet, dass ihre Beine zitterten, doch ihr Engelskörper kannte derlei körperliche Reaktionen nicht. Allzu schnell hatte sie sich an ihren menschlichen Körper gewöhnt.

Sie öffnete die Klappe im Boden und stieg die schmale Treppe hinab, immer zwei Stufen auf einmal nehmend. Ein einziger Gedanke zwang sich ihr auf und ließ ihre Füße beinahe wie von selbst über den Boden schweben: Was war mit Evrèl geschehen? Hatte er überlebt? Obwohl ihr Dasein als Eluvir tiefe Gefühle nicht zuließ, hatte sie Evrèl seit dem Tag geliebt, an dem er zu einem Mann herangewachsen war. Erleichtert stellte sie fest, dass ihre Gefühle noch immer tief und echt waren. Nicht einmal ihre Rückverwandlung in einen Halbengel hatte etwas daran ändern können.

Im Erdgeschoss stieß Émine die Eingangstür auf und rannte um das Haus herum. Dabei stolperte sie beinahe über die Leiche des Asravirs, der wie Evrèl vom Dach gefallen war. Eine Blutlache hatte sich unter ihm gebildet, seine Beine standen in einem unnatürlichen Winkel von seinem Körper ab. Der Anblick schockierte Émine und bereitete sie auf das Schlimmste vor.

Evrèl lag nur wenige Schritte von seinem Artgenossen entfernt neben einem Holundergebüsch, dessen Äste größtenteils
abgeknickt waren. Er lag auf dem Rücken, seine Augen waren geschlossen. Sein Körper war mit kleinen Holunderblüten
übersät, das Gesicht wirkte entspannt. Er war in den Strauch
gefallen, der ihn davor bewahrt hatte, auf den harten Steinboden
aufzuschlagen.

Evrèls Hände lagen neben seinem ausgestreckten Körper.
Die Spuren der Metamorphose waren nicht mehr sichtbar, auch
entdeckte Émine keine äußeren Anzeichen einer tödlichen Verletzung. Lediglich der Schnitt über seiner Brust zeugte von
dem Kampf, den Evrèl an diesem Abend in den Pariser Gassen
bestritten hatte, um Émine vor seinen eigenen Artgenossen zu
bewahren. Ein friedvoller Gesichtsausdruck lag auf seinem Gesicht. Man konnte fast meinen, er schliefe.

Émine ließ sich neben ihm auf die Knie fallen. Sie verfestigte
ihre Gestalt und tastete mit der Hand an seinem Hals entlang.
Er fühlte sich warm an. Ganz schwach erahnte sie einen unregelmäßigen Puls, und sofort begann ihr eigenes Herz, in einem
wilden Rhythmus gegen ihren Brustkorb zu hämmern. Er lebte!
Er hatte den Sturz überlebt! Sie legte ihren Kopf auf seine
Brust. Ein Schwall heißer Tränen vermischte sich mit frischem
Blut. Émine wusste, dass ein Eluvir nicht imstande sein sollte,
zu weinen, doch sie war nach wie vor in der Lage, den Schmerz
und die Freude zu empfinden, die eigentlich nur den Menschen
vorbehalten waren. Ihre Seele erinnerte sich an Evrèl und krallte
sich an ihm fest, als wollte sie einen Teil ihrer selbst in der Welt
der Menschen halten. Sie war nicht vollständig in einen Eluvir
zurückverwandelt worden, ihre Liebe zu Evrèl hatte sie sich
bewahrt.

Émine richtete ihren Oberkörper auf und betrachtete Evrèls
Gesicht durch einen Schleier aus Tränen. Der Schein des blas-

sen Mondes tauchte ihn in ein unwirkliches Licht. Sie durfte ihn nicht sterben lassen. Nicht nach allem, was er für sie getan hatte. Émines Liebe brannte heißer denn je, vergessen waren die Jahre, in denen er sie belogen und anschließend gemieden hatte. Seine Absichten waren stets die besten gewesen.

In der Ferne bellte ein Hund. Bellte wieder. Ein anderer Hund antwortete. Die Geräusche und Gerüche der Nacht hüllten sie ein wie eine schwere Decke. Sie musste eine Entscheidung treffen, bevor es zu spät war.

Émine legte ihre Hände auf Evrèls Brust, schloss die Augen und konzentrierte sich auf seine Heilung. Es war ihr schon einmal gelungen, etwas von sich selbst in den Körper eines anderen zu legen, um ihn vor dem sicheren Tod zu bewahren. Im Heilzimmer des *Grünen Heims* hatte sie dieses Verfahren schon einmal angewandt, gestern erst … Émine war entschlossen, ihr eben erst zurückgewonnenes Leben für Evrèl zu geben.

Sie keuchte und ächzte, denn Evrèls Körper sog stärker an ihren Kräften, als ein Mensch es getan hätte. Er nahm ihre Energie in sich auf und benutzte sie, um seine Verletzungen zu heilen. Émine war bereit, für ihn zu sterben, sollte es vonnöten sein. Sie spürte, wie sie mit jedem Atemzug schwächer wurde. Als sie glaubte, ihr Herz würde den Kampf schließlich aufgeben, ließ der unangenehme Sog jäh nach. Sie sackte über Evrèl zusammen, den Kopf in seinem Hemd vergraben. Etwas strich ihr durch die Haare. Es war seine warme Hand.

»Émine.« Evrèls Stimme war nur ein heiseres Krächzen, doch er hatte all seine Liebe und seinen Schmerz in dieses eine Wort gelegt. Sie sammelte ihre Kräfte und hob den Kopf.

»Evrèl.«

Er richtete sich auf und brachte seinen Körper in eine aufrechte Sitzposition. Dann griff er Émine unter die Achseln und zog sie zu sich heran wie eine schlaffe Puppe. Er drückte sie an sich und vergrub sein Gesicht in ihren Haaren. Er stöhnte leise ob des Schmerzes, den ihre Berührung ihm nun, da sie ihre alte Gestalt zurückerlangt hatte, verursachen musste. Doch anstatt sie von sich zu stoßen, umarmte er sie nur noch fester.

»Émine, du lebst. Den Engeln sei Dank.« Er machte eine Pause, um zu schluchzen. »Ich habe gedacht, sie hätten dich getötet.« Er stützte ihren Kopf mit einer seiner großen Hände und suchte ihren Blick. Seine Augen glänzten. Langsam beugte er seinen Kopf zu ihr hinab und bedeckte ihre Lippen mit einem sanften Kuss. Émine spürte, wie ihre Kräfte zurückkehrten, langsam zwar, aber unaufhaltsam. Sie hob ihrerseits beide Arme, umfasste seinen Nacken und erwiderte den Kuss. Seine Lippen waren warm und weich, seine Zunge feucht und wohlschmeckend.

Nach einem schier endlosen Moment löste er zärtlich seinen Mund von ihrem. Noch immer hielt er sie in seinen Armen geborgen, als bestünde sie aus Glas. Sie spürte seine enorme Kraft, obwohl er sich bemühte, behutsam zu sein.

»Evrèl, was hatte das alles zu bedeuten? Was haben sie mir antun wollen?« Ihre Stimme war rau und schwach.

Evrèl legte einen Finger auf ihre Lippen und bedeutete ihr mit dieser zärtlichen Geste, nicht weiterzusprechen. »Es ist vorbei, das ist alles, was zählt«, hauchte er. »Wir haben einen Fehler gemacht. Jacques hat geglaubt, er könne uns zur Unsterblichkeit verhelfen, doch ich habe nicht gewusst, dass du Teil seines Plans gewesen bist. Ich hatte den Auftrag, jemanden im Garten des Grafen abzuholen und ins *Grüne Heim* zu bringen, doch wusste ich nicht, dass du es sein würdest. Jacques hat nie über die Details des Rituals gesprochen.« Seine letzten Worte waren nicht viel mehr als ein Flüstern gewesen. Sein Blick war in die Ferne gerichtet und sein Gesichtsausdruck der eines Mannes, der sich in schmerzlichen Erinnerungen verlor.

»Weshalb habt ihr den Grafen getötet?« Émine wollte Evrèl nicht mit weiteren Fragen quälen, doch sie musste erfahren, was geschehen war, um mit den Ereignissen Frieden schließen zu können.

Evrèl ließ einen Moment der Stille verstreichen, ehe er zu einer Antwort ansetzte. »Jacques hat sich krankhaft vor Verrätern gefürchtet«, sagte er. »Er war auf die Zauberkräfte des Grafen angewiesen, wollte die Beute jedoch nicht mit ihm teilen.«

Émine sog die kühle Nachtluft tief in ihre Lungen und stieß sie als leisen Seufzer wieder aus. »Ich muss ein neues Leben beginnen«, sagte sie, obwohl ihr die eigene Schlussfolgerung zuwider war.

»Du bist wieder ein Eluvir«, sagte Evrèl, als bemerkte er erst jetzt, dass Émine ihre alte Gestalt zurückerlangt hatte.

»Ein Engel hat mir das Leben gerettet.« Émine strich mit den Fingern die Linie seines breiten Kinns nach. »Doch meine Gefühle sind noch immer stark. Ich werde dich nicht noch einmal gehen lassen.«

Evrèls Lippen verzogen sich zu einem traurigen Lächeln. »Ich werde sterben, Émine, während du ewig weiterleben wirst.«

»Dann möchte ich jede Sekunde mit dir genießen. Eine Liebe zu verlieren ist besser, als nie geliebt zu haben.«

Evrèl setzte zu einer Erwiderung an, doch sie erstickte seinen Protest mit einem erneuten Kuss. »Wir müssen fort von hier«, flüsterte sie, als sich ihre Lippen trennten. »Die Asraviri sind nicht tot, nur erblindet.«

»Ich muss wohl dankbar sein, zuvor vom Dach gefallen zu sein«, sagte Evrèl und lächelte sie an, diesmal reichte es bis zu den Augen hinauf. »Andernfalls hätte ich nie wieder sehen können, wie schön du bist.«

Émine senkte verlegen den Blick. Sie wussten beide, dass eine Liebe zwischen einem Eluvir, einem Engelskind, und einem

Asravir, der Brut eines gefallenen Engels, schändlich und inakzeptabel war, doch der Widerstand gegen ihre Gefühle war im Licht der Ereignisse längst geschmolzen.

Evrèl erhob sich, klopfte sich die Holunderblüten vom Hemd und reichte Émine eine Hand, um ihr beim Aufstehen zu helfen. Sie fühlte sich schwach, aber immerhin war sie wieder in der Lage, sich auf den Beinen zu halten.

»Eine Frage musst du mir noch beantworten«, sagte sie. Evrèl zog die Augenbrauen hoch und sah sie mit erwartungsvollem Blick an. »Du bist schon als Kind ins *Grüne Heim* gekommen«, fuhr Émine fort. »Hat Jacques gewusst, was du bist?«

Evrèl nickte. »Er war auch *mein* Mentor.«

Sie schwiegen. Einzig das Rascheln der Blätter im lauen Sommerwind drang an ihre Ohren. Es bedurfte keiner weiteren Worte. Sie ließen das Thema auf sich beruhen.

»Wir müssen fortgehen«, flüsterte Émine schließlich. »Ich kann an anderer Stelle ein neues Heim für Kranke errichten, und du wirst mein Mentor sein.« Die Überzeugung, die Émine in ihre Worte legte, duldete keinen Widerspruch. »Ich muss den Jungen mitnehmen. Der arme Perien kauert sicher noch immer verängstigt unter dem Bett. Ich möchte weit weg sein, wenn die Asraviri auf dem Dach wieder zu Bewusstsein kommen.«

Evrèl seufzte nur, in seinem Gesicht lag ein Ausdruck bittersüßer Kapitulation. »Du wirst Kranke heilen, während ich Menschen töten muss, um zu überleben«, sagte er. »Wir können so nicht weitermachen.« Seine Augen waren voll Liebe und zugleich voll Schmerz.

»Ich kann ohne *dich* nicht weitermachen.« Émines Stimme brach, Verzweiflung brannte sich in ihre Seele wie eine schwärende Wunde. Weshalb sprach er so direkt aus, was sie nicht hören wollte?

»Wirst du mich nicht ächten?«, fragte Evrèl. Er sah sie mit

einem Ausdruck an, als bereite er sich auf große Schmerzen vor.

»Wir sind, was wir sind«, hauchte sie. In Ermangelung einer besseren Antwort besiegelte Émine ihr stummes Gelöbnis mit einem leidenschaftlichen Kuss. Im Osten graute der Tag.

DAS TIER
IN MIR

Laura Nefzger

Die Welt hat sich verändert. An der Spitze der Nahrungskette stehen nicht mehr wir Menschen, sondern die Gestaltwandler. Im Jahr 2014 kamen sie aus den Wäldern und Dschungeln, wo sie sich versteckt hatten, und nahmen ihren rechtmäßigen Platz ein. Die Menschen hatten versucht, sie zu vernichten, mit Waffen und Bomben, doch sie hatten sie unterschätzt. Denn Gestaltwandler sind keine wilden Tiere, sie sind halbe Menschen und ebenso intelligent. Körperlich sind sie sogar robuster. Sie heilen schneller und haben für Menschen unvorstellbare Kräfte.

Sie waren schon immer unter uns. Unbemerkt, da ihre menschliche Seite nicht von unserer zu unterscheiden ist. Doch ihre tierische Seite ist anders als jedes gewöhnliche Tier. Elefantengestaltwandler sind größer, Vogelgestaltwandler können schneller und weiter fliegen, und Raubtiergestaltwandler sind gefährlicher als ihre Artgenossen. Die Mischung aus beiden Naturen macht sie zu gefürchteten Gegnern. Sie haben sich gesammelt und vermehrt. Gewartet, bis sie so weit waren, um den Kampf gegen die Menschen zu führen. Um ihre wahre Seite zu zeigen, ohne Gefahr zu laufen, ausgerottet zu werden.

Und sie haben gewonnen. Wir Menschen leben zwar weiter wie bisher, doch mit dem Wissen, dass uns die Welt nicht allein gehört. Die Reviere der Gestaltwandler meiden wir lieber. Die Gestaltwandler sind keine gewalttätige Rasse, doch wenn es darum geht, die Ihren zu schützen, kennen sie keine Gnade.

1

Im Jahr 2028

Ihre Lippen sind blass. Ihr Gesicht weiß wie Schnee. Sie liegt auf dem kalten Waldboden, nackt, die Haut übersät mit blauen Flecken und Stichwunden. Aus den Wunden fließt kein Blut mehr. In ihren weit aufgerissenen Augen ist kein Leben.

»Uhhh!« Ich hole endlich wieder Luft. Doch damit begreife ich erst das, was mein Körper bereits erkannt hat: Ich bin die Einzige, die atmet. Die Frau vor mir auf dem Waldboden ist wahrhaftig tot. Ich hole ein zweites Mal tief Luft … und schreie, so laut ich kann.

Langsam, ganz langsam gehe ich rückwärts. Einen Fuß nach dem anderen. Ich kann den Blick nicht von ihren kalten Lippen lösen. Ihr Name ist Anna. Ich kenne sie, sie ist in meinem Rudel. Wir sind nicht befreundet. Ich weiß nicht mal ihren Nachnamen. Aber sie gehört zu meinem Rudel. Und sie ist …

Plötzlich spüre ich große Hände an meinen Schultern. Sie halten mich. Ich setze zu einem weiteren Schrei an, doch dann legt sich eine dieser Hände über meinen Mund. Ich lehne mich zurück. Ein muskulöser Oberkörper, ein mir bekannter Geruch, und dann die Erkenntnis: Keenan.

Erleichterung durchflutet mich, und ich lasse mich ganz fallen. Keenan nimmt die Hand von meinem Mund und stützt mich. Er gibt mir noch einen Moment der Ruhe, dann sagt er: »Die anderen kommen gleich. Sie werden sich um sie kümmern. Du solltest nach Hause gehen.«

»Sie ist tot.«

»Ich weiß.«

»Wer ...?«

»Keine Ahnung. Aber wir werden es herausfinden. Jetzt geh nach Hause!«

Ein Befehl. Keenan gibt mir immer Befehle. Meistens befolge ich sie. Er ist älter, dominanter. Außerdem ist er das zukünftige Alphatier. Doch heute habe ich keine Lust, das brave Schoßhündchen zu spielen: »Nein.«

Eine Sekunde lang ist es sehr still, dann ein wütendes Schnaufen. »Gut. Dann bringe ich dich nach Hause.«

Blitzschnell ducke ich mich und winde mich aus seinem festen Griff. Wir stehen uns gegenüber. Fassungslosigkeit zeichnet sich auf seinem Gesicht ab. Keenan ist es nicht gewohnt, dass man sich seinen Befehlen widersetzt.

Nun sehe ich auch die anderen Krieger, die mit großer Geschwindigkeit auf uns zukommen. Unter ihnen ist Elias, das aktuelle Alphatier. In unserem Rudel gibt es insgesamt zehn Krieger, Keenan eingeschlossen. Die drei Krieger, die Elias begleiten, sind die Zwillinge Rian und Rick und Felix. Elias tritt vor mich und sieht mir fest in die Augen. In seinem Blick ist immer eine Härte, von der ich gerne wüsste, woher sie kommt, denn wenn sie von seinem Posten als Alphatier herrührt, blüht sie auch Keenan.

»Lana, wann genau hast du sie entdeckt?« Ganz sachlich klingt seine Stimme. Ich versuche genauso sachlich zu antworten, bringe aber nur ein zittriges »Zehn Minuten« zustande.

»Keenan, bring deine Gefährtin nach Hause und sorg dafür, dass sie sich wieder beruhigt«, befiehlt Elias, während er an mir vorbei auf die tote Frau zugeht.

Rian und Rick folgen dem Alphatier, während Felix telefoniert. Er ruft bestimmt Katharina an, denke ich. Sie ist Gerichtsmedizinerin und arbeitet in einer Klinik in München. Außerdem hat sie auch Erste-Hilfe-Kenntnisse. Sie ist die Ärztin unseres Rudels und wird in solchen Situationen als Erstes angerufen.

»Kommst du?«, höre ich Keenans Stimme sagen.

Als ich aufsehe, wird mir schwindelig. »Atmen!«, flüstere ich und folge Keenan, der sich umgedreht hat und wütend fortgeht.

Eine Weile sagen wir beide nichts, bis er das Wort ergreift: »Wir werden den Mistkerl finden, der das getan hat.« Gewissheit spricht aus seiner Stimme.

»Woher willst du wissen, dass es ein Mann war?« Meine Stimme hört sich hohl an. Ich sehe Keenan an. Seine Stirn ist wütend gerunzelt. Der sonst so sinnliche Mund ist ein harter Strich, und die dunkelbraunen Augen sind schwarz vor Zorn.

»Egal, wer es war, wir finden ihn«, antwortet er vor Zorn schnaubend.

Unser Rudel ist für ein Raubtierrudel ziemlich groß. Siebenundfünfzig Mitglieder. Nein … sechsundfünfzig.

Wir leben in einem kleinen Wald, mit dem Auto eine halbe Stunde von München entfernt, wo auch die meisten von uns arbeiten. Unsere Häuser stehen weit genug entfernt, damit jeder sein eigenes Leben führen kann. Andere Gestaltwandlerarten, wie zum Beispiel Pferde, leben in einem engeren Verbund, doch Raubtiergestaltwandler brauchen ihren Freiraum. Meine Gepardin würde es nicht ertragen, eingesperrt zu sein.

Wir sind eigenständige Personen und doch irgendwie eine Familie. Wir sorgen füreinander.

»Wir sind da.« Keenans Stimme reißt mich aus meinen Gedanken. Ich habe nicht gemerkt, dass wir schon bei mir angekommen sind. Mein Haus ist eine kleine Hütte mit weißen Wänden und dunkelblauen Fensterrahmen. Rechts neben der ebenfalls blauen Tür wachsen Sträucher an der Wand empor. Ich bin sehr stolz auf meine Hütte, die ich zwar nicht gebaut, aber selbst gestrichen und eingerichtet habe.

»Danke, dass du mich begleitet hast! Was hast du jetzt vor?«

»Ich werde zurückgehen und schauen, ob ich helfen kann.« Keenans Blick ist eisig, doch das ist er in letzter Zeit immer, wenn er mich ansieht, denke ich bitter. Ich bringe ein kleines Nicken zustande, drehe mich um und verschwinde im Haus.

Ich warte mit dem Rücken zur Haustür, bis ich höre, dass er verschwindet. Dann lasse ich mich zu Boden gleiten und weine.

2

»Na toll!«, sage ich mürrisch, während ich mich im Spiegel betrachte. Man sieht mir an, dass ich letzte Nacht nicht viel geschlafen habe. Meine Haare liegen platt am Kopf, die Augenringe ziehen sich übers ganze Gesicht, und meine aufgebissenen Lippen zeugen von Albträumen, die ich lieber vergessen würde.

Immer und immer wieder habe ich sie gesehen. Ich kann die Schnitte auf ihrer Haut nicht vergessen. Sie muss unvorstellbare Schmerzen gehabt haben. Gänsehaut breitet sich auf meiner Haut aus.

»Wer tut so etwas?«, frage ich mein Spiegelbild, das leider keine Antwort für mich hat. Der Schrecken von gestern sitzt mir immer noch im Nacken. Ich kann ihn nicht abschütteln, egal, wie sehr ich es versuche.

Steif schlüpfe ich in eine schwarze Jeanshose, ziehe ein cremefarbenes T-Shirt über, wasche mir das Gesicht, trage ein bisschen Make-up auf und sprühe mir Deo unter die Achseln. Dann schließe ich die Tür hinter mir und gehe nach unten in die kleine Küche. Ich mache mir eine heiße Schokolade und dazu ein Marmeladenbrot, lasse den süßen Geschmack auf der Zunge zergehen, während ich überlege, was heute alles ansteht.

Erst einmal zur Arbeit, danach Amanda abholen, und spät am Abend findet ein Rudeltreffen statt, das ich nicht verpassen darf. Rudeltreffen sind Pflicht, außer man hat eine Entschuldigung, die auch vor Elias' Augen Gnade findet.

Ich schlinge den letzten Bissen des Brotes hinunter. Die Tasse ist schon leer. Gemächlich räume ich das Geschirr weg, schlüpfe in eine dunkelblaue Jacke und verlasse das Haus, um das Auto aus der Garage zu holen.

Als ich um die Ecke gehe, sehe ich ihn. Locker lehnt er an der Garagenwand, den Kopf leicht in den Nacken gelegt, die Nasenlöcher geweitet. Er wittert, überprüft die Gerüche. Damit kontrolliert er, dass sich mir auch ja kein Männchen genähert hat. Er denkt, ich weiß nicht, dass er das tut, aber ich habe schon vor einem Jahr entdeckt, dass er regelmäßig vorbeikommt und sein Revier markiert.

Keenan ist sehr besitzergreifend und eifersüchtig. Er will mich zwar nicht als seine Gefährtin akzeptieren, aber genauso wenig will er, dass ein anderer mich bekommt.

»Morgen, Keenan!«, begrüße ich ihn und gähne. Früher habe ich mich über diese Geste sehr gefreut, doch mittlerweile bin ich davon gelangweilt.

»Morgen! Du siehst nicht gut aus«, stellt er kurz und bündig fest.

»Danke! Ich freue mich auch echt wahnsinnig, dich zu sehen«, erwidere ich und werfe ihm einen bösen Blick zu.

»So war das doch nicht gemeint …«

»Vergiss es einfach, Keenan! Ich weiß, wie es gemeint war.« Meine Stimme klingt genauso gereizt, wie meine Stimmung ist. Langsam bücke ich mich, um das Garagentor aufzuschließen, schiebe es nach oben und sperre mein Auto per Knopfdruck auf.

»Also, was willst du?«

»Ich wollte dich fragen, ob ich mit in die Stadt fahren kann.«

»Was willst du denn schon so früh in der Stadt?« Ich antworte mit einer Gegenfrage.

»Besorgungen machen. Also?«

»Ja, meinetwegen.« Ich will gerade einsteigen, als Keenan mich am Arm festhält. Verwirrt drehe ich mich um und sehe ihn an. Gott, er ist so schön! Mit seinen ein Meter fünfundachtzig ist er einen Kopf größer als ich. Und der muskulöse Oberkörper – einfach zum Anbeißen.

»Ich fahre.«

Überrascht ziehe ich die Augenbrauen nach oben. Meine Stimme trieft vor Sarkasmus: »Ähm, lass mich mal überlegen: Nein!« Wieder will ich mich umdrehen, um einzusteigen, als sein Griff an meiner Hand fester wird und mich damit aus dem Gleichgewicht bringt. Bevor ich aber auf den Boden knalle, fängt Keenan mich mit Armen und Oberkörper ab.

»Was sollte das jetzt bitte?!« Ich sehe ihn fassungslos an.

»Ich dachte nicht, dass du … so leicht umzuwerfen bist.« Er klingt verunsichert. Fast schuldbewusst. Es ist wohl wirklich nicht seine Absicht gewesen, mir wehzutun. Ruhig rapple ich mich wieder auf, indem ich mich an seiner Brust abstütze. Dann sehe ich ihn an, um etwas zu erwidern. Dabei wird mir erst klar, wie nahe wir uns sind. Normalerweise vermeidet Keenan Körperkontakt mit mir. Er hält mich auf Distanz.

Wow, es muss ihm wirklich leidtun!, denke ich und sage: »Schon okay.« Ich will nicht, dass er ein schlechtes Gewissen hat, auch wenn es ihm andersherum scheißegal wäre.

»Lana …« Ganz leise sagt er meinen Namen, und ich blicke auf. Versinke zum tausendsten Mal in seinen schokoladenbraunen Augen. Seine kurzen, ebenfalls dunkelbraunen Haare wiegen sich in der morgendlichen Brise. Er ist einfach so verdammt anziehend und sexy. Mein Unterleib zieht sich erwartungsvoll zusammen, während die Gepardin in mir brüllt: »Alles meins.«

»… wir müssen los. Es ist schon fast halb acht«, vollendet Keenan seinen Satz und tritt einen Schritt zurück. Seine Augen sind glasig, als wäre er auch in diesem Augenblick mit mir hängen geblieben. Doch das ist sicher nur Einbildung.

»Ja, du hast Recht.« Wieder will ich mich umdrehen, um ins

Auto zu steigen, als mir etwas Glänzendes in Keenans Hand auffällt. »Du hast mir den Schlüssel geklaut!«

»Ich habe doch gesagt, ich fahre.« Seine Mundwinkel zucken.

Einen Moment lang stehen wir uns schweigend gegenüber. Wütend gehe ich alle Möglichkeiten im Kopf durch, entscheide mich aber dann doch dafür, einzusteigen und den Mund zu halten, denn nur so habe ich noch eine Chance, pünktlich zur Arbeit zu gelangen. Keenan ist ein Dickschädel; hat er sich einmal etwas in den Kopf gesetzt, kann ihn niemand davon abbringen.

Zunächst schweigen wir beide. Doch dann gewinnt meine Neugier den Kampf gegen die Wut, und ich höre mich fragen: »Gibt es schon etwas Neues über die Tote … Anna?«

Keenan antwortet sofort. »Katharina hat sie mit in die Klinik genommen und die Autopsie schon heute Nacht vorgenommen. Wenn ich meine Besorgungen erledigt habe, schaue ich bei ihr vorbei, um die Ergebnisse abzuholen und mit ihr zurückzufahren.«

»Hm«, ist meine Antwort. Eifersucht steigt mir die Kehle hoch. Katharina ist eine sechsundzwanzigjährige Schönheit mit langen roten Locken. Sie ist nicht nur intelligent, nett und witzig, sondern auch noch in Keenans Alter. Außerdem verbringen die beiden viel Zeit miteinander, da sie hohe Stellungen im Rudel innehaben: Keenan als Krieger und zukünftiges Alphatier und Katharina als dominantes Weibchen und Ärztin.

Wieder ist es eine Weile still. Ich nutze den Moment der Ruhe, um meine aufkeimende Besitzgier zurückzudrängen. Was mir leider nicht gelingt. Mein Magen zieht sich zusammen, wenn ich daran denke, wie oft die beiden zusammenarbeiten.

»War sie gestern auch da?«, frage ich unschuldig.

»Ja. Wir haben ihr geholfen, die Leiche in die Klinik zu bringen. Außerdem haben wir den Tatort auf Spuren untersucht.

Doch die Täter waren gut. Sie haben weder Fußabdrücke noch Gerüche hinterlassen.«

Ich nicke bloß. Ich komme mir so schäbig vor. Statt mich an der Suche nach Annas Mörder zu beteiligen, sitze ich hier und schiebe Eifersucht wegen etwas, das es nicht einmal wert ist. Trotzdem verschwindet das Bauchweh nicht, das ich bekomme, wenn ich mir die beiden zusammen und alleine vorstelle.

Neben mir raschelt es. Ich sehe zu Keenan, der gerade etwas aus der Arschtasche seiner hellen Jeanshose zu ziehen versucht. Keenans Stil beschränkt sich auf Jeanshosen, einfarbige T-Shirts und Kapuzenpullis.

»Hier.« Er reicht mir ein kleines Stückchen Papier.

Ich nehme es. Das Papier ist noch warm von seinem Körper. Ich sehe es an und lese laut vor: »*Die tausend Tode.*«

»Was ist das?«

»Ein Buch über Ritualmorde. Kannst du es bitte besorgen?«

»Ihr glaubt, es war ein Ritualmord?«

»Die Schnitte sind sehr zielgerichtet gesetzt und die blauen Flecken mit Präzision verteilt. Wir wissen nicht, ob es ein Ritualmord war. Aber ein Zufall war es ganz bestimmt nicht.«

Ich denke über seine Worte nach und rufe mir mit großem Widerwillen das Bild der Toten in Erinnerung. Die tiefen Schnitte auf Bauch und Brüsten. Die Handgelenke waren wundgescheuert, wie von Fesseln. Doch ich kann in den Verletzungen keinen Plan erkennen.

»Sie ist gefesselt gewesen, oder? An ihren Handgelenken waren Hautabschürfungen.«

»Ja, das ist mir auch aufgefallen.«

Ich spüre Keenans Blick von der Seite, schaue aber weiterhin durch die Windschutzscheibe meines schwarzen Polos.

»Du hättest das nicht sehen sollen. Wieso warst du überhaupt dort draußen?«

»Das geht dich nichts an.« Keenan ist mein Gefährte. Unsere Seelen sind miteinander verbunden. Wir sind füreinander bestimmt, sozusagen füreinander geschaffen. Doch so fühlt es sich nicht an. Vor zwei Jahren, als Keenan vor meiner Tür stand und auf mich Anspruch erhob, konnte ich mir noch einreden, dass es reicht, wenn ich ihn liebe. Aber das tut es nicht.

»Doch, das tut es sehr wohl.«

»Nein, Keenan, das tut es nicht! Ich muss dich nicht um Erlaubnis fragen, wenn ich aus dem Haus will. Du bist nicht mein …« Bevor ich den Satz beenden und damit unser ohnehin schon heikles Verhältnis zerstören kann, bremse ich mich selbst.

»Was bin ich nicht?« Sein Zorn ist fast greifbar, seine Stimme ein Knurren.

Langsam atme ich aus, um mich wieder unter Kontrolle zu bringen. Keenan kann Gefühle in mir hervorbringen, von denen ich selbst noch keine Ahnung habe.

»Rede mit mir!« Ein weiteres Knurren. »Verdammt noch mal, rede endlich!«

»Du willst, dass ich mit dir rede. Nein, danke! Denn mit dir reden bedeutet: Du gibst Befehle, und ich folge ihnen. Ich bin nicht dein Schoßhündchen, das du herumschubsen kannst, wie es dir gerade passt.«

Nun ist es still. Ich habe so gebrüllt, dass meine Wut verpufft ist. Keenan wirkt verwirrt. Er ist es nicht gewohnt, dass ich ihm widerspreche oder mich wehre.

Wir sind noch eine Viertelstunde von München entfernt, und ich habe vor, sie nicht mit Reden zu verbringen, also drehe ich mich nach rechts, um aus dem Seitenfenster zu schauen. Die Landschaft zieht an uns vorbei. Grüne Wiesen, braune Felder und Sonnenblumen überall. Es ist Mitte Herbst, und die Bäume verlieren langsam ihre bunten Blätter.

Leider ist es auch früh am Morgen, und der Berufsverkehr sorgt für Stau. Keenan parkt in der Tiefgarage, die in dem Gebäude liegt, in dem ich arbeite.

Ich bin Auszubildende in einem Buchladen. Vor viereinhalb Monaten habe ich mein Abitur bestanden und im September als Buchhändlerin angefangen. Lesen ist meine große Leidenschaft, deshalb bin ich sehr glücklich dort.

Ich steige aus dem Auto, nehme meine Tasche und gehe neben Keenan aus dem Parkhaus.

»Ich besorge das Buch so schnell wie möglich und bringe es dir dann vorbei«, sage ich zu ihm, ohne ihn anzuschauen, und gehe an ihm vorbei. »Ich bin spät dran. Also bis heute Abend!« Es ist schon Viertel nach acht. Meine Schicht beginnt genau jetzt.

»Lana.« Er nimmt mein Handgelenk und dreht mich so, dass ich ihn ansehen muss. Ich verschränke die Arme vor der Brust und warte. »Dein Schlüssel.« Keenan legt ihn mir in die Hand und sieht mich an.

Einen Moment gönne ich mir noch, um in seinem Anblick zu versinken. Die muskulösen Schultern, das perfekt geformte Gesicht und die rauen Lippen eines Kriegers, die ich nur zu gern küssen würde.

Dann schnaube ich laut durch die Nase, drehe mich um und gehe davon.

3

Herr Ford, mein Chef und Ausbilder, ist ein gutmütiger Mann, der stets so wirkt, als wäre er mit den Gedanken woanders. Er bemerkt nicht einmal, dass ich zehn Minuten zu spät zur Arbeit erscheine.

Ich lege meine Jacke und meine Tasche im Personalraum ab und fange mit der Arbeit an. Stundenlang sortiere ich Bücher alphabetisch ein, zuerst die Krimiabteilung, danach die Kinderecke. In der Mittagspause setze ich mich an einen der Computer im ersten Stock und suche nach dem Buch für Keenan.

»*Die tausend Tode*«, flüstere ich, den Blick auf den Bildschirm gerichtet. Das Deckblatt ist schwarz, die Schrift darauf golden. Leider haben wir es nicht da, ich muss es bestellen. Es sollte noch diese Woche kommen, denke ich zufrieden.

Ich mag meine Arbeit. Irgendwie hat sie eine beruhigende Wirkung auf mich. Sie beschäftigt mich und weckt selbst das Interesse der Raubkatze in mir.

Ich stehe auf, hole meine Jacke und trete aus dem Laden. Ich gehe ein Stück weit an der Straße entlang, doch schließlich wird mir das Gedränge der Passanten zu viel, und ich nehme einen kleinen Umweg in Kauf, indem ich in eine Gasse einbiege. Nach zehn Minuten bin ich am Ziel: ein kleiner Park mit einer weiten grünen Fläche.

Der Himmel hat sich am Vormittag aufgeklärt, und die Sonne scheint durch, einer der letzten schönen Tage des Herbstes. Auf der Wiese sind viele Leute: Kinder spielen auf Decken, Senioren gehen mit ihren Hunden Gassi und Liebespärchen knutschen im Gras. Ich setze mich unter eine große Eiche, lehne den Kopf zurück und beobachte die Parkbesucher.

Der Wind zupft Blätter von den Bäumen, und es raschelt überall. Auf meinem Arm bildet sich eine Gänsehaut. Der Herbst ist meine Lieblingsjahreszeit: nicht zu heiß wie der Sommer, aber auch nicht so kalt wie der Winter. Außerdem sind die Farben einfach wunderschön.

Als ich hinter mir ein Kichern höre, drehe ich mich um und erblicke einen Jungen und ein Mädchen, eng umschlungen. Das Mädchen lächelt, während der Junge ihm etwas ins Ohr flüstert. Die beiden sind ungefähr in meinem Alter. Sie sehen glücklich aus. Sie sehen … verliebt aus, denke ich neidisch. So etwas hatte ich nie. So etwas werde ich nie haben.

Meine Brust wird eng und schmerzt, schnell drehe ich mich um. Ich weiß, dass Neid eine schlechte Eigenschaft ist, aber wenn ich das Glück anderer sehe, wird mir erst bewusst, wie unglücklich ich bin.

Ich hatte nie die Möglichkeit, mich in einen Jungen zu verlieben, hatte nie eine Wahl. Ich kenne Keenan schon immer, und ich habe immer gewusst, dass ich zu ihm gehöre. Und er hat es ebenso gewusst. Eigentlich wäre das auch wunderbar. Jeder Gestaltwandler wünscht sich einen Seelenverwandten, nur ist nicht für jeden einer vorherbestimmt. Und selbst wenn Keenan nicht meiner wäre, hätte ich mir ihn ausgesucht. Wieder und wieder. Er ist meine große Liebe. Er ist der Einzige für mich. Nicht nur, weil er stark, stolz und ehrenhaft ist, sondern auch, weil er trotz seiner kalten Art ein warmes Herz besitzt. Nur leider schlägt es nicht für mich.

Als ich fünfzehn war, dachte ich immer, er wartet. Schließlich ist Keenan sechs Jahre älter als ich. Es wäre nicht richtig gewesen, wenn ein Einundzwanzigjähriger etwas mit einem Teenager angefangen hätte. Als ich sechzehn und im Rudel als offiziell geschlechtsreif anerkannt wurde, erhob er Anspruch auf mich, damit auch jeder wusste, dass ich tabu war. Keiner sollte und soll mich anfassen. Doch er selbst tut es auch nicht.

Ich dachte, wenn ich älter werde, würde er mich endlich als Frau ansehen und auch so behandeln. Doch nichts da. Keenan hat seine Gefühle nicht zurückgehalten, er besitzt überhaupt keine für mich.

Bis vor einem halben Jahr habe ich es stillschweigend ertragen und mich damit zufriedengegeben, dass wir nur Freunde sind. Und wir waren wirklich gute Freunde. Doch dann hatte ich es satt und beschloss, die Sache selbst in die Hand zu nehmen.

Ich nehme die Tasche vom Stuhl und will gerade durch die Tür verschwinden, als ich ein Räuspern höre. Ertappt drehe ich mich um: »Ja?«

»Du bist in letzter Zeit ziemlich oft bei Keenan. Und das immer spät abends. Muss ich mir Sorgen machen, Schätzchen?«, fragt Maria mit einem kleinen Lächeln auf den Lippen.

Maria ist so etwas wie meine Mutter. Ich war vier, als sie mich, einen der wenigen überlebenden Geparden in Europa, fand und beschloss, mich bei sich aufzunehmen. Ich liebe Maria, doch trotzdem ist da eine Mauer zwischen uns. Das weiß ich, weil ich sie selbst errichtet habe. Ich bin ihr wirklich sehr dankbar, aber sie ist eben nicht meine biologische Mutter. Ich bin ein Gepard und sie ein Leopard. Für meine menschliche Seite ist sie meine Mum, doch meine Raubkatze hat sie nie ganz akzeptiert. Weil Maria weniger dominant ist als ich, hat der Gepard nicht wirklich Respekt vor ihr.

»Nein, das musst du nicht. Keenan hilft mir nur beim Lernen. Schließlich mache ich in drei Wochen mein Abitur.«

»Ja, natürlich. Ach Lana, ich bin doch keine alte Frau. Ich versteh schon, dass ihr jungen Leute euren Spaß haben wollt.«

Maria ist sechsundfünfzig Jahre alt und ledig. Sie hatte nie einen Gefährten, und einen passenden Mann hat sie auch nie gefunden.

»Äh, okay, Mum. Ich muss jetzt los.« Schnell husche ich durch die Tür. Puh, geschafft, bevor es in einem Gespräch über Bienchen und Blümchen endet, denke ich erleichtert.

Ich laufe, bis ich an einen Fluss gelange. Dem folge ich zu einem kleinen Stamm, der über das Wasser führt. Auf der gegenüberliegenden Seite springe ich wieder herunter. Dann laufe ich noch ein Stückchen geradeaus, bis ich zu einem kleinen weißen Haus mit dunkelbraunen Fensterrahmen und dunkelrotem Dach komme. Ich hebe leicht den Kopf und wittere. Die Nacht und der Wald riechen frisch, doch darunter liegt ein viel verführerischer Geruch: Keenans. Dunkel, rau. Männlich.

Schnell gehe ich weiter, denn ich möchte bei ihm sein. Möchte sein Gesicht sehen und seiner Stimme lauschen, wenn er von seinem Tag erzählt.

Noch bevor ich an der Tür klopfen kann, geht sie auf und Keenan grinst mich an: »Ich habe Pizza.«

»Und ich habe den Stoff«, antworte ich mit einem breiten Lächeln. Natürlich habe ich nur den Mathematikstoff dabei.

Ich gehe an Keenan vorbei ins Haus und setze mich, nachdem ich Jacke und Schuhe ausgezogen habe, auf die Couch. Ich bin gerne hier. Das ganze Haus ist mit ruhigen Farben wie Braun und Blau eingerichtet. Es ist gemütlich, es riecht nach Zuhause, nach Keenan.

Dieser kommt gerade aus der Küche mit einem Glas Apfelsaft für mich und einer Flasche Bier für sich. Dann verschwindet er noch einmal und kommt mit zwei Tellern, auf denen zwei Pizzen liegen, wieder zurück.

»Schinken, Champignons. Meine Lieblingspizza«, sage ich ihm schmatzend.

»Weiß ich doch.« Seine Antwort klingt, als wäre es selbstver-ständlich.

Eine Stunde lang sitzen wir uns gegenüber, während er mir Fragen stellt, die ich versuche zu beantworten. Meine Augen hängen an seinen Lippen, wenn er eine Frage vorliest. Es ist ein schmaler Mund, aber ein so sinnlicher. Es fällt mir schwer, mich zu konzentrieren.

»Lana?« Als ich meinen Namen höre, schrecke ich hoch und blicke in Keenans Augen, die die Farbe von dunkler Schokolade haben.

»Ähm, Entschuldigung. Ich krieg schon Kopfweh vom vielen Lernen. Ich fülle nur schnell mein Glas auf.« Ich spüre, wie Blut in meine Wangen fließt, und husche in die Küche, um einmal tief Luft zu holen. Danach drehe ich den Wasserhahn auf und lasse das Leitungswasser in mein Glas. Nachdem ich einen Schluck getrunken habe, gehe ich zurück ins Wohnzimmer.

Keenan hat mein Schulzeug auf den Tisch gepackt und den Fernseher angemacht. Er sieht mich an und sagt: »Ich dachte, wir machen mal eine kleine Pause.«

»Gute Idee. Was läuft?«

»Spider-Man 6. Oder willst du etwas anderes schauen?«

»Nein. Spider-Man ist in Ordnung.«

Ich setze mich wieder auf das Sofa, schaue still auf den Bild-schirm.

»Du hast ja Gänsehaut. Ich hole dir schnell eine Decke.« Er steht auf und verschwindet im hinteren Teil des Hauses. Wenn er wüsste, woher diese Gänsehaut rührt, wäre er nicht aufgestan-den, um eine Decke zu holen.

Keenans Haus besteht nur aus einem Erdgeschoss. Trotzdem ist es geräumiger als meine Hütte. Mit einer ausgebreiteten Decke in den Händen kommt er wieder herein. Sein Gang ist fließend. Selbst als Mensch wirkt er beim Gehen wie eine Raubkatze:

gefährlich, elegant und jederzeit bereit, jemanden in Fetzen zu reißen. Mein Unterleib spannt sich an, und das gewohnte Kribbeln im Bauch kehrt zurück.

Vorsichtig bückt er sich über mich und deckt mich zu. Sein Gesicht ist nur ein paar Zentimeter von meinem entfernt. Sein Atem streift über meine Wange, und wir sehen uns in die Augen. Das ist einer dieser Momente, in denen ich mich selbst vergesse. Keenan hält ganz still. Wir verharren.

So ist es immer. Er verharrt einen kurzen Augenblick, dann zieht er sich wieder zurück. Normalerweise lasse ich das auch zu. Aber … dieses Mal nicht.

Ich recke ihm den Kopf entgegen und küsse ihn. Kralle die Hände in seine Haare und ziehe ihn zu mir heran. Erst bewegt er sich nicht, doch dann schließt er seine Hände um meine Hüfte und öffnet meinen Mund. Sein Zungenkuss ist feurig. Meine Haut spannt überall, und das Ziehen im Unterleib wird stärker. Gerade will ich meine Beine um sein Becken legen, als Keenan mich nach unten drückt, von sich weg. Verwirrt sehe ich ihn an. In seinem Gesicht steht pures Entsetzen.

»Was …?«, frage ich und merke, dass meine Stimme zittert.

Keenans Stimme ist kalt, als er nach einer Ewigkeit antwortet: »Mach das nie wieder.«

Ich will etwas sagen, schließe den Mund jedoch wieder. Einen Moment sehen wir uns schweigend an, dann dreht er sich um und verlässt das Haus. Hastig stehe ich auf und folge ihm, um gerade noch zu sehen, wie er sich wandelt und im Wald verschwindet.

Mit den Tränen kämpfend starre ich auf die Stelle zwischen den Bäumen, wo ich ihn zuletzt gesehen habe. Dann gehe ich ins Haus zurück, räume den Tisch ab, falte die Decke zusammen, schalte den Fernseher aus und packe meine Sachen zusammen. Am Schluss mache ich das Licht aus. Als ich im Dunkeln stehe, laufen mir die Tränen, die ich so lange zurückgehalten habe, übers Gesicht.

Der Glockenschlag der Kirchenuhr schreckt mich aus meinen Gedanken. Ich schaue auf meinem Handy nach der Uhrzeit. Es ist Viertel vor eins, in einer Viertelstunde muss ich wieder in der Buchhandlung sein. Steif erhebe ich mich, klopfe mir den Hintern ab und laufe zurück. Kurz vor Pausenende bin ich dort und hänge meine Jacke wieder in den Personalraum.

Auch wenn ich meine Arbeit mag, ist mir oft langweilig. Meist sind wir zu sechst: drei an den Kassen, der Chef, der das Lager betreut, und zwei, die die Kunden beraten und, falls nötig, jemanden an der Kasse ablösen. Fast alle Mitarbeiter sind über fünfzig, was es schwer macht, ein gemeinsames Thema zu finden. Die Einzige in meinem Alter ist Nina. Sie hat vor zwei Jahren hier ihre Ausbildung fertig gemacht. Leider ist sie eine blöde Zicke. Deshalb nützt es mir auch nichts, dass sie jünger ist.

»Frau Ludwig! Träumen Sie schon wieder?«, höre ich eine vertraute Stimme sagen.

Lächelnd drehe ich mich um: »Maggie. Normalerweise arbeitest du doch erst morgen.« Maggie ist fünfundvierzig und meine einzige Freundin hier. Leider sehe ich sie nur donnerstags, denn Dienstag und Mittwoch, wenn sie arbeitet, habe ich Berufsschule.

»Ich vertrete Frau Zimmermann. Und erzähl, gibt's was Neues, Schätzchen?«

Einen kurzen Moment denke ich darüber nach, Maggie von dem toten Mädchen zu erzählen, halte aber dann doch lieber den Mund.

»Nein. Und bei dir? Alles beim Alten?«

»Henry hat gestern für mich gekocht. Italienisch natürlich. Oh, ich liebe diesen Mann einfach.«

»Das freut mich für dich.« Henry und Maggie sind schon seit sechsundzwanzig Jahren verheiratet. Henry ist Maggies erste große Liebe.

»Ich erzähle dir alle Einzelheiten. Also zuerst …«

»Frau Marta, die Kasse ist unterbesetzt, kommen Sie bitte«, ruft Herr Ford die Treppe herauf.

»Ja, natürlich, Herr Ford«, antwortet sie sogleich. »Ich erzähl es dir ein andermal.«

Ich nicke und grinse. Maggie ist so eine liebenswürdige Person und im Kopf zwanzig Jahre jünger, als sie tatsächlich ist. Ich habe sie gern, es macht Spaß, sich mit ihr über Männer und darüber, welche Plagen und Freuden sie mit sich bringen, zu unterhalten.

Den Rest des Tages verbringe ich an der Information, um Kunden bei der Suche nach einem bestimmten Buch weiterzuhelfen, doch heute ist leider nicht viel los, und so vergeht der Tag nur langsam. Schließlich kann ich dann aber doch in mein Auto steigen und fahre nach Hause. Während mein Abendessen auf dem Herd vor sich hin köchelt, dusche ich und schlüpfe in eine bequeme schwarze Jogginghose. Ich beeile mich mit dem Essen, denn ich will noch Amanda abholen. Wir fahren immer gemeinsam zu den Rudeltreffen. Amanda ist so etwas wie eine Cousine. Da Maria ihre Tante ist und ich so etwas wie ihre Tochter, ist Amanda nicht nur meine beste Freundin, sondern auch fast wie eine Verwandte.

Ich halte vor ihrem knallig gelben Haus, stelle den Motor ab, ziehe den Schlüssel heraus und die Handbremse an. Müde vom Tag steige ich aus und gehe ins Haus – ohne anzuklopfen selbstverständlich. Amandas Haus ist mein zweites Zuhause. Außerdem haben alle Gestaltwandler ein gutes Gehör, sie weiß schon seit einer geraumen Weile, dass ich mich ihrer Hütte nähere.

Als ich zur Küche gehe, in der ich es rattern höre, schlägt mir ein süßer Geruch entgegen: »Du hast doch nicht extra wegen mir einen Kuchen gebacken?«

»Hallo, Cousinchen. Nein, der Kuchen ist nicht für dich. Und nein, du darfst auch nicht davon naschen.«

»Warum bäckst du ihn dann überhaupt?« Ich mache einen Schmollmund und warte, bis Amanda mich ansieht, um meinen beleidigten Blick zu sehen.

»Vergiss es, Lana«, sagt sie und zieht mich in ihre Arme. Amanda ist eine große, langbeinige Blondine mit moosgrünen Augen und eine der dominanten Raubkatzen im Rudel. Also das genaue Gegenteil von mir.

»Für wen ist der Kuchen denn dann?«, frage ich neugierig, während ich mich von ihr löse und schnuppernd in Richtung Ofen gehe: »Oh, der ist ja mit Schokoladenstückchen.« Mit gespielt böser Miene sehe ich sie an.

»Er ist für Kevin.« Amandas Wangen färben sich leicht rot, als sie seinen Namen sagt. Kevin ist Amandas Freund. Er ist ein erfolgreicher Geschäftsmann und damit einer der wichtigsten Geldverdiener im Rudel. Unter der Woche schläft er in der Stadt, doch am Wochenende kommt er nach Hause, um bei Amanda zu sein und im Wald als Leopard herumzustreunen. Kevin ist ein sympathischer Neunundzwanzigjähriger, der bei den Frauen sehr beliebt ist – auch wenn es für ihn nur eine Frau gibt. Er und Amanda sind zwar nicht seelenverwandt, passen aber gut zusammen. Er tut ihr gut. Er macht sie glücklich.

»Wieso bekommt er einen Kuchen und ich nicht?«

»Weil wir morgen unser Einjähriges haben und er sich diese Woche extra für mich freigenommen hat.«

»Oh, wie süß. Das ist schön für euch.«

»Ja, das finde ich auch«, sagt eine dunkle Stimme hinter mir.

Erschrocken drehe ich mich um. »Musst du dich denn so anschleichen?«

»Hab ich gar nicht«, entgegnet Kevin und schaut dabei in Amandas Augen.

»Hat er wirklich nicht. Ich habe ihn schon vor fünf Minuten bemerkt. Du hast einfach nur schlechte Ohren«, fügt Amanda hinzu, schaut mich dabei aber nicht an. Stattdessen ist ihr Blick ganz bei Kevin. Sie geht auf ihn zu, stellt sich auf die Zehenspitzen und legt die Arme auf seine Schultern. Zärtlich küssen sie sich. »Ich habe dich vermisst.«

»Ich dich auch«, antwortet Kevin, während er sie an sich drückt. Kevin ist ein Riese von fast zwei Metern. Selbst Amanda, die für eine Frau ziemlich groß ist, muss sich strecken, um seinen Mund zu erreichen.

Ich nehme einen Topflappen und werfe ihn nach den beiden. »Hört auf, euch gegenseitig abzusabbern, und beeilt euch lieber. Es ist schon Viertel nach sieben.«

Die beiden lösen sich voneinander. »Du kommst schon noch rechtzeitig zu deinem Schatz.« Kevin streckt mir die Zunge heraus, dreht sich aber brav um und geht aus dem Haus, um in mein Auto einzusteigen.

Amanda holt noch schnell den Kuchen aus dem Backofen und ruft ihm hinterher: »Rede nicht von diesem Idioten in meiner Gegenwart.« Amanda kann Keenan nicht leiden. Wegen dem, was er mir antut, sagt sie immer.

Sie zieht sich noch eine Jacke über, bevor sie die Haustür abschließt. »Ist er nicht süß? Ich freue mich schon so auf morgen.« Ihre Augen strahlen, und sie sieht glücklich aus.

»Ja, das ist wirklich toll von ihm. Ihr werdet euch wahrscheinlich den ganzen Tag nackt im Bett wälzen.«

»Natürlich, was denn sonst.« Sie kichert verliebt. Mein Bauch zieht sich zusammen, vor Neid und gleichzeitig vor Freude über ihr Glück.

Kurz vor knapp kommen wir an. Wir beeilen uns, um Elias

nicht zu verärgern. Gerade als er die Tür schließen will, kommen wir angerannt.

»Hallo Elias«, sage ich so unschuldig wie möglich. »Ich habe das Buch bestellt, das ihr haben wolltet. Es sollte noch diese Woche kommen.«

»Gut. Und nun setzt euch.«

Als ich den Blick durch den Raum schweifen lasse, sehe ich nur bekannte Gesichter. Doch eines fehlt: Maria. Wo sie wohl ist?, frage ich mich.

Amanda und Kevin setzen sich in eine der hinteren Reihen. Das moderne Holzhaus, in dem sich der Versammlungsraum befindet, liegt im Zentrum unseres Reviers. Obwohl es mit seinen vielen Fenstern eher wie ein Bürogebäude aussieht, passt es sich perfekt in den Wald ein. Hier befinden sich auch der Trainingsraum für die Krieger, das Waffenlager für Notfälle und ein Büro für die geschäftlichen Dinge, um die sich das Alphatier kümmert.

Ich gehe nach vorn zu meinem Platz, der neben Keenans ist. Hier, in der ersten Reihe, sitzen außerdem die Krieger des Rudels und wichtige Ehrengäste. Elias steht vor dem Rudel und begrüßt alle.

»Hallo«, sage ich kühl zu Keenan.

»Hallo.« Eine kleine Pause. »Wie war dein Tag?«

»Geht so. Und deiner?«

»Auch … Was ist mit dem Buch?«

»Ist bestellt.«

Ich sehe Keenan nicht an. Mein Blick ruht auf Elias, der von einem Neuzugang im Rudel spricht. Trotzdem spüre ich Keenans Blick von der Seite.

»Wir wünschen euch alles Gute, Martin und Linda. Und dir natürlich auch.« Elias' Stimme klingt freundlich, und sein Lächeln ist echt, als er das kleine Baby in der dritten Reihe anschaut. Linda und Martin sind erst seit einem halben Jahr offiziell ein Paar, aber da sie aufeinander geprägt sind, ist es völlig normal, dass sie so früh ein Kind bekommen.

Das Lächeln auf Elias' Gesicht erlischt, als er nun weiterredet: »Nach dieser erfreulichen Nachricht bedauere ich es umso mehr, euch nun von dem Anschlag auf unsere Rudel berichten zu müssen.« Von links kommt lautes Schluchzen. Ich schaue hinüber und erblicke eine sehr schmächtige Brünette, die in den Armen eines gut gebauten, grauhaarigen Mannes liegt. Ich kenne die beiden zwar nicht beim Namen, habe sie aber schon einmal gesehen. Es sind Annas Eltern. Das Gesicht des Mannes ist schmerzvoll verzogen, während er seine weinende Ehefrau beruhigt. Beide sehen erschöpft und unterernährt aus.

»Das sind Annas Eltern«, höre ich Keenan flüstern. Ich hatte gar nicht bemerkt, dass er so nah an mich herangerückt ist. Ich schaue ihn an und nicke, gönne mir kurz diesen kleinen Moment der körperlichen Nähe und verharre.

Als ich wieder in die Realität zurückkehre, höre ich Elias gerade noch sagen: »Sie war schon tot, bevor man sie in den Wald geschleppt und dort abgelegt hat. Wir konnten nichts mehr für Anna tun. Sie lag dort schon seit zwei Stunden, als Lana sie fand.« Es folgt eine kurze Pause, und ich merke, wie alle mich anstarren. Keenan greift nach meiner Hand und drückt einmal fest zu. Er will mir sagen, dass er da ist. Dass ich nicht allein bin.

Ich entziehe ihm meine Hand und weiche seinem Blick aus. Denke an meinen Entschluss, Abstand halten zu wollen.

»Dafür ist es umso wichtiger, die Täter zu finden. Damit sie ein für alle Mal wissen, dass sie sich nicht mit uns anlegen sollten. Und damit die Sicherheit unserer Kinder und Frauen gewährleistet ist. Und natürlich auch um Annas Tod zu rächen.« Ein lautes »Ja!«, das das gesamte Rudel hinausschreit, ist die Antwort.

Keenan erhebt sich und stellt sich neben Elias. »Leider wird das nicht so einfach. Die Täter haben keine Spuren hinterlassen und ihren Geruch mit so viel Parfum überdeckt, dass selbst die Leiche danach stinkt.« Bei seinen harten Worten zuckt Annas Mutter zusammen, als hätte man sie geschlagen. »Deswegen habe ich auch Simon Bescheid gegeben.«

Alle sehen Elias an. Simon ist der Vermittler des Rudels. Jedes Rudel besitzt mindestens einen. Sie reisen durchs Land und suchen nach allein lebenden Gestaltwandlern, abseits eines Rudels. Simon sucht natürlich nach Leopardengestaltwandlern, die sich vielleicht gerne unserem Rudel anschließen würden. So stärken wir unsere Gemeinschaft und helfen gleichzeitig diesen Einzelgängern – vorausgesetzt, sie wollen sich helfen lassen. Denn ein einsamer Gestaltwandler in einer Welt voller Menschen zu sein ist nicht besonders sicher. Zudem sind die meisten Länder unter den Gestaltwandlern aufgeteilt; diese Territorien dürfen Einzelgänger nicht betreten.

Für solche Dinge ist ein Vermittler zuständig. Doch man kann nicht eines Tages einfach so beschließen, ein Vermittler zu werden. Simon ist so geboren worden. Seine Stimme ist beruhigend und besänftigend. Man könnte sogar sagen, dass sie hypnotisierend wirkt. Außerdem hat er eine sehr ausgeglichene Art und ein einladendes Wesen. Es gibt kaum jemanden, der ihn nicht mag. Leider ist er wegen seines Jobs viel unterwegs und kommt nur selten nach Hause. Eine weitere Fähigkeit, die er besitzt, ist sein außergewöhnlicher Geruchssinn. Wir Gestaltwandler haben alle feinere Nasen als Menschen, aber Simon setzt dem Ganzen noch eins drauf: Er ist in der Lage, einen Geruch in seine Einzelteile zu zerlegen, und erkennt ihn unter Hunderten wieder. Als wir Kinder waren, hat er mir einmal erklärt, dass er nie einen Geruch vergisst. Ich war damals acht und er zehn Jahre alt. Einmal hat er mir einen Gänseblumenstrauß geschenkt und gesagt: »Du riechst wie Vanilleeis.« Er war drei Jahre lang in mich verliebt, ich habe seine Gefühle aber nie erwidert. Simon ist ein hübscher Junge gewesen und nun ein begehrenswerter Junggeselle.

Ich höre auf, in meinen Erinnerungen zu schwelgen, und höre wieder dem Alphatier zu: »Katharina hat die Schnitte und Stiche untersucht. Sie sind alle gezielt gesetzt worden und haben die gleiche Tiefe. Alles weist auf einen Ritualmord hin. Lana besorgt uns ein Buch darüber. Also können wir bald mehr sagen. Ich bitte euch also, auf euch aufzupassen. Geht nicht alleine aus dem Haus, und falls es etwas Neues gibt, meldet euch bitte sofort bei mir.«

Alle stehen auf. Verabschieden sich einzeln von Elias und Keenan. Richten ihr Beileid an Annas Eltern und gehen schließlich nach Hause. Ich warte, bis der erste Schub verschwunden ist, und gehe schließlich auch zu ihnen. »Es tut mir wirklich sehr leid.« Sie nicken nur. Bringen kein Wort heraus. Schweigend gehe ich aus dem Raum und steige ins Auto zu Amanda und Kevin, die auf der Rückbank Platz genommen haben.

»Du hast mich nicht mal angerufen. Ich wäre vorbeigekommen oder …«, sagt Amanda.

»Oder was? Du hättest nichts tun können. Genauso wie ich. Ich habe sie nur gefunden. Es war kein schöner Anblick, aber ich hab's überlebt. Sie nicht.«

Nun ist es still, und das finde ich auch gut. Ich lasse die beiden vor Amandas Hütte aussteigen und verabschiede mich.

»Wenn du heute Nacht bei uns schlafen willst, dann sag es nur.«

»Nein, danke. Genießt den morgigen Tag. Gute Nacht.«

4

Erschöpft stelle ich den Motor ab. Der Blick von Annas Eltern – die beiden werden nie darüber hinwegkommen. Der Tod ihrer Tochter hat ein Loch in ihr Leben gerissen. Und es ist nicht eines dieser Löcher, die sich mit der Zeit wieder schließen.

Ich steige aus dem Wagen und gehe ins Haus, werfe meine Tasche auf die Couch und steige die Treppe hinauf ins Bad. Mein Spiegelbild sieht mir matt entgegen. Meine langen, dunkelbraunen Haare hängen lustlos vom Kopf, meine hellblauen Augen wirken müde, und die Sommersprossen auf meiner Nase sind die einzige Farbe in meinem Gesicht.

»Ich kann jetzt einfach nicht schlafen«, sage ich zu mir selbst und mache das Licht aus. Dann gehe ich nach draußen, um mich im Schutz der Bäume meiner Kleidung zu entledigen.

Ein Kribbeln geht durch meinen Leib. Ich spüre, wie meine Haare lang werden und sich über meinen ganzen Körper schlängeln. Ein kurzes Ziehen und ein angenehmer Schmerz durchfahren mich, und schon im nächsten Augenblick bin ich ein Gepard.

Ich laufe los. Meine Sicht hat sich meinem Körper angepasst: Ich sehe perfekt im Dunkeln. Alles um mich herum ist still. Die Tiere verstecken sich, erkennen, dass ich ein gefährlicheres Raubtier bin, als sie es sind. Das Moos ist weich unter meinen Pfoten, und der unverwechselbare Geruch von Natur und Freiheit liegt mir in der Nase.

Nach drei Stunden ununterbrochenem Rennen laufe ich schließlich zurück nach Hause. Ich bin völlig ausgepowert, fühle mich aber gut, befreit von all dem, was mich heute bedrückt hat.

Ich gehe zu dem Baum, an dem ich meine Klamotten abgelegt habe, und ziehe mich an. Danach trete ich aus dem Schutz der Blätter und gehe auf mein Haus zu.

Keenan lehnt an der Haustür. Er sieht mir entgegen. Sein Blick ist nicht gerade erfreut. Genauso wenig wie meiner.

»Was machst du hier?«, frage ich barsch.

»Das sollte ich dich wohl lieber fragen.« Eine kurze Pause. Er erwartet, dass ich etwas sage. Doch ich schweige. »Du läufst nachts allein im Wald herum, während sich irgendwo da draußen ein Mörder befindet, der es auf junge Gestaltwandlermädchen abgesehen hat.« Die unterdrückte Wut ist nicht zu überhören.

»Ich bin kein Mädchen. Ich bin eine Frau«, sage ich ruhig. Die Zweideutigkeit meiner Antwort stört mich nicht im Geringsten. Gelassen, so als würde seine Anwesenheit nicht jede meiner Zellen in Aufruhr bringen, gehe ich auf ihn zu. Alles in mir spannt sich an bei seinem Anblick. Doch statt ihn zu küssen und mich an ihn zu schmiegen, was ich nur zu gerne tun würde, schiebe ich mich an ihm vorbei ins Haus. Natürlich folgt er mir.

Mein Haus, das aus fünf Zimmern besteht, wenn man die Speisekammer mitzählt, ist nicht besonders groß. Das Wohnzimmer ist der Hauptraum und gleichzeitig das größte Zimmer. Meine Küche mit dem damit verbundenen Esszimmer ist im Vergleich ziemlich klein. Und das war schon das Erdgeschoss. Folgt man aber der kleinen Treppe hinter dem Sofa, so kommt man in den ersten Stock, wo sich mein geräumiges Schlafzimmer und mein Badezimmer befinden. Alle Zimmer habe ich mit sehr viel Liebe und Geduld eingerichtet, als ich das Haus von Elias zum achtzehnten Geburtstag bekam. Jeder im Rudel bekommt sein eigenes Haus, wenn er volljährig wird; es signalisiert Selbstständigkeit und die Verantwortung, die man gegenüber dem Rudel hat. Jeder hat seine Aufgabe. Die zehn Krieger beschützen uns und kümmern sich um Eindringlinge, die unser Revier möglicherweise unbefugt betreten. Das Alphatier sorgt dafür, dass die Hierarchie respektiert wird, und trifft wichtige Entscheidungen. Die meisten Weibchen sind Hausfrauen und für den Nachwuchs verantwortlich. Die Männer dagegen suchen sich Jobs in der Stadt und sichern das regelmäßige Einkommen des Rudels. Da wir Partner in vielen großen Firmen und Aktiengesellschaften sind, ist das kein echtes Problem. An Geld mangelt es nicht. Miete fällt nicht an, Strom und Wasser werden vom gemeinsamen Einkommen bezahlt und das Einzige, wofür ich selbst sorgen muss, ist ein voller Kühlschrank, zu dem ich jetzt hingehe, um die Milch herauszunehmen.

Ich trinke aus der Packung, gierig und viel. Der lange Lauf hat mich durstig gemacht, und ich bin verschwitzt.

»Können wir jetzt vielleicht in Ruhe reden?« Sogar Keenans Bitte klingt wie ein Befehl.

»Worüber?«

»Über Anna. Über die Mörder und über dein nächtliches Herumstreunen.«

»Anna ist tot. Die Mörder laufen noch frei herum und mein nächtliches Herumstreunen geht dich einen Scheißdreck an!« Meine Stimme wird immer lauter, fast schreie ich. All mein Zorn liegt in diesen Worten. Ich habe Keenan noch nie so angegiftet. Verwundert sehen wir uns beide an. Dann atme ich erschöpft aus und verschwinde im Bad. Die heiße Dusche, die ich mir gönne, tut gut.

Zwei Tage, denke ich wütend, er hat sich nach unserem ersten Kuss zwei Tage lang nicht blicken lassen. Und jetzt, wo ich ihm nicht mehr nachlaufe und Distanz wahre, passt es ihm auch nicht.

Das Problem ist: Ich kann nicht mehr zurück. Keenan jeden Tag zu sehen, ohne ihn anfassen zu dürfen, ist schon hart. Aber nun so zu tun, als wären wir Freunde, obwohl er mein Geliebter, mein Partner sein sollte, ist zu viel. Früher war das okay. Es war schmerzhaft, aber auszuhalten. Doch was genug ist, ist genug. Ich habe gekämpft. Doch da habe ich noch nicht gewusst, dass es nichts gibt, worum ich kämpfen kann.

Gefährten sind aneinander gebunden, sobald sie sich gefunden haben. Stirbt einer der beiden, ist es für den anderen fast unmöglich, weiterzuleben. Natürlich erst, nachdem sie den Bund akzeptiert haben, was bei mir und Keenan nicht der Fall ist, auch wenn ich mich so sehr danach sehne. Obwohl ich mir sicher bin, dass ich es selbst ohne dieses Band nicht überleben würde, wenn Keenan etwas zustoßen würde.

Ich schäume mich mit Duschgel ein und massiere mir Shampoo ins Haar. Keenan sitzt auf dem Sessel neben der Badezimmertür. Das weiß ich, weil ich ihn spüre. Wie immer, wenn er in meiner Nähe ist. Manchmal erschreckt mich die Intensität meiner Gefühle, aber für meine Katze ist das ganz normal. Er ist mein Gefährte. Ich reagiere auf ihn.

Nur warum reagiert er dann nicht auf mich?

Meine Gepardin fährt ihre Krallen aus, da sie der Gedanke wütend macht. Außerdem riecht sie ihn sogar hier in der Dusche klar und deutlich. Meine Haare kribbeln.

Ich steige aus der Dusche und wickle mich in ein großes weißes Handtuch. Ich kämme meine nassen Haare und putze mir die Zähne. Danach lasse ich das Handtuch fallen und will mich gerade anziehen, als mir ein Gedanke durch den Kopf schießt. »Du musst dich aufreizender anziehen, Lana. Sei sexy. Zeig ihm, was er verpasst.« Amanda hat das zu mir an meinem siebzehnten Geburtstag gesagt und mir ein kurzes, schwarzes Minikleid geschenkt, das mehr zeigt, als es verdeckt. Entschlossen hebe ich das Handtuch wieder auf und gehe aus dem Bad. Geradewegs auf das Bett zu.

Ohne Keenan eines Blickes zu würdigen, schlüpfe ich unter die Decke, ziehe das Handtuch heraus und lasse es auf den Boden fallen. Ein tiefes Knurren ist meine Belohnung. Ich sehe Keenan mit zusammengekniffenen Augen an, schalte das Licht aus und lehne mich zurück. Ich starre an die Decke, doch Keenans feuriger Blick entgeht mir nicht.

Wenn wir Gestaltwandler großen Emotionen ausgesetzt sind, treten unsere Tiere besonders stark hervor. Die Stimme wird zu einem Knurren oder Fauchen, die Krallen fahren aus, und die Augen werden zu denen unseres Tieres. Es ist nichts Neues für mich, einzuschlafen, während dieser raubtierhafte Blick auf mir ruht.

Keenan schläft oft hier. Nie in meinem Bett, aber in dem schwarzen Sessel in der Ecke meines Schlafzimmers. Manchmal merke ich auch, wie er sich heranschleicht und sich auf einen Ast der großen Birke, die neben meinem Haus steht, legt. Dort schläft er dann. Und wacht über mich.

Ich habe es ihm noch nie gesagt. Dass ich weiß, dass er meine Nähe sucht. Und das werde ich auch nicht, ist mein letzter Gedanke, bevor ich einschlafe.

Als ich aufwache, ist es kurz vor sieben Uhr. Der Wecker hat noch nicht geklingelt; ich schalte ihn ab, bevor das nervtötende Geräusch erklingt.

Mein Blick wandert zu Keenan. Er schläft noch. Seine Brust hebt und senkt sich gleichmäßig. Er sieht so friedlich aus, fast unschuldig. Wenn man ihn so sieht, würde man nie auf den Gedanken kommen, was für ein Dickkopf er ist. Die Sonne scheint ins Zimmer und bedeckt sein Gesicht mit glänzenden Farben. Einen Moment überlege ich, ihn aufzuwecken, entscheide mich aber dann doch dagegen. Gähnend strecke ich mich, greife nach dem Handtuch und stehe auf. Auf Zehenspitzen will ich mich leise an Keenan vorbei ins Bad schleichen. Leider gelingt es mir nicht.

»Morgen.« Er klingt, als hätte mein Erwachen ihn aus dem Schlaf gerissen.

»Morgen«, antworte ich und verschwinde im Bad.

Ich treffe Keenan in der Küche wieder. Er hat mir eine heiße Schokolade gemacht, ein Glas Wasser hingestellt und ein Honigbrot geschmiert.

»Danke«, sage ich erfreut und beiße genüsslich ins Brot.

»Können wir jetzt reden?« Wieder ein Befehl.

»Haben wir das gestern nicht schon gemacht?«

»Nein, haben wir nicht!«

Ich sage nichts und trinke einfach meine heiße Schokolade.

»Ich werde dich jetzt immer zur Arbeit fahren und abholen.« Ich stelle die Tasse krachend auf dem Tisch ab.

»Wenn du in die Stadt oder zu Amanda möchtest, will ich Bescheid wissen. Dann bringe ich dich dorthin.«

Ich spüre, dass mein Mund offen steht, schließe ihn aber erst, um etwas zu sagen. »Nein.«

»Ich habe dich nicht um Erlaubnis gefragt.«

»Das tust du nie.«

Keenan tritt hinter mich. Eine Hand fängt an, mit meinem Haar zu spielen. »Ich mag deine Locken.« Am liebsten würde ich mich an ihn schmiegen. Und genau das weiß Keenan. Er will mich schwach und gefügig machen. Ich stehe auf und wackle mit dem Kopf wie ein geschlagener Hund: »In Ordnung.«

»In Ordnung?« Keenan klingt überrascht.

»Ich habe ja doch keine Wahl«, entgegne ich.

»Gut. Ich gehe nur schnell auf die Toilette und dann können wir los.«

Ich nicke. Doch in dem Augenblick, als ich die Tür im ersten Stock zufallen höre, renne ich los. Greife nach meinem Schlüssel, nach meiner Tasche und Jacke und sprinte aus dem Haus.

Ich starte den Wagen und fahre los.

Als ich an der Haustür vorbeifahre, sehe ich noch, wie Keenan wütend auf mein Auto zurennt. Schnell gebe ich Gas und lasse ihn schon nach ein paar Sekunden hinter mir. Erst als ich an der Landstraße ankomme und den Wald verlasse, gehe ich vom Pedal. Ein Stückchen fahre ich noch schneller als erlaubt, bis ich mich beruhigt habe.

Zuerst bin ich angespannt, so als könnte Keenan jeden Moment auf die Straße springen, dann muss ich plötzlich anfangen zu lachen. Laut und befreit.

Keenan lässt sich die nächsten zwei Tage nicht mehr blicken. Ich glaube, er ist beleidigt. Sauer, weil ich ihn ausgetrickst habe, aber nicht so sauer, dass er sich nicht in der Nacht an mein Haus anschleicht, um nach mir zu sehen. Es ist wieder Normalität eingekehrt. Das denke ich zumindest.

Als ich am Freitagabend nach Hause komme, habe ich endlich das bestellte Buch dabei. Amanda wartet auf mich. Ich sehe ihr an, dass irgendetwas nicht stimmt. Sie wirkt nervös, besorgt. Ich beeile mich auszusteigen.

»Lana! Oh, mein Gott, du lebst! Ich dachte … du …« Eine Träne rollt über Amandas Wange. Sie umarmt mich so fest, dass mir die Luft wegbleibt. Schließlich schaffe ich es aber doch, mich von ihr zu lösen, und antworte: »Wieso sollte ich nicht mehr leben?«

»Na ja, du hast dich die letzten drei Tage nicht gemeldet und auf meine Anrufe gestern Abend nicht reagiert.« Es folgt eine kurze Pause, als sie Luft holt. »Es gibt eine weitere Leiche.«

Entsetzen und Angst bilden einen Knoten in meinem Magen. »Was … wer …?«

»Sabrina … Landerer.« Sabrina war in meiner Klasse. Wir haben zusammen fürs Abitur gelernt. Sie war eine Freundin.

»Wie …?«

»Sie wurde genauso wie Anna gefunden, hat die gleichen Wunden. Jeder Schnitt stimmt überein.«

Plötzlich fällt es mir ein: »Ich muss Keenan das Buch bringen!« Sofort drehe ich mich um, um wieder ins Auto zu steigen, doch meine beste Freundin hält mich fest.

»Das kannst du nicht. Er ist nicht hier.«

Verwirrt runzle ich die Stirn und sehe sie fragend an.

»Simon ist heute angekommen. Er hat beide Tatorte untersucht. Und rate mal, was er gefunden hat!« Statt zu raten, warte ich auf die Antwort. »Bei beiden Mädchen lag in ein paar hundert Meter Entfernung eine Feder. Eine Eulenfeder. Sie waren vom Laub bedeckt gewesen, deswegen haben die Krieger sie nicht gewittert.«

»Die blauen Eulen? Sie haben uns noch nie etwas getan und wir ihnen ebenso wenig. Wieso sollten sie uns angreifen?«

»Ich kenne den Grund nicht, Lana, aber die Feder ist doch Beweis genug, dass sie es getan haben.«

Irgendetwas ist faul an der Sache. Ich denke an das, was ich heute in dem Buch gelesen habe, über einen der Ritualmorde. »Nein, das beweist gar nichts. Wenn es die Eulen gewesen wären, dann wären sie vorsichtiger vorgegangen und hätten keine Federn auf unserem Revier verloren. Außerdem hätten sie keine Waffen benutzt, um die Mädchen zu töten, sondern ihre Krallen eingesetzt. Ich muss sofort zu Keenan!«

»Nein, du …« Bevor sie mich aufhalten kann, springe ich ins Auto und fahre los.

5

Ich renne, so schnell ich kann. Laufe und bete, dass ihm nichts passiert ist. Ich knurre laut, in der Hoffnung, dass sie mich hören und innehalten. Aufhören zu kämpfen, falls sie schon angefangen haben.

Ich ziehe die Luft ganz tief in die Nase. Rieche mein Rudel und die Eulen, in deren Territorium ich mich befinde.

Im Weiterrennen sehe ich hoch zum Himmel. Dort schweben sie. Angriffsbereit. Bis jetzt wachen sie noch, das ist ein gutes Zeichen. Das bedeutet, der Kampf hat noch nicht begonnen.

Dann erspähe ich sie endlich. Auf einer Lichtung, umringt von großen Tannen. Sie stehen sich gegenüber, ihre Haltung ist angespannt. Ich verlangsame das Tempo.

Keenan und Elias stehen vor dem Alphatier der Eulen, ein grauhaariger Mann, klein, aber muskulös und kompakt. Meine Raubkatze erkennt seine Stärke an. Sich mit ihm anzulegen, wäre ihr Tod. Eulen fliegen über der Lichtung, und ein paar unserer Krieger sind schon gewandelt. Sie sind in Angriffsstellung.

Neun von zehn Kriegern sind hier und noch fünf weitere Männer des Rudels. Sie stehen alle hinter Elias. Doch die blauen Eulen sind in der Überzahl. Am Himmel zähle ich zehn und hinter ihrem Alphatier fast zwanzig. Trotzdem: Wir sind die Raubtiere hier.

Ich knurre noch einmal laut. Alle drehen sich zu mir um. Kurz vor Keenan halte ich an und lege das Buch auf den Boden, das ich in meiner Schnauze getragen habe.

Keenan sieht mich grimmig an, zieht aber sein T-Shirt aus und legt es mir ins offene Maul. Ich verschwinde kurz hinter einem Baum und wandle mich zurück in meine menschliche Hülle.

Sein T-Shirt reicht mir bis zu den Knien. Doch statt den Moment auszukosten, seinen Geruch und seine Kleidung an mir zu tragen, schlüpfe ich schnell hinter der Tanne hervor.

»Was machst du hier?« Vorwurf und Anklage liegen in seiner Stimme.

»Ich verhindere, dass ihr euch grundlos an die Gurgel geht.«

Elias spricht nun. Auch er klingt nicht erfreut: »Sie haben Anna und Sabrina getötet. Sollen wir warten, bis noch mehr von uns sterben?«

»Sie haben den Tod verdient!«, schreit einer der Krieger.

Ich drehe mich um und sehe, dass es Gabriel war. Er ist Keenans bester Freund. Wir verstehen uns eigentlich ziemlich gut. Er ist ein gut aussehender Kerl mit viel Charisma – und eigentlich auch mit viel Selbstbeherrschung.

»Nein, das haben sie nicht. Ich glaube nicht, dass sie es waren«, erwidere ich. Ruhig, um die Blase nicht zum Platzen zu bringen. Es liegt ohnehin schon viel zu viel Testosteron in der Luft, denke ich. »Ich habe das Buch gelesen und jeden Ritualmord markiert, der mit Messerstichen zusammenhängt. Und ich sage euch, die blauen Eulen waren es nicht.«

»Und wer war es dann?« Die Frage kommt von Rian, einem der Zwillinge. Er steht kurz davor, sich zu wandeln. Seine Stimme tief und heiser. Mir bleibt nicht mehr viel Zeit, um sie von ihrem Vorhaben abzuhalten.

»Ich glaube, es waren Menschen. Ich müsste die Schnitte der Leichen sehen, um es hundertprozentig sagen zu können, aber ich bin mir sicher, dass es nicht die blauen Eulen waren.«

»Sie ist ein kluges Mädchen, Elias. Du solltest auf sie hören«, stellt das Alphatier der Eulen mit ruhiger Stimme fest. Doch diese Ruhe ist trügerisch.

Ein Knurren von Keenan ist die Antwort. »Sie geht dich gar nichts an.«

»Oh, da haben wir wohl einen Nerv getroffen, Kater«, antwortet einer der männlichen Eulengestaltwandler, der neben dem Alphatier steht.

»Halt die Klappe«, entgegne ich wütend.

Die Eule ist still. Erstaunen zeigt sich in seinen Augen. Auch ein wenig Respekt. Er ist kein dominantes Männchen, denke ich spöttisch, und recke das Kinn noch ein wenig höher.

»Warum bist du dir so sicher, dass sie es nicht waren?«

»Es gibt einen Ritualmord in diesem Buch. Er nennt sich ›Der Rächer‹.« Ich spreche laut, damit es auch alle hören. »Ein Menschenbund im Mittelalter hat ihn erfunden. Dorfbewohner waren wütend auf die Adligen, die in ihrem Land herrschten. Also entführten sie deren Frauen, Geliebte und Töchter. Sie prügelten sie zu Tode und setzten Schnitte an ihren Oberkörpern. Jeweils zwei über die Brüste, fünf vom Bauchnabel runter zum Schambein, je drei Schnitte die Oberarme herunter und jeweils einen bei den Pulsadern. Danach legten sie die Leichen auf dem Land der Herrscher ab, natürlich ohne Spuren zu hinterlassen. Außer einer: Sie ließen Wappen zurück, nicht ihre eigenen, sondern die der anderen Adligenfamilien. So hetzten sie sie gegeneinander auf. Sie spielten mit ihnen, und am Ende gewannen sie. Die Fürsten bekriegten sich gegenseitig. Bis niemand mehr übrig war. Danach löste sich der Menschenbund auf. Sie hatten, was sie wollten: ihren Frieden vor den machthungrigen Herrschern. Doch zu welchem Preis?«

Es war ganz still.

»2018 gab es einen ähnlichen Fall in Amerika. Eine Gruppe von jungen Männern, die sich die ›Nazis der Zukunft‹ nannten, töteten ein paar Rehgestaltwandler. Auch damals brachten sie ihre Opfer mit rituellen Schnitten ums Leben, nur weil sie waren, was sie nun mal sind: anders, stärker. Sie töteten sie aus dem einfachen Grund, weil sie Gestaltwandler waren, genau wie meine Tochter«, berichtet Andreas, der Vater von Anna, äußerlich gefasst, doch in seinen Worten liegt Hass. Purer Hass.

»Bist du dir ganz sicher, Lana?«, fragt Keenan noch einmal und sieht mich eindringlich an.

»Ich müsste die Schnitte auf den Leichen sehen, aber eigentlich ja.«

»Das wäre ja noch schöner – unser Rudel wird bedroht von ein paar mickrigen Menschen.« Ich höre ihm an, dass es in ihm brodelt vor Zorn und Hass auf die, die sein Rudel angegriffen haben.

»Und genau das ist das Problem. Wir haben die Menschen überhaupt nicht als Täter in Betracht gezogen. Wir haben diese ›mickrigen Menschen‹ unterschätzt und fast die Falschen dafür zur Verantwortung gezogen.«

Das Alphatier der Eulen tritt vor und streckt mir die Hand entgegen: »Frauen waren schon immer besonnener als Männer.« Er lächelt mich an. Seine Augen sind von dem gleichen Grau wie seine Haare. »Mein Name ist Noah.«

Ich will seine Hand ergreifen, doch Keenan hält mich fest. Besitzergreifend blickt er mir ins Gesicht. In seinen Augen spiegelt sich sein Leopard. Dann stellt er sich vor mich und sieht Noah an. »Du fasst sie nicht an.« Nur mit Mühe hält er seine Raubkatze zurück.

Noah zieht seine Hand zurück und macht einen Schritt rückwärts.

»Ich heiße Lana«, sage ich an Keenans Rücken vorbei.

»Es freut mich sehr, dich kennenzulernen.« Noahs Augen sehe ich an, dass er sofort versteht. »Du hast eine sehr mutige und kluge Gefährtin.«

»Weiß ich«, schnauzt Keenan zurück. Seine Antwort sollte mir eigentlich nichts bedeuten – und doch wärmt sie mein Herz.

Nun ergreift Elias das Wort. »Lana wird die Schnitte untersuchen. Falls es stimmt, was sie sagt, entschuldige ich mich für das unangebrachte Eindringen in euer Revier. Doch falls sie sich irrt, seid ihr tot.« Die Drohung hängt in der Luft. Noah sagt nichts mehr, er wartet, dass wir aus seinem Revier verschwinden. Ich hebe das Buch auf und nicke den Eulen noch einmal zu. Noah verbeugt sich leicht vor mir. Ich möchte ihm zulächeln, doch bekomme keine Gelegenheit mehr dazu. Keenan packt mich an der Hüfte und wirft mich über die Schulter, wobei er aufpasst, dass auch nichts zu sehen ist und das T-Shirt richtig sitzt. Dann rennt er los.

Der Wind prallt auf meine nackten Beine und meine Haare wehen wild. Ich bin wütend und sauer, dass er so roh mit mir umgeht, doch einem Teil von mir gefällt es auch. Meine Katze mag es, so behandelt zu werden, denn dadurch wird der Unterschied zwischen Mann und Frau deutlicher, und das erregt sie. Mein Unterleib spannt sich an. Ein paar Meter nach der Grenze unseres Territoriums lässt er mich wieder herunter.

Ich lande sanft auf den Füßen. Unter meinen nackten Zehen spüre ich den Waldboden. Das Gras, das Moos, die kleinen Äste. Ich sehe Keenan mit zusammengekniffenen Augen an. »Was sollte das jetzt bitte?«

»Was das sollte, verdammt? Du fragst wirklich, was das sollte?« Keenan brüllt. So laut, dass es in meinen Knochen vibriert und ich zusammenzucke. Selbst die Vögel in den Baumkronen ergreifen die Flucht. Wieder und wieder brüllt er. Wirft den Kopf in den Nacken und lässt seiner Wut freien Lauf, bis nichts Menschliches mehr in seinem Brüllen zu erkennen ist. Ich sehe, wie sich die Haare auf seinem Arm aufstellen und länger werden. Er ist kurz davor, sich zu wandeln.

»Ich weiß nicht, wieso du dich so aufregst. Ich wollte nur verhindern, dass ihr euch gegenseitig an die Gurgel geht!« Auch meine Raubkatze wird stärker. Ich spüre, wie meine Zähne länger werden und ich fauche. Meine Sicht verändert sich, wird schärfer. Auch Keenans Pupillen werden zu Schlitzen, und die dunkelbraune Iris färbt sich tiefschwarz.

»Du sollst nichts verhindern. Du solltest überhaupt nicht dort sein!« Wieder ein tiefes und lautes Brüllen. »In einem fremden Revier. Sie hätten dich töten können und ich hätte nichts dagegen tun können!«

»Ich bin kein verdammtes Kind mehr. Ich kann selbst auf mich aufpassen. Du hast nicht zu entscheiden, wo ich hingehe und was ich mache.« Nun brülle auch ich. »Ich gehöre mir. Nur mir selbst. Ich brauche dich nicht!« Jedes Wort betone ich einzeln.

»Nein!« Noch nie habe ich Keenan so schreien hören, und ehe ich weiß, wie mir geschieht, drückt er mich gegen einen Baum. Hart und schnell. Eingeklemmt zwischen dem Baum und seinen Muskeln sehe ich ihm zornig ins Gesicht. Doch als ich den Ausdruck in seinen Augen sehe, schwindet die Wut und weicht einem anderen Gefühl. Einem weitaus gefährlicheren: Sehnsucht.

Keenans Körper ist an mich gepresst. Sein Gesicht nur knapp vor meinem. Meine Katze fängt an zu schnurren, ein Wunder, dass es mir nicht über die Lippen schlüpft.

»Nein. Du gehörst mir. Nur mir!« Die Lautstärke hat sich verringert. Selbst der Zorn. Er klingt heiser. »Nur mir.« Seine Arme, die er eben noch neben meinem Gesicht abgestützt hatte, schließen sich fest um meine Hüftknochen. Gegen meinen Willen und gegen meine Gefühle spreche ich die Worte aus: »Lass mich los!« Ich lege die Hände auf seine Brust und versuche ihn wegzudrücken. Doch statt zurückzutreten, rückt er noch näher an mich heran. Ich hebe den Blick von unseren eng umschlungenen Körpern und sehe ihm ins Gesicht.

In seinen Augen liegt ein gieriges Glitzern. Eifersucht verzerrt seine Züge. Seine Nasenlöcher blähen sich. Und statt mich weiter zu wehren, wie ich es sollte, schmiege ich mich an ihn und recke ihm das Gesicht entgegen. Gleich gibt er auf, gleich weicht er zurück, denke ich bitter. Aber ich irre mich. Keenan packt meine Hüften noch ein wenig fester und hebt mich hoch. Unwillkürlich spreize ich die Beine. Schließe sie um sein Becken. Wir sehen uns in die Augen, während unsere Körper sich wie von selbst bewegen. Keenan neigt den Kopf. Meine Lippen zittern vor Verlangen. Als ich seinen Atem auf meiner Haut spüre, setzt mein Herz ein paar Schläge aus.

»Alles meins«, sagt er an meinen Lippen. Meine Haut spannt, und in meiner Mitte breitet sich ein Kribbeln aus. Wie Lauffeuer steckt es jede meiner Zellen in Brand. Ich lege die Arme auf seine Schultern und schließe die Hände um seinen Nacken. Kralle die langen Nägel in seine Haut. Keenans Blick wandert nach unten, und erst jetzt wird mir bewusst, dass ich nicht mehr anhabe als ein T-Shirt. Erregt fange ich an, mich an ihm zu reiben und mein Becken an ihn zu drücken. Der Druck gegen meinen Körper wird wieder fester, und ich bekomme die volle Härte seiner Lust zu spüren. Nur seine Hose trennt uns noch, und ich sehne mich nach vollem Körperkontakt.

Seine Augen finden wieder zu meinen, und kurz streifen sich unsere Lippen. Doch so schnell dieser Moment der Zärtlichkeit gekommen ist, vergeht er auch wieder. Sanft lässt Keenan mich herunter und tritt langsam zurück. Die Wärme, die seine Berührungen ausgelöst haben, schwindet. Noch zu schwach, um allein auf den Beinen zu stehen, stütze ich mich am Baum ab. Das Gefühl der rauen Rinde holt mich in die Wirklichkeit zurück. Noch einmal sehe ich ihm sehnsüchtig ins Gesicht und warte auf eine Erklärung, die nie kommen wird.

»Wir sollten gehen.« Er blickt auf den Boden und ballt die Hände.

Ich nicke, auch wenn ich weiß, dass er es nicht sieht.

Er klingt immer noch nicht wie ein Mensch: »Lana, ich –«

»Gehen wir«, falle ich ihm ins Wort. Ich will nicht hören, was er zu sagen hat. Will nicht schon wieder hören, dass er nur so für mich fühlt, weil er nicht anders kann.

Ich laufe los. Renne an Keenan vorbei und wandle mich im Sprung. Ich spüre, wie Keenan mir folgt. Höre seine Schritte und sein Schnaufen hinter mir. Der Wind fährt durch mein Fell. Schnuppernd hebe ich die Nase, tauche ein in den Wald, mit allen Sinnen, um nicht mehr an den Leoparden hinter mir zu denken.

6

Ich atme die schwere Nachtluft tief ein. Sauge sie gierig in meine Lunge. Doch der Schwindel vergeht nicht. Mein Magen dreht sich, und ich kann nur knapp verhindern, dass ich mich hemmungslos auf den Asphalt übergebe.

Eine warme Hand legt sich auf meinen Rücken. Streichelt sanft über den Stoff meines T-Shirts. Ein Zittern geht durch meinen Körper. Mein Bauch spannt sich an, und ich sehne mich danach, diese Hand an einer anderen Stelle zu spüren. Sofort weiß ich, wem sie gehört. Aber wie immer vergeht der Moment so schnell, wie er gekommen ist.

Ich nehme die Hand von der rauen Wand, an der ich mich abgestützt habe, und drehe mich um. »Geht schon wieder.«

Keenans vertraute braune Augen sehen mich an. Seine Haare stehen wild vom Kopf ab. Er sieht müde und angespannt aus – und unwiderstehlich wie immer. Bei seinem Anblick muss ich an einen Tag im Bett denken. Mit ihm zusammen, nackt und eng umschlungen.

»Du hättest das nicht sehen sollen.«

»Doch. Ich musste.«

Ein Nicken ist seine Antwort. »Wenigstens wissen wir jetzt, dass es nicht die blauen Eulen waren.«

»Doch wer war es dann?«

»Das lass unsere Sorge sein. Wir finden diese Dreckskerle. Du hast uns schon sehr damit geholfen, den richtigen Ritualmord und damit ihre Vorgehensweise herauszufinden.«

»Die Morde müssen in einem abgeschiedenen, dunklen Gebäude stattfinden. In dem Buch steht, die Frauen wurden in abgedunkelten Häusern verprügelt und bei Kerzenschein, Weihrauch und Gebeten mehrere Tage lang gefoltert und schließlich getötet.«

»Wir finden sie. Keine Angst. Ich lasse nicht zu, dass dir etwas passiert. Und jetzt beschäftige dich nicht mehr damit. Das ist nicht gut für dich.«

»Hier geht es nicht nur um mich, verdammt noch mal. Es geht um Anna und Sabrina und um unser ganzes Rudel!«

Wieder fange ich an zu zittern. Und es dauert nicht lange, bis mir Tränen über die Wangen laufen. Ihre Leichen zu sehen hat mich innerlich zerrissen. Einfach aufgelöst. Doch bevor ich ganz zergehe, nimmt Keenan mich in den Arm. Seine Wärme holt mich zurück in die Wirklichkeit. Ich schnappe nach Luft.

Ich kann den Anblick von Sabrinas kalten Lippen, auf denen sonst immer ein zartes Lächeln war, nicht vergessen. Die Übelkeit regt sich erneut. Die Schnitte stimmen mit der Beschreibung überein. Doch es ist etwas ganz anderes, darüber zu lesen oder es im Fernsehen zu sehen, als es in echt zu erleben.

Als ich Anna fand, war es anders gewesen. Es kam so plötzlich: ein kurzer Albtraum, aus dem ich wieder aufgewacht bin. Das werden die beiden nie wieder. Genauso wenig wie ihre Eltern und ihre Familie.

Ich halte inne. Ich habe kein Recht zu weinen. Kein Recht auszuflippen. Ich lebe. Keenan lebt. Amanda und Maria leben. Meine Familie ist noch am Leben. Ich habe kein Recht, mich so aufzuführen. Ich sollte helfen, meine Rudelgefährtinnen zu rächen, und nicht heulen wie ein kleines Kind.

Entschlossen wische ich mir die Tränen von den Wangen. Keenan löst sich von mir und sieht mich an: »Hast du dich beruhigt?«

»Ja.« Ich kann kaum glauben, wie sicher ich klinge.

»Wirklich?«

»Ja, alles in Ordnung. »

Misstrauisch mustert er mich. Doch bevor er etwas sagen kann, öffnet sich die Tür hinter uns. Nach dem Streit im Wald sind Keenan und ich zu mir nach Hause gelaufen, um uns zurückzuwandeln und anzuziehen. Danach sind wir mit Elias, Gabriel, Simon und Katharina nach München in die Klinik gefahren, damit ich mir die Leichen ansehen und meinen Verdacht bestätigen konnte.

»Ich fahre jetzt zurück. Soll ich euch mitnehmen?« Gabriel lächelt nicht. Niemand tut das.

»Ich bleibe noch und helfe Elias. Aber bring bitte Lana nach Hause«, sagte Keenan. Und dann an mich gewandt: »Ich komme morgen und schau nach dir.«

Ich nicke nur, zu schwach, um noch Widerstand leisten zu können. Zu müde, um noch weiter zu streiten.

»Doch. Doch daran erinnere ich mich noch genau. Du hast nur Kleider getragen. Und Blümchenunterhosen, wie man sehen konnte, wenn es windig war.«

»Ich war acht Jahre alt, verdammt noch mal!« Ich kann mich vor Lachen kaum noch halten. Auch Gabriel und Simon lachen aus voller Kehle.

»Achteinhalb.« Simon hört einfach nicht auf, sich auf meine Kosten lustig zu machen.

Peinlich berührt laufe ich rot an und schlage ihm von hinten auf den Oberarm: »Hör auf mich zu verarschen!«

»Ich? Dich? Verarschen? Nein, niemals«, entgegnet er. Seine Stimme trieft vor Sarkasmus.

»Nein, natürlich nicht. Du niemals«, setze ich nach und ziehe einen Schmollmund. Dann lehne ich mich zurück.

Ich bin mit Simon und Gabriel zurückgefahren. Zuerst war

es still gewesen, doch wie immer hat Simon die Situation mit seinem einnehmenden Wesen aufgelockert.

Seit zwei Jahren habe ich ihn nun schon nicht mehr gesehen. Äußerlich hat er sich sehr verändert. Er ist sogar noch attraktiver geworden, wenn das überhaupt möglich ist. Doch sein Inneres ist gleich geblieben. Es ist, als wäre er nie weg gewesen. Als hätte ich ihn gestern erst gesehen. Als wäre er immer noch mein bester Freund, so wie er es in meiner Kindheit war.

Doch nun ist er kein Junge mehr. Er ist ein netter, gut aussehender Mann mit einem warmen Lächeln und einem Charme, dem alle zu erliegen scheinen. Ich konzentriere mich wieder auf das Gespräch.

»Wie lief es in Hamburg?« Gabriel klingt nun wieder ernst. Sachlich, so wie ein Krieger es sein sollte.

»Scheiße. Der Idiot hat einfach abgelehnt. Und als ich seiner Spur folgte, um ihm eine zweite Chance zu geben und ihn vielleicht doch noch zu überreden, fand ich ihn aufgeschlitzt in einer Gasse.«

»Wieso das?«, frage ich schockiert.

»Er kam zu nah an das Revier der roten Luchse, die gerade zwei Junge bekommen hatten und einen herumstreunenden Leoparden nicht gebrauchen konnten.«

»Der arme Hund.«

»Selbst schuld. Er wollte sich ja nicht helfen lassen.«

Gespannt höre ich zu, als Simon noch von ein paar weiteren seiner Fälle in Hamburg berichtet. Leider ging keiner gut aus.

»Ist es okay, wenn ich euch da vorne rauslasse und ihr den Rest nach Hause lauft? Ich muss noch mal zum Hauptquartier und ein paar Sachen regeln.«

»Ja, klar«, sagen Simon und ich gleichzeitig.

Wir steigen aus. Während Simon die Autotür zuschlägt, ruhen seine Augen auf mir. »Ich bringe dich nach Hause.«

Ich ziehe eine Augenbraue hoch. »Ich finde schon allein nach Hause. Außerdem kann ich selbst auf mich aufpassen. Das kannst du auch gerne Keenan und seinem Busenfreund Gabriel sagen.«

»Weiß ich doch. Aber ich nicht. Außerdem habe ich deine Hütte noch nie gesehen.«

»Na, dann los.« Wir lachen beide.

»Und was war bei dir so los die letzten zwei Jahre? Ich habe gehört, du hast dein Abitur gut bestanden.«

»Was heißt gut? Aber ja, ich habe bestanden. Woher weißt du das?«

»Maria.«

»Die alte Tratschtante.« Wieder lachen wir.

»Wie ist deine Ausbildung so?«

»Ganz gut. Aber reden wir nicht nur von mir. Ich meine, du bist jetzt offizieller Vermittler der schwarzen Leoparden.«

Simon nickt nur bescheiden. »Ich habe dich vermisst.«

Seine Antwort bringt mich ins Straucheln. In Verlegenheit. Weiß er denn nicht, dass ich Keenans Gefährtin bin? »Das kommt davon, wenn man nie zu Hause ist. Macht dir das denn nichts aus?«

»Was soll mir etwas ausmachen?«

»Immer auf Reisen zu sein. Kein richtiges Zuhause zu haben.«

»Es ist schön, immer unterwegs zu sein. Für meine Katze bedeutet es Freiheit. Außerdem habe ich ja ein Zuhause hier. Bei meinem Rudel. Bei dir.«

Wieder so eine Bemerkung. Eigentlich sollte ich ihn darauf hinweisen, dass ich für immer vergeben bin, doch stattdessen sage ich: »Ja, du hast uns auch gefehlt«, und fühle mich schlecht. Meine Gepardin faucht. Im Stillen rechtfertige ich mich damit, dass ich so etwas noch nie von einem Mann gesagt bekommen habe. Ein strahlendes Lächeln mit blendend weißen Zähnen ist meine Belohnung für die Schmeichelei.

»Wir sind da«, sage ich und zeige auf mein Heim. Ich schließe die Tür auf und bitte Simon herein. Es fühlt sich seltsam an, einen anderen Mann in mein Haus zu lassen. Irgendwie bereitet es mir Bauchschmerzen. Es ist doch nur Simon, rede ich mir gut zu. Ein alter Freund. Ein ehemaliger Schulkamerad.

»Genauso habe ich mir dein Zuhause vorgestellt.« Er reißt mich aus meinen Gedanken.

»Wieso? Wie hast du es dir denn vorgestellt?«

»Heimelig. Kreativ und modern.«

»Ich nehme das mal als Kompliment.«

»Das solltest du auch.«

Nun sieht Simon mich an. »Ich habe gehört, dass du dich mit Keenan verbunden hast. Doch du riechst nicht nach ihm. Obwohl sein Geruch hier überall zu finden ist.«

Ich halte kurz die Luft an, dann atme ich aus und antworte: »Er ist mein Gefährte, ja, aber wir haben uns noch nicht verbunden. Deshalb rieche ich nicht nach ihm und er nicht nach mir.«

»Wieso nicht?«

»Ich weiß es nicht. Das musst du Keenan fragen.«

Simon runzelt die Stirn und kommt auf mich zu. Ich trete einen Schritt zurück.

»Du solltest jetzt gehen.«

Er zögert kurz, doch dann … »Gute Nacht, Lana.«

»Gute Nacht, Simon.«

7

Am nächsten Tag wache ich früh auf. Zu früh. Doch ich bin nicht die Einzige. Um kurz nach acht höre ich Schritte, die sich meinem Haus nähern, und nur zwei Minuten später steht eine nackte Maria in meinem Wohnzimmer. »Gib mir bitte etwas zum Anziehen, Liebes.«

Ich reiche ihr eine alte Jogginghose und ein graues T-Shirt. »Hier.«

»Danke.« Schnell schlüpft sie hinein und schließt mich dann fest in die Arme. »Du Dummerchen. Amanda hat mir alles erzählt. Wieso bist du nicht zu mir gekommen?«

»Ich wollte nicht, dass du dir Sorgen machst.«

»Das mache ich doch sonst auch.«

»Ja, und ich auch, Mum. Wieso warst du nicht bei dem Rudeltreffen?«

Maria lässt mich los und sieht mich an. »Eine kleine gesundheitliche Schwäche. Aber das kannst du ja wohl nicht mit deiner Situation vergleichen.«

»Aber wenn es dir nicht gut geht, musst du anrufen. Ich wäre doch vorbeigekommen.«

»Wir wollten wohl beide den anderen schützen.« Marias und meine Beziehung war immer schon sehr locker. Wir geben uns Freiraum, damit jeder sein Leben leben kann. Sie hat mich nie wie ein Kind behandelt und mich meine eigenen Entscheidungen treffen lassen. Und trotzdem wissen wir, dass wir füreinander da sind, wenn es drauf ankommt.

Ich nicke und frage dann: »Heiße Schokolade?«

»Heiße Schokolade.« Sie nickt heftig mit dem Kopf und lacht laut.

Zehn Minuten später sitzen wir beide mit einer Tasse in der Hand und unter eine Decke gekuschelt auf der Couch. Zwei Stunden vergehen, bis wir uns die neusten Neuigkeiten erzählt haben.

»Wie geht es Keenan dabei? Er als zukünftiges Alphatier hat viel Verantwortung zu tragen. Und die armen Mädchen. Sabrina war eine Schönheit.«

»Hm. Es ist nicht nur die Verantwortung. Er verausgabt sich völlig. Ich glaube, er macht sich nicht nur Sorgen, sondern hat auch große Schuldgefühle.«

»Der Arme. So viel Last auf diesen jungen Schultern. Zum Glück hat er dich. Gefährten sind ein großer Segen füreinander. Vor allem in so einer Situation stärken sie sich gegenseitig mit ihrer Liebe.« Die Sehnsucht nach solch einer Verbindung spricht aus ihrer Stimme.

Ich habe es ihr nie erzählt. Und Keenan hat auch nie etwas gesagt. Vielleicht hätte ich ihr sagen sollen, dass unsere Beziehung eigentlich keine ist, aber das hätte sie nur traurig gemacht und sie dazu gebracht, sich einzumischen.

Die Nähe der Frau, die mich aufgezogen hat, tut mir gut. An manchen Tagen ist sie wie eine Mutter für mich. Bis dann wieder meine Gepardin zum Vorschein kommt. Maria glaubt, meine Katze kann sie nicht akzeptieren, weil sie sich noch an meine richtigen Eltern erinnert und sie deswegen nicht leiden kann.

Nachdem wir uns beide versichert haben, dass es uns gut geht, zieht Maria weiter. Sie möchte ein bisschen umherstreunen, der Katze freien Lauf lassen.

»Du bist irre, sage ich dir! Vollkommen irre!«

»Ich musste es tun.«

»In ein fremdes Revier eindringen, dich schutzlos und halb-nackt vor einem anderen Rudel darbieten? Ja, ich bin sicher, das musstest du.«

»Du weißt, so war es nicht!«, sage ich entrüstet.

Ein paar wütende Seufzer, ein bisschen Geknurre, doch dann beruhigt sich Amanda wieder und sagt: »Ich weiß. Aber ich habe mir verdammt noch mal Sorgen gemacht.«

»Ich weiß, und es tut mir leid.« Wie oft ich diesen Satz heute schon gesagt habe, frage ich mich und weiß keine Antwort dar-auf. Nun erzähle ich schon zum zweiten Mal von den Ereignissen des gestrigen Tages.

»Du hast sie also gesehen? Wie …«

»Nicht mehr wie sie selbst. Da war kein Leben mehr in ihren Augen. Ihre Haut war kalt. Und ich will gar nicht darüber nach-denken, wie ihr diese Narben zugefügt wurden.«

»Du hast Sabrina sehr gemocht.«

»Das tue ich immer noch.«

Ein Moment der Stille tritt ein, in der wir beide überlegen, wie es wäre, wenn eine von uns an ihrer Stelle wäre. »Ich würde es nicht überleben, wenn du es wärst«, spreche ich meine Ge-danken laut aus.

»Dasselbe habe ich eben auch gedacht.«

»Wo ist Kevin eigentlich?«

»Er ist in der Stadt, mit den anderen. Sie suchen alle abgele-genen Lagerhäuser ab, in denen sich die Mörder versteckt halten könnten.«

Ich nicke. »Jetzt, wo du es sagst. Ich muss los. Keenan wollte mich besuchen, um mit mir zu reden und mir zu erzählen, was es Neues in dem Fall gibt.«

»Wie lange hast du eigentlich noch vor, dich so behandeln zu lassen?«

Während ich aufstehe und mir meine Jacke überziehe, denke

ich über ihre Worte nach. Ich habe Amanda natürlich erzählt, was gestern zwischen mir und Keenan vorgefallen ist. An der Tür verharre ich und drehe mich um. »Ich weiß es nicht.« Eigentlich sollte es nicht so verzweifelt und traurig klingen.

Leider bin ich noch nie eine gute Lügnerin gewesen.

8

Ich sehe ihn schon von Weitem. Mit nacktem Oberkörper, erhobenen Armen und einer Axt in beiden Händen steht er da. Selbst durch die Scheiben meines Autos höre ich den harten Aufprall, wenn Axt auf Holz trifft und es spaltet.

Toms Hütte liegt zwischen meiner und Amandas. Ich fahre also oft hier vorbei, und eigentlich ist es nichts Ungewöhnliches, ihn draußen beim Holzhacken zu sehen. Doch heute ist es anders. Seine Bewegungen gleichen nicht denen eines alten, zufriedenen Mannes. Verzweiflung und unstillbarer Zorn liegen in der Luft. Aggressiv schlägt er immer wieder zu. Vielleicht sollte ich einfach weiterfahren und ihn in Ruhe lassen. Doch irgendetwas sagt mir, es nicht zu tun.

Tom sieht auf, als mein Wagen anhält. Langsam lässt er die Axt sinken und wendet mir den Kopf zu. Schweiß glänzt auf seinen Schultern, und sein Körper zittert leicht von der Anstrengung. Ich atme tief aus. Eigentlich habe ich keine Zeit, doch Tom sieht nicht so aus, als könnte man ihn in diesem Zustand alleine lassen. Vorsichtig steige ich aus und gehe auf ihn und seine Hütte zu.

»Hallo Tom.«

»Hallo Lana. Kann ich dir irgendwie helfen?«

»Das wollte ich dich auch gerade fragen«, entgegne ich selbstsicher, obwohl ich mich überhaupt nicht so fühle.

Tom ist ein netter fünfzigjähriger Mann, eines der stärksten Männchen im Rudel. Und eines der größten. Doch ich kenne ihn nicht wirklich, weswegen ich mich ein bisschen eingeschüchtert fühle.

Tom sieht mich prüfend an. »Keenan ist vor ein paar Minuten hier vorbeigefahren. Er wartet bestimmt schon auf dich.«

»Ich bin nicht sein Hündchen, das ihm hinterherläuft, wenn er pfeift.«

»Aber du bist seine Gefährtin ... auch wenn er dich nicht so behandelt.« Breitbeinig steht Tom da und mustert mich mit zusammengekniffenen Augen. Angriffslustig. Er möchte mir Angst machen, mich verscheuchen, denke ich und sage: »Ich weiß nicht, was du meinst.«

Ein gehässiges Lachen. Dann dreht er sich um, legt ein neues Scheit auf und hackt darauf ein. Als das Metall das Holz spaltet, zucke ich zusammen.

»Ihr könnt den anderen vielleicht etwas vormachen, aber nicht mir. Der Schmerz, den seine Ablehnung verursacht, steht in deinen Augen.«

»Genauso wie in deinen.« Offenbar habe ich ins Schwarze getroffen, denn Tom hält inne und dreht sich wieder zu mir um. Stützt sich mit einem Arm an der Axt ab, die aufrecht im Holz steckt. Dann fängt er an zu lachen. Nicht gehässig, sondern echt. Ein echtes, erfrischendes Lachen.

»Feuer unterm Hintern hast du, das muss man dir lassen.«

»Ich habe mein Feuer noch, und an wen hast du deins verloren?«

Er dreht sich wieder um und schlägt ein weiteres Mal auf ein Holzscheit ein. »Ella.«

»Unsere Ella?«, frage ich erstaunt.

Ich gehe um Tom herum und lehne mich an eine Tanne, die ihm gegenüber steht. Eine kleine Distanz liegt zwischen uns, doch sie gibt ihm den Raum, den er braucht, um von alleine sprechen zu wollen. »Ja. Unsere Ella.« Ella ist eine sehr bekannte Malerin in Deutschland und ein dominantes Weibchen in unserem Rudel.

»Aber sie ist doch Lukas' Gefährtin.« Lukas ist auch ein Wächter, genau wie Tom es vor zwei Jahren noch war.

»Das war sie aber nicht immer.«

Ich erinnere mich an ein Ereignis, als vor ein paar Wochen Jugendliche unseres Rudels einen Streich auf eine Clique von jungen Menschen plante. Zu ihrem Unglück wurden sie erwischt. Ellas älterer Sohn war auch darunter gewesen. Keenan und ein paar andere Wächter brachten die Schlitzohren nach Hause, während eines Rudeltreffens. Sie bekamen vor allen von ihren Müttern ihre gerechte Strafe und schämten sich zu Tode. Ich erinnere mich genau an den vierzehnjährigen Jungen mit den großen Sommersprossen auf der Nase, der von seiner ebenfalls sommersprossigen Mutter an den Ohren aus dem Hauptquartier gezogen wurde. Ella hat schwarze Haare, einen super Körper für eine zweifache Mutter und ist immer schick angezogen. Sie besitzt eine große, berühmte Galerie in München.

Tom reißt mich aus meinen Gedanken, als er weitererzählt: »Wir waren beide siebzehn, als wir uns kennenlernten. Ihr damaliges Rudel hat sich unserem angeschlossen, und ich habe mich sofort in sie verliebt.« Eine kleine Pause, in der er ein neues Holzscheit bereitlegt. »Bei ihr hat es etwas gedauert, doch schließlich konnte ich sie überreden, mit mir auszugehen. Sie war die Liebe meines Lebens. Hättest du mich damals gefragt, hätte ich gesagt, dass sie meine Gefährtin ist. Ich war mir so sicher.« Verbitterung liegt in jedem Wort.

»Und dann?«

»Und dann kam Lukas. Er war ein Einzelgänger gewesen und vom damaligen Vermittler, Simons Vater, zu unserem Rudel gebracht worden. Ich und Ella waren schon acht Jahre zusammen, als er kam und alles zerstörte. Wir hatten vor, zu heiraten, und haben auch schon über Kinder nachgedacht. Doch als sie ihn gesehen hat, hat sie scheinbar alles vergessen. Hat mich vergessen.«

»Sie hat dich verlassen?«

»Nicht sofort. Sie hatte deswegen Schuldgefühle und blieb bei mir. Versuchte so zu tun, als wären die Gefühle für Lukas nicht da. Doch ich habe die Blicke gesehen, die Gänsehaut auf ihren Armen, wenn er in der Nähe war. Ich hätte sie verlassen sollen. Sie von ihrer Schuld entlasten. Doch ich war selbstsüchtig. Ich wollte sie nicht verlieren.«

»Was ist dann passiert?«

»Was soll schon passiert sein? Er ist ihr Gefährte. Ihre zweite Hälfte. Ein halbes Jahr später hat sie mich verlassen. Hat mir gesagt, wie leid es ihr täte, aber dass sie sich nicht mehr von ihm fernhalten kann. Mich angefleht, ihr zu verzeihen. Doch das konnte ich nicht. Drei Monate später heirateten sie.«

Ich schweige. Tom tut mir leid. Doch ich weiß selbst, wie stark das Band einer solchen Beziehung ist.

»Jedes Mal, wenn ich die beiden sehe, ist es, als würden Messer meinen ganzen Körper durchbohren. Jeder, der behauptet, die Liebe sei schön, etwas Sanftmütiges, der lügt.« Ich weiß genau, was er meint.

»Hast du nie versucht, sie zu vergessen? Weiterzumachen?«

»Versucht, doch. Geschafft, nein. Vielleicht ist sie nicht auf mich geprägt, doch ich bin es auf sie. Ich habe und werde sie nie vergessen. Egal, wie sehr ich es will.«

Als er brutal auf das Holz einschlägt, zucke ich wieder zusammen. »Ich hoffe für dich, dass es irgendwann aufhört, wehzutun. Oder zumindest besser wird.«

»Ja, das hoffe ich auch.«

Ich warte noch kurz, dann sage ich: »Ich muss jetzt weiter. Aber Tom … danke, dass du mir das anvertraut hast.«

Tom sieht mich an. »Irgendwann wird Keenan auch darauf kommen, dass es keine Lösung ist, sich vor dir und seinen Gefühlen zu verstecken.«

»Ja, aber irgendwann reicht mir nicht.«

Tom nickt. Ich drehe mich um und steige in den Wagen.

Ich fahre das Auto rückwärts in die Garage und gehe ins Haus. Es ist ruhig und still. Ein Mensch hätte die leisen Schritte im ersten Stock nicht gehört, doch ich bin ein halber Gepard und habe scharfe Ohren. Erschöpft vom Vormittag ziehe ich die Schuhe aus und gehe die Treppe hoch oben.

»Wo warst du?« Keenan lehnt am Fenster neben dem Bett.

»Ich habe kurz bei Tom gehalten«, antworte ich müde und gehe ins Bad.

Ich sinke müde aufs Bett. »Also, habt ihr was entdeckt?«, frage ich ungeduldig. Keenan sieht aus dem Fenster. Es tut mir weh, dass er meinen Blick meidet. Irgendwann sieht er mich aber dann doch an und sagt: »Es ist wieder ein Mädchen tot aufgefunden worden.«

»Wer?« Ein kaltes Gefühl des Entsetzens macht sich in mir breit. Und die Angst, es könnte eine Freundin sein.

»Nicht von uns. Ein Mädchen der blauen Eulen wurde heute Nacht um vier bei einem Rundgang in ihrem Territorium entdeckt.«

»Ihr habt die Täter also immer noch nicht gefunden?«

»Das Gebiet haben wir schon eingekreist. Wir haben zusammen mit den Eulen alle Lagerhäuser am Rande von München durchsucht, doch dort waren sie nicht. Wir geben den Eulen noch einen Tag Zeit, um ihren Verlust zu betrauern, dann fangen wir morgen an, die verstreut liegenden Lagerhäuser in der Innenstadt zu durchkämmen.«

»Sie sind nicht dumm«, gebe ich zu bedenken. »Wir sollten sie nicht unterschätzen. Alle Lagerhäuser in der Innenstadt zu durchkämmen dauert ewig, und es ist ja noch nicht einmal sicher, ob sie ihre Taten wirklich dort begehen.«

»Ja, aber sie sollten uns auch nicht unterschätzen. Sie denken immer noch, wir wissen nicht, dass es nicht die blauen Eulen waren. Sie versuchen uns gegeneinander aufzuhetzen. Ich habe mir den neuesten Tatort mit Simon angesehen. Rate, was versteckt unter ein paar Blättern lag.«

Statt zu raten, warte ich auf die Antwort. »Fell eines Leoparden und daneben ein Fußabdruck, der perfekt zu unseren Pfoten passt.«

Ich bekomme eine Gänsehaut. »Wo, glaubst du, haben sie das her?«

»Keine Ahnung.«

»Katharina hat die Leiche des Mädchens heute Morgen untersucht. Sie wurde genauso zugerichtet wie Sabrina und Anna.«

Ich lehne mich zurück, bis mein Rücken sich in die Kissen drückt, und starre an die Decke. Keenan redet nicht weiter. Ich spüre seine Unruhe. »Wolltest du mit mir nur über den Fall reden, oder gibt es noch etwas, was du mir sagen möchtest?«

»Ja, ich …« Die Antwort kommt erst nach einem kurzen Zögern. Meine Nackenhaare stellen sich auf, und meine Raubkatze fängt an zu fauchen. Sie merkt, dass etwas nicht stimmt.

Ich drehe den Kopf zur Seite und schaue wieder Keenan an. »Los, sag schon.« Doch ich bin mir nicht sicher, ob ich die Antwort hören will.

»Ich werde das Rudel verlassen.«

Und ich habe das Gefühl, die Decke stürzt über mir ein.

»Es ist nicht für immer und auch nicht jetzt sofort …« Er möchte weiterreden, doch ich unterbreche ihn: »Und wo willst du hin?«

»In ein Leopardenrudel in Amerika. ›The invictum pardus‹. Ihr Alphatier ist ziemlich alt, sie können Unterstützung gebrauchen. Elias hat hier alles unter Kontrolle. Natürlich gehe ich erst, wenn die Mörder geschnappt sind und sich alles wieder normalisiert hat.«

»Okay, und weiter? Sie könnten Unterstützung gebrauchen … deswegen gehst du?«, bohre ich nach, weil ich einfach nicht verstehen kann, wieso. Wieso er mir das antut und wieso er mich so sehr hasst, dass er auf einen anderen Kontinent fliehen will.

»Na ja, und weil ich sehr viel lernen kann. Dort bin ich quasi das Alphatier und nicht der Gehilfe, so wie hier. Ich kann Erfahrungen sammeln, die irgendwann einmal wichtig sein könnten für unser Rudel. Außerdem hätten wir so ein paar Verbündete in Amerika, was auch nicht schlecht ist … Es wären ja auch nur zwei bis drei Jahre, dann wäre ihr neues Alphatier alt genug, um meinen Platz einzunehmen.«

Ich sehe ihn immer noch an, kann mich weder abwenden noch etwas sagen. Ich bin starr. Mir ist, als würde sich etwas Schweres auf meine Brust legen, und meine Gliedmaßen fühlen sich taub an. Das schmerzhafte Gewicht nimmt immer mehr zu, bis es kaum auszuhalten ist. Ich fühle, wie sich Tränen hinter meinen Augäpfeln sammeln und herauswollen, doch das gönne ich ihm nicht.

»Und was ist mit mir?« Jede Emotion ist aus meiner Stimme gewichen. Ich bin einfach nur leer im Kopf. Und im Herzen.

Keenan sieht mich nicht an. Starrt auf den Boden und sagt: »Ich komme im Sommer für einige Monate nach Hause. Sozusagen Urlaub.« Er versucht ein Lächeln zustande zu bringen, doch es erreicht seine Augen nicht.

Ich hole tief Luft und sage mit erstickter Stimme: »Ich möchte, dass du jetzt gehst.«

Überrascht sieht Keenan mich an, bewegt sich aber nicht von der Stelle.

»Ich möchte, dass du jetzt gehst«, sage ich lauter und ernster, schlucke die Tränen herunter. Blicke ihm unbeirrt in die Augen.

»Nein, ich … warum?«

»Wieso? Du fragst ernsthaft, warum?« Ich schreie. Beuge mich nach vorn, auf die Arme gestützt. Erschrocken stolpert er einen Schritt zurück.

Daraufhin springe ich auf und gehe aus dem Zimmer. Keenan folgt mir und greift nach meinem Arm. Doch bevor er mich wirklich erwischt, drehe ich mich um und haue ihm mit der flachen Hand ins Gesicht. Wie angewurzelt stehen wir uns beide gegenüber. Dann beugt Keenan sich vor und schnauzt wütend: »Es reicht.«

»Ja, du hast Recht. Es reicht. Ich kann nicht mehr. Und das will ich auch gar nicht.« Ich mache eine Pause. Hole tief Luft. Eingesperrt zwischen der Wand und Keenan bekomme ich keine Luft mehr. Und selbst in dieser Situation reagiert mein Körper mit Erregung auf ihn.

Er lehnt sich wieder zurück. Seine Augenbrauen sind wütend zusammengezogen, sein Körper angespannt. Alles an ihm strahlt Dominanz aus. Er erwartet Gehorsam.

Doch seine Augen sind traurig. Mir scheint, als würden sie nach mir rufen. Als würden sie nicht gehen wollen. Mich nicht verlassen wollen. Doch das bilde ich mir sicher nur ein.

Dann drehe ich mich um: »Wenn du nicht gehst, dann tue ich es.« Und schon renne ich los, ziehe mir nicht einmal Schuhe an. Ich reiße die Haustür auf und laufe einfach drauflos.

Selbst in unserer menschlichen Hülle sind wir so schnell wie in unserer tierischen. Deshalb dauert es nicht lange, bis ich mein Haus hinter mir gelassen habe und auf die Stille der Natur zustrebe. Ein paar Stunden und sehr viele Kilometer später lehne ich mich völlig erschöpft an einen Baum. Die Kleidung klebt mir nass am Körper. Ich sehe aus, als wäre ich in einen Platzregen geraten. Noch nie bin ich auf so langer Strecke so schnell gerannt.

Zitternd setze ich vorsichtig einen Fuß vor den anderen. Nach ein paar Metern erreiche ich mein Ziel. Ein kleiner See, den ich schon von Weitem gerochen habe.

Ich gehe bis zu den Knien ins Wasser, das meine Hose durchtränkt und sie schwerer macht. Dann lasse ich los. Lasse die Schultern sinken, entkrampfe die Hände und lasse mich einfach fallen.

Und da sind sie auch schon. Die Tränen, die ich so lange zurückgehalten habe. Der Schmerz trifft mich wie eine Faust, drückt mir auf die Brust. Ich schnappe laut nach Luft, während die Tränen einfach so fließen, über meine Wangen, in meinen Mund, meinen Hals entlang. Schon bald bekomme ich kaum noch Luft, doch ich weine immer lauter. Bis ich beinahe schreie.

Nach einer Ewigkeit habe ich mich wieder beruhigt, atme tief durch und blicke hinunter zu meinen Füßen, wo mein Spiegelbild mich verzweifelt ansieht. Vorsichtig gehe ich weiter ins Wasser, bis es meine Nase und meinen Mund bedeckt. Dann tauche ich ab. Setze mich auf den Boden des Sees, schlinge die Arme um die angewinkelten Beine und genieße die völlige Stille des Wassers. Es ist kalt, leer und gefühllos. Genauso wie ich mich jetzt fühlen will. Doch mein Körper lässt das nicht zu.

Selbst hier im kühlen Wasser spüre ich die Wärme meiner Tränen, das schmerzhafte und laute Schlagen meines Herzens, das nach Erlösung von dieser Last schreit.

9

Der raue Waldboden kratzt an meinen Füßen, als ich langsam in Richtung Zivilisation gehe. Ich versuche auf moosbewachsenen Stellen zu laufen, um meine ohnehin schon wunden Füße zu schonen. Bei jedem meiner Schritte tropft Wasser auf den Boden. Meine Kleidung klebt an mir und macht jede Bewegung schwer und anstrengend.

Mittlerweile ist es schon später Nachmittag, und die Sonne geht unter. Die kalte Abendluft fährt mir über die Glieder. Bringt mich zum Zittern und meinen Atem zum Stocken. Gänsehaut überläuft mich, und einen Moment lang glaube ich tatsächlich, dass der kalte Wind daran schuld ist. Doch dann rieche ich es.

Schweiß, herbe Kräuter und etwas anderes, das ich nicht zuordnen kann. Doch eins kann ich mit Gewissheit sagen: Dieser Geruch stammt weder von einem Tier noch von einem Rudelgefährten.

Jetzt, wo ich genauer hinhöre und aufpasse, höre ich die Atemzüge hinter mir. Spüre die Gefahr. Vorsichtig gehe ich weiter. Tue so, als hätte ich nichts bemerkt, während ich in Wahrheit auf jedes verdächtige Geräusch lausche.

Und dann höre ich es: ein Rascheln, ein leises Flüstern. Ich renne los. Laufe, so schnell ich kann.

Mein Vorteil ist meine tierische Natur. Ihr Vorteil ist, dass ich müde vom Schwimmen und Rennen bin.

Doch ich werde mich nicht fangen lassen.

Schwere Schritte hinter mir. Laute, wütende Rufe. Dann ein seltsames Schnappen. Eigentlich lernen wir schon als Kinder, nie zurückzuschauen. Doch meine Neugier und meine Angst gewinnen die Oberhand, und ich drehe mich um. Am Boden hinter mir liegt ein Netz, das mich nur um Haaresbreite verfehlt hat. Die Männer sind schon weiter zurück.

Gerade will ich ausatmen, erleichtert darüber, dass ich in Sicherheit bin, als ich einen leichten Luftzug von oben spüre. Erschrocken bleibe ich stehen und hebe den Blick. Der Mann ist massig, steht aber mit beiden Beinen fest auf dem Ast der Eiche. Seine schwarzen Haare hängen ihm tief ins Gesicht. Aus der Ferne schimmern seine Augen in einem unheimlichen Gelb.

Es ist, als würde die Zeit stillstehen. Jeder wartet auf einen Fehler oder ein verräterisches Zucken des anderen. Dann hebt er die Hand an seine Hüfte, und ich renne los, will überhaupt nicht wissen, wonach er greift.

Aber die Bestätigung meines Verdachts lässt nicht lange auf sich warten. Schüsse ertönen. Einer schlägt in unmittelbarer Nähe in einen Baum ein. Ich laufe weiter.

Mit der Zeit werde ich immer schneller. Ich laufe, ohne die Anstrengung zu spüren. Nach mir endlos scheinenden Minuten bin ich wieder in der Nähe meines Rudels. Ich schmecke den Geruch der Krieger, die unser Revier markiert haben.

Sofort fühle ich mich sicher, und ich laufe langsamer, bis ich schließlich gehe. Eine seltsame Stille umgibt mich, dringt in mich ein und füllt mich aus. Ich lasse mich auf den Hintern plumpsen. Als ich ein Geräusch höre, fahre ich erschrocken herum, doch als ich Simons Gesicht sehe, fühlt es sich an, als wäre ich zu Hause angekommen.

»Lana … wie siehst du denn aus? Alles in Ordnung?« Erst jetzt wird mir klar, dass ich in der Nähe seiner Hütte bin. Er muss mich wohl gerochen haben.

Langsam kämpfe ich mich wieder auf die Beine, schlinge die Arme um ihn und vergrabe das Gesicht zwischen seinem

Hals und seiner Brust. Ein überraschter Laut dringt aus Simons Mund, dann aber legt auch er die Arme um mich, hebt mich hoch und trägt mich ins Haus.

Nachdem ich geduscht habe, sitze ich eingewickelt in ein großes flauschiges Handtuch vor Simons Kamin. Ich habe ihm alles über die Männer im Wald erzählt. Er wollte sofort zu Elias gehen, um alle nötigen Maßnahmen zu ergreifen. Doch ich war nicht in der Lage dazu. Nicht dazu bereit, es noch einmal zu erzählen, und nicht bereit, Keenan zu sehen.

Zu Simon habe ich das natürlich nicht gesagt. Er hat auch so gleich verstanden, dass es mir nicht gut geht. Also hat er Elias angerufen und den Kriegern Bescheid gegeben, während ich in der Dusche war.

»Sie durchsuchen gerade das ganze Gebiet. Aber Elias konnte Keenan nicht erreichen.«

»Ich glaube nicht, dass sie so dumm sind, sich erwischen zu lassen«, sage ich mutlos und füge hinzu: »Du solltest ihnen helfen. Deine Nase ist dabei bestimmt sehr hilfreich.« Ich bringe ein kleines Lächeln zustande und schenke es ihm.

»Das hatte ich auch vor. Aber ich wollte noch warten, bis du dich ein bisschen erholt hast.«

Ich wische mir mit dem Handrücken über die laufende Nase und stehe auf. »Es geht schon wieder.«

»Sicher?«

»Ja, sicher. Ich ziehe mich nur schnell an. Dann kannst du endlich den anderen helfen und etwas Sinnvolleres tun, als auf mich aufzupassen.«

Ich gehe ins Bad und schließe die Tür ab. Dann streife ich das Handtuch ab und sehe mich im Spiegel an, wie ich blass und stocksteif dastehe. Mein Körper ist weiß, fast wie die Körper der toten Mädchen. Sachte streichle ich über meinen Bauch und merke erst jetzt, wie flau er sich anfühlt. Meine blauen Augen sind heute heller als sonst. Glitzern in den Strahlen der Deckenbeleuchtung wie Eis. Unheimlich und leer. Dafür haben meine dunkelbraunen Haare so viel Leben in sich wie sonst nie. Dicht und üppig wellen sie sich um meinen Kopf. Eine Löwenmähne für ein Kätzchen.

Ich schlüpfe in meine helle Jeans und mache meinen BH zu. Danach ziehe ich mir noch mein T-Shirt über den Kopf und streife es über meinen Bauch. Dabei klingelt mein Bauchnabelpiercing wie ein helles Glöckchen und vertreibt die Stille. Das beruhigt mich ein wenig. Schnell binde ich mir noch die Haare zusammen, bevor ich aus dem Bad gehe.

Simon hat sich auch schon angezogen und wartet bereits auf mich an der Tür.

»Entschuldige, dass ich so langsam bin.«

»Kein Problem. Frauen brauchen im Bad immer länger«, entgegnet Simon und lächelt mich an. Und ich lächle zurück, wie ich kurz darauf verwundert bemerke.

Simon hält mir die Tür auf, und ich schlüpfe unter seinem erhobenen Arm hindurch ins Freie.

Der Wald ist in einen schwarzen Umhang gehüllt. Meine Sicht passt sich sofort an, und ich sehe alles klar und deutlich, als wäre es Tag.

Ich und Simon gehen noch gemeinsam ein kleines Stück zusammen, bevor wir an die Stelle gelangen, an der jeder in eine andere Richtung muss.

»Soll ich dich wirklich nicht nach Hause bringen?«, fragt Simon mich. Diesmal ist sein Gesicht ernst.

»Nein. Ich bin ein großes Mädchen. Ich schaff das schon.« Ich grinse ihn an, auch wenn mir überhaupt nicht danach zumute ist.

Simons Gesicht verändert sich und er rümpft die Nase. Er muss wohl irgendetwas riechen, das für mich zu weit weg ist.

»Danke für alles, Simon«, sage ich, obwohl er im Moment abgelenkt scheint.

Nun sieht er mich wieder an und sagt: »Kein Problem. Ich habe ja überhaupt nichts gemacht.«

»Doch.« Ich umarme ihn. Eigentlich halte ich zwischen uns eine gewisse Distanz aufrecht, doch ich habe jetzt keine Lust, gegen Simons Charme und seine Wärme anzukämpfen. »Du warst da.«

Auch Simon hält mich fest. Drückt mich fest an seine Brust. Ich atme tief ein. Genieße seinen Geruch, der mir ein Gefühl von Sicherheit gibt, und drücke mich noch enger an ihn. Ein seltsames Gefühl breitet sich in meiner Brust aus. Sehnsucht. Die Einsamkeit, die ich seit Jahren in meinem Herzen mit mir herumtrage, verschwindet für einen Moment und weicht dieser allumfassenden Wärme.

»Lana?«, höre ich Simon in mein Ohr flüstern, und sein Atem streichelt durch meine empfindlichen Haare. Wir lösen uns ganz langsam voneinander. Bleiben aber so umschlungen miteinander stehen.

Ich sehe ihm tief in die Augen und erkenne, dass es nicht Keenan ist. Die Wärme verschwindet. Die Leere breitet sich wieder aus, und der Schmerz kommt zurück.

Entschlossen schließe ich die Augen und beuge mich vor. Ich werde mich von Keenan nicht kaput tmachen lassen. Ich werde kämpfen, und ich werde diese gerade gewonnene Wärme nicht aufgeben. Langsam lehne ich mich noch weiter vor und strecke mich noch nach oben, während ich die Lippen öffne. Ich spüre, wie Simon mir entgegenkommt ... und dann einen scharfen Luftzug. Ein lautes Krachen ertönt, als Körper auf Körper trifft.

Erschrocken öffne ich die Augen und sehe, wie Keenan auf Simon sitzt und auf sein Gesicht einschlägt.

»Ich mach ... dich fertig! Du Arschloch!«

»Beruhig dich! Verdammte Scheiße!«, schreit Simon, während er versucht, Keenan von sich herunterzudrücken. Irgendwann gibt er es auf und schlägt zurück. Beide rollen sich am Boden. Schlagen immer wieder zu.

Die ersten paar Sekunden stehe ich wie angewurzelt da. Verstehe nicht, was geschehen ist. Fühle mich schuldig. Dann schreie ich: »Hört auf! Verdammt, hört auf!«

Ich renne auf die beiden Kämpfer zu und versuche sie auseinanderzubringen, doch es gelingt mir nicht.

»Ich bring dich um!« Keenans Stimme ist fast ein Knurren. Nur schwer sind die einzelnen Wörter herauszuhören. Auch Simon knurrt und faucht. Krallt, kratzt und beißt zu.

Doch er hat keine Chance. Keenan ist ein Alphatier. Viel stärker als alle anderen. Der Einzige, der ihn aufhalten könnte, wäre Elias. Doch bis ich ihn geholt habe, ist Simon bereits tot.

»Hör auf! Keenan, bitte! Hör auf!«, schreie ich immer schriller, während ich von hinten versuche, ihn von Simon herunterzuziehen. Überall ist Blut, und der metallische Geruch tränkt die Luft um mich herum. Meine Raubkatze kommt zum Vorschein, nun fauche auch ich. Verzweifelt versuche ich Keenan zu stoppen.

Dann plötzlich gelingt es Simon, Keenan einen kräftigen Stoß zu versetzen, sodass er hart gegen einen Baum fällt und sich am Kopf verletzt. Ein paar Sekunden, in denen er handlungsunfähig ist.

»Simon, lauf weg und hol Elias!«, rufe ich Simon zu, der Keenan gegen den Baum drückt.

»Nein!«, gibt Simon zurück und spuckt Blut auf den Boden. »Ich halte Keenan auf, und du holst Elias!«

Keenan kommt wieder zu sich. Langsam hebt er den Kopf. Sein raubtierhafter Blick trifft mich, und ich weiß, was ich zu tun habe. »Ich mach das schon. Simon, hörst du? Ich kümmere mich um ihn!«, sage ich, den Blick weiter auf Keenan gerichtet.

Dann lasse ich meiner Gepardin freien Lauf, spüre, wie sich meine Augen, meine Stimmbänder verändern. Ich brülle … und laufe los. Im Zickzack durch den Wald. Ein wütender Leopard ist hinter mir her. Mein Puls rast, und der Mensch in mir bekommt Panik. Doch meine Katze genießt es. Bekommt endlich den Paarungstanz, den sie sich schon immer gewünscht hat. Auch wenn er nicht so ist, wie sie sich ihn vorgestellt hat.

Es ist seltsam zu beschreiben, aber ich fühle Vorfreude auf ein Spiel, während ich Angst habe, es zu verlieren. Meine beiden Seiten prallen aufeinander, doch wer gewinnt, steht schon fest. Denn selbst wenn meine Angst die Oberhand gewinnen würde, wäre es schon zu spät. Keenan hat Witterung aufgenommen. Er wird nicht anhalten, bevor er mich hat. Wird nicht aufhören, nur weil ich darum bettle.

Laute Schritte hinter mir. Ein Schnaufen. Mir ist, als würde ich seinen warmen Atem im Nacken spüren. Und ich laufe noch schneller. Als wäre ich heute nicht schon genug gerannt.

Ich bin ein Gepard. Wir sind die schnellsten Tiere dieses Planeten. Doch Keenan ist ein Alphatier, also mir gewachsen. Trotzdem dauert es nur ein paar Minuten, bis ich das Schnaufen hinter mir nicht mehr höre und alleine im dunklen Wald umherirre.

Nach ungefähr zehn Minuten halte ich an, weil ich verstanden habe, wohin Keenan mich gelockt hat. In sein Gebiet. Sein Haus ist nur fünf Minuten entfernt. Erschöpft und verschwitzt überlege ich, in welche Richtung ich weiterlaufen soll.

Doch dazu komme ich nicht. Als ich weiterrennen will, springt Keenan von einem Baum über mir und packt mich noch im Lauf. Kopfüber hänge ich an seinem Rücken und strample mit den Füßen: »Lass mich runter! Verdammt, Keenan, reiß dich zusammen und komm wieder zu dir!« Doch meine Worte erreichen ihn nicht, und irgendwann höre ich auf, mich zu wehren. Erschlaffe und bete, dass ich aus diesem Albtraum lebend herauskomme.

Ich weiß schon, wo er mich hinbringt. Männchen, die ihr Weibchen verteidigen und für sich haben wollen, bringen es immer zu ihrer Höhle, zu ihrem Nest, wie auch immer man dazu sagen will. Es wundert mich also nicht, als ich mich kurz darauf in seinem Schlafzimmer wiederfinde, wo Keenan mich aufs Bett wirft.

Keenans geht vor mir auf und ab, den Blick fest auf mich gerichtet, laut schnaufend und knurrend. Auch ich atme nicht leise. Ich weiß, dass ich vor Keenan keine Angst zu haben brauche. Selbst wenn er wollte, könnte er mir nie etwas tun. Doch im Moment ist er nicht er selbst.

»Keenan …«, setze ich an, werde aber durch ein lautes Knurren unterbrochen. Nervös wackle ich mit dem Fuß und löse schließlich doch meinen Blick von ihm, um mich umzusehen. Schließlich war ich noch nie in seinem Schlafzimmer. Und ich habe ja ohnehin nichts Besseres zu tun, denke ich mit einem Anflug von Sarkasmus.

Sein Schlafzimmer ist groß, wohl das größte Zimmer im Haus. Es ist ganz mit Möbeln aus hellem Holz eingerichtet. Die Bettdecken und Kissen sind hellblau und sein Kleiderschrank ziemlich klein, er passt in die Zimmerecke. Vom Boden erheben sich viele Holzbalken – Spielzeug für den Leoparden in Keenan, das erkenne ich schnell. Über das Holz ziehen sich viele Kratzer, auch der Geruch, der an ihnen haftet, ist hauptsächlich tierischer Natur.

Obwohl das auch von dem wütenden Mann kommen kann, der immer noch seine Runden dreht.

An die Wände sind Bilder gepinnt, viele Bilder. Alle selbstgemalt. Ich wusste, dass Keenan gern zeichnet, aber nicht, dass er so gut ist. Bisher durfte ich seine Bilder nicht sehen, und jetzt weiß ich auch, warum.

Mehr als die Hälfte seiner Bilder zeigen mich.

Wie hypnotisiert stehe ich auf und gehe auf die größte Zeichnung in der Nähe seines Bettes zu. Fasziniert streiche ich über die glatte Oberfläche des Blattes und sehe meinem Ebenbild ins Gesicht. Das Bild ist schwarzweiß und doch lebendiger, als ich es manchmal bin. Jedes Körperteil ist bis ins kleinste Detail genau erfasst, jedes Haar, jede Sommersprosse, jede Vertiefung meiner Haut. Ich sehe anmutig und stolz aus. Wunderschön. Sieht er mich wirklich so?

Und nun verstehe ich endlich. Verstehe, warum Keenan mich so sehr hasst. Nicht einmal seine Leidenschaft kann er ausleben, ohne dass ich dazwischenfunke. Unsere Prägung aufeinander hat ihm jeden freien Willen genommen. Jede Wahl.

Hinter mir knurrt es. Schon lange nicht mehr so laut und wütend wie vorher, aber trotzdem noch furchteinflößend.

10

»Es tut mir leid«, flüstere ich. Eine heiße Träne läuft mir übers Gesicht. Schnell wische ich sie weg und schaffe es endlich, mich wieder zu ihm umzudrehen. Keenans Verwandlung ist etwas zurückgegangen. Die Haare auf seinen Armen haben wieder ihre normale Länge, und seine Haltung ist auch wieder aufrechter.

Vorsichtig gehe ich ein paar Schritte auf Keenan zu und will mich noch einmal entschuldigen, als dieser mir laut schreiend ins Wort fällt.

Auch ich fange an zu schreien. Knurre, weil es mir reicht. Weil ich müde bin und mich hilflos und alleine fühle. Doch irgendwann gebe ich auf und lasse ihn alleine weiterbrüllen. Zielstrebig gehe ich an ihm vorbei auf die Tür zu. Doch das ist ein Fehler.

In Sekundenschnelle reißt Keenan mich herum und drückt mich mit dem ganzen Körper gegen einen Balken. Ich strample und trete. Meine Katze faucht. Festgehalten zu werden gefällt ihr überhaupt nicht.

Je wütender ich werde, desto ruhiger wird Keenan. Seine Pupillen sind zwar immer noch schlitzförmig, doch alles andere verwandelt sich zurück. Auch seine menschliche Stimme kehrt zurück, und ich höre das angestrengte Atmen eines wütenden Mannes.

Auch ich werde still. Lausche unserem Keuchen. Keenan legt seine Stirn an meine und schließt die Augen. Als er tief Luft holt, bemerke ich das verräterische Zucken seiner Nase. Er saugt nicht nur Sauerstoff in seine Lunge, er nimmt auch meinen Geruch auf. Dann öffnet er die Augen und sieht mich an. In meinem ganzen Leben habe ich noch nie solche Verzweiflung gesehen.

Und dann küsst Keenan mich. Roh und wild.

Anfangs verharre ich, zu erschrocken, um irgendetwas zu tun. Sein Mund presst sich immer wieder hart auf meinen und seine Zunge öffnet meine Lippen. Ich lasse es zu. Genieße den Moment der körperlichen Nähe. Mein Unterleib spannt sich an. Mein Bauch fängt an zu kribbeln, und meine Arme schließen sich wie von selbst um seinen Nacken. Gierig ziehe ich ihn noch näher zu mir herunter und kralle meine Finger grob in seinen Hals. Mir ist, als würde meine Haut zu eng für mich, und jede Stelle, an der er mich berührt, fängt an zu brennen. Ich fange an, leise zu schnurren. Auch Keenan knurrt mit tiefer Stimme, und sofort reagiert mein Körper auf das Geräusch. Die Lust schwillt zwischen meinen Beinen an, bis ich denke, es nicht mehr auszuhalten.

Dann drückt Keenan sich enger an mich, und ich presse meinen Schritt an seine anschwellende Erektion. Ein Schock durchfährt mich. Mir wird heiß und kalt, Schweiß läuft mir den Rücken hinunter. Um Luft zu holen, löse ich mich von ihm und sehe ihn an. Seine Augen sind halb geschlossen, seine Nasenlöcher weit gebläht, und seine Schultern zittern angestrengt. Dennoch sehe ich in seinen Augen immer noch das Raubtier. Er tut das hier, weil er nicht anders kann. Seine animalische Seite hat die Oberhand gewonnen.

Noch gefangen in der Lust und in der Wut gegen die ganze Welt läuft mir eine weitere Träne über die Wange. Keenan bemerkt sie und reißt die Augen auf. Erschrocken bringt er ein paar Zentimeter Platz zwischen uns.

Die Ernüchterung kommt sofort, doch die Sehnsucht verschwindet nicht. Noch immer pocht meine Mitte hungrig.

»Es tut mir leid, ich – «

Ich lasse Keenan nicht ausreden. »Nein, mir tut es leid. Mir tut es leid, dass ich Simon fast geküsst habe –« Auch er fällt mir ins Wort mit einem Knurren, das ich bis in die Knochen spüre. Doch ich rede einfach weiter. »Und dass du auf mich geprägt bist. Es tut mir leid, dass du an mich gebunden bist.« Ehrlichkeit liegt in jedem meiner Worte und trotz der Hitze in meinem Körper klinge ich unheimlich kühl.

Keenan bewegt sich nicht. Sein Körper zeigt keinen Funken einer Reaktion, doch seine Miene ist verzerrt, so als hätte er Schmerzen. Unmöglich zu deuten, was in ihm vorgeht.

Langsam geht er auf mich zu. So wie ein Löwe sich an eine Gazelle anschleicht. Beugt sich zu mir herab und flüstert mir ins Ohr: »Du gehörst mir. Nur mir. Und ich werde jeden töten, der versucht, dich mir wegzunehmen.« Unheimlicherweise klingt seine Stimme vollkommen menschlich. Auch die Farbe seiner Augen ist wieder zu sanftem Dunkelbraun übergegangen.

Starke Finger packen mich an den Armen und drücken mich erneut an das Holz des Balkens. »Nur mir.«

»Nein.« Ich mache eine kleine Pause, um auf seine Reaktion zu warten, doch er drückt sein Gesicht in meine Halsbeuge. Also rede ich weiter: »Ich gehöre dir nicht, wann es dir passt. Die letzten Jahre wolltest du mich auch nicht haben, und nur weil ich das endlich akzeptiert habe und weitermache, willst du mich auf einmal. Das Einzige, was du wirklich willst, ist deine Freiheit. Du willst nach Amerika gehen und ein gutes Alphatier werden. Ich passe nicht in deine Pläne, Keenan, und das hast du von Anfang an gewusst.«

Keenan hebt den Kopf und sieht auf mich herunter. »Ich will dich nicht? Meinst du das ernst? Seit ich denken kann, bist da immer nur du. Schon vor deinem sechzehnten Geburtstag wusste ich, dass du die Einzige für mich bist. Schon lange bevor du geschlechtsreif wurdest, habe ich gewusst, dass du meine

Gefährtin bist. Ich habe nie auch nur einen Gedanken an eine andere verschwendet und habe auf dich gewartet. Habe dich beschützt und aufgepasst, dass kein anderer dich so ansieht, wie ich es tue. Und dass keiner dich anfasst!«

»Ja, nicht einmal du selbst hast es getan«, gebe ich wütend zurück, weil es mir reicht. All die Jahre, in denen ich gelitten habe und dachte, dass Keenan nichts für mich empfindet, waren also meine Schuld. »Du hast mich behandelt, als wäre ich dir zuwider. Und nur mal vorbeigeschaut, wenn du es nicht mehr ausgehalten hast.«

»Du warst ja noch nicht einmal volljährig, verdammt! Ich wollte warten, bis du älter und bereit für mich und diese Verbindung bist! Ich wollte dir Zeit für dich geben, ohne die Lasten einer solchen Partnerschaft.«

»Lasten? Welche Lasten denn? Die, mit mir zusammenzuwohnen und mit mir zu schlafen? Oh ja, ich bin sicher, das wäre alles sehr schlimm gewesen. Und was ist mit deinem zwei- bis dreijährigen Trip nach Amerika? Damit wolltest du mir wahrscheinlich auch nur Zeit für mich geben?«

»Ja, genauso ist es! Aus gutem Grund haben die wenigsten Alphatiere eine geprägte Partnerin. Ein Rudel zu führen ist eine große Verantwortung. Gefährtinnen müssen diese Bürde mittragen, und davor wollte ich dich beschützen. Bis du älter bist. Schließlich sind wir sechs Jahre auseinander.«

»Bis ich wie alt bin? Fünfundzwanzig? Dreißig? »

»Ich weiß nicht, wieso du so wütend bist! Das habe ich für dich getan!«

»Für mich? Nein. Nein, das hast du nicht. Denn ich kann mich nicht erinnern, je darum gebeten zu haben. Du willst zwar die Verantwortung für das Rudel, aber die Verantwortung für mich und mein Herz willst du nicht. Du willst und wolltest dich nie binden, weil du ein Feigling bist. Vielleicht bin ich nicht die

Gefährtin, die du dir gewünscht hast. Aber ich bin es nun einmal! Finde dich damit ab!«

Für einen Augenblick ist Keenan sprachlos. Wir stehen uns gegenüber, wie die peinlichen Pärchen in den dümmlichen Fernsehserien.

Müde trete ich einen Schritt zurück, straffe die Schultern und sage: »Ist ja jetzt auch völlig egal. Ich gehe nach Hause.« Ich bin zu erschöpft, einfach zu fertig, um mir mein Herz zum hundertsten Mal brechen zu lassen. Trotzdem: Auch jetzt noch sind meine Lippen leicht geöffnet, und mein Herz schlägt erwartungsvoll. Ganz gleich, was ich tue, die Hoffnung darauf, dass er mich aufhält, kann ich nicht verhindern.

Doch ich warte vergebens.

Ich lege die Fingerspitzen auf den Mund, um zu verhindern, dass mir ein trauriges Wimmern über die Lippen kommt, die von den Küssen immer noch leicht geschwollen sind. Unbewegt steht er da und starrt mich an.

Doch als ich eine Bewegung in Richtung Tür mache, stürzt er sich auf mich und wirft mich aufs Bett. Er drückt sich auf mich, mit seinem vollen Gewicht, sodass ich Angst habe, in den Decken zu ersticken. »Keenan, lass mich …« Bevor ich zu Ende sprechen kann, pressen sich seine Lippen auf meine. Und nun bleibt mir wirklich die Luft weg.

Das bekannte Kribbeln kehrt zurück, und ich lasse es zu, obwohl ich platzen könnte vor Wut, presse die Hände auf Keenans Rücken. Keenan erhebt sich, um sich sein T-Shirt auszuziehen. Dann schiebt er meines hoch.

»Ich wollte schon immer deine nackte Haut auf meiner spüren.« Seine Worte lassen meine Nippel steif werden, und er reibt seine harte und makellose Brust an ihnen. Ein Stöhnen entfährt mir, ich schlinge die Beine fest um seine Hüfte. Auch sein Atem wird schneller. Im Takt unserer rasenden Herzen reiben wir uns aneinander. Und Stöhnen wird bald zu Keuchen. Ungeduldig öffne ich den Knopf seiner Jeans und ziehe den Reißverschluss herunter. Als ich die Hand in seine Hose schiebe, mache ich die Augen auf, um seine Reaktion zu sehen. Sein Blick ist angestrengt, getränkt von Lust und Leidenschaft. Er zwickt mich mit den Zähnen in die Unterlippe.

Doch dann werde ich mit Berührungsentzug bestraft, als Keenan mich an den Hüften packt und mich nach unten und von sich wegdrückt. Mein Unterleib protestiert heftig. »Wenn du mich quälst, ist es nur fair, wenn du dieselbe Strafe erhältst«, flüstert er und küsst mich auf den Busen.

Doch schon nach kurzer Zeit verstehe ich den Sinn seiner Worte. Es ist eine Qual, wie langsam er sich bis zu meiner Brustwarze knabbert und danach die Zunge hinunter zu meinem Bauchnabel gleiten lässt. Er spielt mit meinem Piercing, während er mir die Hose samt Hotpants von den Beinen streift.

»Was hast du vor?«, frage ich heiser und spüre, wie ich vor Erwartung feucht werde.

Keenan sieht mich von unten her an, kniet sich zwischen meine Beine und sagt: »Schlimme, schlimme Dinge.«

Einen kleinen Augenblick lang kriecht Angst meinen Nacken entlang nach oben. Schließlich bin ich noch Jungfrau und weiß immer noch nicht genau, wo ich und Keenan stehen. Aber schon zwei Sekunden später ist es mit dem Denken vorbei. Keenan küsst frech meine Scham, während er zwei Finger zwischen meine Schamlippen schiebt.

Und ich schreie. Schreie lauthals meine Lust heraus, doch bevor ich zum Ende komme und die Erleichterung, die ich mir gründlich verdient habe, erreiche, zieht er seine Finger aus mir heraus und beginnt damit, sich wieder nach oben zu küssen. »Ich hasse dich«, sage ich mit halb geschlossenen Augen.

Als Antwort drückt er leicht gegen meine Klitoris. Ich schreie auf. Doch die Berührung war zu kurz, um den gewünschten Höhepunkt zu bringen. Nun wütend stütze ich mich auf, ziehe an seiner Hose, bis auch diese aus dem Weg geschafft ist, und küsse ihn wild.

Unser Zungenkuss ist feucht, und je länger wir uns küssen, desto zärtlicher wird es. Ich klammere mich an ihn, um ihn wenigstens für diese paar Minuten festhalten zu dürfen. Und stelle fest, dass es so leichter ist, mich genüsslich an ihm zu reiben. Was ihn dazu bringt, die Boxershorts freiwillig auszuziehen.

Als sein nacktes Geschlecht meines berührt, sehe ich Sterne und schnappe nach Luft. Doch mein Mund bleibt nicht lange unbedeckt. Seine Lippen schließen meine und ersticken meinen Schrei. Dann packt er mich an den Hüften, zieht mich weiter nach unten, hebt sie ein bisschen an und dringt in mich ein. Keuchend warte ich darauf, dass das Gefühlschaos aufhört und ich wieder Luft bekomme.

Doch ich warte vergebens.

Keenan und ich haben unsere Hände über unseren Köpfen miteinander verschränkt, und wir sehen uns an. »Lana«, formen seine Lippen lautlos, und ich sehe in seinen Augen, was er nicht sagen kann. All die Gefühle, die ich für ihn empfinde, spiegeln sich in seinem Gesicht wider.

Und ich sage laut: »Ich liebe dich.«

Doch statt einer Antwort bekomme ich einen kräftigen Stoß mit dem Becken. Es ist, als würden wir perfekt zueinanderpassen, und es dauert nicht lang, bis ich wieder kurz vor dem Orgasmus stehe. Bei jedem seiner Stöße komme ich ihm entgegen, beiße verzweifelt in sein Kinn. Unser Keuchen hallt von den Wänden wider, und ich schlinge meine Beine um sein Becken, um ihn noch enger an mich zu ziehen. Und schon ein paar Sekunden später spüre ich, wie sein Glied sich in mir anspannt. Dann bricht ein Schrei aus ihm heraus, laut und wild.

Seine Erregung reißt mich mit, und schließlich komme ich selbst im Himmel an.

Als ich aufwache, ist es sechs Uhr morgens, und ich liege in Keenans Armen. Ich spüre das Heben und Senken seiner Brust in meinem Rücken. Sein gleichmäßiger Atem beruhigt mich. Meine Katze schnurrt und mein Bein wackelt am Ende des Bettes wie der Schwanz einer zufriedenen Katze.

Doch mein Herz schmerzt noch immer. Schließlich gehört es zur Hälfte dem Menschen in mir, und dieser hat nicht vergessen, dass Keenan die Worte nicht ausgesprochen hat.

Ich weiß immer noch nicht, was er für mich fühlt. Ich weiß immer noch nicht, wie es mit uns weitergeht. Verschwindet er nach Amerika? Oder kehren wir zum Alltag zurück, indem ich ihn anschmachte und er mich ignoriert? Schlafen wir jetzt regelmäßig miteinander, ohne wirklich miteinander zu reden? Oder …

Bevor ich mir noch weiter über die Zukunft unserer Beziehung Gedanken machen kann, höre ich Keenan stöhnen. Er hat sich von mir weggedreht und schläft auf der anderen Seite des Bettes weiter. Das nehme ich als Aufforderung. Stehe leise auf, schnappe mir meine Klamotten und schleiche aus dem Zimmer. Verwundert darüber, dass er nicht aufwacht und mich festhält. Er muss wirklich sehr müde sein.

Als mir einfällt, was wir gestern Nacht getan haben, färben sich meine Wangen rot.

Trotzdem weiß ich, dass es richtig ist zu gehen. Erstens fängt mein Arbeitstag in zwei Stunden an und zweitens möchte ich den Keenan von gestern Nacht in Erinnerung behalten. Der mich gehalten, mich geliebt, geküsst und in den Schlaf gestreichelt hat. Der distanzierte, kühle Keenan würde dieses Bild nur wieder viel zu früh zunichtemachen.

Obwohl es so früh am Morgen ist und ich ohne Jacke und barfuß aus dem Haus gehe, ist mir nicht kalt. Als ich so alleine durch den Wald gehe, wird mir mulmig zumute. Hoffentlich haben sie die Scheißkerle geschnappt, die versucht haben, mich zu kidnappen. Wenn ich zu Hause bin, rufe ich sofort bei Elias an, um das Neuste zu erfahren, nehme ich mir vor. Hoffentlich ist kein weiteres Mädchen entführt oder tot aufgefunden worden.

Ich beschleunige meine Schritte. Alleine im Wald zu laufen, ist im Moment nicht das Sicherste, wie man ja gestern gesehen hat. Aber jetzt bin ich ja in unserem Territorium, dort kann überhaupt nichts passieren, denke ich, um mir Mut zu machen.

Doch kurz bevor ich mein Haus erreiche, rieche ich es. Der gleiche Gestank wie gestern, das gleiche beängstigende Gefühl. Eine Sekunde später legt sich eine Hand von hinten auf meinen Mund. »Hmmmm …« Ein harter Körper drückt sich an mich. Ich versuche mich aus dem festen Griff zu winden und trete nach hinten aus. Doch es nutzt nichts. Der Sauerstoffmangel fordert seinen Tribut: Mir wird schwindlig und die Kraft, mich zu wehren, entgleitet mir.

Mehrere Personen schieben sich in mein Blickfeld. Ich erkenne den Mann von gestern. Elias und die Krieger haben sie also nicht gefasst, ist mein letzter klarer Gedanke, bevor alles schwarz wird.

11

Tropf. Tropf. Tropf. Tropf.

Stöhnend wache ich auf.

Tropf. Tropf ... Tropf ... Tropf ... Tropf ...

Das Geräusch wird langsamer, verschwindet aber nicht. Ich versuche meine Augen zu öffnen, doch die Übelkeit ist so schlimm, dass ich im ersten Moment wie gelähmt bin. Beim dritten Versuch gelingt es mir. Es ist dämmrig. Ich erkenne nichts, und der Schwindel bringt mich wieder dazu, die Augen zu schließen. Erschöpft atme ich wieder aus.

Tropf ... Tropf ... Tropf ....

Ich warte noch sehr lange, bis ich es wieder probiere. Mir kommt es vor wie eine Ewigkeit. Aber nun ist der Schwindel zurückgegangen, und ich kann mich aufsetzen, ohne mich zu übergeben. Die Hände stütze ich flach am Boden auf, um mein Gleichgewicht zu halten. »Uhh«, atme ich laut aus. Dann beginne ich mich umzusehen und meine Umgebung zu erfühlen.

Der Boden unter mir ist rau und dreckig. Ich muss in einer Art Käfig sitzen, da ich trotz der Dunkelheit Streben erkennen kann.

Tropf ... Tropf ... Tropf ...

Das Geräusch kommt von links. Also ungefähr von der Mitte des Raumes, da ich in einer Ecke gefangen bin, die ich in meinem Rücken erkennen kann. Angestrengt schaue ich ins Schwarze. Ich sehe etwas Langes, Dünnes. Vielleicht ein Rohr, von dem Wasser tropft? Doch beim genaueren Hinsehen erkenne ich, dass es kein Rohr ist.

Es ist ein Arm, der in der Luft hängt. Und am Ende eine

Hand. Und jetzt merke ich auch, was dieses Geräusch verursacht. Tropf ... Tropf ... Ein Messer steckt im Oberarm, von den Fingern tropft Blut. Mein Magen dreht sich erneut um, und ich bin kurz davor zu kotzen. Stöhnend krümme ich mich, klammere mich an eine der Gitterstangen. Wäre in diesem Moment nicht eine Tür laut zugeschlagen worden, hätte ich bestimmt mein Innerstes auf dem schmutzigen Boden entleert. Doch jetzt halte ich still. Mache keinen Laut und warte. Lausche, ob mein Ende naht.

Die Schritte werden zuerst immer lauter, verschwinden aber dann wieder. Mein Überlebenswille zeigt sich. Alles in mir spannt sich an, und die Übelkeit verschwindet schlagartig. Ich springe auf, streiche die Haare hinter die Ohren und balle die Hände zu Fäusten. Tief ein- und ausatmend bringe ich meinen Körper dazu, alle Kraftreserven zu sammeln. Das Zittern hört auf, und ich beginne mein Gefängnis abzutasten.

Die Gitterstäbe sind ziemlich weit voneinander entfernt. Zwar nicht weit genug, um als Mensch hindurchzupassen. Aber als Raubkatze doch allemal. Ich trete einen Schritt zurück und ... nichts passiert. Statt des gewohnten Kribbelns durchfährt mich ein unerwarteter Schmerz. Meine Haut fängt an zu brennen. Ich greife mir mit beiden Händen an den Kopf, doch meine Haare wachsen nicht. Ängstlich versuche ich es noch einmal. Das Brennen kehrt zurück, doch dieses Mal schlimmer. Ich fange an zu wimmern und fasse mir verzweifelt an die Armbeugen. Von ihnen geht der Schmerz aus, und nun weiß ich auch, warum.

Sie haben mir Betäubungsmittel in die Venen gespritzt. Bei uns Gestaltwandlern wirkt es anders als bei Menschen, die dadurch bewusstlos werden. Wir dagegen werden im ersten Moment bewegungs- und danach für Stunden wandlungsunfähig.

Etwas Nasses läuft mir aus der Nase, ich lege die Finger an die Nasenlöcher. Die Wandlungsversuche haben meinen Körper überfordert, und wenn ich Pech habe, vielleicht sogar mein Gehirn. Der Schwindel kehrt zurück. Das Blut hört überhaupt nicht mehr auf zu fließen. Panisch wische ich es immer wieder weg und lasse mich zu Boden gleiten. »Keenan, bitte finde mich«, flüstere ich, und Tränen mischen sich mit dem Blut auf dem Boden.

Dann fällt mir wieder ein, dass ich nicht alleine bin. Hoffnungsvoll strecke ich meinen Kopf aus dem Käfig und rufe leise nach der Verletzten auf dem Holztisch: »He! He, kannst du mich hören? Du musst aufwachen!«

Ein paar Mal versuche ich es noch, dann wird mir klar, dass sie nicht reagieren wird. Wahrscheinlich ist sie längst tot. Festgebunden auf einer Schlachtbank wie Vieh, denke ich wütend.

»Nein, so werde ich nicht enden. So werde ich nicht sterben«, sage ich laut. »Ich werde kämpfen.«

»Meinst du, das habe ich nicht getan?«, sagt eine zitternde Stimme.

»Du lebst!«, rufe ich. Hoffnung steigt in mir auf, und mein Überlebenswille regt sich erneut.

»Uhh …« Die Frau auf der Schlachtbank atmet erschöpft aus. »Nicht mehr lange.«

»Du musst durchhalten. Sie werden bald kommen und uns retten.«

Ein komisches Geräusch, das wie ein ersticktes Lachen klingt, kommt aus ihrem Hals. Ich kann die Frau nicht sehen, nur ihre Umrisse erkennen und ihren keuchenden Atem hören, während sie um ihr Leben kämpft.

»Sie werden nicht kommen. Jedenfalls nicht rechtzeitig.«

»Woher willst du das wissen?«, frage ich, zornig auf die Frau, die mir meinen Glauben an mein Rudel nehmen will.

»Weil sie jedes verdammte Lagerhaus in –« Sie hustet angestrengt, redet dann aber weiter. »– in München durchsuchen müssten, um uns zu finden. Das dauert viel zu lange. Bis dahin bin ich schon lange tot, und du liegst als Nächste hier auf dem Tisch.« Sie hechelt. Sie muss schlecht Luft bekommen. Angst ergreift mich, hier unten alleine eingesperrt zu sein, und Mitgefühl, dass ihr Leben bald zu Ende geht.

»Du darfst nicht sterben. Das darfst du diesen Mistkerlen nicht gönnen. Hast du gehört?«

Statt zu antworten fängt die blutende Frau auf dem Tisch an, leise zu weinen, und fragt: »Aus welchem Rudel kommst du?«

»Aus dem Rudel der schwarzen Leoparden. Und du aus dem der blauen Eulen. Und sie werden uns gemeinsam finden. Du wirst leben, haben wir uns verstanden?«

Ein Keuchen, dann ersticktes Husten: »Feuer unterm Hintern hast du ja. Sie werden es nicht leicht mit dir haben.«

Toms Gesicht erscheint vor meinem inneren Auge. Sein Zorn und sein Schmerz. Er hat die Liebe seines Lebens verloren und es doch überstanden. Was dich nicht umbringt, macht dich stärker. Was dich nicht umbringt, macht dich stärker, sage ich mir immer. Dann wende ich mich erneut der Frau zu. »Wie heißt du?«

»Gabrielle«, sagt sie. »Und du?«

Ich komme nicht mehr dazu, zu antworten, denn die Tür wird aufgerissen und das Licht angeschaltet. Die Helligkeit sticht schmerzhaft in meine Augen, und ich kneife sie fest zusammen. Viel zu lange brauche ich, bevor ich sie wieder aufreißen kann. Doch als es mir endlich gelingt, sehe ich sie. Die Gestalten in dunklen Roben. Mindestens fünfzehn. Aber da ich über mir Schritte höre und Gelächter, vermute ich, dass es noch mehr von ihnen gibt.

Eine der Gestalten schließt die Tür, während die anderen Kerzen anzünden. Dann machen sie das Licht aus und bilden einen Kreis um Gabrielle. Ich erinnere mich an den Wortlaut des Buches *Tausend Tode* und ahne, was jetzt kommt. Wütend rapple ich mich wieder auf und schreie: »Hört auf, verdammt! Ihr habt kein Recht, sie zu töten.«

Sie fahren fort, als hätte ich nichts gesagt. Einer der fünfzehn schreitet in die Mitte des Kreises und schlägt ein Buch auf. Breitbeinig bringt er sich vor Gabrielle in Stellung, das Buch mit beiden Händen erhoben. Dann fängt die Gestalt an zu reden. Die Stimme ist dunkel und rau. »Liebe Brüder und Schwestern. Wir sind heute hier …«

»Nein! Hört sofort auf!«, schreie ich zornig. Nicht sehr sicher, dazu habe ich zu viel Angst. Doch ich werde sie nicht einfach sterben lassen.

Der Mann in der Mitte gibt einer der Gestalten ein Zeichen. Diese kommt auf meinen Käfig zu. Mit einem Schlüssel in der Hand.

Das ist meine Chance, denke ich und weiche in die Ecke zurück. Aber er schließt nicht meinen Käfig, sondern einen Schrank auf, holt ein eisernes Gerät heraus und tritt dann an mein Gefängnis. Das eiserne Ding sieht wie ein Maulkorb aus, und mein Verdacht bestätigt sich, als eine zweite Gestalt dazutritt und meinen Käfig öffnet.

»Jetzt oder nie«, sage ich laut und renne mit voller Wucht auf die beiden zu. Doch das Betäubungsmittel hat mich mehr geschwächt, als ich angenommen hatte. Es ist ein Leichtes für sie, mich zu Boden zu ringen und mir das Gerät um den Mund zu schnallen.

Das Ganze muss nur ein paar Minuten gedauert haben. Als sie fertig sind, schließen sie die Türe wieder ab und treten zurück an den Kreis. Wimmernd drücke ich mich in die Ecke und sehe zu, wie sie das Ritual zu Ende bringen.

Gabrielle muss in der Zwischenzeit zu sich gekommen sein, denn sie reißt stöhnend an den Fesseln an ihren Armen und Beinen. Die Gestalten nehmen sich gegenseitig an den Händen und erheben sie, während der Mann in der Mitte etwas in einer Sprache vorliest, die ich nicht verstehe. Sie fangen an zu singen. Ich halte mir die Ohren zu und sehne mich nach der Stille und der Dunkelheit von vorhin. Aber ihre Stimmen werden immer lauter, so laut, dass ich irgendwann die Hände sinken lasse, weil ich sie trotzdem noch höre. Nach ein paar Minuten treten zwei der Personen aus dem Kreis in die Mitte und ergreifen Gabrielles Arme.

Ihr Weinen höre ich selbst durch den Gesang hindurch. Auch ich fange an zu weinen. Ich fühle mich schuldig, weil ich ihr nicht helfen kann. Sie drehen ihre Arme so, dass die Handflächen zum Himmel zeigen, ziehen zwei Messer aus ihren Umhängen und legen die Klingen auf ihre Pulsadern.

Die Stimmen schwellen noch einmal an, und ich krieche an die Gitterstäbe heran. Versuche zu schreien, doch der Maulkorb dämpft alles, was ich sage.

Und dann schneiden sie. Jeweils einen Schnitt auf jeder Seite. Das Blut spritzt unaufhaltsam, und Gabrielle gibt einen Laut von sich, den ich niemals vergessen werde. Gänsehaut überläuft mich, doch ich sehe unentwegt hin. »Das bin ich ihr schuldig«, sage ich, obwohl ich weiß, dass mich keiner hören kann. »Du bist nicht alleine.«

Als hätte sie mich gehört, hebt sie den Kopf und sieht mich an. Langsam schwindet das Leben aus ihren Augen. Sie ist tot, lange bevor das Blut aufhört zu fließen.

»Ihr Schweine!«, schreie ich laut, nachdem sie mir den Maulkorb wieder abgenommen haben. Für die Beleidigung kassiere ich einen Schlag ins Gesicht. Blut sammelt sich in meinem Mund, und ich spucke es auf den Boden.

Nachdem sie das Ritual beendet hatten, haben sie Gabrielle zu viert vom Tisch gehoben, sie in eine große, schwarze Mülltüte gestopft und in eine Ecke geworfen. Wimmernd habe ich gegen die Gitterstäbe getreten, doch sie haben mich ignoriert. So getan, als wäre ich nicht da. Einer von ihnen hat laut gesagt: »Diese Kreaturen sind unserer Aufmerksamkeit nicht würdig.« Dann haben sie das Blut weggewischt und den Tisch gesäubert. Ihn vorbereitet für ihr nächstes Opfer. Für mich.

Nun drücken sie mich auf den Tisch. Nackt. Die Kleidung haben sie mir schon längst weggenommen. Ich fühle mich schutzlos, während sie mich an die Fesseln ketten, an denen schon Gabrielle und noch andere Mädchen gelegen haben.

Als sie mich aus dem Käfig geholt haben, habe ich versucht mich zu wandeln, doch ohne Erfolg. Und egal, wie sehr ich mich gewehrt und gekämpft habe, ich hatte nicht einmal den Hauch einer Chance.

Nun liege ich auf diesem Tisch. Zittere vor Angst und schäume vor Wut. Ich denke an Keenan und was er in diesem Moment wohl tut. Wahrscheinlich haben sie gar nicht bemerkt, dass ich entführt worden bin, sondern denken, dass ich bei der Arbeit bin. Ich schlucke den Kloß herunter, der sich in meinem Hals gebildet hat. »Nein«, flüstere ich. Keenan sucht mich, und er wird mich finden.

Die meisten der Gestalten sind schon vor ein paar Minuten gegangen, nur einer ist geblieben. Er trägt weiter die Robe, hat aber die Kapuze abgezogen. Er starrt mich mit einem seltsamen Ausdruck in den Augen an, und ich erwidere seinen Blick. Zucke nicht zurück, als er näher tritt. Es ist der Mann aus dem Wald mit den unheimlichen gelben Augen. Er hat dunkle Haut und eine Glatze. Kinn und Wangen bedecken schwarze Bartstoppeln.

»Mörder!«, nenne ich ihn laut.

Er beugt sich über mich und drückt meinen Mund zusammen. »Sch … sch … sch«, macht er.

Tränen steigen in mir auf, doch ich halte sie zurück, er soll sie nicht sehen. Angewidert von seiner Berührung drehe ich den Kopf zur Seite, um seinem Griff zu entkommen. Er lässt wieder los. Bleibt aber, wo er ist. Trotz seiner äußerlichen Ruhe erkenne ich den Wahnsinn in seinem Inneren. Meine Katze faucht. Es widerstrebt ihr, mit diesem Mann alleine in einem Raum zu sein.

»So schön. So wunderschön«, sagt der Fremde und streichelt mit einem Finger über meine Wange.

»Warum tut ihr das?«, frage ich in der Hoffnung, ihn abzulenken und Zeit zu schinden.

»Warum tun wir was?« Seine Stimme jagt mir eine Gänsehaut ein.

»Uns jagen und töten. Wir haben euch nichts getan.«

Der Mann zuckt mit den Schultern, rückt von mir ab und verschwindet aus meinem Blickfeld. Aber nicht aus dem Raum. Ich höre, wie er etwas öffnet und wieder schließt. Dann das Geräusch von Wasser. Dabei summt er leise vor sich hin. Schnell sehe ich mich um. Der Raum ist ziemlich groß. Keine Fenster an den Wänden, was bedeuten muss, dass wir uns in einem Keller befinden. Die Wände sind grau, genauso wie der Boden. Bis auf den Käfig und ein paar Schränke ist nicht viel zu sehen.

Doch, der schwarze Müllsack in der Ecke. Gabrielle. Ich werde ihren Namen nie vergessen. Genauso wenig wie ihren Todesschrei.

Der Mann kehrt zurück. Einen nassen Lappen in der einen Hand, ein Glas Wasser in der anderen. »Trink«, befiehlt er.

»Nein.«

Grob packt er mein Kinn. Öffnet meinen Mund und lässt die Flüssigkeit in meinen Mund. Zuerst möchte ich nicht schlucken, doch nachdem ich schmecke, dass es nur Wasser ist, trinke ich es.

»Geht doch«, kommentiert mein Gegenüber und fängt an, mit dem Lappen mein Gesicht zu waschen. »Wir wollen doch, dass du schön bist für das, was wir mit dir vorhaben.«

Ich schließe die Augen. Bete, dass sie mich finden und …

Ein harter Schlag in meinen Bauch holt mich zurück in die Realität. Geschockt sehe ich den Mann an.

»Ich mag es nicht, wenn man mir nicht zuhört.«

Erst nach ein paar Sekunden finde ich meine Stimme wieder.

»Warum? Warum musste sie sterben?«

Der Mann wirft den Lappen auf den Boden: »Warum?«, ruft er laut. »Weil ihr Missgeburten seid. Eine Plage, von der wir die Welt und die Menschheit befreien werden. Monster, die wir zur Schlachtbank führen.«

»Die einzigen Monster, die ich hier sehe, seid ihr selbst.« Ein weiterer Schlag, dieses Mal auf meine Rippen. Alles um mich herum wird schwarz. Nur knapp entgehe ich der Bewusstlosigkeit. Keuchend komme ich wieder zu Atem und sehe ihn wütend an.

»Noch bei Bewusstsein«, sagt er. »Eine Kämpferin. Eine wunderschöne Kämpferin. Du bist etwas Besonderes. Wenn ich könnte, würde ich dich ganz für mich alleine behalten. Doch die Regeln hier sind sehr streng.« Lüstern streckt er die Finger auf meinem Bauch aus. Und nun laufen mir doch Tränen über die Wangen. Den Mistkerl macht es an, mich zu schlagen und gefesselt vor sich zu haben. Sosehr er unsere Rasse auch hasst, die Erregung ist ihm anzusehen. Seinen widerlichen gelben Augen.

»Ich werde dir niemals gehören. Niemals.«

Wütend rümpft der Mann die Nase und reißt die Augen auf.

Ich rede weiter. »Die anderen werden bald kommen, um mich zu schlagen und aufzuschneiden. Du wirst wieder einmal nur zuschauen dürfen. Genauso wie bei Gabrielle.«

Ich habe geraten, doch offensichtlich ins Schwarze getroffen. Die Wut in seinen Augen steigt ins Unermessliche. Ein weiteres Mal holt er aus. Doch dabei bleibt es nicht. Zornig läuft er durchs Zimmer. Verschwindet wieder aus meinem Blickfeld. Trotz meines lauten, angestrengten Atmens höre ich, wie er einen Schrank öffnet und etwas herausholt. Als er schließlich zurückkehrt, erkenne ich, dass es falsch war, ihn zu provozieren.

Ein Dolch liegt in seiner Hand. Seine Augen sind weit aufgerissen. Der Wahnsinn zeigt sich jetzt auch äußerlich. Mit der scharfen Spitze kratzt er über die empfindliche Haut meines Unterleibs. Ich mache keinen Laut.

»Ich werde das erste Ritual schon einmal alleine beginnen«, erklärt er mir, bevor er den Dolch mit beiden Händen nimmt und ihn mir in die rechte Seite des Bauchs rammt.

Ein Schrei löst sich von meinen Lippen. Mein Blut spritzt mir warm auf den Bauch, auf die Beine, auf die Brust. Keuchend versuche ich weiterzuatmen. Doch die Luft, die ich einsauge, stillt mein Verlangen nicht. Immer wieder wird mir schwarz vor Augen.

Dann höre ich lautes Gerumpel und Schreie. Zuerst denke ich, dass ich es bin, die schreit. Doch schon bald erkenne ich, dass die Geräusche weiter weg sind und nicht von mir stammen. Ein dumpfes Gefühl überkommt mich. Benommenheit. Der Schmerz vergeht, doch durch den Blutverlust fühle ich mich wie gelähmt und schaffe es kaum, den Kopf zu heben. Voller Angst suche ich nach dem Mann, der mir den Dolch in den Bauch gerammt hat.

Erst steht er wie angewurzelt da, doch schon im nächsten Moment rennt er los, um die Tür abzuschließen. »Ich werde nicht einfach so sterben. Nein!«, ruft er, nun völlig außer sich.

»Was ist …« Ich schaffe es nicht, die Frage zu Ende zu sprechen. Doch in mir regt sich die Hoffnung auf Rettung. Keenan!

Die Schreie und die Rufe von draußen werden leiser. Bis sie ganz verstummen. Der Mann läuft verzweifelt neben mir auf und ab. Immer noch den Dolch in der Hand, mit dem er mich gestochen hat. Nun ertönen Rufe vor der Tür. Tritte gegen das Holz halten mich wach, obwohl ich immer wieder im Dunkeln zu versinken drohe. Dann eine mir bekannte Stimme. Doch ich kann sie nicht zuordnen.

Auf einmal setzt mein Gehör aus. Alles wird still, mein Blick verschwimmt. Etwas Kaltes an meinem Hals lässt mich noch einmal aufschrecken. Der gelbäugige Mann hat sich über mich gebeugt und hält mir das Messer an die Kehle. »Ich werde nicht alleine sterben.« Doch bevor er beenden kann, was er angefangen hat, wird er von mir weggezerrt.

Ich atme schwer aus. Und das Letzte, was ich sehe, bevor ich ins Nichts gleite, ist Keenans Gesicht.

12

Sie liegt auf einem Bett aus Gras und Moos. Die Sonne glitzert auf ihrem Fell. Und ich frage mich zum hundertsten Mal, wie ich es bloß so lange ausgehalten habe, mich von ihr fernzuhalten. Wie ich ohne ihre Berührungen, ohne ihre warme Haut auf meiner überlebt habe.

Leise schleiche ich mich an. Da ich ein Männchen bin, bin ich größer und kräftiger als sie, sowohl in der tierischen als auch in unserer menschlichen Gestalt. Doch sie ist ein Gepard, ihre Beine sind länger und geschmeidiger als meine. Ich liebe ihre sinnliche Gestalt. Fasziniert beobachte ich, wie sich ihre Brust gleichmäßig hebt und senkt.

Lana hat nicht so ein gutes Gehör wie andere Gestaltwandler. Deswegen ist es sehr einfach für mich, mich an sie anzuschleichen. Von Nahem erkenne ich auch das einzigartige Muster auf ihrem Fell. Wunderschön, denkt mein Leopard. Schnurrend zuckt meine Gefährtin mit dem Schwanz.

Als mein Schatten sich auf ihren Körper schiebt, wacht sie auf. Dreht sich sofort erschrocken um. Doch als sie erkennt, dass ich es bin, wird ihr Herzschlag wieder ruhiger. Langsam lege ich mich neben sie und drücke mich eng an ihren Rücken. Lanas Schnurren wird lauter, und sie legt ein Bein über eins von meinen. Entspannt sich wieder, als ich den Kopf auf ihrem Hals ablege.

Eine Zeit lang liegen wir so da, genießen einfach nur den Augenblick zu zweit.

Als ich sie nackt, blutüberströmt und gefesselt auf diesem

Holztisch gefunden habe, ist mein Herz stehen geblieben. Ich dachte, ich hätte sie für immer verloren. Doch sie hat es geschafft. Sie hat es überlebt. Schließlich ist sie eine Kämpferin. Meine Kämpferin.

Verspielt lecke ich ihr übers Ohr. Sie gähnt laut auf, und ein Kribbeln geht durch meinen Körper. Verliebt in sie war ich schon immer, doch erst seit ich das Gefühl zugelassen habe, spüre ich dieses fast unerträgliche Ziehen im Bauch. Sie ist mein Leben. Meine Liebe. Mein Sein.

Die ganzen Jahre über habe ich mich kalt gestellt, so getan, als bedeute sie mir nichts. Manchmal habe ich mir sogar eingeredet, dass ich sie hasse, nur damit ich mich der Verantwortung ihr gegenüber nicht stellen muss. Ich habe mir eingeredet, dass sie noch nicht bereit ist, die Bürde unserer Verbindung und die des Rudels zu tragen.

Doch sie war bereit. Ich war nur zu feige.

Und jetzt liegen wir hier. Zusammen.

Ein Gefühl von Wärme breitet sich in meiner Brust aus. Glück summt in jeder meiner Zellen.

Das erinnert mich an ein anderes Gefühl, das ich vor zwei Wochen hatte. Hass. Purer Hass auf ihre Entführer.

Als ich merkte, dass Lana nicht mehr da war, überkam mich Panik. Zusammen mit den blauen Eulen haben wir die ganze Stadt durchkämmt und sie zum Glück noch rechtzeitig gefunden. Dem Arschloch, das ihren Bauch aufgeschlitzt hat, habe ich die Kehle mit den Zähnen durchgebissen. Ein viel zu schneller Tod meiner Meinung nach.

Mir wird ganz schlecht bei dem Gedanken, ich hätte es nicht rechtzeitig schaffen können.

Lana dreht sich um und holt mich damit aus meinen Grübeleien. Lange Zeit schauen wir uns einfach nur an. Ich könnte in diesen eisblauen Augen versinken, und wenn ich an ihre glatte, weiche Haut denke, wird mir ganz heiß. Meine Raubkatze horcht auf.

Und als hätte Lana meine Gedanken mitgehört, wandelt sie sich zurück in ihre menschliche Gestalt. Ich tue es ihr gleich. Ihr weiches Fell an meinem ist ein fantastisches Gefühl, doch ihre nackte Haut zu spüren ist unbeschreiblich. Sofort wird mein Glied steif.

Lanas Wangen färben sich rot. Sie hat es wohl bemerkt. »Hast du gut geschlafen?«

»Hm«, antwortet sie schläfrig. Die Farbe auf ihren Wangen bleibt.

Verzaubert beuge ich mich über sie und bedecke ihre Nase mit Küssen. »Habe ich dir schon gesagt, wie sehr ich deine Sommersprossen liebe?«

»In den letzten Nächten so um die zehn Mal«, entgegnet sie und knabbert an meinem Kinn. Das Ziehen in meinem Bauch wird stärker, und alles in mir spannt sich an.

Wenn ich an die letzten Nächte denke, die ich und Lana zusammen verbracht haben, wird mein Schwanz noch härter, als er es ohnehin schon ist. Besitzergreifend packe ich Lana bei den Hüften, ziehe sie eng an mich und presse die Lippen auf ihre. Wild zieht sie mit einer Hand an meinem Haar und mit der anderen krallt sie sich in meinen Rücken.

Eifersucht summt in meinem Blut, während ich mit den Händen ihren Hintern knete. Ich sage laut: »Du gehörst mir. Allein mir.« Allein bei dem Gedanken, jemand anders oder Simon könnte sie noch einmal anfassen, brüllt mein Leopard laut auf. Gut, dass er jetzt wieder auf Reisen und damit eine Weile weg ist.

Ich und Lana wohnen mittlerweile zusammen in meinem Haus. Maria ist ganz begeistert, doch ihre beste Freundin Amanda mustert mich immer noch skeptisch.

Jetzt, da wir den Bund endgültig geschlossen haben, hat Lana meinen Geruch angenommen, stelle ich zufrieden fest und rieche noch einmal an ihrem Haar.

»Was machst du da?«, fragt sie heiser und sieht mich aus glasigen Augen an.

»Du riechst nach mir«, sage ich stolz.

»Und du auch nach mir. Schließlich bist du mein.«

»Für immer.« Ein zärtlicher und kurzer Kuss ist meine Belohnung.

»Ich liebe dich.«

»Ich liebe dich auch.« Ich sehe ihr an, dass sie es aufrichtig meint. Sie kuschelt sich eng an mich und flüstert schließlich leise: »Ich habe wieder von ihr geträumt.«

Ich weiß, von wem sie spricht. Gabrielle. Der Albtraum ihrer schlaflosen Nächte. »Du trägst keine Schuld. Du hättest nichts tun können. Sie war schon halbtot, als du mit ihr geredet hast.«

»Ich weiß.«

»Wieso träumst du dann immer noch von ihr? Solltest du nicht von mir träumen?« Ich grinse sie schief an. Will sie ablenken und den Schmerz vertreiben.

Dieser Menschenbund, obwohl ich sie eher Sekte nennen würde, hat insgesamt vier Mädchen getötet. Lana wäre fast die fünfte geworden.

Spielerisch haut Lana mir gegen die Brust, sieht mir dann aber ernst ins Gesicht. »Ich werde mein Leben lang von ihr träumen. Denn ich werde sie nicht vergessen. Ihr Name soll nicht in Vergessenheit geraten. Sie hat gekämpft, Keenan. Sie war stark. Nur nicht stark genug.«

Ich drücke sie noch fester an mich.

Dann tut Lana etwas Unerwartetes. Sie löst sich flink aus meiner Umarmung. Steht auf und geht ein paar Schritte rückwärts in Richtung Wald.

»Was hast du vor?«

Frech lächelt sie mich an. »Ich dachte, du wolltest spielen.«

Sie ist so verdammt sexy. Ich grinse zurück. »Mit dir immer.«

Vom Boden aus betrachte ich meine Gefährtin, wie sie nackt vor mir steht. Ihre vollen Brüste und ihr warmer Körper rufen nach mir.

Ich stehe auf und sehe sie an.

Einladend winkt sie mich mit einem Finger zu sich, und ich frage mich zum hundertsten Mal, wie ich es so lange ausgehalten habe, mich von ihr fernzuhalten.